U0724306

高校社科文库
University Social Science Series

教育部高等学校
社会科学发展研究中心

汇集高校哲学社会科学优秀原创学术成果
搭建高校哲学社会科学学术著作出版平台
探索高校哲学社会科学专著出版的新模式
扩大高校哲学社会科学科研成果的影响力

蒋贤萍／著

重新想象过去

——田纳西·威廉斯剧作中的南方淑女

Reimagining the Past:

Southern Belles in Tennessee Williams's Plays

光明日报出版社

图书在版编目（CIP）数据

重新想象过去：田纳西·威廉斯剧作中的南方淑女 / 蒋贤萍著 . -- 北京：光明日报出版社，2013.3（2024.6 重印）

（高校社科文库）

ISBN 978 - 7 - 5112 - 3355 - 4

Ⅰ.①重… Ⅱ.①蒋… Ⅲ.①威廉斯，T.（1911~1983）—戏剧文学—人物评论 Ⅳ.①I712.073

中国版本图书馆 CIP 数据核字（2012）第 246085 号

重新想象过去：田纳西·威廉斯剧作中的南方淑女

CHONGXIN XIANGXIANG GUOQU: TIANNAXI · WEILIANSI JUZUO ZHONG DE NANFANG SHUNÜ

著　　者：蒋贤萍

责任编辑：刘伟哲　　　　　　　责任校对：傅泉泽
封面设计：小宝工作室　　　　　责任印制：曹　净

出版发行：光明日报出版社

地　　址：北京市西城区永安路 106 号，100050

电　　话：010-63169890（咨询），010-63131930（邮购）

传　　真：010-63131930

网　　址：http://book.gmw.cn

E - mail：gmrbcbs@gmw.cn

法律顾问：北京市兰台律师事务所龚柳方律师

印　　刷：三河市华东印刷有限公司

装　　订：三河市华东印刷有限公司

本书如有破损、缺页、装订错误，请与本社联系调换，电话：010-63131930

开　　本：165mm×230mm

字　　数：250 千字　　　　　　印　　张：16.5

版　　次：2013 年 3 月第 1 版　　印　　次：2024 年 6 月第 3 次印刷

书　　号：ISBN 978 - 7 - 5112 - 3355 - 4 - 01

定　　价：75.00 元

版权所有　　翻印必究

CONTENTS 目 录

绪 论

一、威廉斯及其创作

田纳西·威廉斯（Tennessee Williams，1911－1983）是美国文学史上最著名的南方剧作家，也是二战后美国最著名的剧作家之一。他出生于密西西比州哥伦布市，原名托马斯·拉尼尔·威廉斯（Thomas Lanier Williams）。父亲克尼利厄斯·科芬（Cornelius Coffin）是一位旅行推销员，母亲埃德温娜·戴金·威廉斯（Edwina Dakin Williamas）是一位传统的南方淑女。父亲由于工作需要常年在外，威廉斯及母亲、姐姐与外祖父母生活在一起。威廉斯自幼身体虚弱，性格极为腼腆，时常躲在外祖父的图书室里阅读书籍。外祖父是圣公会教区长，外祖母曾做过钢琴教师，对威廉斯姐弟俩十分宠爱。1918 年，父亲晋升为国际鞋业公司的销售经理，于是，举家迁往密苏里州圣路易斯市。威廉斯一夜之间从田园牧歌式的南方小镇来到烟雾弥漫的北方都市，仿佛被逐出了美丽的伊甸园，这在威廉斯幼小的心灵中留下难以抚平的创伤。

威廉斯高中毕业之后到密苏里大学就读，并开始写作，曾获得散文奖及诗歌奖。后来因为不能获准进入后备军官训练队而辍学，进入鞋业公司工作。他白天工作，晚上伏案创作，第一个剧本《开罗！上海！孟买！》（Cairo! Shanghai! Bombay!）于 1935 年上演，这极大地激发了他对戏剧创作的兴趣。威廉斯曾经创作了多部短篇小说，其中《蓝孩子们的乐园》（The Field of Blue Children）发表于 1939 年，在此威廉斯首次使用笔名田纳西·威廉斯。1940年，《天使之战》（The Battle of Angels）在波士顿首演，但因为审查风波很快被禁。1941 至 1943 年间，威廉斯做过许多兼职工作，同时完成短篇小说《玻璃女孩肖像》（Portrait of a Girl in Glass），后来改编为电影剧本《来访绅士》（The Gentleman Caller），再后来改编为《玻璃动物园》（The Glass Menagerie），并于 1944 年初在芝加哥成功首演，翌年在百老汇演出，使威廉斯一举成名。

从此威廉斯真正开始了他的戏剧创作生涯，并一直活跃在美国戏剧舞台上。《玻璃动物园》超越了狭隘的地方主义，其中细腻的人物描写、独特的舞台意识及叙事技巧，赢得观众和评论界的一致好评，并摘得纽约剧评界奖等多个奖项。《欲望号街车》①（*A Streetcar Named Desire*，1947）使威廉斯首次摘得戏剧普利策奖，树立了他在美国戏剧史上不朽的地位。随着《街车》被搬上舞台，威廉斯进入创作的全盛时期，几乎每两年就有一部新作问世。《夏日烟云》（*Summer and Smoke*，1948）、《玫瑰鲸墨》（*The Rose Tattoo*，1951）、《皇家大道》（*Camino Real*，1953）、《热铁皮屋顶上的猫》②（*Cat on a Hot Tin Roof*，1955）、《琴仙下凡》（*Orpheus Descending*，1957）、《青春甜蜜鸟》（*Sweet Bird of Youth*，1959）、《蜥蜴之夜》（*The Night of Iguana*，1961）等一系列优秀剧作，都成为美国戏剧宝库中的经典。20 世纪 60 年代是威廉斯个人生活及创作的低谷时期，他本人将这一时期称作"冰封时代"（Stoned Age）。20 世纪七八十年代是威廉斯不断试验、不断创新又不断失败的时期。威廉斯是一位多产的作家，在长达 50 多年之久的戏剧创作生涯中，他创作了七十余部戏剧作品，四部短篇小说集，两部诗集，两部小说，一部随笔，一部书信集，还有一部个人传记《回忆录》，曾四度获纽约剧评界奖，两度获戏剧普利策奖。1979 年，威廉斯被列入戏剧名人堂。

作为南方作家，威廉斯和旧南方的联系不仅是个人的，同时也是文化的，而他本人的南方背景和个人经历使得他对南方女性有着深刻的认识。他以细腻、委婉而又饱含同情的笔触描绘了一群孤独、失意的南方女性形象。在威廉斯的剧作中，旧南方代表传统的优雅、浪漫和诗化的情调，而北方则代表工业时代机械、强悍、理性的行为方式和价值观念。与同时代的其他两位戏剧大师尤金·奥尼尔（Eugene O'Neill）和阿瑟·米勒（Arthur Miller）一样，威廉斯也十分关注现代人精神的失落与内心的迷惘，但有所不同的是，他更多关注那些形形色色无法融入社会的边缘人群，并竭力展现他们饱受痛苦煎熬的灵魂。尽管威廉斯的作品频频受到非议，但半个多世纪以来，观众及读者对他的兴趣从未减弱，他诗性曼妙的语言依然吸引着众多敏感的心灵。在威廉斯离世二十余载后的今天，他的剧作在世界舞台上又开始新一轮的巡演，并受到越来越多研究者的关注，从而证明了其强大的艺术生命力和感染力。

---

① 以下简称《街车》。
② 以下简称《猫》。

威廉斯的家乡曾经是那片几乎被整个民族遗忘的国土，这片土地上的人们念念不忘过去，总是沉浸在梦幻之中，创造着美丽的神话。威廉斯的剧作聚焦于那些被 20 世纪的光芒和喧嚣所遗弃的人们身上，着力表现他们的彷徨与无助。在威廉斯创造的戏剧世界里，个人活动空间变得越来越小，表明社会环境对个体形成的巨大压力。在这里，一幢幢高楼若隐若现，然而，剧作家所渴望的真实却无法通过直接描写来体现，于是舞台变成了一种隐喻。用弗洛伊德学说来解释，自我和文明都建立在妥协的基础之上，一系列的压抑是社会生活所不可缺少的，然而，对威廉斯笔下的人物来说，这种妥协却很少行得通。无论是个人还是社会，都处于崩溃解体的边缘。威廉斯凭借独特的抒情风格，在剧中制造出令人惊异的效果，他笔下的南方淑女也常常采用这种抒情风格来逃避现实。她们拒绝接受社会的繁文缛节，内心却怀有丰富的情感；她们渴望拥有充满激情与希望的世界，努力维持着对礼仪和风度的幻想；她们否认现实，对现实进行重新诠释，使其包含她们的种种需求和理想；她们既为诗意的想象得到认可而努力，也为肉体的合法化而奋斗，是典型的浪漫主义者。

在美国剧坛上，假如说奥尼尔、格拉斯贝尔（Susan Glaspell）、怀尔德（Thornton Wilder）等人占领了 20 世纪前半叶，米勒、阿尔比（Edward Albee）、汉斯伯里（Lorraine Hansberry）等人占领了 20 世纪后半叶，那么 20 世纪中叶则非威廉斯莫属。《剑桥文学指南》的编者路德恩（Mathew C. Roudané）在评述美国 20 世纪剧作家时指出："田纳西·威廉斯在美国剧坛的中心地位并非时序使然，而是在于他的戏剧想象力。"[1]威廉斯一生笔耕不辍，创造着诗意的舞台空间。在这里，社会现实、心理崩溃、生死爱欲仿佛已经凝固，而想象成为剧中人物最后的庇护所。威廉斯深爱着南方这块神话般的土地，他所使用的语言也具有典型的南方特色，充满生动的意象、丰富的修辞和诗歌般的韵律。

威廉斯在《玻璃动物园》的"演出提示"中指出，戏剧应该是一种充满生气与活力的经验，但这种经验被白描式的现实主义所破坏。因此，他呼吁一种崭新的戏剧形式，并致力于创造"造型戏剧"（plastic theatre），因为"真理、生活和现实都是一种有机的事物，可以通过诗意的想象得以再现"[2]。"演

---

[1] Mathew C. Roudané, Ed. *The Cambridge Companion to Tennessee Williams*, Cambridge：Cambridge University Press, 1997, 15.

[2] Tennessee Williams, Plays 1937 - 1955, New York：The Library of America, 2000a, 395.

出提示"被认为是美国戏剧史上最重要的美学宣言之一。诗意和抒情性是威廉斯剧作中的重要特征,剧作家运用丰富的戏剧意象使舞台呈现出一种流动之美。威廉斯使用诗意的语言,创造出富有韵律的舞台空间,营造出浓郁的抒情氛围。剧作家融合灯光、音乐、雕塑、绘画等舞台元素,使其剧作充满动感与张力,生动地揭示出人物内心的情感变化,创造出回忆剧特有的诗意与梦幻色彩。瓦格纳(Richard Wagner)早在 19 世纪中叶就曾经预言,未来艺术的发展趋势是 *Gesamtkunstwerk*(综合艺术)。瓦格纳希望用综合艺术来取代传统的歌剧,它融诗歌、音乐、绘画等艺术于一体,是一种崭新的抒情戏剧。为了追求这一理想,瓦格纳创造了乐剧(music – drama),其中文字与音乐有机地结合在一起。

> 艺术家只有将各类艺术融入综合艺术中,才会达到最满意的效果:如果只是分离的艺术,那他是不自由的,无法获得他所能的完全自由;而在综合艺术中他是自由的,能够获得他所能的完全自由。因此,艺术的真正目标是包容一切……最崇高的综合艺术就是戏剧:它只有当各类艺术在其中获得完全发展时才可能实现。①

瓦格纳进一步指出:

> 戏剧的目的是能够完全实现的唯一真实的艺术目的,任何对其的偏离必将消失在不定的、难解的、不自由的海洋之中。然而,任何一类单独的艺术都无法达到这一目的,只有将它们综合在一起才能够实现。②

在这个意义上来说,威廉斯创作的造型戏剧正是瓦格纳所提倡的综合艺术。

威廉斯创造了一种戏剧风格,这适合于他笔下富有浪漫情怀的人物。剧作家采用独特的戏剧语言,试图展现一种自然主义作家无法企及的现实,同时也在宣扬另一种价值观,它像劳拉的玻璃动物那样容易破碎。也许正因为如此,

---

① Richard Wagner, "The Work of Art of the Future," *Modern Theories of Drama*, Ed. George W. Brandt, Oxford: Clarendon Press, 1998, 4.

② Ibid. , 11.

他的创作集中在那些浪漫主义者身上，选择女性作为剧中的主要人物。由于深刻体会到人类个体在所处世界中的绝对孤独与无助，威廉斯创造出一种戏剧，其中难以置信的野蛮意象与脆弱的美丽意象相互冲突。威廉斯在创作戏剧之前是一位诗人，可以说在本质上他永远是诗人，这不仅表现在他对舞台意象的运用方面，而且表现在他丰富的想象力方面。对威廉斯及其笔下的南方女性来说，想象是获取真理的一种方式。《玻璃动物园》演出之前的美国戏剧几乎都是现实主义的，而威廉斯创造的"造型戏剧"迥异于传统的现实主义剧作，这使他成为现代戏剧舞台上的领军人物。

杰克逊（Esther M. Jackson）对威廉斯有着很高的评价，并对他的戏剧风格给予广泛评论，指出威廉斯将主观想象转化为具体的象征，融合表演艺术中的各种元素，创造出一种独特的戏剧形式。不论在理论上还是在实践上，这种戏剧形式都不是现实主义的，但"它对不同寻常的意象运用自如，使得许多观众都觉得那是在模仿现实"①。阿尔托（Antonin Artaud）将威廉斯的造型戏剧称为"空间诗歌"，其建筑材料就是文字、音乐、舞蹈、雕塑、灯光等。②诗意的想象是威廉斯剧作的核心，他的每一部剧作都像一首抒情诗。用博克西利（Roger Boxill）的话说，威廉斯不是"剧中诗人"（poet in the theatre），而是"戏剧诗人"（theatre poet）。③威廉斯诗意的想象为现代戏剧舞台注入新的生命，他创造的抒情戏剧拓宽了现代戏剧舞台空间。正如哲学家蒙博多（James Burnett Lord Monboddo）所说：

> 想象具有……一种创造性的力量……不仅熟悉过去，而且精通未来，能够描绘出……从来都不曾存在过的风景，或许也从来都不会存在，因为它甚至也在创造着组成那些景色的材料……想象的伟大之处就在于它是所有艺术的基础，并且造就真正的诗人或创造者。④

可以说威廉斯的"造型戏剧"继承了欧美文学史上的诗意戏剧（poetic

---

① Esther M. Jackson, *The Broken World of Tennessee Williams*, Madison, Milwaukee, and London: The University of Wisconsin Press, 1965, 104.

② 参见 Esther M. Jackson, *The Broken World of Tennessee Williams*, Madison, Milwaukee, and London: The University of Wisconsin Press, 1965, 94.

③ Roger Boxill, *Tennessee Williams*, London and Basingstoke: Macmillan, 1987, 25.

④ 引自 James Engell, *The Creative Imagination: Enlightenment to Romanticism*, Cambridge, Massachusetts and London, England: Harvard University Press, 1981, 50.

drama）传统。诗意戏剧有着一段悠久的历史，然而古典诗学与现代实践之间的相关性非常有限。英国文艺复兴时期的剧作家们在伟大的诗剧（verse drama）传统中进行创作，但这一传统并未延续下来。尽管诗剧创作仍在继续，并在 17 世纪之后得以复兴，但它作为核心创造力的地位日趋减弱，从而导致 19 世纪末 20 世纪初诗意戏剧运动（Poetic Drama Movement）的兴起。19 世纪现实主义及自然主义在艺术领域的统治地位，在一定程度上破坏了戏剧创作的传统，这就意味着诗剧作家必须重新创造传统。其实，历史上并不存在一个严格意义上的诗意戏剧运动，只是有几位剧作家在不同时间、不同地点，用诗歌进行戏剧创作，从而抵制商业戏剧创作中的现实主义，并在融合戏剧形式与戏剧内容方面进行创造性的试验，其中的代表人物有叶芝（W. B. Yeats）、艾略特（T. S. Eliot）、弗莱（Christopher Fry）等。20 世纪四五十年代，诗意戏剧蓬勃发展，其文学及哲学价值，堪与古典戏剧相媲美。诗意戏剧并不一定是用诗歌语言进行创作的戏剧，即使是散文体的对话或者日常生活中的语言，在一种新的语境下也会产生诗意的效果，成为富有诗意的戏剧语言。诗意的品质并非由诗剧完全垄断，正如艾略特所说：

> 诗剧并不是用诗歌写成的戏剧，而是一种不同的戏剧：比"自然主义戏剧"更现实。与其说它是用诗歌将自然裹藏，不如说是揭开事物的表面，显示自然表象的底层或内里。其中的人物行为或许显得并不一致，但在深层次上却是一致的。它可以使用任何方式表现他们的真实情感和意愿，而不只是像现实生活中那样，显示他们通常所承认或知道的事物；它必将显示隐藏在优柔寡断或意志薄弱的人物内心无法控制的无意识，也显示狡诈之人坚定的目标下面情境的牺牲品及悲剧性的存在。[①]

威廉斯在戏剧创作中，运用灯光、音乐等特殊的舞台语言，来揭示人物内心，制造出诗意的舞台效果。在这个意义上来说，威廉斯的剧作就是考克多（Jean Cocteau）所谓的"戏剧诗"（poetry of the theatre），它是一种完全的戏剧效果；而不是"剧中诗"（poetry in the theatre），那只是一种冗长的吟诵材料或修饰性语言。威廉斯曾经说过："我想给观众的是有些疯狂、无拘无束的

---

① 引自 Glenda Leeming, *Poetic Drama*, Macmillan Education, 1989, 20.

东西，就像山间流淌的泉水，像风中飘过的云朵，又像梦中变幻不定的意象。"①威廉斯的创作为诗意戏剧传统注入新的活力，使其呈现勃勃生机。

威廉斯的大部分剧作都以美国南方为背景，运用诗意的戏剧语言描绘了一个动荡不安的时代。在威廉斯的戏剧世界中，个人幻想代替了历史叙事，公共价值由于现代性的来临而被击得粉碎，仿佛只有艺术才能抵御这毁灭性的力量。对威廉斯来说，写作是一种冻结时间的方式，可以使自己从历史进程中抽身而出；他笔下的南方女子同样选择想象或幻想来阻止时间的流逝，在某种程度上成为虚构者或创造者。青春已逝，家园无存，她们只有依靠诗意的想象或记忆的碎片来维系生命。南方女子的想象与剧作家的戏剧创作之间有某种共通之处，都是在探讨真实与虚构之间的相对价值。无论在现代社会还是她们自身，南方女性都找不到改变命运的途径，她们只有从社会中抽离，寻找另一种真实，即想象的真实。变化是不可避免的，而且也是痛苦的。威廉斯清楚地意识到价值的失落以及重新创造价值的需要，这为他的剧作提供了某种不稳定的精神思潮。在威廉斯的创作中，南方历史已经变成一种形而上的存在，仿佛整个世界都在企图摧毁脆弱的美丽。已然消逝的旧南方成为失落的青春、美丽和浪漫的象征，剧作家将同情的目光转向那些身处困境却不失尊严与优雅的南方女子。

对威廉斯来说，南方不仅是一个地方，更是一种心灵的体验，一个精神的栖所。克尔（Walter Kerr）对威廉斯及其创作给予高度评价，他说："田纳西·威廉斯的声音是美国戏剧史上最富有诗意的，是最动人心弦的，同时也是最生动有力的。"②可以说威廉斯是一位怀旧诗人，为记忆中美好的过去谱写了一曲哀婉的悲歌。契诃夫（Anton Chekhov）是威廉斯最喜爱的剧作家之一，早在 19 世纪末，就已开始为衰落的农业贵族默默哀叹。在威廉斯的剧作中，我们能够真切地感受到南方神话的力量。尽管那只是一个美丽的梦想，但威廉斯不愿也不舍让这个梦想就此消失。虚幻与真实交织，历史与现实相融，哀婉的抒情戏剧（play of sensibility）由此而生，其中融合了"小说特有的精巧结构和感性叙述，还有诗意的细节及严肃故事的默默发展"③。抒情戏剧由契诃

---

① Tennessee Williams, *Where I Live*, Eds. Christine R. Day and Bob Woods, New York：A New Directions Book, 1978, 64.

② 引自 Louis D. Rubin, Jr. , Ed. *The American South*：*Portrait of a Culture*, Voice of America Forum Series, 1980, 355.

③ Roger Boxill, *Tennessee Williams*, London and Basingstoke：Macmillan, 1987, 4.

夫在 19 世纪末所创造，威廉斯继承了这种创作思路，在 20 世纪中叶使其再度复苏。

二、研究选题

威廉斯是一位戏剧诗人，他用诗人般的笔触描绘了一个风云突变的时代。曾经辉煌的旧南方已然逝去，只有在神话中才能找到它的踪迹。南方女性的故事不仅表现了个人经验，也展现了社会历史风貌。作为一名怀旧的剧作家，威廉斯从南方神话中获得了创作灵感，更在南方女性的形象中找到了怀旧的落脚点。当旧的种植园经济制度被摧毁后，曾经的南方淑女突然之间被抛入残酷的现代社会，在这种新的制度下她们感到无所适从。为了摆脱丑陋的现实与失败的命运，她们只有在幻想的世界中寻找片刻的安慰，却不愿在冷酷的现代文明中委屈求全。当理想被现实击碎之时，南方女性强烈地感受到生存的矛盾，这种矛盾意识又促使她们去寻求一个更完美的世界。在与命运抗争的过程中，南方女性多以失败而告终，但她们的抗争精神使其形象有了一定的高度。尽管生活在 20 世纪新兴的资产阶级文化中，南方女子依然相信美丽的南方神话，表现出对贵族式庄园生活的深深眷恋。她们代表着没落的南方贵族，因不确定的未来而感到恐惧，只有躲在过去的记忆中，编织浪漫的故事与美丽的梦想。在威廉斯之前的文学作品中也出现过许多南方女性形象，但鲜有如此生动感人的悲剧人物，这是我研究威廉斯剧作中南方女性的起点。

在残酷的现实面前，南方女性以审美的目光审视周围的世界，仿佛是在搭建生活与艺术之间的桥梁。其实，这是她们弥合现实、追求自我的一种方式。她们的单纯与美丽，她们的真诚与浪漫，她们的悲痛与哀伤，时时触动着我的心弦。在变幻不定的时代潮流中，南方女性陷入深深的怀旧情绪当中，在过去的记忆中追寻失落的青春与梦想，想象性地延续中断的历史，保存自我的完整。她们的怀旧情结是时代的产物，与南方历史上的怀旧经验有着紧密的联系。对她们来说，旧南方就像一首清新而美丽的田园诗。深刻的历史意识是南方文化的典型特征，南方人从未停止对南方身份的追寻，而怀旧可以促进身份的连续性。

怀旧在本质上是一种审美的观照，一种想象的艺术，它具有"文化诗学"的美学特征，怀旧艺术中的审美性源于对象之外的文化因素。[①]由于回眸式的

---

① 参见赵静蓉：《怀旧——永恒的文化乡愁》，北京：商务印书馆，2009 年，第 410－411 页。

姿态，南方女性的怀旧中充满诗意的想象。她们的怀旧对象是固定的、静止的，但对其诗意的阐释却是永无止境的。她们以记忆为脚本，创造着自己的历史。真正的过去在她们依恋的目光中渐离渐远，能够挽留下来的只有那瞬间的感觉与印象，但她们通过想象，在记忆深处描绘着美丽的图画。怀旧使历史被诗意化、文本化，历史在怀旧的想象中成为一种美学创造。南方女性的怀旧体现了她们的审美理想，使真实的历史变成可能的历史，从而使历史充满诗意。怀旧不仅仅是一种历史感，更是一种抒情化、诗意化的历史情怀。南方女性的怀旧经验生动地展现了历史在怀旧记忆中被诗意化和审美化的过程。

身份最初被认为是一个人或一个团体其内在本质的体现，是一种自然的、永恒的品质，但在 20 世纪之后，这种本质主义的观点受到普遍质疑，继而出现自传式的、叙述式的、表演性的自我。许多学者认为身份是在特殊的社会历史语境中建构起来的，是一种策略性的虚构，并随着情境的不断变化而重新建构。巴特勒的性别理论揭示出身份的表演性特征。身份需要不断重复的表演，这一重复同时也是对既定意义的重新演绎。性别的表演性是一种仪式化的社会行为，同时具有戏剧性和建构性的特征。巴特勒的性别表演同样适用于南方女性的身份表演。如果说刻板形象消除了所有个性化的特征，那它对生活在现代社会的南方女性来说，却有一种生产性的力量，她们的身份表演就是对她们认为正确的或有价值的原有身份的重新意指。在某种意义上来说，身份就是一种创造，一种想象性的建构。威廉斯并不认同主体的死亡，而是主张主体的重新创造，南方女性的表演性揭示出自我无限的可能性，表明身份是一个永无休止的"成为"（becoming）过程。

当代哲学的身体转向，是源于身体而通向深邃的思想和内心体验，指向个体的感性存在与精神自觉的融合。西方女性主义身体书写理论，开启了历史上尘封已久的女性身体，身体的自我观照及其性别意识的表达，成为一种自觉意义上的文化追求与主体建构。对南方女性来说，身体不仅是一种拥有世界的方式，而且是一个叙述和表达的空间。南方女性的身体叙事建立在一种预设的道德理想中，即身体承载着原始生命力，并决定着生命的意义。这种道德预设为身体开辟了道路，推开理性世界制约人性的羁绊，以求解放被压抑的原始生命力，实现生命的存在意义。身体的感觉和意识唤醒深层次生命的无意识，从而激活本能和欲望。在尼采看来，我们的肉体存在不会先于知识分类体系，因此，身体不过是一种社会建构。既然身体只是一种建构，那么它同样可以被解构和重建。南方女子通过身体的言说生产着创造性的意义，实现了新的自我主体性的建构。身体作为自我含义中最明确的部分，相当于主体认同中最为本己的领域。身体经验已经超越语言的表层意义，重构了一套新的语词。当身体出场的时候，语言并没有真正消失，而是依靠身体获得更为广泛的延伸。正如法国哲学家梅洛－庞蒂所说，身体具有一种自然表达的能力。在这个意义上来说，南方女子的身体表演不仅仅是一个简单的动作，而是蕴含着丰富的意义。巴特勒提出表演性主体的概念，以此解释性别的建构过程。巴特勒的表演性理论为女性突破身份界限开拓了新的空间，为建构新的女性主体提供了可能。

博克西利发现，威廉斯笔下的南方女性身上存在某种戏剧性的因素，而这种戏剧性因素本该随着时代的变迁而消失，但事实并非如此，于是，她们成为名副其实的表演者（performers）。①南方文化早已成为历史烟云，但南方女子依然借助表演来延续传统，并试图建构新的主体身份。对她们来说，表演并不是一种无谓的虚构，而是她们重新想象过去的独特方式。通过表演，她们赋予过去以意义，也为当下寻找意义，并创造不无意义的将来。对于生活在现代社会中的南方女性来说，表演具有一种特殊的价值，她们可以从中获得解放性的力量，在一定程度上超越异化并实现自我。然而，审美化的表演只是一种暂时的安慰，虚构的神话也无法带来长久的快乐，于是，诗意的想象与浪漫的艺术成为南方女子永恒的囚禁。

威廉斯笔下的南方女性在现代社会不可避免地遭遇身份认同的困惑与理想生活的危机，她们不愿面对现实，企图在怀旧的想象中或审美的表演中制造出一种生活的幻觉，借此获得心灵的慰藉，其中表现出建构主体的心理倾向。南方淑女是南方文化的特殊产物，她们的生命体验具有典型的南方特征。但同时，她们所面临的是一个古老而普遍的问题，那就是人类对生命意义的探索，对自我价值的追寻，她们所遭遇的困境也是时代与历史的产物。

三、文献综述

自从 20 世纪 50 年代威廉斯研究兴起以来，评论家曾试图概括威廉斯的创作风格，却常常给他贴上十分矛盾的标签，如浪漫主义、现实主义、超现实主义、表现主义等不一而足。威廉斯研究范围极为广泛，包括生平研究、文学性研究、哲学研究及美学研究等；话题更是杂色纷呈，包括双性同体、戏剧人物、女性形象、隐形角色、疯癫、存在主义哲学等。正如威廉斯的作品为我们

---

① 参见 Roger Boxill, *Tennessee Williams*, London and Basingstoke：Macmillan，1987，36.

呈现出关于过去与未来的多元化图景，威廉斯研究也为我们提供了多重阐释视角。尽管《街车》和《玻璃动物园》一直是评论界研究的核心，但威廉斯的其他剧作及小说、诗歌也受到不同程度的关注。近年来一度被视作其败笔的后期剧作脱颖而出，成为评论界瞩目的焦点。20 世纪 90 年代，学界不仅将威廉斯作为一个独立的艺术家进行研究，而且作为一个受到不同戏剧专家及同时代作家影响的合作者来加以探讨。

　　21 世纪的来临使威廉斯研究呈现出一些新的景观。萨弗兰（David Savran）认为威廉斯在很大程度上"动摇了世纪中叶关于性别主体性及戏剧形式的概念"①。萨弗兰的观点对评论界来说是一种挑战，使得他们对威廉斯及其创作进行重新审视。萨弗兰进一步指出："许多（批评家）完全忽视其剧作中的政治寓意和内涵，正如他们忽视其同性恋事实一样，而只是进行人物研究、主题分析，使得人物心理到了僵化的程度。"②自从萨弗兰的评论发表以来，许多研究者开始关注威廉斯作品中的社会政治寓意及政治与性之间的复杂关系；同时，随着越来越多的批评家开始揭示威廉斯剧作中的同性恋主题，有些学者开始探讨威廉斯对黑人及其他少数族裔人物的再现。

　　尽管威廉斯创造了许多生动感人的女性形象，但相对来说，对他的女性人物研究尚显不足。杜伦·达庞特（Durant Da Ponte）对威廉斯剧作中的女性形象作了总体性的研究，并对不同时期作品中的女性特征进行分析，考察其女性人物的发展与演变。③国外学界对其女性形象亦有为数不多的专题研究。玛亚（Doyne J. Mraz）以威廉斯的个人生活环境及经历为依托，对威廉斯剧作中女性形象的发展与演变进行分析，发现剧作家早期创作中的女性人物具有脆弱、精神分裂、疯癫等典型特征，而后期创作中的女性人物逐渐变得坚强、独立，能够较好地适应社会。詹恩（Chalermsrie Jan－orn）同样对威廉斯作品中女性人物的发展与演变进行阐释，指出威廉斯后期女性人物获得自信与力量，而这是早期女性人物所缺乏的。穆尔（Nancy Moore）从威廉斯创作的一首诗《致哀飞蛾》（Lament for the Moths）切入，对威廉斯笔下的"飞蛾女"形象进行深入研究，指出威廉斯利用飞蛾的意象创造出飞蛾女的形象。正如威廉斯诗中

---

①　David Savran, *Communist, Cowbys, and Queers*: *The Politics of Masculinity in the Work of Tennessee Williams and Arthur Miller*, Minneapolis: University of Minnesota Press, 1992, 80.

②　Ibid. .

③　参见 Durant Da Ponte, "Tennessee Williams's Gallery of Feminine Characters," *Critical Essays on Tennessee Williams*, Ed. Robert A. Martin, New York: An Imprint of Simon and Schuster Macmillan, 1997.

美丽而脆弱的飞蛾，飞蛾女在身处困境的时候，若非在幻想中寻求庇护，就是在现实中粉身碎骨。此外，约翰斯顿（Beverly Johnston）从历史学、社会学、媒体研究等不同视角对不同作家作品中的南方淑女这一文化意象进行了详尽阐述。

比格斯比（C. W. E. Bigsby）在《自我的戏剧化》（"Tennessee Williams: the Theatricalizing Self"）一文中指出，现代人的生活已经分裂成碎片，人与人之间的关系日益冷漠，人们害怕孤独却又拒绝与别人进行交流。在这样的时代，剧院可以帮助人们短暂地恢复他们业已失去的社会感，舞台上的演员相互依赖，分享着共同的时刻和语言，向观众展示其群体性并得到回应。[①]夏普（Allison G. Sharp）研究发现，元戏剧是威廉斯与观众进行交流的主要方式，而他笔下的南方女性由于生活中自我意识的表演而成为典型的"角色扮演者"（role player），因此，元戏剧也成为南方女性与他人及社会进行交流的一种方式。穆萨（Mather B. Moussa）运用表演性的视角，对威廉斯的剧中人物进行分析，指出自我并非稳定的实体，而是表演性的，带着不同的面具扮演不同的角色，以不同的脚本呈现自己。穆萨的观点对我研究南方女性的表演性具有很大的启迪。不过，穆萨认为威廉斯剧中的自我总是陷于他人为其设计好的角色当中，自我表演完全是开放的、消极的、被动的；而我在研究过程中发现，南方女性的表演与其说是压制性的，不如说是解放性的，因为她们主动选择需要扮演的角色，需要遵循的道德价值，并建构其主体性身份。

目前，国内越来越多的学者对威廉斯及其剧作表现出浓厚的兴趣。张敏在其博士论文中，对威廉斯的戏剧理论及实践进行了详尽的阐述，旨在探讨威廉斯如何以"柔性"为原则使其剧作产生诗意的抒情效果，指出诗意和抒情性是威廉斯剧作中的重要特征。值得我们注意的是，威廉斯剧作中的性别主题及边缘思想成为国内学界关注的焦点。据笔者掌握的信息，有关威廉斯及其创作的专著国内只有两部，一部是李莉撰写的《女人的成长历程：田纳西·威廉斯作品的女性主义解读》，另一部是李尚宏撰写的《田纳西·威廉斯新论》。国内对威廉斯剧作中女性形象的专题研究十分匮乏。除了李莉的专著外，仅有数篇硕士论文有所涉及。威廉斯笔下的女性人物丰富多样，且扑朔迷离，再加上剧作家诗意化的语言风格和非写实的舞台表现，使其剧作晦涩难懂，长期以

---

① 参见 C. W. E. Bigsby, *Modern American Drama* 1945 – 2000, Cambridge University Press, 2000.

来遭到许多误读。鉴于此，我们有必要对威廉斯及其剧作进行重新诠释，以期挖掘其中更深层的思想内涵和美学价值。当谈到威廉斯研究的前景时，克兰德尔（George W. Crandell）指出："对威廉斯研究的趋势只有神奇的缪斯才能够预测。"①对威廉斯学者来说，这是一个令人鼓舞的消息，也希望我的研究对将来的研究者能有所启迪。

四、研究方法

笔者以威廉斯剧作中的南方女性为主要研究对象，分别从怀旧、异化、表演性、生存美学等文化视角，阐释南方女性在现代社会中的悲剧性命运，并探讨她们在残酷的现实面前如何以审美的方式寻找自我、回归本真的心路历程。随着工业化和现代性的发展，南方文化出现悲剧性的断裂，曾经的南方淑女从此失去历史的舞台。于是，她们将目光投向过去，在回忆和想象中重新建构失去的自我，寻找失落的家园。南方淑女诞生于美国南方种植园时代，是南方文化的重要象征。威廉斯剧作中的南方女性生活在现代社会，遭遇身份认同的困惑与理想生活的危机，却对旧南方有着深深的怀旧情结，并在现实生活中扮演着南方淑女的角色，制造出一种生活的幻觉，试图在过去的记忆中寻找失落的天堂。颇为有趣的是，似乎过去最大的特点就在于其稳定性，但南方女子记忆中的过去是在她们的想象中被重新建构起来的。对她们来说，过去从来都不曾过去，它与现在有着千丝万缕的联系。南方女子想象中的过去就像未来一样，充满许多可变与未知的因素。威廉斯笔下的南方女性在现实生活中表现出明显的表演性特征，借此来弥合断裂的传统和破碎的历史，从而超越有限的时间。

本书主体部分共分四章，分别对以下问题进行论述：为什么南方女性总是沉湎于过去？她们在现代社会中遭遇的困境是什么？她们如何应对残酷的现实并实现自我的回归？她们会有怎样的未来？各章分别从南方女性的怀旧情结、异化倾向、表演性特征及对生存美学的追寻等不同层面，追溯她们重新想象过去的心灵体验，揭示她们所遭遇的身份危机及其主体建构的心理倾向。

第一章以《玻璃动物园》中的阿曼达和劳拉为主要研究对象，运用怀旧理论，在南方文化的背景下阐释南方女性的怀旧情结。南方女性的怀旧情结主要表现在对昔日美好的眷恋、对浪漫爱情的追忆以及对神话世界的向往，它与

---

① George W. Crandell, "Tennessee Williams Scholarship at the Turn of the Century," *Magical Muse: Millennial Essays on Tennessee Williams*, Ed. Ralph F. Voss, Tuscalloosa and London: The University of Alabama Press, 2002, 24.

南方历史及传统有着紧密的联系。在一定意义上来说，怀旧是南方女性获得超越与救赎的力量，也是寻求自我、回归本真的必要途径。威廉斯笔下的南方女性在记忆与想象中回归过去，重新体验曾经的幸福与美好，从而缓解现实的痛苦与压力，获得维持心灵平衡的契机。由于对过去的怀念和对传统的依恋，南方女子借助想象的力量延续中断的历史，回归完整的自我。她们通过回忆历史而再次拥有历史，但付出的代价是脱离了现实的根基，失去了生命的滋养。

第二章以《青春甜蜜鸟》中的普林塞丝为主要研究对象，从异化理论入手，分析南方女性在现代社会遭遇的现实困境及其自我异化的命运，揭示她们的悲剧根源。由于自我异化的命运，审美的艺术成为南方女性超越异化、实现自我的重要途径。普林塞丝遭遇梦想的破灭，继而身陷堕落的深渊，并将性以及青春美貌进行标价，作为市场上出售的商品。即使如此，南方女子也从未放弃对生命的信念和对本真的渴望，她们试图通过爱以及审美的艺术与想象获得救赎。对威廉斯笔下的南方女性来说，艺术与想象是一种阿波罗式的梦象世界，也是她们的逃避之所，借以忘却现实的痛苦。

第三章以《街车》中的布兰琪为主要研究对象，运用表演性的概念集中探讨南方女性如何通过表演建构自我的心路历程。南方女性的表演性主要表现在三个方面，包括身体的表演、身份的表演和诗意化的生活。在南方女性的表演叙事中，身体成为主体的身体，成为意义发生的场所。传统是那种能够给我们方向感和归属感的东西。对南方女性来说，传统已然失落，必然产生认同的焦虑，而她们的身份表演就是为了解决现实情境中的认同危机，回溯过去的自我形象和生存经验，从而保持自我发展的历史不被中断的行为。

第四章以《夏日烟云》中的阿尔玛为主要研究对象，借用福柯的生存美学思想，考察南方女子在成长过程中对生命的体验和对未来的思考。在与约翰交往的过程中，阿尔玛的身体意识开始觉醒，获得自我的启蒙，从而回归身体经验，并实现身体与精神的相互交融。阿尔玛在自我实践的过程中，从纯粹的精神追求转向原始的身体经验，最终选择福柯意义上的生存美学，勇敢地追求属于自己的生活与爱情，寻找现实生活中的栖身之所。由此，威廉斯笔下的南方女性真正获得了走向未来的力量。

第一章

南方文化怀旧：阿曼达的回忆与劳拉的哀愁

　　《玻璃动物园》是威廉斯的第一部成功剧作，它像一缕清风吹进美国戏剧的舞台。在"演出提示"中，威廉斯声称要创造一种新的戏剧，叫"造型戏剧"（plastic theatre）。剧作家有效地运用灯光、音乐、雕塑等特殊的舞台语言渲染气氛、塑造人物，并推动情节发展。半个多世纪前第一次被搬上舞台的时候，《玻璃动物园》意味着美国戏剧新黎明的来临。[①]如今，它是世界各地演出次数最多的剧目之一，已经成为现代戏剧史上宝贵的文化遗产。该剧代表着美国戏剧发展的重要转折点，"开启了戏剧史上崭新的一页"[②]。在这部剧作中，汤姆·温菲尔德在记忆中回到他曾经离弃的母亲阿曼达和姐姐劳拉身边。与福克纳（William Faulkner）笔下的许多女性人物一样，阿曼达和劳拉是南方文化的一部分，也是南方文化的重要象征。如果说阿曼达是在美好的记忆中寻找安慰，那么劳拉就是在想象的世界里追求永恒。《玻璃动物园》不仅是汤姆对家人的个人记忆，也是对美国20世纪30年代的民族记忆，更是一首献给已逝南方及南方淑女的悲戚挽歌。

　　第一章以《玻璃动物园》中的阿曼达和劳拉为主要研究对象，探讨南方女性的怀旧情结。遭遇现代性的南方女性无法适应现实生活，情感无所依托，幸福无处寻觅，再也无法像过去那样拥有连续的历史和完整的生命。她们唯一能做的，就是在当下的时间体验中感受文化的断裂，怀旧成为一种必然的救赎。南方女性的怀旧情结主要表现在对昔日美好的眷恋、对浪漫爱情的追忆以及对神话世界的向往。威廉斯笔下的南方女性在回忆中重温旧日的美好，借助精神上的回归来缓解现实中的压力与痛苦，从而获得心灵的慰藉。她们通过回

---

①　参见 Delma E. Presley, *The Glass Menagerie：An American Memory*, Boston：Twayne Publishers, 1990, 15.

②　Arthur Miller, "An Eloquence an amplitude of Feeling," *TV Guide* 3 March 1984, 30.

忆历史而再次拥有历史，只是被困在怀旧的漩涡当中无法自拔，形成强烈的悲剧意识。

第一节　怀旧文化概述

怀旧（nostalgia）一词，源于两个希腊词根：*nostos* 和 *algia*。*nostos* 是"回家"、"返乡"的意思，algia 则指"痛苦"或"渴望"，表达思慕回家的焦灼感。因此，按字面的意思"怀旧"就是"思乡病"。1688 年，瑞士医生霍夫尔（Johannes Hofer）在他的论文中首次创造并使用"nostalgia"一词，专指一种医学症状，主要发生在那些远离祖国而服务于欧洲统治者军团的瑞士雇佣兵身上。1863 年，美国医生彼得斯（Dr. De Witt C. Peters）是这样定义怀旧病的："一种特殊的忧郁症，或者说一种轻度的精神错乱，是由于失望和不断想家造成的。"[①]至此，怀旧都被理解为一种疾病，可以通过医学手段得到治疗。这一医学化的怀旧定义一直流行到 19 世纪末。到了 20 世纪，曾经可以治愈的思乡病变成现代人无法治愈的社会病。

单从词源学的角度来看，"nostalgia"最初只有空间层面的意义，即"思乡"；但随着社会的发展和怀旧理论的不断完善，该词逐渐扩展到时间的层面。卜弥格（Svetlana Boym）是这样描述怀旧的：

> 乍看起来，怀旧是对某个地方的渴望，可实际上那是对一种不同时间——我们童年的时间，我们梦想的缓慢节奏——的渴望。在更广泛的意义上，怀旧是对现代时间概念即历史进步论的抵制。怀旧者想要删除历史，将它变为个人或集体的神话，想要重访时间，就像重访地方一样，拒绝屈服于侵蚀整个人类的、无法逆转的时间。[②]

正如文学理论家琳达·哈钦（Linda Hutcheon）所说："时间，不象空间，无法回去——永远都不会；时间是不可挽回的。怀旧成了对这一悲伤事实的反

---

① 引自 Janelle L. Wilson, *Nostalgia*：*Sanctuary of Meaning*，Lewisburg：Bucknell University Press，2005，21.

② Svetlana Boym, The Future of Nostalgia. New York：Basic Books, 2001，xv.

应。"①怀旧者所渴望的时间可能是个人的，也可能是集体的或历史的，或许从来都没有真正存在过，只是用来描述那些关于黄金岁月的神话。于是，过去变成了神话。其实，早在 17 世纪之前，不论在欧洲文化还是中国诗词及阿拉伯诗歌当中，就有许多怀旧的传统。那是一种诗意的表达，我们称之为传统怀旧。自 18 世纪以来，探索怀旧的事业从医生的诊所转移到诗人和哲学家的书斋。怀旧病已不再能够被治愈，而是广为传播。它也不再是一则关于逐渐康复的故事，而是一个关于过去的浪漫传奇。

现代怀旧的理论谱系可以追溯到 18 世纪的法国思想家卢梭那里。他对现代科技和工业文明的批判，拉开了以审美救赎对抗现代理性的序幕，首次表露出人类对原初自然和本真存在的追忆，从而奠定了现代怀旧诞生的基础。席勒继承卢梭的精神，开启文学艺术中探索怀旧母题的新风尚。黑格尔从纯粹思辨和理性的角度出发，观照现代社会中传统的失落以及现代文明的历史意义问题，流露出对古典文化的热爱之情。在 19 世纪，快速发展的工业化和现代性加剧了人们对以往慢节奏生活的渴望、对社会和谐以及传统的怀念。海德格尔回溯过去，对整个西方传统哲学和形而上学进行重新梳理，旨在为人类寻找一方不受现代文明污染的净土，使其诗意地栖居在大地上。到了本雅明这里，怀旧不再表现为对具体的人或物的眷恋，而是一种抽象的哲思。至此，怀旧成为一种博大精深的文化现象。②

对于怀旧的分类有许多种。美国社会学家弗雷德·戴维斯（Fred Davis）根据不同的怀旧主体将怀旧分为集体怀旧（collective nostalgia）和个人怀旧（private nostalgia）。在集体怀旧中，"象征性的物品具有高度公共的、广为分享的、为人熟悉的特征。比如，在适当的条件下，那些来自过去的象征性资源，能够同一时间在千千万万人当中激起一波又一波怀旧情感的浪潮"，而在个人怀旧中，"那些来自过去的象征性意象及指涉，由于它们在个体传记中的特殊作用而显得较为特殊，并具有个性化。"③ 卜弥格则根据怀旧者不同的情感倾向将怀旧分为两类：回归型怀旧（restorative nostalgia）和反思型怀旧（reflective nostalgia）。

---

① 引自 Janelle L. Wilson, *Nostalgia：Sanctuary of Meaning*, Lewisburg：Bucknell University Press, 2005，22.

② 参见赵静蓉：《怀旧——永恒的文化乡愁》，北京：商务印书馆，2009 年，第 81 页。

③ Fred Davis, *Yearning for Yesterday*, New York：The Free Press, 1979，222.

在我看来，有两种怀旧可用以描述个体与过去的关系、与想象中的共同体的关系、与家园的关系、与自我认识的关系：回归型怀旧与反思型怀旧。这两种怀旧并非绝对的分类，而是表述渴望并赋予其意义的倾向和方式。回归型怀旧强调 nostos，企图重建失去的家园，填补记忆的鸿沟。反思型怀旧则强调 algia，强调渴望与失落，那种缺损的记忆过程。回归型怀旧表现在对过去的完全重构中，而反思型怀旧则徘徊于废墟之上，徘徊于时间和历史的光环里，徘徊于另一个空间和另一个时间的梦想中。①

回归型怀旧强调家园的失落，重在弥补记忆的鸿沟；反思型怀旧则只停留在渴望与失落的层面，其重点不在恢复被认为是绝对真理的东西，而在于对历史和时间流逝的沉思。赵静蓉则将怀旧分为三类：朴素回归型、游移反思型和永恒认同型，三种怀旧类型逐渐趋于深化，并分别指向过去、现在和未来。②具体到《玻璃动物园》，其中阿曼达的怀旧是典型的回归型怀旧，而劳拉则表现出反思型怀旧的诸多特征。

自从"怀旧"一词在 17 世纪末被收入西方词典以来，它就为那些无法直接改变现实处境的人们提供了一种抵制与反抗的方式。怀旧是一种历史现象，是人们对特定政治、经济及文化现象作出的回应，尤其是对现代时间及空间概念的回应。以怀旧的目光审视周围的环境，意味着在与不可企及或已失去的过去的对比中诠释现在，是一种否认现代逻辑的意识。在威廉斯的剧作中，生活在现代社会中的南方淑女对南方文化怀有深深的眷恋。她们的怀旧属于典型的现代怀旧，却又不乏传统怀旧中所蕴含的浓浓的"乡愁"。在她们怀旧的渴望中，逝去的南方变成了美丽的神话。

旧南方的神话是一段牧歌式的浪漫传奇，而它的沉沦则是一首田园挽歌。不论是浪漫传奇还是田园挽歌，都是美国的农业神话。那是民族文学的主要基调，描绘"新世界"完美的人间天堂。这一农业神话表达了人类对理想的生存秩序——如卡美洛特、伊甸园、黄金时代——的普遍渴望，尽管这样的理想秩序早已在时间与生命的残酷现实面前消失殆尽。③

---

① Svetlana Boym, *The Future of Nostalgia*, New York: Basic Books, 2001, 41.
② 参见赵静蓉：《怀旧——永恒的文化乡愁》，北京：商务印书馆，2009 年，第 352 页。
③ Roger Boxill, *Tennessee Williams*, London and Basingstoke: Macmillan, 1987, 1.

卡什（Wilbur J. Cash）撰写的《南方心理》（The Mind of the South）一书是关于南方历史的经典著作，也是一部富有创造性的作品。卡什指出，南方心理与南方的过去紧密相联。在他看来，南方在南北战争之后的重建过程中，与其说经历了现代化，不如说脱离现代性的轨道，回到了过去。这同样也是威廉斯笔下南方女性的心灵体验。她们生活在一个怀旧的时代，"在这个时代中，在所有对未来乐观的欢呼中，所有对进步庄严的标榜中，有一种对新兴工业的强烈反感……一种对过去或多或少想象的、贵族式及纯农业式美好生活的渴望。"①她们宁愿相信美丽的南方神话，而且希望那是真的，表达了她们对已逝黄金岁月的留恋与向往。对她们来说，南方神话不仅意味着尊贵与辉煌，而且是她们在泪眼朦胧中对那片土地的美好憧憬。这在阿曼达对"蓝山"②的回忆中得到了具体体现，而《街车》中"美梦"③的意象更是南方女性怀旧情绪的生动写照。对南方女性来说，旧南方就像一首清新哀婉的田园诗。她们的怀旧情结与南方历史传统中的怀旧经验有着紧密的联系。深刻的历史意识是南方文化的典型特征，即使在21世纪的今天也依然如故。南方人从未停止对南方身份的追寻。南方身份中一个无法抹去的因素就是它的历史，即南方人的集体经验，这与整个美国成功、自由、进步的经验形成鲜明的对照。④

对美国民众来说，旧南方已经变成他们意识中永久保存的一部分。在内战后的美国文学中，种植园成为牧歌的圣殿，或是阳光明媚的香格里拉，仿佛没有时间的流逝，更没有尘世的烦扰。美丽的神话成为一种定义并衡量人类文明局限性的方式。旧南方曾经拥有的农业文明与种植园文化孕育了特殊的南方身份。随着战争的失败与现代性的来临，曾经的辉煌与优雅都烟消云散，然而，南方身份并没有随之消失，过去的记忆牢牢驻扎在南方人的心里。1930年，范德比尔特的"十二个南方人"（Twelve Southerners）撰写的《我要坚持我的立场》（I'll Take My Stand）问世，引起公众的广泛关注。这是一则称颂农业文明的宣言，以怀旧的目光回望过去。该书作者都是反对工业文明的农民，渴望回到"进步"之前的黄金岁月。这部著作有双重目的：反对现代的进步思想，主要指工业化；反对虚伪的现代科学，主要指实证主义。他们拥护南方的

---

① W. F. Cash, *The Mind of the South*, New York: Alfred A. Knopf, Inc., 1941, 62.

② 《玻璃动物园》中阿曼达及其家人曾经居住的地方叫"蓝山"（Blue Mountain）。

③ 《街车》中布兰琪及其家人曾经居住的地方叫"美梦"（Belle Reve）。

④ 参见 John Smith and Thomas H. Appleton, Jr., Ed. *A Mythic Land apart: Reassessing Southerners and Their History*, Westport, Connecticut and London: Greenwood Press, 1997, 178.

生活方式，反对所谓美国式或流行生活方式。在他们看来，与快速、紧张的城市生活相比，南方农业社会的人们生活得平静而和谐。南方女性的怀旧经验是这一南方怀旧传统的生动演绎，在动荡不安的生活现实中渴望回归单纯而美好的过去。

《玻璃动物园》全面展示了威廉斯的戏剧创作才能。这部精致的作品是关于一个南方家庭的悲剧性故事，也是威廉斯对美国经济大萧条时期的回忆与感受。当时，他白天在鞋业公司工作，晚上伏案写作，最终完成这部伟大的剧作。剧中同时展现了三个时空：作为海员的汤姆向观众叙述回忆的第二次世界大战时期；汤姆和母亲、姐姐曾一起经历的经济大萧条时期；阿曼达回忆中美好的少女时代。该剧中，小小的艺术，如易碎的玻璃动物、古老的唱片以及涂写在鞋盒上的诗句，都成为剧中人物在飘摇不定的生活中莫大的慰藉。法国剧作家考克多在谈到自己的创作时这样说道："我的戏剧情节是由一组组意象构成的，但文本不是。我试图用'戏剧诗歌'来取代'剧中诗歌'。"[1]这句话同样适用于威廉斯及其作品，尤其是《玻璃动物园》。

在《玻璃动物园》中，威廉斯描写了南方女性在现代社会中的尴尬处境，追溯了她们通过怀旧弥合现实、寻找自我的心路历程。在人类历史上，怀旧是与文化及经济转型时期相伴而生的，表达了人们在动荡的岁月想要重新掌握命运的愿望。威廉斯笔下的南方女性处于新旧文化交替的时代，这触发了她们内心对过去的眷恋与渴望。《玻璃动物园》的故事就发生在一个历史巨变的时刻。不仅剧中人物的个人生活经历着巨大的变迁，外面的世界也发生着翻天覆地的变化。正如汤姆所说：

> 这一年，冒险和变化就在眼前，就在某个角落里等着这些孩子们。飘浮在贝希特斯加登上空的烟雾中，躲藏在张伯伦的雨伞折缝里。在西班牙，有格尔尼卡！可是在这儿，只有热烈的摇摆音乐、酒精、舞厅、酒吧和电影院，还有隐藏在黑暗中的欲望，像悬挂的枝形吊灯那虚幻的彩色光线，弥漫着全世界……全世界都在等待爆炸的时刻！[2]

---

① 引自 Mathew C. Roudané, Ed. The Cambridge Companion to Tennessee Williams, Cambridge: Cambridge University Press, 1997, 31.

② Tennessee Williams, Plays 1937 – 1955, New York: The Library of America, 2000a, 425. （以下出自该剧的引文只在括号内标明页码。）

南方女性的怀旧情结是时代的产物。与契诃夫的《樱桃园》（*The Cherry Orchard*，1904）一样，《玻璃动物园》表达了真实的个人情感与痛苦体验，整个社会以及作为社会牺牲品的人们都被困在剧变的历史时刻。剧中玻璃独角兽摔碎的声音仿佛是在宣告这一历史时刻的来临，同时也预示着一段个人浪漫神话的终结。

阿曼达在"蓝山"美好的少女时光与她在圣路易斯艰难的生活相互映衬，构成这部戏剧怀旧的主旋律。阿曼达希望为跛脚的女儿劳拉寻找一份真实的爱情，劳拉也同样期待白马王子的出现。然而，美好的梦想最终破灭。其实，早在阿曼达不幸的婚姻中，我们已经预感到劳拉的命运。劳拉是一位美丽却极其腼腆的女孩，整部剧作以她的故事为主线。当她曾经暗恋的男孩子出现在眼前时，劳拉的心中激起最甜美的涟漪。然而，羞怯的南方女孩注定不是传说中的灰姑娘。白马王子很快就离她而去，因为他已有了自己的心上人。由于现实的失望与痛苦，南方女性惟有借助怀旧寻找失落的梦想与青春。阿登（Roger Aden）认为怀旧对于促进身份的连续性具有重要的意义，而怀旧交流是逃避时间的一种方式："怀旧交流为人们提供了一种有效的途径，从而象征性地逃避令人压抑而混乱的文化现状。他们通过交流穿越时空，最终找到了'意义的圣殿'，不再遭受现实的侵扰。"①

威廉斯艺术创作的世界位于密西西比河三角洲地区，那里的小镇有着美丽而充满想象的名字，如"蓝山"、"美梦"、"秀岭"。与他的大部分作品一样，《玻璃动物园》表明威廉斯的心是属于南方的。剧作家选择田纳西作为笔名也是出于对先祖的尊敬与认同。从他描写的许多人物身上，我们同样能够感受到他对南方文化的眷恋。然而，威廉斯以怀旧的笔触描写南方的同时，也以审视的目光与它保持批判的距离。南方这块神话般的土地并不仅仅意味着圣洁的木兰、香甜的薄荷朱利酒、优雅的沙龙舞或阿曼达记忆中风度翩翩的年轻绅士。阿曼达一次次回忆着美好的少女时光，但在残酷的现实面前又不得不承认过去给她的美丽承诺只是一个虚幻的梦而已。当现实不再是过去的景象，怀旧就获得全部的意义。过去对阿曼达和劳拉这样的南方女子来说有着持久的生命力，正如它不断影响着她们生活的这片土地。

---

① Roger Aden，"Nostalgic Communication as Temporal Escape：*When It Was a Game*'s Re – construction of a Baseball/Work Community，" *Western Journal of Communication* 59（1995）：21.

第二节　重拾昔日的辉煌

回归家园是西方文学史上的重要命题。古希腊伟大诗人荷马笔下的奥德赛，独自坐在奥杰吉厄岛上悲伤地哭泣，怀念着美丽的家乡伊萨卡。这种回归叙事同样促使剧作家威廉斯对荷马史诗进行重新书写，并刻画出像阿曼达、劳拉这样生动感人的怀旧者形象。阿曼达记忆中的"蓝山"是南方辉煌历史的象征，也是南方神话的写照。在记忆中，阿曼达回到那个充满梦幻的地方，也回到天真烂漫的少女时光。然而，现实生活中的她只是一个没落的南方淑女，就像一只小小的飞蛾，"期盼永远也不会有的未来，渴望从来都不曾有的过去。"①阿曼达渴望回到过去，回到温情而浪漫的旧南方。对她来说，过去是否真的如此并不重要，重要的是她对过去的认可以及她真切的想象。其实，在她心目中，过去比现在更真实可感，是温婉淑女本该拥有的生活。然而，怀着浪漫梦想步入婚姻殿堂的阿曼达，最终遭遇被抛弃的命运，唯有陷入对过去的怀念当中，渴望找回美丽的"蓝山"家园。阿曼达的怀旧是典型的回归型怀旧。

回归是怀旧问题最表层、最直观的特征，也是怀旧主体最容易产生的心理冲动。在回归型怀旧中，怀旧主体以回望的姿态，认为过去的一切都是美好的，是值得留恋的，而现实世界缺额意义与价值，因而强烈地渴望回到过去。正如弗雷德·戴维斯所言："它隐匿和包含了未被检验过的信念，即认为过去的事情比现在更好、更美、更健康、更令人愉悦、更文明，也更振奋人心。"②弗雷德·戴维斯把这种怀旧方式定义为"朴素的怀旧"（simple nostalgia），即卜弥格所称的回归型怀旧。在朴素的怀旧或回归型怀旧中，主体有意回避或忽略现实中的复杂情境，渴望在现实生活中重新"建造"失去的家园，再次体验过去的美好。在此，怀旧主体的情感得以直接宣泄，而怀旧客体只是情感的载体。回归型怀旧具有"朴素"或"简单"的美学特征，呈现出一种自足之美，单纯明朗如人类的童年。因为对现实不满，所以对过去抱着热切的渴望，希望时光能够倒流，生活可以再来。③现代社会中的南方女子，失去了曾经女神般的地位，又无法适应现实生活，于是，怀旧成为她们重要的心灵寄托。

---

① Roger Boxill, *Tennessee Williams*, London and Basingstoke: Macmillan, 1987, 93.

② Fred Davis, *Yearning for Yesterday*, New York: The Free Press, 1979, 19.

③ 参见赵静蓉：《怀旧——永恒的文化乡愁》，北京：商务印书馆，2009年，第358页。

对旧南方的怀念在 20 世纪 30 年代的美国尤为盛行。经济大萧条迫使人们以怀旧的目光回望过去，借以逃避现实的苦难。这正是阿曼达一家所经历的年代，因此，她的怀旧具有鲜明的时代特征。阿曼达是一位性格鲜明、风度优雅的南方女子，她的少女时代是在美丽的"蓝山"度过的。后来，她嫁给一位英俊的电话接线员，从此移居圣路易斯。然而，丈夫不但没能给阿曼达幸福的生活，而且毅然离她而去，那个曾经年轻貌美的女子如今却被困在狭小而破旧的公寓中。对阿曼达来说，动荡的社会环境和窘迫的经济状况，加剧了她生活的痛楚与心灵的创伤。此时，记忆中的南方是她心中唯一的绿洲。家是空间的一种特殊形式，象征着历史上单纯的时刻与温馨的居所。我们只有在与家保持一定的距离时，才能真正感受到对家的渴望，产生还乡的欲望。就像北岛在《背景》一诗中所写：

必须修改背景
你才能够重返故乡①

在不断变化的社会语境下，怀旧成为南方女性逃避现实、缓解压力的情感倾向，也是她们重新把握自己、重新认识世界的有效方式。

玛格丽特·米切尔（Margaret Mitchell）史诗般的长篇巨著《随风而逝》（*Gone with the Wind*, 1936）曾经风靡世界，使南方神话迅速传播开来，也使南方成为民族意识的一部分。阿曼达在向客户推销妇女杂志订单时，将其比作《随风而逝》，足以显示出这个美丽神话对她的影响。像许多南方女子一样，阿曼达通过回忆过去来冲淡现实的苦涩，记忆中的南方充满想象与神话的元素。内战后随着工业化与现代性的发展，南方文化出现悲剧性的断裂，作为南方文化象征的南方淑女也被卷入动荡不安的社会漩涡之中，深切体会到身心俱裂的痛楚。她们失去了安全感与归属感，只有幻想回到过去，寻找一段稳定的历史让心灵休憩，重新树立面对现实与未来的勇气。波德莱尔用诗人般的语言说道："现代性就是过渡、短暂、偶然，就是艺术的一半，另一半是永恒和不变……"②一切仿佛稍纵即逝，过去很快被淡忘，历史也变得十分遥远。也许

---

① 北岛：《北岛诗歌集》，海口：南海出版公司，2002 年，第 160 页。
② 波德莱尔：《1846 年的沙龙：波德莱尔美学论文选》，郭宏安译，桂林：广西师范大学出版社，2002 年，第 424 页。

正因为如此，有关过去的一切才显得那样朦胧而美丽，于是，就有了对传统的留恋与向往。

随着岁月流逝，阿曼达开始意识到青春与爱情已远离自己，剩下的只有残酷而悲凉的现实，她只能通过想象旧日的盛景来抚慰心中的失落与无奈。怀旧是因时间距离与空间位移而产生的，阿曼达的怀旧主要体现在对"蓝山"的美好回忆中。南方就像一棵长满年轮的大树，它的枝干早已被岁月的狂风吹弯，但它的根茎依然深埋在旧南方的土壤中。①威廉斯笔下的南方女性也莫不如此，虽然身处现代世界，但她们的心却永远属于旧南方。然而，南方女性记忆中的过去并非本真的过去，而是经过想象加工的过去，是被创造的过去。正如卜弥格所言："一个人并不是对是其所是的那种过去怀旧，而是对是其本可能是的那种过去怀旧。这个人努力奋斗为能在将来得以实现的正是这一过去。"②因此，阿曼达记忆中的过去并非果真如此，而是她理想中那个本该有的过去。在想象性的怀旧中，她的现实焦虑得以缓解。然而，缓解毕竟是暂时的，正如霍布斯鲍姆所言：

> 能够恢复已逝过去的一小部分，却能激发人们的强烈感情，即使是一种幻术，在一定程度上也等于恢复了整个过去……当过去无法再如实地重现或恢复时，人们迟早会达到这一个点。在这个点上，过去离现实世界、甚至离记忆中的世界是如此遥远，以至于它最终成了不过是用历史词汇来说明今天某个不切实际的保守愿望的一种语言。③

当人们出现身份危机的时候，最容易产生怀旧情绪；在风雨飘摇的年代里，回望过去能给人一种心灵的慰藉。"人们通过回首过去的黄金岁月来逃避现实，渴望一个从未有过的时代"④。阿曼达失去了纯真的少女时代，也失去了美丽的"蓝山"家园，于是，在记忆中重拾昔日的辉煌成了她生活中最大的快乐。

---

① 参见 George B. Tindall, *The Emergence of the New South*, Louisiana University Press, 1967, 591.

② Svetlana Boym, *The Future of Nostalgia*, New York: Basic Books, 2001, 351.

③ 霍布斯鲍姆：《史学家——历史神话的终结者》，马俊亚、郭英剑译，上海：上海人民出版社，2002年，第18页。

④ J. R. Oakley, *God's Country: America in the Fifties*, New York: The Free Press, 1979, 428.

阿曼达　有一个礼拜天下午在"蓝山"——你们的妈妈接待了——
　　　　十七个！——来访的绅士！嗨，有时候连椅子都不够他们
　　　　坐。我们不得不叫仆人到教堂里去搬折叠椅。

汤　姆　（仍站在帷幕旁）你怎么招待那些绅士呢？

阿曼达　我懂得谈话的艺术！

汤　姆　我敢肯定你挺会说话。

阿曼达　那时候的姑娘都知道怎么说话，这可是千真万确的。

汤　姆　是吗？（屏幕上出现阿曼达姑娘时的样子，在门廊里招呼
　　　　客人。）

阿曼达　她们知道怎么招待来访的绅士。一个姑娘光有美丽的容貌与
　　　　优雅的身材是不够的——尽管我在这两方面一点都不差。她
　　　　还需要思维敏捷，口齿伶俐，以应付各种场面才行。

汤　姆　你们都谈些什么呢？

阿曼达　世界上发生的种种大事！从来不谈粗俗或无聊的事情。……
　　　　来拜访我的都是绅士——全都是！来拜访我的男士当中，有
　　　　几个是密西西比河三角洲最显赫的年轻种植园主——种植园
　　　　主和种植园主的儿子！（402－403）

　　在阿曼达的讲述中，我们能够清晰地感觉到她对过去的留恋与向往，美丽的南方神话早已成为她记忆的背景。汤姆和劳拉耐心地倾听着母亲的诉说，任她沉浸在幸福的回忆之中，暂时忘却现实的痛苦与烦恼。就这样，在阿曼达的记忆与想象中，"蓝山"不断地被创造和再创造，从而"混淆了真实的家园与想象的家园"①。

　　阿曼达对昔日的眷恋折射出的是剧作家对美好童年的追忆。威廉斯从小跟外祖父母生活在一起，过得幸福而快乐。后来由于父亲工作关系举家迁往圣路易斯。对年幼的威廉斯和姐姐罗丝来说，离开睡意朦胧的乡村小镇，来到喧嚣陌生的大都市，仿佛被逐出美丽的伊甸园。威廉斯在《回忆录》（*Memoirs*）中这样写道：

　　　　那时，我们跟祖父母生活在一起，在密西西比州度过的八年时光，是

---

① Svetlana Boym, *The Future of Nostalgia*, New York：Basic Books, 2001, xvi.

我生命中最快乐的童年岁月。亲爱的祖父母为我们提供了舒适安逸的家庭生活。还有那个疯狂而甜蜜的半想象的世界，我的姐姐和我们漂亮的黑人保姆奥兹都住在里面；那是一个独立的空间，除了我们这小小的神秘三人团，别人谁也看不见……那个世界，那迷人的时光，随着家人突然移居圣路易斯而告终。①

阿曼达离开"蓝山"跟随丈夫来到圣路易斯，也无异于伊甸园的失落。吉姆来访时，阿曼达向他称赞劳拉的同时，也回忆起她的过去。她说：

> 像劳拉这样既温柔漂亮，还会料理家务的姑娘，是很少见的！……我们从前在南方有很多仆人。没有了，没有了，没有了。所有美好生活的点点滴滴！全都没有了！当时我对未来一无所知。所有来拜访我的绅士都是种植园主的儿子，我当然以为自己会嫁给其中的一位，生活在广阔的土地上，还有许许多多仆人，在那里生儿育女。可是做男人的求婚——做女人的接受！把那句古老的成语稍稍改动一下——我没有嫁给种植园主！我嫁给了一个电话公司的人！—— 就是在那儿眉开眼笑的那位先生！（她指指照片）一个电话接线员——却爱上了远方！眼下他还在路上，我连他在什么地方都不知道。(442 - 443)

正如阿曼达所说，嫁给一位富有的种植园主是她少女时美丽的梦想，其实，种植园曾经也是所有南方人的梦想。当所有的一切随风而逝，我们只有在记忆中追寻过去的踪迹。在某种意义上来说，怀旧是对一个已不再有或从未有过的家园的渴望，是一种失落和错位的情愫，也是想象中的浪漫遐思。阿曼达不断回忆着失去的"蓝山"，更确切地说，她是在想象中重新编织着美丽的家园。有时，为了生存我们必须回望过去，因为

> 回望过去能使我们发现一些永恒而独立的东西，这些东西没有我们也依然存在，但如果我们缺少它们就难以维系。不论是个人危机还是整个文明危机，当它出现的时候，人们看不到未来发展与进步的希望；但只要有

---

① Tennessee Williams, *Memoirs*, Garden City, New York: Doubleday and Company, Inc., 1975b, 11.

一个可以回望的过去，他们（至少在一段时间内）就能生存下去。①

阿曼达一遍遍重复着对"蓝山"美好的回忆，一遍遍在梦想中回归家园。然而，从梦中醒来，她又不得不面对破碎的现实。具有诗人气质的儿子汤姆对鞋业公司单调乏味的工作极为不满，总是在电影院里消磨时光；跛脚的女儿劳拉因为无法适应学校的生活而擅自退学，沉浸在玻璃动物的世界里。对每一个青春不再的人来说，回忆过去是很自然的事情，而对阿曼达来说，它却有着特殊的意义。过去是阿曼达的一剂神露，有助于她恢复青春活力，使她再次拥有面对现实的力量与勇气。对一个十六年前就被丈夫抛弃的女人来说，美好的记忆是她心灵的安慰，可以为她减轻痛苦，驱散孤独，重新获得完整的生命体验。正如19世纪末的波旁王朝那样，南方人从未忘记过去，一直保存着深刻的历史意识。在南方人的话语当中，会经常提到他们个人的或地方的历史，这给他们力量的同时，也将他们牢牢囚禁。就像南方淑女的怀旧情绪，既安慰着她们的心灵，也束缚着她们的生活，使她们远离现实、远离时代。费希尔（Roger A. Fischer）研究发现，"现代南方显示出一种吸收革新的能力，但并不放弃它的重要身份。"②阿曼达除了告诉我们她曾经有过失败的婚姻之外，还为我们展现了一段衰落的历史，她的回忆与想象无不投射出南方女性对美好生活的渴望。正如威廉斯将该剧定义为"回忆剧"，回忆已植根于所有戏剧人物的内心深处，而回忆中真正表达的却是对传统的怀念，对回归的渴望。无论是回忆还是怀旧，都绝非无谓的沉思遐想。

有时，怀旧会使一个人功能失调；但有时，怀旧也可能非常有益。对我们每个人来说，不论是过去、现在还是未来，归属感都是非常重要的。怀旧的经验与表达不仅是一种逃避，而过去也不只是僵死的历史。在当下，人们决定如何回忆过去，并在这个过程中赋予过去以意义。意义是在时间的长河中慢慢衍生出来的，它与当下不无关联。③

---

① Ralph Harper, *Nostalgia: An Existential Exploration of Longing and Fulfillment in the Modern Age*, Cleveland, OH: The Press of Western Reserve University, 1966, 98.

② 引自 John Smith and Thomas H. Appleton, Jr., Ed. *A Mythic Land apart: Reassessing Southerners and Their History.* Westport, Connecticut and London: Greenwood Press, 1997, 5.

③ Janelle L. Wilson, *Nostalgia: Sanctuary of Meaning*, Lewisburg: Bucknell University Press, 2005, 7.

假如怀旧记忆展现的是过去的美好时光，那么其中又不乏悲伤与失落，因为怀旧本身就意味着个体已从那种理想情境中被放逐。怀旧是一种无法治愈的疾病，是一个没有答案的问题。即使我们回到渴望的某个地方，无论是我们自己还是那个地方，都不再是记忆中的模样。阿曼达代表着神话中的旧南方，然而，浪漫的神话背后却是无法遮掩的衰落与腐朽。阿曼达从理想化的过去当中选取贵族式的价值体系，在现代世界里努力寻求生存的途径，最终却以失败而告终。威廉斯以契诃夫式复杂而微妙的笔触探讨了经典的南方主题。用蒂施勒（Nancy M. Tischler）的话来说，他"捕捉到了那些常常未被表达的思想和态度，而这些思想和态度不仅困扰着一个家庭，也困扰着整个文化。"[1]威廉斯在"演出提示"中指出：

> 人人都应该知道，眼下在艺术中照相似的逼真是无足轻重的；真实、生活，或者说现实是一种有机体，诗意的想象力只有通过变形，把它改变成其他形式，而不仅仅是表面所呈现的样子，才能在本质上再现或是表明这种有机体。（395）

这不只是威廉斯戏剧创作的美学宣言，也不只是对《玻璃动物园》创作技巧的简单描述，它还是剧中人物生存策略的生动写照。只有通过想象对现实进行改装，使之变形之后，南方女子才愿意相信它的真实。在阿曼达身上有一种可贵的传统意识，这也是每个南方人所具备的品质。对阿曼达来说，过去代表着尚未受到时间侵蚀的青春岁月。记忆已经变成神话，一个被不断重复的故事，她所渴望的只是让时间凝固，让青春永驻。

怀旧是一种永恒的审美意识，它总是以富有诗意的形象或意象为依托，指向和谐统一的美感体验。当怀旧主体在感性形象中找到情感的支点后，就会穿越形象本身，体会到隐藏在形象背后的深刻蕴意。因此，阿曼达珍藏的少女时代的衣裙不只是旧衣物，它还代表了一个时代；挂在墙上的丈夫的旧照片不只是一张普通的照片，而是一段浪漫的爱情故事；"蓝山"也不只是一个地理名词，它还象征着温馨、美丽的家园。南方淑女无法真正再现或回归那个原初的过去，但怀旧会在某个时刻突然袭来，不经意间附着在一个微小的细节上面。

---

① 引自 Louis D. Rubin, Jr., Ed. *The American South*: *Portrait of a Culture*, Voice of America Forum Series, 1980, 350.

于是，过去的整个世界便神奇地浮现在眼前。借助这些细微的事物，历史仿佛可以复活，因为它们"虽说更脆弱却更有生命力；虽说更虚幻却更经久不散，更忠贞不贰，它们仍然对依稀往事寄托着回忆、期待和希望，它们以几乎无从辨认的蛛丝马迹，坚强不屈地支撑起整座回忆的巨厦。"①一如美丽的黄水仙在瞬间将阿曼达带回浪漫的过去。英国心理学家巴特莱特称之为"意象"：

> （意象）是从图式中捡出部分的一种手段，是在重建过去的刺激和情
> 境中增加多样化机会的一种手段，也是克服按年月顺序的编排来呈现的一
> 种手段……有利于往事在与目前变化了的条件相联系的情况下运作。②

怀旧是神奇而美妙的，不论是疲惫的心灵还是受伤的情感，都会在这里找到安静的归宿。因此，怀旧在一定程度上弥合了南方女性在现实中感受到的失落与不足。

怀旧需要对过去进行积极的重新建构，因为我们主动地选择回忆什么以及如何回忆。怀旧超越了回忆，它是一种创造性的活动，在无意识中创造着神话。颇为有趣的是，似乎过去的主要特征是它的稳定性，即过去是某种已经发生的、确定无疑的东西，但怀旧的事实则表明我们是在重新建构它，过去从来都不是原来的样子，它就像未来一样难以确定。怀旧中也充满矛盾与暧昧的因素。当问及怀旧是否意味着真的渴望回到过去时，答案似乎不那么肯定。确切地说，那更是渴望再次拥有过去曾经体验过的某种心情或精神，或者只是为了重新找回先前那个"本真"的自我。怀旧代表着我们美好的愿望，"它有助于我们了解人们在冲突与对抗之外还想要什么——他们积极的目标。"③因此，怀旧或许是尝试发现我们更高的生存意义，具有强烈的超验性——寻找更多，并追求意义。我们怀旧什么暗示出我们所珍视的东西，即我们认为有价值或重要的事物。南方女性在现实中面对困境与束缚，但在怀旧的记忆中可以无拘无束，通过浪漫的想象创造幸福的回忆。不过，"我们应该意识到回忆过去积极的方面并不一定意味着想要回到过去。回忆过去应该被视为是一种表达有效欲

---

① 普鲁斯特：《追忆似水年华》，南京：译林出版社，2001 年，第 30 页。
② 巴特莱特：《记忆：一个实验的与社会的心理学研究》，黎炜译，杭州：浙江教育出版社，2000 年，第 287 页。
③ 引自 Janelle L. Wilson, *Nostalgia：Sanctuary of Meaning*, Lewisburg：Bucknell University Press, 2005，24.

望和现实关注的途径——尤其是它与过去的关系（或者关系的缺乏）。"①因此，阿曼达对"蓝山"的回忆并不意味着她真的想要回到过去，而是向往那种充满温情与浪漫的生活，表达了在残酷的现实情境下对"家园"的渴望。

怀旧依赖于不可重复也无法挽回的时间概念。浪漫的怀旧者坚持怀旧客体的他者性，与现实生活区别开来，并将它保持在安全距离之外。南方女子记忆中美丽的旧南方只存在于超越现实的经验空间，在乌托邦的岛屿之上。在那里，时间幸福地停下脚步，就像古钟上的指针不再转动。南方女性的怀旧心理不单纯是进步的对立面，它不仅破坏了线性的历史进步观，也摧毁了黑格尔的辩证目的论。许多诗人和哲学家只为怀旧而怀旧，并非将它作为通向美好世界的桥梁。恰似柏拉图概念中的爱神厄洛斯，对哲学家和诗人来说，渴望已变成一种人类生存的驱动力。同样，对威廉斯笔下的南方女性来说，怀旧仿佛也成为她们生命的原动力。她们无意探究怀旧的根源，只是一味沉浸其中，享受着美好的过去，从而缓解现实的压力。

回忆在南方女子的怀旧中发挥着重要作用。在将回忆引入现实生活的过程当中，阿曼达将经验转变为意象，将生活转化为艺术。艺术为这一时刻赋予某种意义，从而减轻了对虚无的恐惧。用威廉斯的话来说，"只要能够将破坏一切的时间锁在门外，情感与行动就有了地位与尊严，就像在现实生活中那样。"②在一次有关回忆的研讨会上，施韦策（Pam Schweitzer）提出"记忆戏剧"（drama of memories）的概念，揭示出人们对过去的想象是如何对现在产生巨大影响的。施韦策认为，重拾记忆的过程就像表演记忆一样有力，因为我们在记忆中找到了生活的模板，并将记忆与模板进行重新语境化；我们用讲故事的方式将回忆贯穿起来；我们分享经验、分享记忆，从而获知自己曾经是谁、现在又是谁。③

在一定意义上，记忆或怀旧的经验能给我们力量，让我们获得安全感。在瞬息万变的现代社会，要建构并维护一个连贯、稳定的自我并非易事。此时，记忆或怀旧的情感经验能够促进这种连贯性和身份感的形成，而这种连贯性和

① Kimberly Smith, "Mere Nostalgia: Notes on a Progressive Paratheory," *Rhetoric and Public Affairs* 3. 4 (2000): 523.

② Tennessee Williams, *Where I Live*, Eds. Christine R. Day and Bob Woods, New York: A New Directions Book, 1978, 52.

③ 参见 Janelle L. Wilson, *Nostalgia: Sanctuary of Meaning*, Lewisburg: Bucknell University Press, 2005, 149.

身份感是我们每个人都迫切需要的。不论对个人还是对集体而言，过去都被不断地记忆；在记忆过程中，过去也被不断地重新创造。其实，对过去的怀旧是否客观真实并不重要，重要的是怀旧为什么会出现，以及如何出现。我们需要关注的是，在记忆过程中，意义是怎样被建构起来的。在一定程度上来讲，阿曼达创造性的回忆是她对身处其中的社会现状和社会关系的批评性审视，表达了她对现实的不满与失望，也流露出对纯真与美好的渴望。不论是"蓝山"还是"美梦"，都不过是南方女子梦中的世界，是一种乌托邦式的渴望。尽管乌托邦常用来指想象中未来的一个完美所在或状态，但它同样适用于怀旧。怀旧并不总是指向过去，它也可以指向未来。正如赫兰德（Elihu S. Howland）所说："仿佛有时候它是我们对某些事物的渴望，而这些事物我们并非真的熟悉，只是梦想而已。"①乌托邦意味着一个比现在的居所更好的地方，为我们提供一个可以为之奋斗的理想。这与南方女子所渴望的家园有某些共同之处，只是后者并不存在于未来的某个地方，而是被想象为已经失去或永远无法得到的美丽天堂。

在我们的想象中，"家"永远是一个充满温馨的概念，它让我们回想起童年的时光，回想起出生的地方。在那个安全的港湾，我们是自由的，可以掌握自己的生活。"家"究竟意味着什么？卜弥格是这样描述的：

> 家的感觉就是你知道一切事物都各得其所，你自己也不例外；那是一种心态，并不依赖于任何真实的处所。渴望的对象并非一个真正叫做家的地方，而是一种与世界的亲密感。那不是通常意义上的过去，而是一个想象的时刻。此时，我们拥有时间，也不知怀旧竟为何物。②

地方意义（place meaning）与自传有着密切的联系。一个人居住其间的环境是他生命的见证，有意识地对这个环境不断进行选择性心理重构与维护，可以强化自我意识。通过地理环境获得意义并非一个消极的过程，事实上，很多人在创造其生活环境的过程中扮演着积极的角色。③ 阿曼达记忆中的"蓝山"，

---

① Elihu S. Howland, "Nostalgia," *Journal of Existential Psychiatry* 3. 10 (1962): 198.

② Svetlana Boym, *The Future of Nostalgia*, New York: Basic Books, 2001, 251.

③ 参见 Graham D. Rowles and Hege Ravdal, "Aging, Place, and Meaning in the Face of Changing Circumstances," *Challenges of the Third Age: Meaning and Purpose in Later Life*, Eds. Robert S. Weiss and Scott A. Bass, New York: oxford University Press, 2002, 87.

既是她个人的神话，也是公共的神话。在她的想象中，密西西比河三角洲才是她真正的家园。在那里，她可以参加丰富而有趣的社交活动，如沙龙舞会、步态竞赛等。我们尽可怀疑她记忆的真实性，但在她心目中，那是比现实更真实的存在。正如宾德所言："家园是一个庇护性空间，亦即一个直观形态，一个神话性的力量场，而且也是一种心灵上的现实。"①"蓝山"就是阿曼达"心灵上的现实"，在她不断地进行选择性心理重构过程中，"蓝山"具有了特殊的意义。在阿曼达的回忆叙事中，她使用的是一种神话语言，而这种神话语言在她生活的那个时代非常流行。因此，并非阿曼达独自创造了这个神话，确切地说，那是一种集体建构。

无论在时间上还是在空间上，怀旧都可以使我们有一种归属感。通过回望我们曾经是谁和曾经到过哪里，就能够更好地了解我们现在是谁和现在身处何地。怀旧并非只是一种逃避形式，"心怀乡愁的人……回望过去并不是由于他不求未来，而是因为他想要一个更真实的现在。"②怀旧可以让我们真实地感受到现在，并且计划未来。威廉斯笔下的南方女性身处现代社会，而浪漫的过去早已湮没在历史的尘烟中，因此，怀旧对她们具有重要的价值，远远超出了个人心理的范畴。从表面上来看，阿曼达渴望的是空间意义上的"蓝山"，但事实上那是对另一种时间的向往，它如梦境般朦胧而美丽。在南方女子的怀旧叙事中，真实的历史变成个人的神话，而她们的记忆也变成一种表演性的"戏剧"。

阿曼达通过表演"记忆戏剧"来否认时间的不可逆性，但她同时也知道妥协的必要性，因为生存总是要付出代价的。阿曼达是威廉斯笔下的幸存者，但具有讽刺意义的是，她之所以幸存下来是因为兜售以妇女杂志为形式的浪漫神话。

> 那年残冬到第二年初春，她发觉需要一笔额外的资金来美化我们的小窝，还要把女儿打扮得更漂亮，就开始到处打电话，给一本叫做《妇女良友》的杂志拉订户，这种杂志以连载女性图片为特色，无非是浑圆的乳房啦，纤细的腰身啦，丰满的乳白色大腿啦，秋天烟雾般的蓝眼睛啦，

---

① 宾德：《荷尔德林诗中"故乡"的含义与形态》，载于刘小枫、陈少明主编：《荷尔德林的新神话》，北京：华夏出版社，2004年，第131页。

② Ralph Harper, *Nostalgia: An Existential Exploration of Longing and Fulfillment in the Modern Age*, Cleveland, OH: The Press of Western Reserve University, 1966, 28.

抚摸起来像乐曲似的温柔手指啦，像伊特拉利亚雕像那样健美的身体啦。(411)

法国社会学家鲍德里亚（Jean Baudrillard）说："当现实不再是过去的模样，怀旧便有了全部的意义。于是，出现了大量关于源头的神话、关于现实的符号，也出现了许多二手的真理、客观性及真实性。"[1]事实上，越来越多的文化批评家认为怀旧是战后时期的主要特征之一。英国文化研究学者霍尔（Stuart Hall）问道："如今，有谁不曾感受过汹涌澎湃的怀旧浪潮？怀念失去的家园和'流逝的岁月'？"[2]回归意味着回到静止的原初，回到史前的时刻。对回归型怀旧者来说，过去具有弥足珍贵的价值，那不是一段历史，而是被定格的完美瞬间；过去不应显示出任何衰败的迹象，它必须在"原型"的基础上被装饰一新。威廉斯笔下的南方女子回眸远眺，努力寻找从前的足迹，仿佛只有在传统价值体系中，她们才能够感受到生命的意义，拥有完整的自我。

阿曼达少女时代的南方是一块仪式化的土地，她常常提起的来访绅士是那块仪式化土地上的重要组成部分。在那里，阿曼达学会谈话的艺术，学会如何接待来访的绅士。在《玻璃动物园》这部剧中，回忆给所有事物赋予一种主观的、个人的色彩。当阿曼达沉浸于美好的回忆中时，舞台屏幕上出现一行不无伤感的法语文字："OU SONT LES NEIGES"（403）。这是15世纪法国诗人维庸（François Villon）《香魂之谣》（*The Ballads of Dead Ladies*）中的诗句，意思是"雪在哪里"。在此，"雪"具有深刻的象征意义，它圣洁而美丽，代表着南方女子记忆中温馨的"家园"。然而，诗句疑问式的结构表达了家之不可得、美亦无处寻的惆怅与无奈，使南方女子的怀旧情绪更添一抹淡淡的忧伤。维庸生活在法国社会发生剧烈变化的时代，因此，他的诗歌背景与威廉斯的剧作背景有某些相似之处。维庸所写的故事或许有助于我们更好地理解《街车》，因为他所列的"香魂"中有一位就叫布兰琪。

事实上，阿曼达通过回忆重拾昔日辉煌的努力在《街车》中布兰琪身上也得到了很好的体现。"美梦"是迪布瓦家族曾经世代居住的美丽庄园，位于一片富饶的种植园中心，但后来由于家族堕落而丧失殆尽。可是，布兰琪从未

① Jean Baudrillard, *Simulations*, New York: Semitext（e），1983, 12 – 13.

② Stuart Hall, D. Held, and T. McGrew, Eds. *Modernity and Its Futures*, Cambridge: Polity, 1992, 402.

忘记曾经在"美梦"度过的美好时光，从未忘记旧日的悠然与恬静。离开"美梦"来到新奥尔良妹妹家之后，布兰琪发现妹妹住在贫民区的破旧公寓里，妹夫斯坦利粗俗不堪。与姐妹俩曾经生活的"美梦"相比而言，布兰琪认为这里的生活简直无法忍受。她不断提醒妹妹不要忘记她们的出身，不要忘记她们的"美梦"，而且想要说服妹妹放弃这样的庸俗生活。

> 布兰琪　我必须为我俩制定计划，让我们摆——脱！
>
> 斯黛拉　你认为我有什么是需要摆脱的吗？
>
> 布兰琪　我认为你还没有完全忘记"美梦"，应该知道不能生活在这样的地方，而且是跟那些扑克牌友们一起。①

布兰琪始终无法相信眼前的事实，梦想着终有一日能和妹妹再次回归故里，重温昔日的美好，她随身携带的行李箱里满是过去的记忆与历史。然而，现实是无法改变的，布兰琪只有穿越时间的隧道，在记忆中追寻旧日的温情与浪漫。回归的念头表达了怀旧主体一种强烈的情感，渴望回到曾经的某个历史时刻，在那里，不会再有复杂或混乱。事实上，重返家园的主题贯穿着整个现代性的发展历史。怀旧的涌现挟带着诸多现代元素，因为现代人越来越渴望修复受伤的心灵，寻找精神的家园，从而确立自我存在的信心与价值。

不可否认的事实是，对威廉斯笔下的南方女性来说，过去是她们向未来挺进的重要资源。尽管过去早已远离，只是缺席的他者，但在南方女性的意识当中，那是她们生活中乃至生命里的基本要素。在她们那里，过去已被合法化。过去只留下"主体的一般观念、一些多少有些特点的象征符号、一些特别生动感人或者风趣诙谐的事件小插曲，有时是对一幅版画的形象记忆，甚至是一页书或几行字。"②在真实的过去与想象之间，存在着一道巨大的鸿沟，南方女子企图跨越，却最终发现，她们无法再现过去所有的细节。然而，她们可以通过创造性的想象，重新塑造过去，在记忆的背景上描画心中的意象，以此来弥补时间的流逝和生命的消殒。即使过去一去不返，但隔着遥远的时空距离再次遥望，过去散发出一种神奇的魅力，故乡也具有了别样的意义。

---

①　Tennessee Williams, *A Streetcar Named Desire*, A Signet Book, 1975a, 69 – 70.

②　莫里斯·哈布瓦赫：《论集体记忆》，毕然、郭金华译，上海：上海人民出版社，2002 年，第81 页。

在福克纳的短篇小说《献给艾米莉的一枝玫瑰》（*A Rose for Emily*）中，南方女子渴望拥有过去的情感体现得尤为深刻。主人公艾米莉曾经是一位南方淑女，在现代性和工业化的潮流中，她拒绝时间的流逝和世界的变迁。更确切地说，她是被飞速变化的时代远远地抛在后面，成为典型的时代错位者。年轻时，艾米莉因为害怕情人离开自己，便将他毒死，把尸身藏在阁楼里，并与之共眠长达四十年之久。艾米莉采用最极端的方式让时间停驻，全然不顾世事的更迭与变迁。尽管她"永远"地拥有了爱人，拥有了过去，却注定是早已僵死的历史。对于艾米莉死后的情景，福克纳是这样描述的：

> 那些老人们——有些穿着拉绒的联盟军装——站在门廊里或草坪上，谈论着艾米莉小姐，仿佛她是他们的同辈人，相信他们曾与她一起跳过舞，或许还向她求过婚，也混淆了时间的数学法则，就像老人们通常所做的那样。对他们来说，过去的一切并非一条逐渐消失的小路，而是一片青青的草地，再也不会受到寒冷冬季的侵袭。①

南方女子记忆中美丽的旧南方恰似"一片青青的草地"，永远不会因冬季来临而枯萎。与阿曼达和布兰琪一样，艾米莉也只是社会的牺牲品，属于另一个时代和另一个世界。她拒绝放弃早已内化的理想和意识，依然遵循着旧南方的价值标准及贵族般的行为方式，始终相信作为女性就要受到呵护与尊重。除了在父亲的葬礼上，艾米莉总是显出一副高傲的神情，对现代社会的所有规章制度毫不妥协。她就像一座坚实的堡垒，抵挡着外界的发展与变迁。对于受到现代性冲击的南方女子来说，仿佛只有通过与世隔绝才能维系原有的地位与尊严。

南方女子的记忆是不断生长、不断变化的，会在她们的人生旅途中被删减或增添，永远没有定稿。并非过去的一切都那么美好，只是因为远离了过去，不再亲临其境而只是远远的看客。因此，怀旧是对过去的重构和对历史的再创造，它的真实性不是基于对时间、地点以及人物的完全吻合，而是怀旧主体在经历了岁月沧桑之后，对过去和现实在意识层面上获得的心理真实。对南方女性来说，过去充满脉脉温情，充满安静和谐，而现实则丑陋粗俗，令她们感到局促不安。在过去与现在的对比之下，她们构筑了一个毫无瑕疵的旧南方，一

---

① William Faulkner, *Collected Stories of William Faulkner*, New York: Vintage Books, 1977, 129.

个神话般的地方，为自己的怀旧找到了支点。南方女子的怀旧显得朦朦胧胧，不再是关于真实的某人或某事，而是关于一个失落的时代以及那个时代里神话般的传说。怀旧中含有深刻的历史意识。作为一种历史意识，怀旧采用的是一种"向内倾"或"向后看"的方式，"过去"是其最主要的客体。南方女性通过重新唤起过去在现实生活中的活力，在一定意义上承担起了记载传统、延续历史的文化使命；在构建日常生活的过程中，她们表现出追寻生命之源的动机。怀旧与回忆的功能似乎是相同的。对于主体而言，怀旧或者回忆都是为了占有时间，维系个体的历史感，从而抵御时间的流逝。然而，并不是所有对过去的回忆都可以称之为怀旧。怀旧具有一定的价值取向，只选择记忆中那些美好的方面。"回忆是无所谓美与不美的，而怀旧则必定是美的"①。

在威廉斯的剧作中，记忆与怀旧相互交织。即使南方女子曾经遭受痛苦与不幸，但往昔依然撩拨着她们怀旧的心弦，这恰恰反映出怀旧所具有的典型特征，即情感性与选择性。正如塞缪尔·约翰逊（Samuel Johnson）所言："当我们隔着一定的距离观看同样的事物，想象会使它变得令人神往。"②我们不该指责南方女子的怀旧情结，因为怀旧是她们记忆的重要组成部分，也是她们难以避免的心灵体验。图文森认为"想象是真实、感观世界里通向优雅的一种方式"③，对威廉斯笔下的南方女子来说，怀旧具有同样的功效。无论在时间意义上，还是在空间意义上，当我们远离某个地方，就会把这个地方理想化、浪漫化。我们所拥有的记忆、所体验的怀旧之情，就容易偏离真实发生的事情或事物原来的面貌，我们记忆中的过去可能并不是真正经历的过去，却是最美好的回忆。正如霍夫曼（Eva Hoffman）所说：

> 那失去的房屋、花园和田野保存在你的记忆中，永远是原来的样子。怀旧，这最富有诗意的情感，将这些意象层层包裹，使它们沉淀凝结，恰似美丽的琥珀。过去的一切都被封存在里面，清晰而生动。再加上怀旧温柔的保护及其宁静的状态，使它显得更加美丽。④

---

① 赵静蓉：《怀旧——永恒的文化乡愁》，北京：商务印书馆，2009年，第39页。

② 引自 James Engell, *The Creative Imagination*：*Enlightenment to Romanticism*, Cambridge, Massachusetts and London, England：Harvard University Press, 1981, 59.

③ Ernest L. Tuveson, *The Imagination as a Means of Grace*, Berkeley and Los Angeles：University of California Press, 1960, 2.

④ Eva Hoffman, *Lost in Translation*：*A Life in a New Languge*, New York：E. P. Dutton, 1990, 115.

　　南方女子记忆中的过去永远留在她们浪漫的想象中，清新而美丽。对她们来说，想象并非从属于真实，而是更真实的存在。

　　怀旧在本质上是一种审美的观照，一种想象的艺术，而且跨越了传统美学思维中"摹仿"或"再现"的理念，代之以"文化诗学"的美学视角。"文化诗学"是美国新历史主义理论家格林布拉特提出的概念，主要指"文化的文本间性"。也就是说，形式主义的修辞细读应该突破文学的界限，通过考察不同的文化实践及其相互之间的关系，把文学文本的研究扩展到文化研究的广阔领域中来。这种开放的视角是怀旧与之共享的，因为怀旧艺术所具有的挽歌式的美感和抒情品质不是来自于怀旧对象本身，而是取决于不同的阐释者及其个性化的想象方式和表达模式。怀旧对象只是一个客观的情感中介，情感本身及其文化蕴含才是解读怀旧的核心要素。因此，怀旧艺术中的审美性源于对象之外的文化因素。[①]南方女子的怀旧经验中充满诗意的想象，并不是因为她们选择了一个诗意的对象，而是因为她们回眸式的姿态。她们的怀旧空间是引入了广泛历史语境和文化语境的开放世界。对于这个美好的世界，她们并非"摹仿"或"再现"，而是"体验"和"感受"，在想象中建构起心所向往的美丽景观，借以宣泄她们的情感。由于怀旧所具有的审美品质，南方女子记忆中所展现的过去必然是双重的：一方面，她们在怀旧中"保存"过去，是美好的真理；另一方面，她们在想象中"创造"过去，是艺术的虚构。她们的怀旧对象是有限的，但对其诗意的阐释却是永无止境的。

第三节　追忆浪漫的爱情

　　南方女子的怀旧情结还体现在对浪漫爱情的追忆方面。正如卡什在《南方心理》一书中所述，南方人历来富有浪漫主义的情怀，乐于在想象的世界里驰骋纵横。威廉斯笔下的南方女性正是这样，在诗意的想象中编织着美丽的故事。她们记忆中浪漫的爱情不仅是南方心理的体现，更是南方神话的延续。南方神话向每一位年轻的南方女子承诺，作为淑女，她拥有神奇的魔力来吸引男人，并能够随意掌控他们，从中获得极大的安慰。她同时也确信上帝创造了她，使她成为妻子和母亲，而男人要做的就是追求她。正如阿曼达所说："做男人的求婚——做女人的接受！"（442）在旧南方，无论家人、朋友还是老

---

① 参见赵静蓉：《怀旧——永恒的文化乡愁》，北京：商务印书馆，2009年，第410-411页。

师，都要求南方淑女学习优雅的举止，保持姣好的容貌，培养美好的德行，以此弥补她们自然天性的不足，只为寻找自己的如意郎君。阿曼达就是这样一位拥有浪漫情怀的南方女子。

在一定意义上，阿曼达的浪漫情怀导致她不幸的婚姻，而这种浪漫情怀将再次使她遭受失望的打击，也使女儿劳拉承受梦想破灭的痛苦。或许阿曼达认为一天能接待十七位来访绅士是婚姻成功的保证，并为此而自豪。她回想着过去，回想着曾经追求她的种植园主的儿子们，也想象着如果当初自己嫁给其中的任何一位，都会拥有另一种完全不同的生活。回忆起往事，阿曼达心中依然感慨万千。选择嫁给"一个非常英俊的年轻人"（399），阿曼达以为一切都将如她所愿，可是后来发现"对女孩子来说，最糟糕的事情莫过于被漂亮的外表所迷惑！"（429）尽管如此，她仍然一次次回忆起与年轻的温菲尔德曾经有过的浪漫爱情。当阿曼达幸福地期待着女儿的来访绅士到来的时候，她不禁回想起多年前那个快乐的春天。在那个美丽的季节里，她疯狂地迷恋上了黄水仙，还遇到了未来的丈夫。当阿曼达身穿少女时穿过的衣裙，手捧一束黄水仙出现在舞台上时，"她的青春记忆开始复苏"（434）。心灵就像一部合掩的书籍，一旦轻轻触碰便悄然开启，于是，藏在书中的人物便翩然而出。正是美丽的黄水仙开启了阿曼达的心灵之页，英俊的少年从中走出，让她再次感受到浪漫的爱情。漫步在开满鲜花的乡间小路上，阿曼达一边采摘黄水仙，一边憧憬着美丽的爱情。

> 五月的乡间是多么可爱——地边上尽是一溜溜山茱萸，黄水仙开得遍地都是！就是那年春天，我爱上了黄水仙。黄水仙让我完全着了迷。母亲说，"亲爱的，没地方摆黄水仙了。"可我还是不断地带更多的黄水仙回来。不管什么时候，什么地方，只要我看到，就说："停一停！停一停！我看到黄水仙啦！"我叫那些小伙子们帮我采黄水仙！这事竟成了一句笑话：阿曼达和她的黄水仙！结果，再也没有花瓶放花了，所有的地方都摆满了黄水仙。没有放花的花瓶吗？好吧，我就自己捧着！后来，我——（她在照片前站住，音乐起）遇见你爸爸！……（435）

阿曼达为她流逝的青春吟唱着咏叹调，这使我们想起春天的仪式以及美丽公主的爱情神话。阿曼达关于黄水仙的记忆是她渴望浪漫爱情的生动写照，有着"诗歌般的结构"①。在玫瑰色灯光的背景之上，阿曼达的记忆显得更富有浪漫的气息。施莱格尔曾说："每个人都在古代人那里找到了他所需要的或所希冀的，但首先是找到他自己。"（80）阿曼达也在过去的记忆中找到了她自己，那个快乐而完整的自己。为了重新发现过去，多情浪漫的南方女子创造了一个完全不同的过去，一个她需要并希望拥有的过去，一个完美的过去。徘徊于想象与现实之间，过去渐渐变成一个没有理由的目的。南方女子凭借想象中浪漫的怀旧对象支撑着自己的情感。虽然丈夫早已弃她而去，但阿曼达并没有表现出太多的怨恨。相反，她总是将他与幸福的少女时代联系在一起。在某种意义上来说，回归型怀旧可谓"单相思"，怀旧主体不需要客体的积极回应，只是一味地沉醉其中，将主观感情强加于客体之上，而无需顾及客体本身的含义。阿曼达记忆中浪漫的爱情正是这种"单相思"的生动体现。或许是因为美丽的"蓝山"已随风而逝，或许是因为曾经的青春一去不返，一切都变得陌生而遥远，南方女性才选择了浪漫的回忆，以求重新获得生活的安全感与稳定感。阿曼达的故事并非个案，很多像她一样的南方女子都怀着浪漫的期待成为新娘，然而，美丽的神话不可能在她们生命中实现。即便如此，南方淑女也从未放弃心中的守候。一位年轻女孩曾在日记里这样写道：

> 我能否在此轻声说出为什么我从未陷入爱河？原因很简单，因为我还没有遇见我愿意托付终身的那个男人。直到最近，我连自己都不敢相信，我心中已经有了一个身影，不知不觉间我将他奉为我的白马王子。我将来的丈夫与主人一定不会让我蒙羞或羞于承认；除了上帝，他是我最崇拜、最敬重的人……他像真正的男子汉那样勇敢无比。②

在南方神话中，关于浪漫爱情的描述总是带有爱欲的色彩，不断强调女人的"魔力"，这也反映了普遍的社会意识。《乔治亚即景》（*Georgia Scene*）是朗斯特里特（A. B. Longstreet）在 1835 年为读者奉上的作品，生动地描绘了乔治亚中部地区人们的生活。其中一则故事《佳人》（*A Charming Creature*）以小说的形式对南方的婚嫁文化进行批判。朗斯特里特笔下的年轻女子从小就

---

① Delma E. Presley, *The Glass Menagerie*：*An American Memory*，Boston：Twayne Publishers, 1990, 31.

② 引自 Anne F. Scott, *The Southern Lady*：*From Pedestal to Politics* 1830 – 1930, Charlottesville and London：University Press of Virginia, 1995, 23.

相信她生命中最重要的东西就是"魔力"，是诱使男人娶其为妻的能力。用阿曼达的话来说："所有漂亮的姑娘都是陷阱，漂亮的陷阱，可男人也巴不得她们是。"（434）这个"陷阱"不仅仅是"美丽的容貌和优雅的身段"（403），而且要"思维敏捷，口齿伶俐，以应付各种场面"（403）。正如安妮·司各特（Anne F. Scott）所述，在乔治亚中部，女孩子很小的时候就开始为自己准备嫁妆，十四岁出嫁是很正常的事情。有许多追求者是令人羡慕的，而嫁不出去的老姑娘则是人们同情与怜悯的对象。假如有种植园及奴隶作陪嫁，那上门提亲的人家便会络绎不绝。不过，仓促的婚姻往往令人追悔莫及，阿曼达被弃的命运便是最好的例证。无论现实中的婚姻生活有多么艰难，南方女子一生的目标仿佛就是家庭、丈夫和孩子，更有对浪漫爱情的渴望。成年的未婚女子对家人来说近乎一种耻辱，会受到恶意取笑；除非她具有非凡的勇气与能力可以独立为生，否则，她只有寄人篱下，苦度余生。这或许也是阿曼达急于为女儿寻找来访绅士的根本原因所在。安妮·司各特在书中引用一位小说家的话说："当女人尚未学会与她的气质不相符的虚假哲学时，在内心深处最令她骄傲的是对丈夫的崇拜……这是上帝的旨意。"①这不仅仅是南方淑女对丈夫的崇拜，更是她们渴望浪漫爱情的投射。尽管阿曼达婚姻失败，但她并不否认对丈夫的感情。她对汤姆说："生活真不容易，它需要——斯巴达人那样的坚韧精神！我心里有许多事情没法跟你讲！我从来都没告诉过你，可是我——爱你爸爸……"（420）我们不难想象阿曼达对丈夫由衷的思念，或许她还期待着丈夫有一天能突然出现，给她一个最浪漫的惊喜。

《玻璃动物园》是一部感人的回忆剧，一首悲戚的挽歌。尽管劳拉并不期待任何绅士的来访，但阿曼达告诉她要有信心，因为有时候他们会在你并不期待的时候突然到来。接着，她便开始回忆在"蓝山"时那个浪漫的午后。阿曼达曾经多少次给孩子们讲述她的过去我们不得而知，但汤姆和劳拉显然早已耳熟能详，汤姆对劳拉说："我知道她要讲什么啦！"（402）即便如此，劳拉也宁愿母亲沉浸在幸福的回忆中，编织美丽的梦想，至少在那里，她是浪漫的女主角。阿曼达曾不经意间提到《随风而逝》这部小说，这使她与小说中美丽的女主角斯佳丽之间产生某种联系。与斯佳丽一样，阿曼达坚韧而聪颖，也曾经渴望一份纯真的爱情。可以说阿曼达是南方神话中又一位斯佳丽。南方淑

---

① 引自 Anne F. Scott, *The Southern Lady*: *From Pedestal to Politics* 1830 – 1930, Charlottesville and London: University Press of Virginia, 1995, 6.

女的浪漫情怀是南方心理的典型表现。值得注意的是，即使南北战争及战后重建慢慢消失在历史的长河中，关于南方的神话却广为流传，并延续至今。南方神话也影响着历史的书写，使之成为一种主观的建构。同时，南方传统中历来已久的浪漫主义精神进一步促进了神话的创造。早在内战之前，南方人对于他们自身及其文化就抱有非常浪漫的态度，致使他们很难客观地看待自己或周围的事物，也无法批判地审视成功与失败。可以说是南北战争真正创造了南方意识，使它超越了地理概念的范畴。南方在战争中以失败而告终，但对南方传统的建立，这或许是至关重要的因素。正是这种共同的情感与失落将南方人紧密地联系在一起，并赋予南方某种称得上民族灵魂的东西，也让南方人懂得了过去的真正含义。在南方女子怀旧的想象中，过去是优雅的、美好的，而现实是粗俗的、丑陋的。当然，过去的爱情更是浪漫而幸福的。

怀旧是意义的圣殿，它与回忆相伴而生，并与选择性回忆紧密相连。施泰因万（Jonathan Steinwand）认为怀旧利用想象来补充回忆，"激发想象是为了弥补对心中所渴望事物的忘却，从而创造在美学意义上更完整、更令人满意的回忆。"①阿曼达记忆中浪漫的爱情与她的选择性回忆不无关系，其中想象发挥着重要作用。阿曼达不断回忆起那十七位来访绅士，还有后来成为她丈夫的英俊男孩。这些浪漫的回忆是她生命中最美好的时刻，也是她得以维持现实生活的支柱。回忆将她与过去的人和事联系起来，并赋予现在以意义和目的。德莱顿（John Dryden）认为，诗人的伟大创作是"想象最广阔的领域，想象是他应具备的主要品质……的确，理性的判断对他的创作来说是必不可少的，而想象能赋予其生命的气息和优雅的韵致。"②这一论述不仅适用于戏剧诗人威廉斯，而且适用于他笔下的南方淑女。正是诗意的想象赋予威廉斯剧作永恒的生命，也使南方淑女的怀旧情愫有了别样的美丽。诚然，"怀旧是对一个理想化的过去的怀想，是对一个被净化的传统非历史化的叙述。"③它是一种自传式的回忆，其中饱含甜蜜与忧伤，充满矛盾与暧昧。正如哈珀所言：

---

① Jonathan Steinwand, "The Future of Nostalgia in Freidrich Schlegel's Gender Theory: Casting German Aesthetics Beyond Ancient Greece and Modern Europe," *Narratives of Nostalgia*, *Gender*, *and Nationalism*, Eds. Jean Pickening and Suzanne Kehde, New York: New York Unviersity Press, 1997, 9.

② 引自 James Engell, *The Creative Imagination*: *Enlightenment to Romanticism*, Cambridge, Massachusetts and London, England: Harvard University Press, 1981, 35.

③ Scott Lash and John Urry, *Economics of Signs and Space*. London: Sage Publications, 1996, 247.

怀旧中融合了痛苦和甜蜜、失落和发现、远的和近的、新的和旧的、缺席和在场。那个已经远逝的过去，我们已经或正在被由此移植的过去，通过某种魔力又短暂地变成了现实。可是因为被更新，它的真实似乎比原来更亲切、更迷人、更可爱。①

在南方女子对浪漫爱情的追忆中，甜蜜的是曾经的美好与幸福，忧伤的是现实的残酷与无奈。阿曼达生命中黄水仙绽放的季节早已过去，也不会再有优雅的绅士为她倾心，甚至连自己的丈夫也没能留在她的身边。在充满甜蜜与忧伤的回忆中，阿曼达得以想象性地重新拥有浪漫的爱情。其实，阿曼达深深懂得，过去的爱情并不全是浪漫与幸福，也有被抛弃的辛酸，但她只选择了甜蜜的片断作为怀旧的背景。我们可以说，南方女子的怀旧所针对的只是一个不曾有的过去，至少不是她想象中所显示的那样。怀旧是介于理性与感性之间的某种东西。理性告诉我们美好的回忆并不真是那样，而我们的心灵却从中获得慰藉与快乐。因此，怀旧是一种充满矛盾的复杂情感，其中不乏痛苦，但痛苦中又有着难以描摹的甜蜜。怀旧的矛盾性在于"它是关于不可重复的重复，是非物质的物质化。"②它在时间之上描绘空间，在空间之上描绘时间，从而模糊了主体与客体之间的区别。为了挖掘怀旧的碎片，我们需要记忆和地方的双重考古，也需要虚幻与真实经验的双重历史。

尽管阿曼达生活在圣路易斯狭小的公寓里，但她不断回忆起少女时代的密西西比河三角洲地区，那是充满骑士精神与浪漫色彩的世界。阿曼达一直保存着丈夫年轻时的照片。如果说玻璃动物对劳拉来说具有特殊意义的话，那么这张旧照片对阿曼达来说也具有重要的价值，因为那是她浪漫爱情的唯一见证。然而，照片所代表的只是一段失去的联系，意义中断，交流亦无法继续，只有照片中温菲尔德灿烂的笑容无法抹去，好象在说："我会永远微笑的。"（400）不论过去、现在还是将来，照片只是代表着被凝固的时间，它的存在加深了父亲与孩子、丈夫与妻子之间的隔阂，"因为时间是两地之间最远的距离"（464）。阿曼达挽歌式的回忆因此而多了几分忧伤与浪漫。

在一定意义上来讲，阿曼达的怀旧情结使她成为自己的历史学家，一如所

① Ralph Harper, *Nostalgia*: *An Existential Exploration of Longing and Fulfillment in the Modern Age*, Cleveland, OH: The Press of Western Reserve University, 1966, 120.

② Svetlana Boym, *The Future of Nostalgia*, New York: Basic Books, 2001, xvii.

有南方人在内战后的岁月中所表现的那样。在战后重建的过程中，剧烈的变化冲击着曾经幽静而美丽的土地。然而，这些变化是在南方既定的社会结构中发生的。在很多方面它依然保持着原有的秩序，旧时的信仰、价值及情感，以一种更为显著的形式保存在现有秩序当中，从此成为永恒。随着社会结构的日益复杂化，新的社会观念逐渐形成，南方也越来越趋向同一，但许多传统的行为方式和社会关系依然保留着。深刻的历史意识早已融入南方人的血液当中。正如史学家富兰克林（John H. Franklin）所说："或许在美国没有哪个地方能像南方这样断言说每个人都是他的历史学家。"①

时间的转换与空间的位移，导致原始渴望对象的失落，于是，怀旧成为弥合现实的必要途径。阿曼达对浪漫爱情的渴望不仅源于美丽的南方神话，还要归因于她失落的爱情。无论在时间上还是在空间上，阿曼达都无法回到浪漫的过去，只有在回忆中不断重温那份纯真与美好。事实上，乡愁恰似失恋的感觉，慢慢地，它会变成一种真实的情感。思乡人会在孤独中静静怀念记忆中美好的家园，一如失恋者怀念曾经的恋人。"爱情与怀旧不可分离……不论是在恋爱中还是在怀旧里，现在与过去都相互交织。"②无法得到的爱情不仅珍贵，而且还会被理想化；无法回归的过去也同样美丽，如神话中的世界。或许正因为如此，南方女子记忆中的爱情更添几分甜蜜与忧伤。

我们无法阻挡时光的脚步，只能在回忆中把握已然消逝的、停留在过去经验中的时间，从而克服个体的分裂与消殒。因此，怀旧是通过对时间的占有来追求自我的完整。福克纳在《喧哗与骚动》中借昆丁之口说道："我来到梳妆台前拿起那只表面朝下的表。我把玻璃蒙子往台角一磕，用手把碎玻璃渣接住，把它们放在烟灰缸里，把针拧下来也扔进了烟灰缸。表还在滴答滴答地走。"③这块表是爷爷留下来的，父亲把表给昆丁的时候，说给他表不是让他记住时间，而是让他可以偶尔忘掉时间，不要把全部心力都用在征服时间上面，因为时间是征服不了的。或许昆丁想要按父亲说的那样去忘掉时间，但即使他竭力想要搞破坏，表仍然在走动，因为时间不会为谁而停留。"只要那些小齿

---

① J. Hope Franklin, "The Past in the Future of the South," *The South in Continuity and Change*, Eds. John C. McKinney and Edgar T. Thompson, Duke University Press, 1965, 437.

② Ralph Harper, *Nostalgia: An Existential Exploration of Longing and Fulfillment in the Modern Age*, Cleveland, OH: The Press of Western Reserve University, 1966, 105.

③ 福克纳：《喧嚣与骚动》，李文俊译，桂林：漓江出版社，1984年，第89页。

轮在咔哒咔哒地转，时间便是死的；只有钟表停下来时，时间才会活过来。"①不论是福克纳小说中的人物，还是威廉斯剧作中的南方女子，都想把时间留住。阿曼达希望时间永远停留在纯真的少女时期，在她的记忆中，那才是最真实的现实。

法国传记作家安德烈·莫洛亚（Andre Maurois）在为普鲁斯特（Marcel Proust）的长篇巨著《追忆似水年华》（*A la recherche du temps perdu*）所作的序言中这样写到：

> 时间不是一个，而是成千上万；"每天清晨有多少双眼睛睁开，有多少人的意识苏醒过来"，便有多少个世界。因此，要紧的不是生活在这些幻觉之中，并且为这些幻觉而生活，而是在我们的记忆中寻找失去的乐园，那唯一真实的乐园。"过去"便是我们每个人身上都存在的某种永恒的东西。我们在生命中某些有利时刻重新把握"过去"，便会"油然感到自己本是绝对存在的"。②

威廉斯笔下的南方女子正是如此。在阿曼达浪漫的回忆中，过去的整个世界重新获得生命，她在那里找回了自己，并且把握住"某种永恒的东西"。对她来说那才是"唯一真实的乐园"。英国评论家丹姆（Nicholas Dames）认为：

> 怀旧和记忆一样是自我定义的，它由一个关于过去的故事所构成，这些故事解释和巩固了记忆，而不是把记忆分散到一系列生动的、被放弃了的时刻，而且这些故事只有通过根除掉"纯粹记忆"（也即威胁到前者的关于消失的细节的巨大领域）才能被保存下来。③

回忆在南方女性的怀旧叙事中显得尤为重要，因为它是关于自我的信息。回忆有助于她们认识自己是谁，曾经到过哪里，又在生活中扮演过什么样的角色。尽管在20世纪30年代，南方淑女的形象显得有些不合时宜，但阿曼达依

---

① 福克纳：《喧嚣与骚动》，李文俊译，桂林：漓江出版社，1984年，第95页。

② 安德烈·莫洛亚，序言，普鲁斯特：《追忆似水年华》，南京：译林出版社，2001年，第4-5页。

③ Nicholas Dames, *Amnesiac Selves: Nostalgia, Forgetting, and British Fiction*, 1810-1870, London: Oxford University Press, 2001, 4.

然固守着旧时的传统，正是这样的传统让她遇见迷人的温菲尔德，并成为他的妻子。然而，阿曼达所遵循的传统不但没能兑现给她幸福的承诺，而且让她承受被抛弃的痛苦，这莫不是一个巨大的讽刺。即便如此，阿曼达也从未怀疑过自己的浪漫青春，认为嫁给温菲尔德只是犯了一个错误。在阿曼达的精心策划下，浪漫的求婚仪式在劳拉身上得以延续，这也是阿曼达浪漫爱情的生动演绎。

有评论家认为，《玻璃动物园》是关于一个完全脱离现实的女人的悲剧。这在一定意义上是正确的．因为阿曼达的确是一个浪漫主义者，像所有的南方淑女一样，曾经期待拥有浪漫的爱情。即使在经历了许多痛苦与挫折之后，她依然没有放弃这份浪漫的情怀。但同时，她又非常现实。劳拉离开商业学校后，阿曼达想让女儿将来自谋生路的希望随之破灭。此时，为女儿寻亲便成为阿曼达最后的策略，使她将来能有所依靠。在阿曼达的精心设计下，劳拉和吉姆相约的那一幕颇似公主与王子的美丽邂逅，这是阿曼达少女时代浪漫爱情的生动演绎。美丽的神话以及神话中优雅的王子是南方传统为每一位年轻女子所做的承诺。早在劳拉的来访绅士出现之前，他的形象就不断徘徊在温菲尔德公寓，在剧中，汤姆这样叙述道：

> 在鲁比卡商学院那次痛苦的经历之后，母亲一心打算给劳拉找一位来拜访的绅士，这个念头在她的脑海中越来越强烈，简直入了迷。像一个完全无意识的原型，这个来访绅士的形象在我们小小的公寓里不断出现……家里几乎每个黄昏都会提到这个形象、这个幽灵、这个希望。……哪怕没人提他，在母亲若有所思的目光里，在姐姐惊慌的、歉疚的神态中，也能感觉到他的存在——简直像是对温菲尔德一家人的判决。(410－411)

在汤姆叙述的过程中，舞台屏幕上出现一位手捧鲜花的年轻人形象，生动地传达出阿曼达心中的理想与渴望。在汤姆后来的叙述中，我们了解到吉姆在中学时代就已经是一位传奇英雄般的人物。

> 吉姆在高中时就是个英雄。他有爱尔兰人一样的好性子和使不完的精力，面颊像擦得闪闪发亮的白瓷器。他好象一直是在聚光灯下活动的，不仅是篮球明星、辩论会会长、毕业班主席和合唱队队长，还在每年的轻歌剧演出中担任男主角。他总是跑啊、跳啊，从来都不慢悠悠地走，好象要

摆脱地球吸引力似的。他在年少时期就这么出类拔萃，按逻辑推理，你一定会认为他三十岁时起码也能进白宫。(432)

或许在汤姆眼中，吉姆就像一位真正的骑士，能够保护柔弱而美丽的姐姐劳拉。

如果说在阿曼达的回忆中她是浪漫故事中唯一的女主角，那么现在她要让女儿劳拉扮演现实中浪漫的角色，重新上演关于南方淑女的神话。在阿曼达眼里，女儿劳拉就像神话中的睡美人，等待王子到来将她轻轻唤醒，并拯救生活在虚幻世界里的温菲尔德一家。为了迎接期待已久的客人，阿曼达开始更加努力地工作，将公寓布置得温馨而舒适。"装着玫瑰色绸灯罩的新落地灯已经摆在那里了；天花板上裂开的灯罩也用彩色灯笼遮了起来；窗前挂起崭新的白色帘布，如波浪滚滚；椅子和沙发都套上印花套；一对新的沙发靠垫也初次亮相。"(433) 阿曼达还将女儿打扮一番。她拿出两个粉扑，用手绢包起来，塞进劳拉的胸部，好让女儿更迷人。用阿曼达的话说，这叫"快活的骗子"(63)。阿曼达亲手为女儿缝制了漂亮的衣裙，并为她换了新的发式。此时的劳拉在阿曼达眼里比任何时候都漂亮。"劳拉站在房间中央，举着胳膊。阿曼达蹲在她面前，整理着新裙子的褶边，神情虔诚，动作庄重。衣服的颜色和式样都是根据回忆而设计的。劳拉的发式改变了，显得更柔和、更秀气。"(433) 阿曼达的动作虔诚而庄重，因为对温菲尔德一家来说，吉姆的到来不亚于救世主的降临。尽管十分辛苦，阿曼达心中充满希望，为即将到来的重要晚餐做着精心准备，显示出南方女性特有的热情与好客。而且，阿曼达可以借此机会重温少女时代，还有那黄水仙盛开的美丽季节。装扮后的劳拉走到长镜前，默默望着镜子里的自己。此时，"微风慢慢吹动白色的窗帘，发出悲伤的轻声叹息。"(434) 对镜凝视的劳拉一定也在期待浪漫的爱情，风儿却无意中泄露了她内心的忧伤，拂之不去。

在温菲尔德一家满满的希望中，劳拉梦中的白马王子终于出现。吉姆来到温菲尔德家是在一个暮春的傍晚，那时"天空中诗意盎然"(433)。吉姆的到来拉开了一段浪漫神话的序幕，他仿佛就要向劳拉"求婚"。吉姆一只手擎着蜡烛，另一只手端着酒杯，来到劳拉身边。吉姆的热情与活力驱散了劳拉的孤独与寂寞，而神圣的烛火也仿佛点亮了她的内心。从劳拉的眼睛里，我们可以看到爱情已深深触动她的心灵。劳拉所代表的"蓝玫瑰"① 以及屋内玫瑰色的灯光更为吉姆的"求婚"仪式制造出一种神圣而浪漫的气氛。说到"蓝玫瑰"，我们自然会想起浪漫主义的象征——蓝花（blue flower）。卡尔杜洛（Bert Cardullo）将蓝花的意象追溯到德国浪漫主义。蓝花的意象来自俗有"蓝花诗人"之称的 18 世纪德国浪漫主义诗人、小说家诺瓦利斯（Novalis）。诺瓦利斯在其代表作《海因里希·冯·奥夫特尔丁根》（*Heinrich von Ofterdingen*）中，讲述了中世纪一位年轻诗人海因里希的成长经历。诗人在学习艺术的过程中，也在寻找曾经出现在梦中的原型象征——蓝花。对海因里希来说，蓝花不仅代表着艺术，而且代表着他心爱的姑娘。同样，作为"蓝玫瑰"的劳拉在威廉斯笔下不仅是南方文化的象征，也是艺术的象征，是崇高理想的化身。就像那位中世纪的诗人，劳拉也无不渴望浪漫的爱情，渴望梦中蓝色的花朵。

旧唱机播放出悠扬动听的古典乐曲，仿佛是在倾诉南方淑女心中美丽的爱情。劳拉与吉姆温情相约并相拥而舞的那一刻，是阿曼达青春岁月的重新演绎。正如阿曼达在那个美丽的季节里疯狂地爱上了黄水仙，吉姆的出现对劳拉来说也是"她私密生活的高潮"（447）。吉姆对劳拉的一番话听上去更像是浪漫的爱情宣言：

> 你知道——你是——唔——非常不一样的！跟我认识的其他人都完全不一样！……有谁跟你说过你长得漂亮吗？（暂停：音乐起）（劳拉慢慢抬起头来，一脸的茫然，然后摇摇头）真的，你长得非常漂亮！跟其他人都不一样。因为不一样，所以越发出色。（他的声音变得低沉而沙哑。劳拉转过身，几乎因为这突如其来的情感而晕倒）真希望你是我妹妹。我会教你怎样对自己有信心。跟其他人不一样就是与众不同。不过，跟其他人不一样绝不是一件值得遗憾的事。因为其他人并没有什么了不起。他们是千千万万，而你是唯一！他们在全世界到处游走，而你只是静静地待在这里。他们普普通通，就像——野草，可是——你——唔，你是——蓝玫瑰！（458）

---

① 中学时有一次劳拉生病，愈后回学校时吉姆问她怎么了，她说是得了肋膜炎（pleurosis），而吉姆误听为"蓝玫瑰"（Blue Roses）。就这样，劳拉在无意中有了一个浪漫而美丽的别名。

后来，吉姆告诉劳拉应该有人亲吻她。于是，他吻了劳拉的双唇。此时的劳拉欣喜而茫然。就像学校里许多其他女孩子那样，劳拉曾经偷偷地喜欢着吉姆。他是学校里的明星人物，受到大家的追捧，而劳拉总是躲在背后，很少有人注意到她的存在。吉姆却给了劳拉真诚的友谊，也从不在乎她身体的残疾。就这样，吉姆拨动了少女的心弦，劳拉将这份感情深埋在心底。让吉姆感到惊讶的是，时隔六年之久，劳拉却清楚地记得他在学校时的许多事情。

当吉姆出现在劳拉面前时，她只能透过记忆来看他。对劳拉来说，吉姆仍然是过去那个多才多艺的男孩子，却未曾意识到她记忆中的过去也只是一个美好的瞬间。无论如何，劳拉依然守护着那份纯洁的感情，而吉姆的到来激起她对生活的无限希望。的确，吉姆的来访给劳拉单调的生活带来些许快乐与幸福，他的热情与活力也深深感染着劳拉，使她渐渐摆脱羞涩与腼腆，并开始与他倾心交谈。随后，劳拉拿出年刊，里面珍藏的全是中学时美好的瞬间。劳拉还收集了许多有关吉姆的剪报，这让吉姆兴奋不已，使他回想起自己辉煌的历史。虽然劳拉没能从中学毕业，但她依然清晰地记得与吉姆一起参加合唱队的情形，记得小歌剧《彭赞斯的海盗》的每一场演出，其中吉姆扮演了男主角。劳拉与吉姆坐在烛光下，回忆着他们的过去，甜蜜而幸福，仿佛王子已唤醒林中的睡美人，而美丽的公主也不再为羞怯与残疾而困扰。

然而，吉姆对劳拉及其家人来说只是一个伪救世主。无论是在宗教或神话的层面上，还是在一般英雄故事的层面上，他都是一个失败的角色。早在他来到温菲尔德家之前，吉姆一直是作为救世主的形象出现在舞台叙述中。正如汤姆所述，吉姆这个角色只是一个"象征"，"他是那个迟迟不来却一直被盼望着的重要目标，我们就是为了这个目标而活着的。"（401）可是，吉姆破坏了所有神圣的期待，没能完成他的使命。对阿曼达和劳拉来说，他依然遥远而陌生。吉姆非但没能拯救温菲尔德一家，而且加速了他们的崩溃。当吉姆看到劳拉脸上欣喜的笑容，他一定感受到了她心中的爱情。然而，即使吉姆真的被劳拉的单纯与美丽所打动，他也无法给她任何承诺。劳拉也为吉姆的风度所倾倒，却未曾预料他已心有所属。当吉姆宣告他即将到来的婚礼时，"劳拉脸颊上神圣的光芒消失了，显得无限凄凉。"（460）残酷的现实拒绝神话与传奇，劳拉注定不会有童话中的幸福结局，更无法与梦中的白马王子相扶携老。此时，劳拉处于幻想与现实的边缘，不知何去何从。

剧作接近尾声之时，劳拉熄灭蜡烛，宣告"王子"的离去，仿佛预示着再也不会有"王子"走进她的心田，更不会有人懂得她的单纯与美丽。在普莱斯勒看来，"劳拉再一次扮演了受害者的角色。剧末是她熄灭蜡烛，这一行动标志着劳拉对残酷现实的认可——彻底退避她自己的阴影中。"（43）在这个由科学技术和理性主宰的世界上，敏感而脆弱的心灵只能退居最边缘的角落，劳拉超越世俗的美丽也注定无法实现。熄灭蜡烛也象征着劳拉永恒的处女之身，这是南方文化所承诺的浪漫爱情的最终结局，毕竟，浪漫的爱情只是一个美丽的传说。落幕之时，想必所有的观众都会为这个纤弱、敏感而美丽的飞蛾女轻声哭泣。随着吉姆远去，劳拉的眉梢结上深深的愁怨，曾经的梦想也随之破灭，她再一次被抛入残酷的现实当中。图文森对于想象有过这样的生动描述：

> 我们的灵魂此时幸福地迷失了自己，沉浸在欢快的想象中。就像浪漫传奇中受了魔法的英雄，我们四处游走，看见美丽的城堡、森林与草地，同时听到鸟儿鸣啭，还有小溪潺潺的流水声。可是，神秘的魔法一旦解除，美丽的风景便烟消云散，沮丧的骑士发现自己身处贫瘠的荒原或孤独的沙漠。（108）

此时的劳拉就像文中解除了魔法的"英雄"，发现自己身处现实的荒漠之中。

"求婚"仪式以悲剧而告终，这在某种程度上揭示出阿曼达回忆中浪漫爱情的虚幻特征，也是南方女子为她们的浪漫情怀所付出的代价。得知吉姆的真实状况后，阿曼达失望至极，威廉斯在舞台指示词中这样写道："天空中传来一声不祥的霹雳……天塌下来了。"（462）此时，我们所看到的阿曼达不再是笼罩在虚幻外衣下的浪漫女子，而是被现实生活所困的柔弱母亲，我们也开始认识到她的回忆中所蕴含的真理。即使她的回忆在很大程度上是一种虚幻的想象，但至少可以给她哪怕是非常短暂的慰藉，从而缓解现实的悲痛。为了表达对母亲的同情与尊敬，汤姆在剧末是这样描述阿曼达的：

> 我们仿佛透过隔音玻璃看到里面的情景。阿曼达好象在说话，安慰着蜷缩在沙发上的劳拉。我们既然听不到母亲的声音，她也就不显得那么傻气了。她神态庄重，有一种悲壮的美。劳拉黑色的头发遮住了她的脸。直到阿曼达说完，她才抬起头来，向母亲微笑。阿曼达安慰女儿的时候，她的动作缓慢而优美，像是在舞蹈。谈话结束的时候，她盯着我父亲的照片

看了片刻……（465）

这是阿曼达留给观众的最后的形象，也是汤姆记忆中不灭的爱的意象。只有慈祥的母亲才能体会女儿此刻的心情，并给她最温柔的体贴与关怀。此时，爱意弥漫着整个舞台，这个爱的意象成为汤姆生命旅程中的重要支柱，时时占据着他记忆的空间，无法抹去。

怀旧就是要让时间停下脚步，复活旧日的时光，重现昔日的美好，通过将过去植入现实生活来实现完整的自我，从而确立恒久的生命形式。同样，这也是一种以有限求无限、以瞬间求永恒的心理意识。当过去远离我们，它便成为我们想象中的审美对象，因而具有无穷的魅力。当南方女子历经漫漫岁月，饱尝生活的艰辛之后，过去的一切渐渐变得朦胧而美丽。南方女子的怀旧情结得以维系的前提，就是她们与过去之间遥远的距离。时空距离促成心理距离，成就了她们怀旧情愫中的审美品质，曾经的爱情因而变得更加美丽。她们深深懂得，过去与现实之间隔着一道无法逾越的鸿沟，而正是这道鸿沟为她们创造了无限的想象空间，激发了她们的怀旧冲动。南方女子的怀旧中充满幸福与甜蜜，也充满感伤与依恋，但基本指向总是和谐、完美的，我们称之为"甜蜜的忧伤"。巴什拉为我们揭示了怀旧中所蕴含的奥秘："一首优美的诗使我们原谅那特别古老的忧愁"[1]。怀旧对失落感具有抚慰的功能，因为"修复某物就是在想象中拯救它，或者更正和改正它，怀旧可以通过一种叙事的术语来达到这种失落感的修复。"[2]如此说来，南方女子怀旧中那个完美的过去并非本真的存在，因为怀旧叙事自我意识的特征表明，过去在她们的叙述中被不断地修正。阿曼达的怀旧叙事是建构性的和创造性的，她记忆中浪漫的爱情被不断地创造和再创造。在想象性的记忆中，南方女子编织着关于失落天堂的神话，但那不过是一段"虚构"的历史。然而，对她们来说，想象的存在是最重要的也是无法避免的经验事实。正如安格尔（James Engell）所说：

想象并非物质，任何感官都无法"接收"到它的存在。可是，只有它才能解释我们如何面对变化，如何联系过去、现在与将来，并指导我们

---

[1] 加斯东·巴什拉：《梦想的诗学》，刘自强译，北京：三联书店，1996 年，第 146 页。

[2] Roberta Rubenstein, *Home Matters*: *Longing and Belonging*, *Nostalgia and Mourning in Women's Fiction*, New York: Palgrave, 2001, 6.

的行动。没有想象，心灵就无法在事物的海洋里穿梭，它只能像木条一样漂浮在海面上，任凭风吹浪打。想象根植于我们的天性当中，比其他任何东西都更加牢固地控制着我们的生活。①

南方女子浪漫爱情的神话同样发生在《街车》中的布兰琪身上。还在"美梦"的时候，年少而单纯的布兰琪爱上了一位写诗的男孩艾伦。正如斯黛拉所说："布兰琪不只是爱他，而且崇拜他走过的每一寸土地！"②布兰琪向米奇讲述了她曾经的爱情以及后来的不幸：

> 他还是个孩子，只是个孩子，而我也是个小女孩。在我十六岁的时候就有了一个发现——爱情。真的就在那一瞬间。就像是眩目的光线突然照在一直处于黑暗中的什么东西，就这样它点亮了我的世界。可我并不那么幸运。我感到不知所措……他请求我的帮助。我不知道……不知怎么我让他失望了，因为我没能给他他所需要的、但无法说出口的帮助！……他像是陷入流沙之中想要抓住我——可我没有把他拉出来，而是和他一起下沉……我只知道疯狂地爱着他，别的什么都不知道。我既不能帮他，也不能帮我自己……（95）

布兰琪发现艾伦是同性恋，因而非常失望。艾伦希望得到布兰琪的帮助，可是年纪尚轻的布兰琪无法给予他所需要的帮助，艾伦以为布兰琪不能原谅他而吞枪自杀。就这样，曾经照亮了布兰琪生命的爱情之火突然熄灭，使她重新陷入无尽的黑暗当中。当布兰琪来到新奥尔良的妹妹家时，随身携带的行李箱里装满美丽的衣裙和饰物。除此之外，对布兰琪来说也是最重要的，就是艾伦过去写给她的情诗。这些早已发黄的书信成为布兰琪以后的寂寞岁月里仅有的安慰，借由这些深情的文字，她随时都可以回到浪漫的过去，重温美丽的爱情。当斯坦利看到这些信件，并试图从布兰琪手上夺过来的时候，布兰琪却说"你的手会玷污了它们！"（41）对斯坦利来说，那只是一沓毫无意义的纸片，而对布兰琪来说，它们却承载着纯真的爱情。

---

① James Engell, *The Creative Imagination*: *Enlightenment to Romanticism*, Cambridge, Massachusetts and London, England: Harvard University Press, 1981, 52.

② Tennessee Williams, *A Streetcar Named Desire*, A Signet Book, 1975a, 102.（以下出自该剧本的引文只在括号内标明页码。）

尽管怀旧中不乏惆怅与感伤，但南方女子能够从中感受到某种完整性，那是过去与现实之间一种自然的连续性。怀旧并未使她们变得软弱无力，而是使她们在永恒的过去当中获得些许宁静与力量。正如赫兰德所言：

> 我们努力想抓住不可能抓住的一些东西，这些东西我们曾经拥有，也永远不会失去。我们盲目地寻找未曾失落的东西，尽管它并不是我们想象的那样。这里有痛苦，但也有力量与伤口的愈合。①

赫兰德的文字或许有助于我们解读南方淑女浪漫的怀旧经验中所蕴含的奥秘。怀旧并不意味着一个人真正想要回到过去，"说怀旧的渴望是试图回到过去，这是误解了情感的特性和意义，正如一个人对爱情的反应，试图抓住并囚禁所爱的人，试图以一种完全错误的方式占有她。"②怀旧仿佛是连接彼时与此时的通道，或者说，怀旧是一把钥匙，能够开启过去经验与现在需要之间的门户。与其说南方女子想要回到过去那个浪漫的时刻，不如说她们是在痛苦的现实中期待一份安宁与平静。在对浪漫爱情的追忆中，南方女子借助想象的力量，试图重新拥有过去，回归本真的自我。

通常来说，怀旧对象必然早已湮没在历史的尘烟中，永远无法复得。然而，怀旧在某种程度上肯定并挽回了失去的时间，这就使真正的现实生活失去了应有的时间感。正如柏拉图所说，时间是永恒的流动形态，我们的生活就是一个在时间中不断死亡、又不断诞生的过程。因此，我们只有通过怀旧的心理意识，才能超越因时间的消解而带来的茫然与无奈。在南方女子想象性的记忆中，过去的一切都是美好的、珍贵的，是值得向往和拥有的。怀旧并不只是简单的逃避，同时也是前进，甚至是一种救赎。然而，在事实的层面上，怀旧往往是去合法化的，这是因为想象性的建构使怀旧成为一种审美的意识。从理论上来讲，南方女性的怀旧经验必然具有某种认知功能，能够告诉我们关于她们过去的知识，毕竟她们的怀旧是以亲历过的事实为基本依据的。然而，由于想象的参与，她们的怀旧又被赋予审美的色彩。因此，她们的怀旧在揭示南方文化美好一面的同时，也掩盖了许多真实的细节，从而

---

① Elihu S. Howland, "Nostalgia," *Journal of Existential Psychiatry* 3. 10 (1962): 203.

② Kimberly Smith, "Mere Nostalgia: Notes on a Progressive Paratheory," *Rhetoric and Public Affairs* 3. 4 (2000): 510.

使历史呈现为审美的、诗意的历史。

第四节　向往神话的世界

与阿曼达相比较，劳拉的怀旧叙事显得更为复杂，也更具有超验性。她不但向往神话般的旧南方，而且渴望独角兽所居住的、只存在于想象中的神话世界。在这个意义上来说，劳拉已经超越了对南方文化的怀旧。她的怀旧更多地是属于卜弥格定义中的反思型怀旧。反思型怀旧是现代怀旧中常见的形态，它不但与人类与生俱来的反思意识有关，而且与现代性的独特背景有着紧密的联系。在反思型怀旧当中，过去的本真性不仅仅指某个历史阶段或历史事实，它还包括对这一历史阶段和历史事实的理解、经验、记忆和再现。本真性不再只是一个静止的名词，而是被动词化，指向一个流动的过程，随着人类经验的积累而逐步丰富，在不同主体那里表现出差异纷呈的形态。反思型怀旧没有固定的实体作为依托，只是在过去与现实之间游移徘徊，表现为一种无来由的、普遍化的乡愁。

威廉斯对劳拉的描写并非浓墨重彩，而是温柔细腻，勾画出一幅楚楚动人的南方女孩形象。现实生活中的劳拉性格腼腆而柔弱，除了家人，与外面的世界很少接触。只有在想象的世界里，或者在玻璃动物的世界里，她才会感到安全自在。评论界一致认为，劳拉这一角色是威廉斯以姐姐罗丝为原型创造出来的。姐弟俩从小就有着深厚的感情，后来，罗丝因脑部手术失败而被送往精神病院，威廉斯为此深感愧疚。威廉斯在《回忆录》中写道："如果说我性格中有温柔的一面，那是来自我亲爱的外婆罗丝；而我心灵的优雅与纯净来自我生命中的另一个罗丝，我的姐姐。"①《玻璃动物园》中的劳拉虽然不像罗丝那样有精神疾病，但她有身体残疾，而且非常腼腆，以至于妨碍了她的正常生活。劳拉也像罗丝那样收集她喜爱的玻璃动物。与阿曼达有所不同的是，劳拉并不真正属于旧南方文化的一部分，她生活在破旧的城市公寓里，没有像母亲那样对南方文化的感性记忆。然而，在阿曼达的耳濡目染之下，劳拉同样表现出南方淑女独有的那份细致与浪漫，她恬静而温柔，举手投足间流露出淡淡的忧伤。

像许多南方女子一样，劳拉注定无法适应现代生活的节奏。假如说吉姆

---

① Tennessee Williams, *Memoirs*, Garden City, New York: Doubleday and Company, Inc., 1975b, 111.

"总是跑啊、跳啊，从来都不慢悠悠地走，好象要摆脱地球吸引力似的"（432），代表着现代性的速度与力量，那么劳拉则代表着传统，代表着缓慢的节奏。可以说正是现代性的速度激发了劳拉对神话世界的向往。在现代社会，我们拥有了速度，却失落了对生命的细腻感受，难以在瞬息即逝的生活表象背后找到意义与价值，从而迷失自我。怀旧的心理冲动体现了现代人在飞速流逝的岁月中想要挽留什么或拥有什么的心理。速度主宰了吉姆的生活与行为，而他的速度带给劳拉的则是眩晕与陌生的感觉。速度仿佛破坏了现代人与世界之间的和谐，我们无法再像传统社会中那样从容淡然，在"我"与"物"的相互纠缠中反复体会其中的韵味，从而享受传统静观的审美活动中所蕴含的那份稳定与自在。然而，人都有趋向连贯和统一的愿望，都希望能够回顾历史并瞻望未来，而不只是被束缚在每个瞬间的当下现实中。于是，怀旧的心理应运而生。劳拉所向往的神话世界正是在对现代性的反思中孕育而出的。

为了让女儿将来生活有所保障，阿曼达不惜代价送劳拉进入商业学校学习，希望她成为一名打字员，但劳拉终因无法适应学校生活而私自辍学。为了不让母亲发现，她每天假装按时上学、放学，其实大部分时间都是去公园、博物馆或动物园打发时间。就像威廉斯的姐姐罗丝一样，劳拉也只能"生活在自己的世界里"（431）。劳拉逛公园、游览博物馆，在看似闲适的漫游中，构筑着想象中的美丽国度，向往着遥远的神话世界。她并未表现出回归过去的现实冲动，而只是感到精神上的怅然若失，一种朦朦胧胧的乡愁。她的乡愁没有明确的目标，既不是真实的过去，也不是阿曼达想象中浪漫的时刻，而是某种不确定的状态，既指向过去又游离于过去之外。劳拉所渴望的是时间之外的时间，一个不是过去的过去。假如说她渴望田园牧歌式的旧南方，那也只是母亲记忆中那块神圣的土地；假如说她向往独角兽生活的神话世界，那更是虚无缥缈。不像阿曼达，劳拉没有可以回归的过去，唯有在游移与反思中独自品尝乡愁的滋味。

反思型怀旧更关注历史及个体的时间，关注无法挽回的过去以及人类的有限性。怀旧者并不强调恢复所谓的绝对真理，重要的是对历史的沉思和对时间的冥想。用纳博科夫（Vladimir Nabokov）的话来讲，反思型怀旧者往往是"时间的游戏者，历史的美食家"①。他们抗拒外在的压力，沉醉于不受时钟与

---

① Vladimir Nabokov, "On Time and Its Texture," *Strong Opinions*, New York: Vintage Imternational, 1990, 185–186.

日历控制的时间网络中。劳拉正是这样，在想象的神话世界里创造着只属于她自己的空间和时间。劳拉经常去博物馆的事实具有特殊的意义，在那里，她可以尽情地张开想象的翅膀，在时间与历史的天空中自由翱翔。正如卜米格对反思型怀旧所作的描述："徘徊于废墟之上，徘徊于时间和历史的光环里，徘徊于另一个空间和另一个时间的梦想中。"①假如阿曼达的怀旧是一种重建家园的象征与仪式，目的是为了克服时间，并将时间空间化，那么劳拉的乡愁则珍视记忆的碎片，将空间时间化。劳拉并不企图重建那个叫做"家"的神话般的地方，而是"沉醉于时间形成的距离中，并不关心所指本身。"②虽然劳拉不像阿曼达那样有着明确的怀旧对象与强烈的情感宣泄，但她的内心无不充满梦想与渴望。劳拉想象中的神话世界既包括阿曼达叙述中的美丽南方，也包括独角兽所象征的史前时代。在威廉斯笔下，劳拉不仅是一位富有想象力的女孩，而且作为南方文化的象征被置于圣坛之上。她冰清玉洁，恰似"云天之上闪耀着眩目光辉的雅典娜"③。

劳拉与吉姆在烛光下促膝交谈的那一幕，是世俗与神圣的相互交融。其实，这个浪漫的时刻还要归功于汤姆。他忘了及时交电费，因此家里突然断电，阿曼达只好改用蜡烛来照明。深知朋友秉性的吉姆用幽默的语言为汤姆开脱，阿曼达也似乎原谅了儿子的疏忽大意。

> 吉　姆　莎士比亚④或许在那张电费单上写了一首诗，温菲尔德夫人。
>
> 阿曼达　我本不应该让他去做这件事的。在这个世界上疏忽大意是要付出代价的！
>
> 吉　姆　或许那首诗能赢得十美元的奖金呢。
>
> 阿曼达　看来在爱迪生先生发明出马自达灯之前，我们要在 19 世纪度过这个夜晚了！
>
> 吉　姆　烛光是我最喜欢的光线。
>
> 阿曼达　那说明你是个浪漫的人！（446）

---

① Svetlana Boym, *The Future of Nostalgia*, New York：Basic Books, 2001, 41.

② Ibid., 49 – 50.

③ W. F. Cash, *The Mind of the South*, New York：Alfred A. Knopf, Inc., 1941, 86.

④ 《玻璃动物园》中汤姆喜欢写诗，因此吉姆称他为莎士比亚。

为了更好地利用突然"断电"制造的绝佳机会，阿曼达对吉姆说："可是小妹一个人怪孤单的，你去客厅陪陪她！我把这个漂亮的分枝烛台给你，它过去一直是摆放在天安教堂的圣坛上的。"（446）于是，吉姆端着蜡烛来到劳拉身边。此时，柔和的烛光洒在他们身上，浪漫而美丽，那曾经摆放在圣坛之上的烛台更为其增添了几分神圣之美。破碎玻璃表面反射的光线是剧中的主要意象，象征着稍纵即逝的幸福与美丽，欢乐时光如永恒的黑暗中闪烁的萤光，微弱而短暂。然而，美丽的神话在南方女子的记忆中清新依旧，一如照在劳拉身上的圣洁光芒。

威廉斯赋予劳拉许多南方女神所特有的品质，照在她身上的灯光透出一种"原始"的神圣之美，让人联想到中世纪的圣母画像。威廉斯在"演出提示"中对舞台灯光作了如下描述：

> 剧中的灯光是非现实主义的。为了保持回忆的氛围，舞台幽暗。一道道灯光集中照亮选定的区域或演员，有时同舞台中心形成鲜明的对照。例如，在汤姆和阿曼达争吵的那一场中，劳拉并没有表演动作，明亮的灯光却照在她身上。在晚宴那一场中，情况也是这样，她默默地靠在沙发上，无声无息，却始终处于观众视野的中心。照在劳拉身上的光与其他的光应该有所不同，有一种特殊的原始之美，就像用在早期圣女和圣母的宗教肖像画上的那种光。（397）

照在劳拉身上的特殊光线使她的形象具有一种雕塑感，产生如同电影中大特写一般的艺术效果。尽管劳拉沉默无语，强烈的光线却照在她身上，使她处于真正的舞台中心。通过这样的舞台语言，我们可以深刻地感受到劳拉脆弱而敏感的内心。舞台灯光具有重要的艺术功能，照在劳拉身上的光线主要起到异化和幻化的效果，使劳拉的形象与现实之间产生一定的距离，从而丰富了人物形象的层次感。同时，特殊的舞台灯光制造出的梦幻效果，恰好契合了劳拉向往神话世界的心灵体验。舞台空间犹如一块巨幅画布，威廉斯利用灯光这支画笔，悉心地为其渲染着色，在诗意的想象中创造着生动的舞台形象。除灯光之外，威廉斯还巧妙地利用音乐来表现戏剧主题。同样在"演出提示"中，威廉斯对剧中的主题音乐作了详细描述：

> 这是世界上最轻灵、最美妙的音乐，或许也是最悲伤的音乐。它仿佛

是在表现人生的欢乐，但潜在的基调却是永恒而难以形容的哀愁……它在剧中时隐时现，好象被一股不断改变方向的风儿吹送着……在一段段情节之间，乐曲一再出现，倾诉着怀旧情绪。(397－398)

威廉斯明确指出这是"劳拉的音乐"，"悲伤"的旋律传递出劳拉内心的孤独与寂寞。在非写实的舞台灯光及悠扬的主题音乐的烘托之下，一位柔弱而美丽的南方女子生动地呈现在我们眼前。

生活中的劳拉就像威廉斯的姐姐罗丝那样，无法与现实世界形成有效的联系。对劳拉来说，玻璃动物园仿佛是她唯一的庇护所，其中的玻璃独角兽是她最喜欢的小动物。据古罗马博物学家普林尼（Pliny the Elder）记载，"独角兽是一种神话中的动物"[1]，喜爱天真、纯洁的美丽少女。当"独角兽看到她，就慢慢接近她，卧倒在她身旁，并把头靠在她膝上，酣然睡去。"[2]劳拉又像是独角兽喜爱的女孩，周围的人们都能感受到她内心的纯洁，吉姆也曾被她超越世俗的美丽所打动。然而，劳拉"就像一件清澈透明的玻璃器皿，有光照耀着，便散发出瞬间的亮彩，既不真实，也不持久。"（433）或许威廉斯也意识到南方淑女所象征的旧南方及其价值体系的脆弱性所在，就像劳拉收藏的玻璃动物，虽然美丽却容易破碎。

劳拉的玻璃动物收藏在她的怀旧叙事中具有重要的意义。正如珍妮·威尔逊（Janelle L. Wilson）所说："物体本身并没有内在的意义，而是我们赋予它们意义。"[3]在劳拉的玻璃动物收藏中，我们看到一种与过去强有力的联系，但这并不是对曾经的过去的真实记忆，更多的是一种想象的记忆。正是玻璃动物触动了劳拉怀旧的心弦。琳达·哈钦指出，假如说某物具有怀旧的意义，这

并不是对"实体本身"的描述，而是赋予其"反应性"的特征……怀旧并不是你在物品中"观察"到的东西，而是当过去与现在这两个不同的时空相互碰撞时你所"感受"到的东西，往往带有强烈的感情

---

① 引自 Thomas Bulfinch, *Mythology*, New York：Thomas Y. Crowell Company, 1970, 315.

② Ibid. .

③ Janelle L. Wilson, *Nostalgia：Sanctuary of Meaning*, Lewisburg：Bucknell University Press, 2005, 107.

色彩。①

因此，劳拉在玻璃动物的世界里并非"观察"到而是"感受"到某种东西，这对她来说具有重要的精神价值，可以激发她诗意的想象，创造一个不曾有的过去，借以"回忆"曾经的纯真与美好。巴什拉在谈论梦想的诗学时，把富有想象的回忆称为"宇宙的记忆"，而非"历史的记忆"。②在这个意义上来讲，劳拉的记忆属于宇宙的记忆。劳拉就像一个穿越时间的旅行者，借助想象的力量回到那个早已被人们遗忘的神话世界。

维柯将人类文明的发展历史依序划分为神话时代、英雄时代和凡人时代，以此表示人类精神进化的三个历史阶段，其中神话时代和英雄时代以诗性智慧和诗意想象为特征，而凡人时代则以充分发展的人类理性为标志。在维柯看来，以神话思维和神话形式来表现的人类早期历史充满诗意想象和诗性智慧，能够凭借诗性逻辑传达出宇宙的本真精神和内在意义，这样的历史叙述可以被定义为"诗性历史"。在这个意义上来讲，劳拉想象中的神话世界属于维柯定义中的神话时代，她的思维方式也充满维柯式的诗性逻辑，而她所创造的"神话"正是维柯所说的"诗性历史"。不过，劳拉创造的"诗性历史"将她紧紧封锁，使她失去了与现实生活的紧密联系。

想象是我们用来理解周围环境的一种能力，它能够调节我们的思想与感情，给我们指明方向，并将思想与感情统一在行动之中。同样，想象在劳拉的怀旧叙事中扮演着重要角色，正如布卢法布（Sam BlueFarb）所言：

> 当劳拉面对现实，面对现实中所有的动荡与不安，她转身逃离。因为在她看来，现实并非通向希望之星的阶梯，而是脏乱不堪的储藏室，充斥着畸形丑陋的东西，看不到任何希望。她周围的现实残缺不全，有的只是破碎的希望，不再完好如初。但奇怪的是，对劳拉来说，那些玻璃动物并非遥远如神话一般，而是剧中唯一具有现实意义的东西。如果说它们是脆弱的，那它们也是坚强的。它们是玻璃制成的，玲珑剔透，可以使它们的主人看到一个既没有时间限制也没有跛足缺陷的世界。即使它们是脆弱

---

① 引自 Janelle L. Wilson, *Nostalgia: Sanctuary of Meaning*, Lewisburg: Bucknell University Press, 2005, 110.

② 加斯东·巴什拉：《梦想的诗学》，刘自强译，北京：三联书店，1996 年，第 151 页。

的，但至少是真实的；因此，对劳拉来说它们是可靠的。她可以看着它们，触摸它们，感觉它们，甚至抚爱它们。它们比单纯的回忆更真实。它们昨天在那里，今天在那里，明天还会在那里。不论破碎与否，它们总会在那里。①

游移是反思型怀旧最主要的审美风格，加之反思，它比起明快的回归型怀旧要沉重许多。在那种莫名的、难以释怀的感伤情绪中，渗透着主体对现实与过去的理解与感悟，散发出某种智性的光芒。怀旧主体的感情显现不是热烈奔放的，而是静穆凝重的，一如劳拉安静的模样。反思型怀旧者意识到在现代社会里失落了什么，然而，这种失落绝不可能通过回到过去而重新获得。于是，就有了对历史的回想、对时间的沉思。

沃尔斯（Richard Vowles）将剧中的"玻璃"比作"凝固的水"，认为这与剧本的"流动性"相互映衬。②玻璃是劳拉的象征，她纯洁的心灵如玻璃般晶莹剔透，而她的多愁善感使她极易受到伤害。为了逃避现实世界，劳拉躲在玻璃动物的世界里。这是想象的世界，也是艺术的世界。在吉姆来访时，劳拉拿出收藏的玻璃动物，让他分享她的世界。就像独角兽那样，劳拉早已接受了自己的孤独，"从不抱怨"（455）。玻璃动物的世界是和谐宁静的，劳拉"从来都没听到他们吵过架"（455）。劳拉也像玻璃独角兽一样"喜欢光"（455），殊不知现实的强烈光线会刺伤柔弱而美丽的飞蛾女。劳拉把她最喜爱的玻璃独角兽轻轻放在吉姆的手心，仿佛是把自己托付给心上人。然而，吉姆注定不是劳拉梦中的白马王子，无法给她依靠的肩膀。独角兽是剧中的主要视觉意象，吉姆无意中碰落独角兽而摔断了它的角，预示着劳拉破碎的爱情。对她们来说，现实中难寻温馨的家园，想象中构建的栖所亦难维系。按照丹姆的说法，"怀旧具有一种使之断裂并为之命名的功能"③。断裂既包括传统生活与现代生活之间连续的中断，也包括人类生存经验的突变，而怀旧既表明这种断裂，又体现出现代人弥合这种断裂的努力。玻璃独角兽的破碎不仅仅代表着南方传统与文化的断裂，而且代表着个人生活与身份的断裂。于是，便有了南方女

---

① Sam BlueFarb, "*The Glass Menagerie*: Three Visions of Time," *College English*, April 1963, 517.

② 参见 Richard B. Vowles, "Tennessee Williams: The World of His Imagery," *Tulane Drama Review* 3. 2（Dec. 1958）: 53.

③ Nicholas Dames, *Amnesiac Selves: Nostalgia, Forgetting, and British Fiction*, 1810–1870, London: Oxford University Press, 2001, 15.

子深情的怀旧，用以弥合这种断裂。

纳尔逊（Benjamin Nelson）在评论劳拉这一人物形象时说："在这个世界上，美丽只是一句口号而已。理想的美因为过于精致而难以存在。"（99）或许正因为劳拉的美并不属于这个世俗的世界，她才成为一个时代错位者，要么退居远离现实的至美当中，要么走出玻璃动物园，面对冷漠而残酷的世界，遭受命运的蹂躏。劳拉的困境正是威廉斯诗作《致哀飞蛾》（*Lament for the Moths*）中飞蛾所遭遇的困境。在第二诗节中诗人写道：

> 为天鹅绒般美丽的飞蛾致哀，因为飞蛾是如此可爱。
> 时时，她们温柔的思想（因为她们曾将我默默牵挂）
> 会缓解日间紧张的情绪。
> 如今，一种无形的恶魔却将她们带走。①

劳拉恰似诗中不幸的飞蛾。在这个以理性与技术为核心的世界里，像飞蛾这样敏感而脆弱的生命必然承受悲剧性的结局。威廉斯诗句中的飞蛾也是美丽、感性与艺术的象征。诗人借飞蛾被瘟疫摧毁的形象，表达了对南方女子深切同情与关怀。正是现代性强劲的臂膀掳去了南方的田园牧歌，夺走了南方淑女美丽的梦想，也放逐了一切艺术与想象。"家园"是一个经典的现代命题。只有当我们失落了家园，才真正懂得家园的涵义。利奥塔曾经用一个希腊词 *Domus* 来表示传统意义上的"家"，它象征着与自然、与神的亲密接触。在宾德的定义中，"故乡是个空间，是荷尔德林的'原空间'，但并不像物理空间那样无限、开敞，而是封闭的，是一个内心空间、一座房子，但同样也是一个故乡。"②威廉斯笔下的南方女子在想象性的怀旧中构筑着心灵的家园，只为她们的灵魂有所寄托，梦想有所归依。

唐娜（Janice Doane）认为，"在怀旧的表达模式中，所指扮演了一个关键的角色：它是一个本真的起源或中心，轻视堕落的现在。"③劳拉收藏玻璃动物意味着对一个更单纯、更美好的时代的渴望，而这种渴望的背后是对意义的追

① Tennessee Williams, *In the Winter of Cities*, Norfolk, Connecticut: New Directions Books, 1964, 31.
② 宾德：《荷尔德林诗中"故乡"的含义与形态》，载于刘小枫、陈少明主编：《荷尔德林的新神话》，北京：华夏出版社，2004 年，第129 页。
③ Janice Doane, *Nostalgia and Sexual Difference: The Resistance to Contemporary Feminism*, New York and London: Methuen, 1987, 15.

寻。在严格意义上来说，时间只能向前线性运动，但收藏者通过与过去的联系，能够抵制这种运动，创造一种非线性的时间模式。巴塞尔（Diane Barthel）认为，对收藏者而言，收藏既是道具，也是舞台，收藏者在收藏中逃避自我。①劳拉收藏的玻璃动物同样是她的道具，也是她的舞台，而她自己是这个舞台上的重要角色。在这里，她摆脱现实的自我，创造着审美的自我，从而消解了现代性的时间概念。就像一位艺术家，劳拉在浪漫的想象中离开 20 世纪中叶的圣路易斯，穿越时空回到遥远的神话世界。或许劳拉的怀旧是缺乏理性的，然而，正是理性的缺乏使她的想象具有了更加崇高的意义，并使她获得心灵的愉悦。

威廉斯早年著有组诗《蓝山谣》（*Blue Mountain Ballads*），部分收在诗集《城市的冬天》（*In the Winter of Cities*）里，其中一首《天堂草》（*Heavenly Grass*）颇似《玻璃动物园》的主题诗。诗中写道：

> 我曾在天堂草丛中漫步，
> 当清澈的天空闪烁光芒。
> 我曾在天堂草丛中漫步，
> 当寂寞的星星划过夜空。
> 后来，我的双脚踩到了地面，
> 母亲给我生命的时候曾大声哭泣。
> 如今，我已渐行渐远，脚步匆匆。
> 可是，我的双脚依然渴望天堂草。
> 可是，我的双脚依然渴望天堂草。②

劳拉就像诗中那个渴望天堂草的"我"，尽管身处世俗人间，却依然渴望美丽的"天堂草"。劳拉渴望超越世俗的人类生存。她遭遇西方工业文明的摧残与蹂躏，代表着脆弱而非尘世的自我。尽管身体残疾、感情脆弱，但她借助玻璃动物所代表的艺术和旧唱片所代表的音乐，逃离了 20 世纪中叶圣路易斯

---

① 参见 Diane Barthel, *Historic Preservation: Collective Memory and Historical Identity*, New Brunswick, NJ: Rutgers University Press, 1996, 137.

② Tennessee Williams, *In the Winter of Cities*, Norfolk, Connecticut: New Directions Books, 1964, 101.

的都市喧嚣。①

《玻璃动物园》不仅表达了汤姆对母亲与姐姐的怀念，而且也是一首关于失落天真的挽歌。汤姆记忆中的劳拉生活在玻璃动物的世界里，那里的一切仿佛都是永恒的。劳拉就像一只小小的玻璃动物，不受时间的侵蚀，亦无法获得爱的拯救，但她的美丽与哀愁深深触动着我们的心灵。怀旧不仅仅是一种思乡的情绪，它可以是对一种虚拟时间的向往，抑或是对某个遥远国度的渴望。对过去的怀旧并不一定要亲身经历那个时代，就像劳拉向往美丽的神话世界那样，我们称这样的怀旧为"错位的怀旧"（displaced nostalgia）②。斯图尔特（Susan Stewart）对怀旧进行了心理学的阐释，认为怀旧具有非历史化的特征，"是毫无目标的伤感……是对渴望的渴望。"③这里的怀旧不是对"地方"的渴望，而是对"时间"的向往。同样，劳拉在怀旧的想象中并非要朝圣某个神话中的世界，而是编织着关于神话世界的美丽意象，渴望已然消逝也难再拥有的纯真岁月。

剧中最令人悲伤的一幕发生在剧末。吉姆是温菲尔德一家期待已久的"使者"，也是劳拉梦中的白马王子，他的出现使劳拉感觉到幸福悄然而至。然而，"王子"很快便离她而去。至此，劳拉从幻想的牢笼中被拯救出来的希望彻底破灭，她不得不重新回到自己孤独的内心世界，回到玻璃动物的世界。在《成功的灾难》（"The Catastrophe of Success"）一文中，威廉斯解释了他写作的动机，认为"艺术家只有在他的作品中才能找到真实，并获得满足，因为与他所创造的艺术世界相比，现实世界缺乏张力。这样，他的生活由于缺少激烈的冲突反而显得不那么真实。"④这同样适用于他笔下的南方女性。对南方女性来说，现实世界充满世俗的烦恼与痛苦，而想象能够带给她们安慰与宁静。具有讽刺意义的是，威廉斯在文中以贬抑的口吻讲述了自己一夜成名的经历，这是一个"灰姑娘"的故事，一个美国式的神话。然而，他剧中的南方女子却错过了生活之宴，唯留生命的余烬温暖心房，曾经带给她们安慰的想象

---

① 参见 Bert Cardullo, "Birth and Death in *A Streetcar Named Desire*," *Confronting Tennessee Williams's A Streetcar Named Desire*: *Essays in Critical Pluralism*, Ed. Philip C. Kolin, Westport, CT: Greenwood, 1993, 65.

② Janelle L. Wilson, *Nostalgia*: *Sanctuary of Meaning*, Lewisburg: Bucknell University Press, 2005, 32.

③ Susan Stewart, *On Longing*, Durham: Duke University Press, 1993, 23.

④ Tennessee Williams, *Where I Live*, Eds. Christine R. Day and Bob Woods, New York: A New Directions Book, 1978, 19.

使她们显得更加孤独。

对劳拉来说，向往从未经历过的神话世界具有重要意义。南方女子对神话世界的想象也是为了建构她们所缺乏的主体身份。卢卡契（Georg Lukács）创造了"超验的无家可归"（transcendental homelessness）这个现代词汇，并通过艺术及社会生活的发展对它进行定义。卢卡契的《小说理论》（*The Theory of the Novel*）开篇如史诗般恢宏壮美，书中写道：

> 那些年代是多么幸福，天空铺就所有的道路，而星光将它们照亮。在那个年代，所有的一切都既陌生又熟悉，充满冒险，却也为己所有。世界如此辽阔，但又像一个大家园，因为燃烧在灵魂中的火焰如星光般灿烂。①

这不再是对本地家园的渴望，而是对"内心超验地理"（transcendental topography of the mind）的怀旧，是对生存完整性的追求。在一定意义上来说，劳拉所感受到的就是卢卡契式的"超验的无家可归"，而她所向往的正是"内心超验地理"，是对生命本真状态的追寻。本雅明认为，"正是现代文明不断召唤出史前时代"②。对劳拉来说，同样是现代文明及残酷的现实生活激起了她对神话世界的向往，劳拉的乡愁具有现代怀旧的典型特征。

> 现代怀旧是对神话回归之不可能性的哀悼，是对失去的、有着清晰边界及价值的美好世界的哀悼；它是精神渴望的世俗表达，是对绝对真理的怀旧，对物质及精神家园的怀旧，对史前伊甸园式的时空体的怀旧。怀旧之人是在寻找精神的寄托，一旦遭遇沉默，便开始寻找值得记忆的符号，却完全误读了它们。③

劳拉正是在神话的世界里寻找着"记忆的符号"。

劳拉出生在六月，吉姆的婚礼也安排在六月的第二个礼拜天。在卡尔杜洛看来，这并非偶然的巧合。

---

① Georg Lukács, *The Theory of the Novel*, Trans. Anna Bostock, Cambridge, MA: MIT Press, 1968, 29.

② 引自 Svetlana Boym, *The Future of Nostalgia*, New York: Basic Books, 2001, 27.

③ Ibid., 8.

　　　　劳拉的生日使她与古罗马天后朱诺产生联系。朱诺是婚姻女神和生育女神，也是古罗马主神朱庇特的妻子，而朱庇特的武器就是雷电，在第六场结束时我们便会听到。劳拉或许不会在尘世间结婚生子，但剧本暗示在她死后，即使不会成为或者复生为朱庇特的新娘，也会是耶稣圣洁的新娘。①

　　在威廉斯的想象中，劳拉本可以成为基督耶稣的新娘而获得救赎，然而，现实并非如此。劳拉只有躲在想象的世界里寻求安慰，她所向往的神话世界永远只是一个美丽的梦想，表达了她企图超越现实的美好愿望。"如果说回归型怀旧以坚定的决心回归并重建家园，反思型怀旧则惧怕以同样的激情回归。反思型怀旧无法重新创造失去的家园，却能创造另一个自我。"②劳拉正是在浪漫的想象中创造着另一个自我。加兰（Robert Garland）称劳拉为"月亮女孩"③。我们是否也可以将劳拉视为中国神话中的嫦娥？美丽的嫦娥因为吃了仙丹飞到月亮之上，成为月亮女神，在冷清的广寒宫中与寂寞为伴。不过，每逢月圆之时，嫦娥都会在月桂树下与丈夫后羿相会。月亮女孩劳拉的乡愁细腻而悠远，如月光般洒在《玻璃动物园》的舞台之上。

　　其实，劳拉的名字本身也与月亮有关，而且象征着她与自然以及超验之间的联系："劳拉"（Laura）代表月桂，在古代，月桂花环作为荣誉的象征授予戏剧诗人、战争英雄等；而"温菲尔德"（Wingfield）让我们想起穿越草地直插云霄的飞鸟，可以说这是劳拉超越现实、超越世俗的心理投射，仿佛济慈笔下歌唱的夜莺。在劳拉辍学的漫长冬季里，她经常去的地方就是艺术博物馆和动物园，她说："我每天都去看企鹅！——最近我几乎所有的下午都去'珍宝箱'，那个巨大的玻璃房，里面生长着热带花卉。"（408）劳拉经常光顾的艺术博物馆和动物园将她再一次与艺术和自然联系起来。劳拉就像浪漫主义者那样，她既热爱自然，也热爱艺术，而她收藏的玻璃动物所代表的艺术，亦可视

---

　　① Bert Cardullo, "The Blue Rose of St. Louis: Laura, Romanticism, and *The Glass Menagerie*," *Tennessee Williams*, Ed. Harold Bloom, Infobase Publishing, 2007, 71.

　　② Svetlana Boym, *The Future of Nostalgia*, New York: ? Basic Books, 2001, 354.

　　③ 引自 Robert A. Martin, Ed. *Critical Essays on Tennessee Williams*, New York: An Imprint of Simon and Schuster Macmillan, 1997, 20.

为模仿记忆中的自然。①对神话世界的向往同样体现在布兰琪身上。当她仰望天空，寻找着美丽的七姐妹星时，也一定渴望成为天庭姐妹中的一员，不再有现实的痛苦与悲伤。赫兰德指出，"怀旧值得我们认真对待……因为它不仅仅是对一个已死亡过去之索然乏味的渴望，而是一种对所有人类生活都十分重要的情感。或许它会将我们毁灭，但有时它也是我们的救赎。"②因此，遥远的神话世界并不仅仅是南方淑女想象中虚无缥缈的幻象，更为重要的是它具有救赎与超越的功能。

《玻璃动物园》的铭文中写道："没有人，甚至没有雨滴，会有如是纤纤小手"（393）。这是出自美国意象派诗人卡明斯（E. E. Cummings）所作《我从未到过的地方》（*somewhere i have never travelled*）中的诗句，诗作标题仿佛是对劳拉想象中的神话世界的形象描述。卡明斯在诗中还写道：

> 你最轻微的一瞥会轻易将我打开
> 尽管我锁住自己如锁住手指，
> 你却总能将我打开，一瓣一瓣，如春天开启
> （敏捷而神秘地触碰）她的第一朵玫瑰③

花蕾是诗中的主要意象，等待温柔的春风将她轻轻开启。其实，这也是威廉斯在《玻璃动物园》中创造的主要意象，是劳拉这一人物形象的生动写照。吉姆拜访温菲尔德家正值一个春天的傍晚，天空中飘着濛濛细雨。因为吉姆的"爱情"，"蓝玫瑰"仿佛就要张开娇嫩的花瓣，但吉姆订婚的消息无情地摧毁了未开的花朵。正如劳拉所说："蓝颜色是错误的，对——玫瑰来说。"（458）失去了爱情的劳拉就像雪花飘飞的季节里凋零的玫瑰，深邃的眼眸中写满幽怨与哀愁。

距离产生怀旧，也使怀旧扩大成一种社会化的生存方式。距离为我们感觉到的现实蒙上一层薄纱，西美尔认为这恰恰是"认知现实、再现现实的先决条件"（385）。为了获得与事物更真实、更亲近的联系，我们必须承认并保持

---

① 参见 Bert Cardullo, "The Blue Rose of St. Louis: Laura, Romanticism, and *The Glass Menagerie*," *Tennessee Williams*, Ed. Harold Bloom, Infobase Publishing, 2007, 66.

② Elihu S. Howland, "Nostalgia," *Journal of Existential Psychiatry* 3. 10 (1962): 203.

③ E. E. Cummings, "somewhere i have never traveled," *American Poetry: The Twentieth Century*, Vol. 2, Ed. Robert Hass, New York: Literary Classics of the United States, Inc. 2000, 21 - 22.

这个距离，从纯粹的文化客体中抽身而出，返回我们的内心。这实质上就是怀旧，就是依据自我对外部世界的规定性来判断客观事物的美与丑，确定主体的情感倾向。只有在保持审美距离的基础上，我们才能返回本真的存在，体验到生命的美感。"通过距离还可以产生那种宁静的哀伤，那种渴望陌生的存在和失落的天堂的感觉"①。不论是记忆中的旧南方，还是想象中的神话世界，对南方女性来说，都是"一个精神上遥远的形象，即便身体挨近的时刻仍旧是作为一种内在意义上无法接近的东西，一个永不能兑现的诺言"②。或许正因为如此，它们才具有无限的魅力，仿佛只有回归才能最大程度地弥合分裂，重新找到生活的和谐与生命的完整。南方女子的怀旧恰似清晨的薄雾，弥漫在空气中却又无迹可寻。尽管记忆中的过去清新而美丽，她们却无法实现回归，怀旧成为一种永恒的生命状态。

在温菲尔德公寓的烛火熄灭后许久，我们依然清晰地记得那些与我们自己有几分相似的剧中人物，并且与汤姆共同分享着时间无法抹去的记忆。直到剧末，我们方才意识到他的回忆已经转化为我们自己的回忆，而南方女子的乡愁也在不知不觉间转化为我们自己的乡愁。《玻璃动物园》是一部美丽的回忆剧，是经过剧作家及剧中人物的层层回忆与想象而虚构的故事，但它又是如此地真实而生动，牵动着每一颗敏感的心灵。威廉斯深深懂得，艺术绝不可能真正成为抵御现实的庇护所，但他还是选择了艺术，艺术的魅力就在于能够承受历史的创伤。戏剧的形式和内容揭示出一种悖论：通过谎言来揭示真理，脆弱的艺术创造也能显示出强大的力量。对威廉斯剧中的南方女性来说，作为怀旧唯一外在表现的记忆或想象，有着与戏剧艺术同样的功效，因为它能够帮助她们"揭开层层面纱与障碍，只为寻找更真实的生命体验"③。

通过南方女性的想象性怀旧，威廉斯怀念南方文化的同时，也对现代社会及现代文明进行着审视与思考。正如劳拉想象并"导演"着玻璃动物的生活那样，汤姆也一再上演着"玻璃动物园"的剧目。对劳拉来说，玻璃动物是真实而永恒的，就像汤姆记忆中的母亲阿曼达和姐姐劳拉。然而，无论汤姆多少次向观众讲述那纠缠的记忆，劳拉依然找不到梦中的白马王子，阿曼达亦无法挽回逝去的青春。比格斯比在对《玻璃动物园》一剧所作的评论中这样写

---

① 西美尔：《货币哲学》，陈戎女、耿开君等译，北京：华夏出版社，2003 年，第 389 页。

② 同上，第 390 页。

③ Sara Lawrence - Lightfoot, *I've Known Rivers: Lives of Loss and Liberation*, Reading, MA: Addison - Wesley, 1994, 12.

道："正如所的有艺术那样，戏剧创造出一种优雅。然而，具有讽刺意义的是，在不受时间侵蚀、不受人性玷污的美之外，我们无不感到一丝凄凉"①。同样，南方女子的怀旧在创造"优雅"与"永恒"的同时，也生出无尽的寂寞与忧伤。《玻璃动物园》中的两位南方淑女，一位曾经娇艳如花而今已衰败，另一位却从未如期绽放。在汤姆离去之后，她们能否保存已有的家园我们不得而知，但她们记忆中美丽的青春、浪漫的爱情以及想象中的神话世界将永不褪色，只是缺少生命的气息。

怀旧是一种创造性的情感。南方女子梦想中渴望回归的家园绝不是完美的，甚至从来都不曾存在过。怀旧能够实现建构性的忘却，使过去成为不变的历史。怀旧并不仅仅是对过去的沉迷，也是获得救赎的必要途径。正如石黑一雄（Kazuo Ishiguro）②所说：

> 这是一种让我们有情感依托的东西，让我们觉得一切都应该也能够获得补救。我们能够感到自己正走向一个更美好的未来，因为我们曾经拥有过那样的世界。我们怀有关于那个世界的遥远记忆，即便那只是一段破碎的记忆，一片破碎的风景。③

怀旧代表一种面对失落与错位时所具备的态度，这是必须的，也是生产性的。对南方女子个人而言，从怀旧性想象中获得的知识是至关重要的。她们所渴望的并非曾经的过去，而是应有的过去，她们所努力实现的正是这个完美的过去。她们修改着历史，创造着自我。她们认可过去，在过去的世界里感到更加自由，即使这个过去只是一种想象。怀旧是一种想象的模式，想象曾经拥有而今不再的事物，它能够使我们更清晰、更准确地表达对现实的失望与不满，还能为我们提供关于世界的有用知识、一个安全的港湾、一片希望的绿洲。

威廉斯笔下的南方女性创造着她们的个人怀旧空间，在此重新描绘内心的风景。不论是阿曼达、劳拉还是布兰琪，都是典型的衰落南方淑女的形象，"经过无情的时间侵蚀，美丽的蝴蝶变成灰色的蛾子。"④她们试图让时间留驻，

---

① C. W. E. Bigsby, "Entering *The Glass Menagerie*," *The Cambridge Companion to Tennessee Williams*, Ed. Mathew C. Roudané, Cambridge University Press, 1997, 41.

② 石黑一雄（1954 – ），日裔英国小说家，回忆是他偏爱的一种叙事方式。

③ 引自 Brian Shaffer, "An Interview with Kazuo Ishiguro," *Contemporary Literature* 42. 1 (2001): 7–8.

④ Roger Boxill, *Tennessee Williams*, London and Basingstoke: Macmillan, 1987, 35.

这也是威廉斯的艺术追求，因为"'凝固的时间'或许比别的任何东西都能赋予戏剧更深刻的蕴涵。"①同样，想象性的怀旧能够赋予南方淑女的生命以新的意义。在我们不断建构并重构身份的过程中，怀旧是常用的方式之一，它能够在一定程度上促进身份的延续性。何以如此？弗雷德·戴维斯的答案是：对先前的自我保持欣赏的姿态，从记忆中筛去令人不悦的人或物，重新修正先前的自我，并通过先前的自我来衡量现在的自我。②南方女性在重新想象过去的同时，也在进行选择性回忆，并积极重构原来的自我。

怀旧总是基于现实与往昔的对比而产生的，对过去的渴望就意味着对现实的不满。无论怀旧主体在现实中经受多少悲伤与失落，他们都相信只有在过去的抚慰中才能重新获得完整。因此，作为一种心理体验和文化体验，怀旧所指向的始终是一种完美的、理想化的状态，以回忆过去并构想完美的方式来实现。与琐碎的现实生活相比，怀旧经过主体的选择和过滤，带有虚构和创造的意味，同时具有明显的诗意化倾向。可以说，怀旧就是人类为了弥合现实的不足而最终指向和谐统一的美感体验，是一种审美的艺术创造。最早对怀旧的审美确证可以追溯到柏拉图的"回忆说"。直到海德格尔这里，怀旧与审美之间才形成真正的联姻。

> 在海德格尔那里，怀旧源于神性的消失和上帝的缺席，源于由此导致的世界的贫乏和黯淡，而怀旧所指向的即为神，是一种与柏拉图的理念有异曲同工之妙的先在存在，是一种被人类遗忘了的但又可以凭借一定的方式重新获得和体验到的东西。柏拉图求助于学习和探索，求助于诗神赐予诗人们的灵感，而海德格尔则完全摒弃了通过形而上的思索来解放形而上的束缚的途径，彻底转向了艺术的救赎之路，把诗和思作为一种通达神性光辉的可能。③

赵静蓉指出，怀旧是一种审美创造活动，是一种对过去的想象性建构。④真正的过去在我们依恋的目光中渐离渐远，能够挽留下来的只有那瞬间的感觉

---

① Tennessee Williams, *Where I Live*, Eds. Christine R. Day and Bob Woods, New York: A New Directions Book, 1978, 49.

② 参见 Fred Davis, *Yearning for Yesterday*, New York: The Free Press, 1979, 44 - 45.

③ 赵静蓉：《怀旧——永恒的文化乡愁》，北京：商务印书馆，2009 年，第 56 页。

④ 参见赵静蓉：《怀旧——永恒的文化乡愁》，北京：商务印书馆，2009 年，第 59 页。

与印象。惟有借助想象的力量，怀旧才能"向我们保证隐藏而遥远的事物的存在"①。所谓想象，

> 几乎只是一种隐含的记忆。这种记忆牢记过去，把过去现实化，但又不把过去强加于我们；它不需要预感未来，只用片言只字便能使我们明白。这是因为再现对象根本没有未来，有的只是对自己的理解的未来。②

怀旧不仅仅是一种历史感，更是一种抒情化、诗意化、有一定价值取向的历史情怀。③南方女性的怀旧经验生动地体现了历史在想象性怀旧中被诗意化和审美化的过程。美仿佛成了她们所有的现实生活，而审美则变为对现实的观照，美与生活的主客关系在她们的生活中发生错位。

南方女性通过诗意的想象在记忆中不断创造并再现历史，以审美的方式建构理想中的"真实"。她们用记忆中的南方神话为脚本，重新演绎想象中的过去，并建构新的主体身份。南方女性的怀旧经验是她们应对身份危机的重要策略，而她们自我异化的命运是其认同焦虑的重要表现。《青春甜蜜鸟》中的普林塞丝从堕落到超越的生命历程将为我们揭示南方女性艰难的自我实现之旅。

---

① 杜夫海纳：《审美经验现象学》（下），韩树站译，北京：文化艺术出版社，1996b 年，第 393 页。
② 同上，第 403 页。
③ 参见赵静蓉：《怀旧——永恒的文化乡愁》，北京：商务印书馆，2009 年，第 417 页。

第二章

异化的自我：普林塞丝的堕落与超越

　　这一章以《青春甜蜜鸟》中的普林塞丝为主要研究对象，分析南方女性的现实困境，并揭示其悲剧根源。即使身陷逆境与失望当中，南方女性也从未放弃对生命的信念和对爱的渴望。在异化的社会环境中，南方女性必然遭遇自我异化的命运，但她们努力与他人、与社会、与自己达成和解，寻求自我实现的途径。当在演艺事业中遭遇冷落之后，普林塞丝跌入堕落的深渊，通过酗酒、吸食毒品或满足身体的欲望来缓解心理压力，寻求暂时的慰藉。作为演员的普林塞丝凭借对艺术的热爱与执著，努力追求自我，超越异化。南方女性的自我实现主要是精神层面上的，为了超越现实、摆脱困境，她们需要借助想象的力量。安格尔指出，想象对现代世界具有重要意义，正如日神阿波罗对古代社会具有重要意义一样。① 想象是智慧和知识的源泉，对威廉斯笔下的南方女性来说尤其如此。

　　通过描写现代社会中南方女性的生活困境，威廉斯表达了对她们的深切同情与关注，同时也对西方文明及现代性进行审视与批判。布莱克韦尔（Louis Blackwell）研究了威廉斯笔下女性的困境，并根据各自不同的情形将其分为四类：第一类是无法适应反常家庭环境的女性，她们为了寻找伴侣而努力摆脱束缚；第二类是屈从于地位比自己低下的男人的女性，她们与之交流是为了获得现实和意义；第三类是努力与那些不能或者不愿与她们保持永久关系的男人建立联系的女性；第四类是曾经有过幸福婚姻却已失去伴侣的女性，她们努力克服自己的失落与痛苦。②布莱克韦尔指出反常的家庭、错误的婚姻等是南方女

---

　　① 参见 James Engell, *The Creative Imagination*: *Enlightenment to Romanticism*, Cambridge, Massachusetts and London, England: Harvard University Press, 1981, 17.

　　② 参见 Louis Blackwell, "Tennessee Williams and the Predicment of Women," *Critical Essays on Tennessee Williams*, Ed. Robert A. Martin, New York: An Imprint of Simon and Schuster Macmillan, 1997, 244 – 247.

性所面临的困境，却未深入探究其根本缘由。笔者认为，南方女性困境的根源在于社会的异化，正是异化的环境导致她们自我异化的悲剧性命运。女性异化的主题在威廉斯剧作中得到深刻的体现，这些异化主题既归缘于美国南方异化的父权制，也是工业化和现代性的必然产物。作为一位热切关注人类命运的剧作家，威廉斯对那些遭受异化命运的南方女性倾注了复杂的情感，并寄寓深切的人文关怀。在探讨南方女性的异化问题之前，首先让我们对"异化"概念进行一些溯源性的考察。

第一节　异化问题概述

"异化"（alienation）最初为哲学与社会学概念，是文艺复兴时期以来在近代西方哲学中逐渐兴起的。所谓异化，是指一种使人和物同他人或他物相疏远的行为，或者行为的结果。异化所反映的实质内容，在不同的历史时期有着迥然相异的诠释，它在人类历史上表现为人与自然、历史与人伦、理性与感性、现实与理想的二元分裂。异化的词源可以追溯到拉丁文 *alienatio*。在拉丁文里，这个词至少有三种含义：在法学领域指转让，如权利和财产的让渡；在社会领域指自己与别人、国家和上帝相分离或疏远；在医药和心理领域指精神错乱或精神病。近代，在"转让"的意义上使用异化一词的是卢梭，他在《社会契约论》中写道："如果一个个人可以转让自己的自由，使自己成为某个主人的奴隶，为什么全体人民就不能转让他们的自由，使自己成为某个国王的臣民呢？"[①]

异化概念具有一段悠久而平凡的历史，直到 20 世纪 40、50 年代成为最流行的词汇之一。在此之前，该词的使用仅限于法律、经济、人际关系和医学方面，二战之后成为神学、哲学、社会学、政治学、文艺批评等领域的基本术语。异化概念的起源可以回溯到圣·奥古斯丁及马丁·路德的神学，即为了使自己成为超验的、完美的人，努力与自己非尽善尽美的东西决裂，或者说从中异化出来。异化概念在旧约的偶像崇拜中也有所体现。偶像崇拜总是对某种东西的崇拜，人把自己的创造力置于其中，并对其顺从屈服，而不是在他的创造活动中体验自身。在对《圣经》故事的重新解读中，我们也可以追溯异化的历史，亚当和夏娃因偷食禁果而被逐出伊甸园的传说，就是人类与上帝异化的

---

① 卢梭：《社会契约论》，何兆武译，北京：商务印书馆，1980 年，第 14 页。

开端。

卢梭及其信徒认为，自从人类脱离"原始"状态，异化就开始了。有些学者则指出，人类发展的历史就是一部人类异化史。我们通常所说的现代异化开始于18世纪中期，它产生的前提是文艺复兴时期的人道主义理想。18世纪下半叶，这一人道主义理想在卢梭的影响下发生了改变。卢梭认为真正的人应该是自然的、善良的、真诚的，而"文明化的人"不是真正的人，他的创造性不过是一种谋生的手段。19世纪初，对文明的悲观看法不断增长，人常常被认为已退化成一种工具、一种商品或一种物体。与启蒙时期的理性主义和对进步的乐观信仰相反，卢梭强调自然人的内在善良与幸福，同时指出私有财产、社会和文明的腐蚀作用。卢梭对异化概念的发展具有重要的影响，他的自我异化思想统治了19世纪的历史哲学和社会哲学领域。

黑格尔、费尔巴哈和马克思是最初明确论述异化问题的三位思想家，他们的阐释构成了当代哲学、社会学和心理学关于异化讨论的出发点。黑格尔是创造出异化概念的思想家，其异化思想体现在自我意识论当中。在黑格尔看来，人的历史就是人异化的历史。在《历史哲学》中黑格尔写道："其实，心所努力追求的就是他的总念的自我实现；可是，它在这样做的时候把那个目的给自己隐蔽起来，而且对这种离开他自己本质的异化感到骄傲和满足。"①在《早期神学著作》中，黑格尔就已经敏锐地意识到与他人异化的可怕经验，并在爱情中看到了克服异化的途径，后来他在《精神现象学》中使用了"异化"一词，该词成为黑格尔哲学的中心范畴之一。在黑格尔看来，自然界和历史是绝对精神的对象化或异化，异化的消除是与精神的自我认识及其对自己本质的回忆相一致的。自我意识创造自己的世界，并像对待某个异己世界一样对待它，而后自我意识应当掌握它。②在黑格尔的哲学体系中，所有的存在物为了达到完美，都必须把自己置于与自我相对立的地位：它只有在脱离自己的本质，变成自身之外的一个存在物，并最终克服对立、超越分离时才能获得发展。对黑格尔来说，人发展一个他不再能重返的客观世界，而这种消失实际上是一种充实，具有一种深刻的合理性：没有异化，精神就不能获得它全部的可能性，也就不能实现它最大限度的潜在性。

费尔巴哈否认了黑格尔的精神异化论思想，他认为世界的本原不是精神或

---

① 引自陆梅林、程代熙编选：《异化问题》（上），北京：文化艺术出版社，1986年，第26页。
② 参见上书，第442－443。

理念，而是自然界。只有回到自然，才会获得幸福。费尔巴哈在《基督教的本质》中指出，人把自己的智慧和感情赋予一个外在的对象，而后将它奉为一个异己的、高高在上的存在，从而创造了上帝。人使自身对象化或使自身分裂，其实那另一个存在就是他自己的存在。由于人把自己的自然本性交给了上帝，他就丧失了自己的最高本质，不得不去膜拜冥冥中的上帝，这就是人性的异化。因此，为了使人恢复自己作为类的存在，就要把人赋予上帝的东西归还给人。①

在马克思的思想体系中，异化概念具有重要的地位。马克思主义异化观独得其要，视异化为随阶级而产生的社会现象，是人的物质生产与精神生产及其产品变成异己力量，反过来统治人的一种社会现象。马克思异化理论关注的核心是异化劳动，在异化劳动中，人的能动性丧失了，遭到异己的物质力量或精神力量的奴役。在《经济学－哲学手稿》中，马克思从理论上对异化概念进行了阐释，通过对阶级社会的分析指出，存在着三种基本的异化形式：劳动产品的异化、劳动的异化和人对人的异化。在经验的领域，马克思强调指出，异化是一种包括整个人类生存的现象，是整个非人的力量占据统治地位。②黑格尔哲学是马克思关于异化分析的基本来源，但马克思更改了异化出现的场所和引起异化的条件：异化的中心场所不再是一切人类客体的创造，而是缩小到劳动的产品；异化不再是人类的普遍现象，而是同生产方式有着紧密的联系。马克思将异化从一般的理论转移到具体的社会方面来进行探讨，从而赋予黑格尔的异化理论以历史意义，并用相对论的原理来加以阐明。异化不再是人的永久性状况，而是历史性的特殊产物，有其起始、发展和消亡的过程。③

19 世纪后叶至 20 世纪初，资产阶级哲学史界和社会学界描写了大量的异化现象。尼采首先通过基督教对他人仁爱的道德形式确定了人的异化，这种道德形式反映出来的是否定生活的本能。在尼采那里，异化的克服与对道德的否定是完全一致的，为了解放生活，就必须消灭道德。施本格勒认为欧洲文化正在渐渐灭亡，变成以社会联系无个性结构为特征的文明。齐美尔把现代文明的悲剧与分工联系起来，认为分工使产品同每一个参加工作的人相分离。所以，局部活动中创造出来的客观性丧失了只有完整的人才能使作品所具有的内在的

---

① 参见陆梅林、程代熙编选：《异化问题》（下），北京：文化艺术出版社，1986 年，第494 页。
② 同上，第336 页。
③ 同上，第146－147 页。

鼓舞力量。在弗洛伊德看来，文明的发展是与人的直接生命欲望相异化的过程，而文化则是某种异己的、与人的自然意向相敌对的东西。任何文化都是建立在强制和拒绝人的欲望之上的。萨特及其他存在主义者认为，自我疏远是事物在一个丧失了意义和目的的世界上的自然状态，存在的荒诞性是根本性的，要清晰地意识到生活是无意义的，却要通过积极的抉择介入进去。海德格尔在他的著作《存在与实践》中也谈到异化。在他看来，异化是人的存在的构成契机，人以日常存在的方式从他自身异化。但海德格尔认为，人的异化或者沉沦，既不是一次历史事件，也不是在更高的文化发展水平上能够消除的一种现实，而是在社会舆论环境下人类的日常存在方式。弗洛姆（Erich Fromm，1900－1980）认为异化与思维和言语一样悠久，他宣称现代社会存在的异化几乎是全面的，资本和市场是凌驾于人之上的强大力量，威胁着现代人的生活。弗洛姆指出：

> 异化是一种体验方式，人把自己当作一个陌生人。人变成了……异己的。人并不觉得他自己是他的世界的中心，自身行为的创造者；相反，他的行为及其结果却变成了他要服从、甚至可能加以崇拜的主人。异化的人与他自己失去了联系，正如他与任何其他人失去了联系一样。他，就像其他人那样，是被体验的，正如东西被体验的一样；他是用知觉的常识体验的，但同时却与他自身、与外在世界并无有效的联系。①

由于人与自己劳动的产品发生异化，人与其他人也发生异化。这种从人的本质的疏远，导致弗洛姆所谓的"存在的自我主义"。马尔库塞（Herbert Marcuse，1898－1979）对现代文明提出控诉，因为它不能实现人的本质的创造潜力，人已经跟他自己疏远了，只是靠礼仪性的表情持身处世。列斐伏尔强调指出，所有现代的"发明"都是和自己的内容不相一致的形式，在这种条件下，人的个性是分裂的，因为他没有关于世界的结构化的观念。列斐伏尔热情地讴歌着原始人非异化的生活："在他的现实性中，他生活着并实现着他的一切潜在可能性。他能听从……他的自然生命力的摆布而在他自身中并没有任何深刻的不调和。"②

---

① 引自陆梅林、程代熙编选：《异化问题》（上），北京：文化艺术出版社，1986 年，第 339 页。
② 引自陆梅林、程代熙编选：《异化问题》（上），北京：文化艺术出版社，1986 年，第 418 页。

在卢卡契看来，异化是现代资本主义时代的产物，在 19 世纪之前似乎还不为人所知。它已成为当代人类生活的主题之一，体现了工业社会或后工业社会的"时代精神"。尽管许多学者用的是同一个词汇"异化"，然而，就该词的所指却远远没有取得一致的认识。总的来说，异化具有无力性、无意义性、自我疏远、精神颓废、社会沉沦等诸多涵义。这个词可以用来表示种类繁多的心理、社会失调现象。在社会科学中，一个具有普遍约束力的异化概念是不存在的，它既可用以描写人们对组织、个人、甚至对自我表现出来的某种异己的情感，也可以表示被遗弃、无能为力的状态，成为研究一切社会化形式和社会领域的概念。①

当代社会科学学者所关注的异化问题是与现代性密切相关的。从字面上来看，现代性标志着一种历史分期，它的真正出发点是启蒙运动。启蒙运动之后，理性取代上帝成了人们评判一切存在的标准与尺度。学界把自启蒙运动以来的现代性称为"启蒙的现代性"，一方面，它为社会带来了物质的福音，预示着人类空前的创造力和征服力；另一方面，它又存在许多问题，造成日常生活的刻板化、人类的工具化和社会的官僚化。现代性最突出的特征就是传统的断裂，现代人的本真性被消解，固有的真实感受被抽空，人与人之间的心理疏离造成个体生存的不确定性和不安全感，碎片化成为人的日常生存状态。断裂是中断、隔阂，与前一个阶段或前一种状态突然拉开距离，并形成紧张冲突的局面，但又不完全等同于决裂。就像西班牙社会学家奥尔特加·加塞特所描述的那样：

> 过去与现代之间的豁然断裂是我们这个时代无法挽回的事实，它引发了或多或少有些暧昧的怀疑心态，这一怀疑心态给当代生活带来了不安；我们感到自己突然被遗弃在这个星球上，茫然无助；逝去的人不但在形体上离我们而去，而且在精神上也杳然无迹，他们不再给我们任何帮助；传统精神的鲁殿灵光也已消失殆尽，残留的规范、模式、标准对我们而言已经全然无用；失去了历史的助力与合作，我们所面临的一切问题，无论是艺术的、科学的，还是政治的，都必须独自解决；现代人孤零零地立于大

---

① 参见陆梅林、程代熙编选：《异化问题》（下），北京：文化艺术出版社，1986 年，第 327 页。

地之上，再也没有充满生机的幽灵伴随左右。①

20世纪初，文学艺术领域中的新浪漫主义和表现主义重新激发了对异化主题的探讨，许多作家都描绘了自我的分裂与多重性。有艺术评论家指出一切表现主义艺术都是异化的艺术，有学者甚至认为，异化席卷了整个现代文学。卡夫卡和加缪这两位作家用独特的手法表现了现代人的异化。卡夫卡以朴实典雅的文笔揭示人的孤独、无力及生活的无意义，加缪的《局外人》是社会异化最生动的写照。在美国现代戏剧史上，米勒的代表剧作《推销员之死》（*Death of a Salesman*）中的威利·洛曼是典型的被异化的现代人。福克纳也曾塑造了一系列形象各异、耐人寻味的异化女性形象。《圣殿》中的谭普尔自私、虚荣，且自甘堕落，人性极度扭曲。短篇小说《献给艾米莉的一枝玫瑰》则向我们展示了异化的两性关系，并演绎了一场撼人心魄的人鬼之恋。

与福克纳一样，威廉斯也意识到南方文化对南方女性造成的心理危害，他在剧作中同样塑造了许多异化女性形象，从守身如玉的贞女到放荡不羁的浪女，从纯洁可爱的淑女到刁蛮粗俗的恶妇，威廉斯都有所触及，而且刻画得栩栩如生。在异化的社会中，人与社会之间、人与人之间以及人与自我之间的关系也必然遭到异化。生活在现代社会中的南方女子也概莫能外。《青春甜蜜鸟》中的普林塞丝在复出失败之后，为了减缓内心的痛苦，也为了逃避现实，她选择了颓废的生活，从中寻找心灵的慰藉。然而，自我异化的南方女子不愿继续承受分裂的命运，她渴望借助爱以及想象与艺术的力量超越异化并实现自我。

第二节　破碎的梦想

普林塞丝曾经是一位著名演员，但随着青春的流逝，她的表演不再被观众认可。沉痛的失落感使她选择了逃避，在酒精、海洛因和性刺激中寻找安慰，试图忘记痛苦的过去。棕榈海滨的年轻人查恩斯成为她的雇佣情人，在她孤独与寂寞时为她"疗伤"，让她重新体验青春的激情与活力。然而，当查恩斯不再能够满足她的需要时，她毅然将他抛弃。普林塞丝和查恩斯都属于这个世界

---

① 奥尔特加·加塞特：《大众的反叛》，刘训练、佟德志译，长春：吉林人民出版社，2004年，第29－30页。

上"迷失的灵魂"，他们的出场是在位于圣克劳德镇的一家豪华宾馆客房里，时间是复活节的早晨。圣克劳德是查恩斯从小生长的地方，这里有他心爱的姑娘海文莉，她是当地政治大亨芬利的女儿。芬利得知查恩斯来到镇上的消息后，勒令他离开小镇，否则将对他施以阉割之刑。查恩斯带普林塞丝来到圣克劳德镇是有所企图的，他希望让镇上的人们都相信他已成功进入演艺界，并希望能够带走海文莉。根据他的计划，他将说服普林塞丝为他出面，在新闻发布会上宣布她发现了一对新星：查恩斯·韦恩和海文莉·芬利。然而，查恩斯美好的愿望注定失败，因为那只是建立在幻想基础之上的谎言。对普林塞丝来说，她的生活同样充满失败与痛苦的记忆。她曾经有过复出的梦想，但这个梦想在她看到自己的特写镜头时变得粉碎。观众的嘘声和口哨声迫使她匆匆逃离剧院，再也不敢回头，她由此而造成的紧张情绪几乎到了精神错乱的地步。与《街车》中的布兰琪一样，一旦遇到勾起痛苦往事的话题，普林塞丝都急于避开，表现出极度的行为失常，有时甚至失去理智而无法控制自己。

幕启之时，展现在观众眼前的是一张宽大的双人床，普林塞丝还在睡梦中，查恩斯坐在床边。此时的普林塞丝正处于复出失败后的痛苦时期。当她从噩梦中醒来，竟不知自己身在何处，也不知身边的人是谁。

查恩斯　（当她因噩梦而挣扎的时候俯身向她）：普林塞丝！普林塞丝！嗨，普林塞丝！（他摘掉她的眼罩；她坐起来，喘着气，睁着疯狂的眼睛环顾四周。）

普林塞丝　你是谁？救命啊！

查恩斯　（在床上）安静……

普林塞丝　啊……我……做了……一个可怕的梦。

查恩斯　别怕，查恩斯和你在一起呢。

普林塞丝　谁？

查恩斯　我。

普林塞丝　我不知道你是谁。

查恩斯　你很快就会想起来的，普林塞丝。

普林塞丝　我不知道，我不知道……

查恩斯　你的记忆很快就会恢复的。亲爱的，你要什么？

普林塞丝　氧气！氧气罩！

查恩斯　为什么？你觉得气短吗？

普林塞丝　是的！我……无法……呼吸！①

在与查恩斯的交谈中，普林塞丝讲述了过去那段悲惨的经历。她说：

那个特写镜头之后，他们露出惊讶的表情……我听到他们在轻声嘀咕着什么，那些令人震惊的低语。那是她吗？那是她吗？她？……我错不该穿一件那么漂亮的礼服去参加首映式。当我从椅子上站起来的时候，必须用手拖着长长的裙幅，然后开始漫长的逃亡之旅，逃离那火焰之城，向上，向上，再向上，穿过那条仿佛没有尽头的剧院走廊，气喘吁吁，还要拖着白色礼服上的巨大裙幅，一直走完那长长的走廊。在我身后有个陌生的男人抓住我，说，别走，别走！最后，到了走廊的尽头，我转身打了他，放下裙幅，随后就忘了，试图跑下大理石楼梯，却被绊倒在地，滚啊，滚啊，就像喝醉酒的妓女一样，一直滚到楼梯尽头……（172）

普林塞丝在演艺事业中遭遇的挫折是她痛苦的根源，她努力想要忘掉过去。她说："它让我有一种可怕的被困的感觉，这段记忆……我觉得就像我爱的某个人最近死了，可我不愿记起他究竟是谁。"（168）在她眼里，艺术如爱人一般，失去它是一种莫大的不幸。从普林塞丝的描述中我们发现，她复出失败最重要的原因是观众无法接受她日渐衰老的容颜，这在很大程度上反映了功利化社会的价值标准。在这样的社会中，人的价值被简化并贬低。我们清楚地看到，这里的游戏规则严重践踏了女性的生命与尊严。女性的价值主要是由青春、美貌来衡量的，而她的丰富本真与内在品质则不予考虑。一旦青春不再、美丽消隐，女人似乎也不再持有生存的资本。可见，南方女性生活的环境总体上是异化的，使人的丰富本性受到压抑，更有违人之为人、社会之为社会的意义纬度和理想道德。在这种反常的社会环境中，南方女子若要完全顺从并非易事，若要抗拒就更加痛苦，因而表现出身心俱碎的痛苦与悲哀。当她在某一时刻努力去接触生命，却痛苦地意识到非现实才是更大的现实。这就是奥尼尔的著名剧作《长夜的安魂曲》中的"雾中人"，埃德蒙在描绘置身雾中的感觉时说：

---

① Tennessee Williams, *Plays* 1957－1980, New York：The Library of America, 2000b, 162.（以下出自该剧的引文只在括号内标明页码。）

一切看着、听着，都只是虚幻，再没有什么还能是它自己。那就是我想要的——在另一个世界独守着寂寞的身影，那里真实不再真实，生命能逃避自己……雾和海就像是交融着对方的一部分，那就像是走在深深的海床上，似乎很久以前我就已被淹没，似乎我只是一个属于雾霭的幽灵，而雾，又是大海的幽灵……那令人感受到无比的宁静，当自己失去一切，只是一个幽灵，皈依着另一个幽灵……①

威廉斯在舞台指示词中写道："在白天的布景中，天幕投影呈现的是美丽的春天里亚热带海洋和天空诗意的景象。夜间的布景则是棕榈花园，枝叶间星空闪烁。"（155）不论是诗意的海天之色，还是美丽的棕榈花园，都象征着南方女子美丽的梦想，然而，所有的美好都已化作过往烟云。正如普林塞丝所说："我想忘掉一切，我想忘掉我是谁……"（163）在查恩斯看来，普林塞丝在遭受"失败"的打击之后，"体重增加了很多"（165），因为梦想破碎的她已不在乎自己的体型，但她自己却不愿承认，并反问查恩斯："什么失败？我什么也不记得。"（165）当复出失败之后，普林塞丝不仅心理承受着巨大的压力，而且身体出现许多不良的症状。

> 普林塞丝　我说把电话给我。
>
> 查 恩 斯　我知道。我说这是为什么？
>
> 普林塞丝　我想知道我在哪里，又是谁和我在一起。
>
> 查 恩 斯　别着急。
>
> 普林塞丝　请给我电话好吗？
>
> 查 恩 斯　放松点。你又气短了……（他搂住她的肩膀。）
>
> 普林塞丝　请放开我。
>
> 查 恩 斯　难道和我在一起你感到不安全吗？躺下，靠在我身上。
>
> 普林塞丝　这样。那……（他将她抱在怀里，她整个人都屈服了，喘着粗气，就像一只被困的兔子。）（167）

由于梦想的破灭，普林塞丝仿佛丢失了自我，也失去了自信，而且害怕孤

---

① 奥尼尔：《长夜的安魂曲》，徐钺译，东方出版社，2005 年，第 129－130 页。

独。他对查恩斯说:

> 我的手表停了,我想知道准确的时间……我不愿意被单独留在这个房间里。现在我们不要再为这样一些小事争吵了,我们要节省力气去做一些重要的事情。我化完妆就去给你兑换支票。亲爱的,我只是不想被单独留在这个房间里,直到我化妆完毕并以此面对这个世界为止。或许当我们彼此了解之后,就不会再为一些琐碎的事情争吵了,斗争将会停止,或许我们甚至都不会为重大的事情而争吵了,亲爱的。请你把百叶窗打开一点好吗?(他似乎没听见她的话。哀悼声响起。)我看不到镜子里的我……打开百叶窗,我看不到镜子里的我。(180)

普林塞丝反复说她看不到镜子里的自己,这是她身份危机的典型体现,也是对自我的怀疑。因为复出失败,她失去了安全感与方向感,感到茫然不知所措。艺术是她的全部,失去了艺术的她仿佛失去了生命。威廉斯曾经说过:"有时候我觉得只有两种人生活在卡明斯定义中的'所谓的我们世界'之外——艺术家和疯子。"[1]在威廉斯的文本世界里,这两种人有时很难区分,因为他们都生活在虚幻的世界里。对威廉斯及其笔下的南方女子来说,民族的进步、时代的发展都仿佛是一场灾难,已经超越了他们的经验范畴,只有在艺术中寻找某种终极意义,从而免遭被历史遗弃的命运。

在异化的社会环境中,南方女子必然成为被异化的对象。《猫》中的玛吉是威廉斯笔下另一位典型的异化女性形象,也同样遭遇梦想的破灭。南方女性在异化的环境中进行的活动必然是违背自己意愿的,同时也是在损害自己,可以说是参与了对自己的摧残,但为了生存又不得不这么做。玛吉向布雷克说起她曾经因为家境所迫而经历的一些事情,其间我们也能明显地感觉到南方女性异化的人格。

> 总是不得不讨好那些我无法忍受的人,因为他们有钱,而我一无所有……不得不讨好那些你不喜欢的亲戚,因为他们有钱,而你只有一堆穿剩的旧衣服,还有一些旧得发了霉的百分之三的政府债券……当我走出家

---

[1] Tennessee Williams, *Where I Live*, Eds. Christine R. Day and Bob Woods. New York: A New Directions Book, 1978, 49.

门的时候，那年我初入社交界，我只有两件礼服！一件是妈妈照《时尚》
杂志为我做的，另一件是一位傲气十足的表姐穿过的！——我结婚时穿的
那件是奶奶的结婚礼服……这就是我像一只热铁皮屋顶上的猫的原因！①

玛吉与库柏夫妻为家庭财产而争是可以理解的，因为在一个穷人受到漠视
的物质社会里，财产可以带来一定的经济保障。然而，像争夺财产这样的行为
必然使个体的人成为某种亵渎的存在物，成为不真实的现象。由于贪图金钱和
权力，他们的个性受到贬损，肉体和精神的感觉开始退化，从而成为资本和利
润的奴隶。异化使得人与人之间的关系变得陌生而疏远，金钱成为确定与他人
的关系并保障个人社会地位的有力手段。

玛吉深知贫穷的滋味，而眼下因为自己和丈夫没有子嗣，又面临失去财产
继承权的危险。除了对贫困的恐惧之外，让玛吉奋力抗争的还有一个重要原
因，那就是她对布雷克的爱。就像《玻璃动物园》中的阿曼达、《街车》中的
布兰琪一样，玛吉深爱着自己的丈夫，也同样承受着爱情失落的打击。她想挽
回丈夫对自己的感情，但也只是一种悲剧性的尝试。布雷克由于朋友斯基波的
死亡而对玛吉耿耿于怀，也失去了对她的兴趣，只有陷入无尽的沉默当中。南
方女性的异化是其经济依附地位的产物，更是父权制意识形态的产物。由于布
雷克的冷漠，玛吉感到无比悲伤，她对布雷克说："和你爱的人一起生活或许
比你独自一人生活更加孤独！——假如你爱的人并不爱你的话……"（891）
如果布雷克不再爱她，她宁愿用刀"戳进自己的心脏"（892）。玛吉之所以没
这么做，那是因为她想挽回濒临崩溃的婚姻。经济困境和爱情失意的双重打
击，使玛吉变得像一只热铁皮屋顶上的猫，焦躁不安。所有的异化理论都认为
人类屈服于非理性的、异化的力量，这些力量威胁并控制着人类生活，并使其
贫乏而失去意义，从而退回到动物般的无知状态当中，退回到拜物教的、异化
的实践当中。这正是南方女性面临的困境。玛吉清楚地意识到自己已不再是过
去那个软弱可欺的小女孩，而是经历了"可怕的转变"，变得"冷漠！疯
狂！——残忍！"（890）周围强大的异己力量腐蚀了玛吉的单纯与善良，使她
远离有意义、有价值的生活，也远离真正类存在物的本质。在这样的情境之
下，南方女子无法保持完整和统一，但她知道"生活还得继续，即使生活的
梦想——完全——破灭"（910）。这是玛吉的格言，也是威廉斯剧作中经常出

---

① Tennessee Williams, *Plays* 1937 – 1955, New York：The Library of America, 2000a, 907 – 908.

现的主题。

　　玛吉对周围的一切看得十分清楚，但她不像丈夫布雷克那样保持沉默，因为她懂得沉默法则的局限性，她只有接受并勇敢面对自我异化的命运。然而，她感到非常孤独而无助。舞台指示词中这样写道：

> 玛格丽特是孤独的，非常非常孤独，她感觉到了。她收着身子，缩着肩膀，举起胳膊，握住双拳，紧闭双眼，就像小孩子打针时的表情。再次睁开眼睛时，她看到椭圆形的长镜，便径直跑上前去，扮着鬼脸往镜子里看，问道："你是谁？"——然后她稍稍蜷缩着身子，用一种尖细而嘲讽的声音回答道："我是玛吉猫！"（903）

　　玛吉一定觉得镜子里的自己是陌生的，因为那不是她本真的自我，不是她愿意成为的那个自我。一句"你是谁"道出了南方女子对自我的怀疑，仿佛她的一个自我跟外部的现实世界打交道，而另一个自我却冷眼旁观。玛吉自认为是一只"热铁皮屋顶上的猫"，"猫"的隐喻生动地揭示出玛吉自我分裂的形象。她清楚地感受到生活的异化和自我的异化，却又无力抗争，表现出极度的虚弱与痛苦。

　　面对现实困境与失落，普林塞丝对查恩斯说："我们不得不继续"（235）。查恩斯问道："继续到哪里？我不能跨越我的青春，但我已经越过了。"（235）查恩斯的回答是对岁月流逝的无奈，也是对梦想破灭的叹息，他的话同样适用于普林塞丝。此时，"哀悼声缓缓响起，一直延续到最后落幕时分。"（235）对查恩斯来说，没有心爱的姑娘海文莉，就等于"无家可归"（207），海文莉就是他心灵的栖园。而对普林塞丝来说，表演艺术就是她的一切，复出的失败以及青春的流逝成为她堕落的起点。

　　如果我们仔细观察，会发现查恩斯与普林塞丝一样内心充满绝望，他总是显得十分紧张，不得不服用大量的药片来缓解不安的情绪。在《青春甜蜜鸟》中，我们仿佛看到两个孤独的灵魂在这个陌生的世界里寻找着藏身之处。查恩斯处心积虑，甚至以敲诈相威胁，一心想利用普林塞丝实现自己的明星之梦。在他们两人之间的斗争中，普林塞丝表现得更为坚定且毫不妥协。尽管她已失去情感的平衡，但在困境中依然表现出足够的力量和勇气。她告诉查恩斯："当魔鬼遇到魔鬼时，其中一个就要让步，但那绝不是我"（178）。如果说海文莉是查恩斯为之奋斗的理想，那么表演艺术就是普林塞丝心中永恒的追求。

理想的幻灭带给他们的是无尽的痛苦与悲伤。

查恩斯成为"商品"曾有一段不平凡的历史。正如查恩斯所言，镇上与他一起长大的孩子如今都是"世俗之人，他们有名有利，而我什么都没有"（181）。在这个金钱与权势占统治地位的社会中，查恩斯显得茫然无助。他爱上了美丽的女孩海文莉，这也是他想出人头地、努力挣钱的动力所在。海文莉的父亲不仅是镇上的政治及社会头面人物，还是商业巨头，他认为女儿应该找一个"比查恩斯·韦恩强千百倍的人"（184），而查恩斯当时只是一个不名一文的吧台服务生。芬利想让女儿嫁给一个有权有势的人，并借此来为自己谋取经济及政治利益。当芬利发现女儿与查恩斯之间的关系之后，查恩斯被驱逐出圣克劳德镇。可是，没有什么能够阻挡两个相爱的恋人。查恩斯在工作之余便去镇上与海文莉偷偷约会。可不幸的是，在最后一次约会时，查恩斯给自己所爱的人带去了灾难，使她染上性病。海文莉后来接受了手术治疗，却因此而永远失去了"青春"，再也不会有生育能力。海文莉为此痛苦不已，并责怪父亲：

> 不要给我做您那"上帝之音"般的演讲。爸爸，本来您是有机会救我的，只要让我嫁给一个那时还依然年轻、纯洁的男孩，可是你却把他赶走了，赶出了圣克劳德。当他回来的时候，你将我带出圣克劳德，逼我嫁给一个五十岁的有钱人，企图从中获得什么……之后是一个接着一个，所有的人你都想从中获得什么。我不在，所以查恩斯也走了。他竭尽全力，想让自己变得跟那些您想利用我来与其做交易的大亨们一样。他走了，也努力了。正当的大门不会为他敞开，他只有选择旁门左道。（196）

通过海文莉的描述，我们得以了解查恩斯的梦想是如何在瞬间成为泡影的。用查恩斯自己的话来说：

> 你一生的梦想、追求和希望在顷刻间化为灰烬，就像黑板上的数学题被湿海绵擦洗得干干净净，只是由于一场小小的事故，就像一枚子弹，甚至那子弹并不是对着你，而只是一枚流弹，就这样我被彻底地毁灭，神经崩溃……（183）

就这样，遭受挫折之后的查恩斯误入歧途，最终成为生活交易场中的一件

"商品"。查恩斯坚持认为，他"所有的邪恶都是从别人那里得来的"（173）。毫无疑问，那是他自身之外某种异己的力量使然。

假如说普林塞丝和查恩斯的异化主要表现在精神或心理的层面上，那么海文莉所遭受的则是身心俱碎的痛苦。手术后的海文莉感到痛心疾首，决定去修道院，然而芬利坚决反对，因为那必将影响到他的政治声誉。他厉声对女儿说：

> 你不能去修道院。这个州是新教区，你是我女儿，你去修道院会毁了我的政治生涯……今晚我要在皇家棕榈饭店的舞厅向汤姆·芬利青年俱乐部致辞，我的讲话将通过全国电视网进行转播，好女儿，你将挽着我的胳膊，和我一起出现在舞厅里。你要像圣女一样穿上洁白的衣裙，一只肩佩戴汤姆·芬利青年俱乐部的装饰扣，另一只肩装饰有百合花束。你要站在演讲台上，和我一起，你在一边，汤姆在另一边，从而压制那些关于你被毁的谣言。你要露出骄傲而幸福的微笑，直视舞厅里所有的人。看到你一身洁白，像圣女一样，没有人敢说或相信关于你的那个肮脏的故事。我对这次活动寄予厚望，要为我领导的宗教运动争取更多年轻人的支持。（199）

其实，芬利与露西小姐有着情人关系，而此时他却要把女儿树为南方淑女的典范。将女儿作为追求权力的工具，利用她的女性魅力来获得他的政治资本。芬利举着"我们的纯正血统"（224）的旗号，认为它正在受到非裔美国人"血统污染"的威胁，从而兜售他的政治理想。颇为有趣的是，尽管海文莉早已因手术而失去"青春"，芬利却公然宣布女儿的"贞洁"，从而将政治舞台符码化。这也是堵住记者赫克勒之口的有效方法，因为赫克勒试图向公众披露海文莉的手术真相。海文莉注定无法实现自我。父亲不会让查恩斯带她离开小镇，也不允许她按自己的意愿去修道院，她只是象征着一个"破碎"的青春之梦，又被迫嫁给曾亲手切除她"青春"的医生。海文莉手术后的"不育"也像《猫》剧中老爹的癌症、布雷克的跛足一样，只是这个充满腐朽与堕落的社会的隐喻。生活在这里的人们变得残酷、冷漠，失去了本真的自我，表象与真实之间也失去了应有的联系。《青春甜蜜鸟》暗示出威廉斯对青春"消费"的强烈谴责，更有对社会异化现状的批判。

普林塞丝原名亚里桑德拉。复出失败后，为了躲避媒体的追踪，她以假名普林塞丝自称，并让查恩斯陪在身边，带她去各地旅行。她不愿向查恩斯承认自己的真实姓名，因为那会勾起她痛苦的回忆。

查 恩 斯　你记得你的名字吗？

普林塞丝　是的，我记得。

查 恩 斯　你叫什么名字？

普林塞丝　我想出于某些原因我宁愿不告诉你。

查 恩 斯　好吧，不过我碰巧知道。在棕榈海滨你是用假名入住的，但我发现了你的真实姓名，而且你也承认了。

普林塞丝　我是普林塞丝·克斯莫纳波利。

查 恩 斯　是的，你曾经名叫……

普林塞丝　（突然坐起来）不，别说……请你让我说好吗？静静地，以我的方式？我记得的最后一个地方……（168）

和普林塞丝一样，查恩斯也有一个别名，叫卡尔。正如他自己所说："我的口袋里总会装着另一个名字。"（174）不论是普林塞丝还是查恩斯，他们所用的假名在某种意义上都是"谎言"的代名词，也是在人生"市场"上进行交易的特殊手段，更是个体自我异化的具体体现。名字已不再是真实身份的代表，而是为了获取某种利益而使用的资本。威廉斯让男女主人公使用假名具有深刻的涵义，剧作家似乎确信他们都已被剥夺真正的类本质，成为陌生、异己的存在。在这个异化的世界里，人与人之间的交流出现障碍，彼此之间不再有信任，只是戴着虚假的面具彼此进行交易。普林塞丝和查恩斯貌似亲密，实则疏离，他们无法理解对方，彼此之间存在"误解的鸿沟"（173），更不用说信任。

普林塞丝　你不是罪犯，对吗？

查 恩 斯　不，夫人，我不是。你才是违反了联邦法令的罪犯。（她盯着他看了一会儿，然后走到通向大厅的门跟前，向外张望，并仔细聆听）你那是在干什么？

普林塞丝　（关上门）看看是否有人站在门外面。

查 恩 斯　你还是不相信我？

普林塞丝　相信一个给我假名的人？

查　恩　斯你在棕榈海滨时就用假名入住的。(174)

普林塞丝与查恩斯有许多相似之处，他们都有着浪漫的情怀，并热爱艺术。同时，他们对现实有太多的不满与绝望，表现出分裂异化的人格。普林塞丝意识到她与查恩斯之间不过是一种相互利用的关系，她对他说："这么说……我是被利用了。为什么不？即使一匹死马也要用来制胶。"(183) 查恩斯的所作所为让普林塞丝想起很久以前那些她非常熟悉的面孔，她说："我记得像你现在这样或者像你希望成为的那种年轻人。我非常清晰地看见了他们，非常清晰，眼睛、声音、微笑、身体都看得清清楚楚。可我怎么也想不起他们的名字。"(228) 普林塞丝还向查恩斯说起那个名叫弗兰兹的男孩，她曾经看见他和一位七十岁的女人在一起，后来在车祸中不幸身亡。普林塞丝所说："弗兰兹·阿尔波扎特就是查恩斯·韦恩"(229)。查恩斯念念不忘他的明星之梦，一再请求普林塞丝向好莱坞专栏作家萨莉·帕沃斯推荐他和海文莉。然而，当普林塞丝无意中得知自己再次复出成功的消息后，她坚定地反驳道：

推荐一个我捡来消遣、摆脱惊慌的海滨男孩？……你不过是一直都在利用我，利用我。当我在楼下需要你的时候，你却吼着说：'给她推轮椅来！'可是，我不需要轮椅。我独自上来了，就像从前一样。我独自攀爬直到我现在生活的这个妖魔之国。查恩斯，你已经错过了无法挽回的东西；你的时间，你的青春，你已经错过了。那是你拥有的一切，你曾经拥有过。(233)

普林塞丝确信自己的成功是她应得的，她说："我仿佛站在聚光灯下，其他的一切都陷入黑暗之中……由于我出生以来血液中或身体里携带的某些因子，那桂冠对我来说很合适。它就是我的，我生来就该拥有它"(230)。而查恩斯"处在昏暗的背景中，仿佛从来都没有脱去他与生俱来的卑微"(230)。这就是查恩斯决定屈服于命运裁决的重要原因。既然得不到心爱的女孩，也实现不了明星的梦想，即使阉割也不会带给他更大的伤害。他因此也拒绝继续跟随普林塞丝，因为他不想再次成为她"行李的一部分"(324)。查恩斯称自己是普林塞丝的"行李"，仿佛意识到自己被物化的事实。普林塞丝对查恩斯的严词拒绝显得有失公允与道德，并因此而几乎失去观众的同情与怜悯。不过，根据黑格尔的异化思想，自我异化的过程只有在人类发展、进步的意义上才能被理解。自我异化是一个自我发展的过程，在这个过程中，凡是对自我实现形成的障碍或限制都被逐渐超越并克服。异化的自我反映了相互冲突部分之间的不和谐，也反映了他在努力实现自我的过程中所面临的障碍。在这个意义上来说，我们或可认为普林塞丝的自我异化也是她实现自我的必要前提。

第三节　堕落的深渊

《青春甜蜜鸟》不仅为我们展示了南方女性理想的幻灭，而且追溯了她们在颓废与堕落中逃避现实、寻求慰藉的情感历程，揭示了她们自我异化的悲剧体验。在这个异化的世界里，作为个体的南方女性无法以一种创造性的方式来对待生活。当她们被非人的关系所包围，被拜物教中抽象、自私的关系所束缚，被各种丑恶势力所浸染的时候，不可避免地会发生自我异化。

威廉斯在《青春甜蜜鸟》舞台指示词开篇中这样写道：

> 主要舞台装置是一张巨大的双人床，朝向观众摆放……在这张大床上有两个人，一个睡着的女人和一个醒着的年轻人，他穿着白色丝绸睡裤坐着。睡着的女人的脸被一张无眼黑缎面具半罩着，为了防止早晨刺眼的光线。她在床上粗声呼吸，扭动着身子，好像被噩梦所纠缠。年轻人点燃了他这一天的第一支香烟。（157）

睡着的女人就是曾经辉煌一时的著名影星亚里桑德拉·黛尔·拉戈，醒着的年轻人就是她的雇佣情人查恩斯。占据舞台中心的双人床似乎为《青春甜蜜鸟》整部剧奠定了"堕落"的基调。当普林塞丝从梦中醒来，并发现身边的男人时，突然意识到自己的尴尬处境，表现出无奈的神情，却又无力抗拒。

> 普林塞丝　我们是一起睡在这里的吗？
> 查　恩　斯　是的，但我并没有骚扰你。
> 普林塞丝　我是该为此而感谢你呢，还是该谴责你的欺骗？（她苦笑着。）
> 查　恩　斯　我喜欢你，你是一个善良的魔鬼。（166）

自我异化是指人对于社会、对于他人或对于自身发生异化，从而产生某种陌生的感情或态度。不仅在普林塞丝与查恩斯的互相交流中，而且在他们周围的各种社会关系中，我们都能发现个体的分裂与异化。自我异化象征着自然的人类情感已遭到严重的扭曲，人在这种生活状态中，其活动必然是损害自己的，并参与着对自身的摧残与毁灭。

普林塞丝有意忘记不愉快的往事，而做爱是她认为唯一有效的方式。她对查恩斯说：

> 当我说现在的时候，那就不能是以后。我只有一种办法可以忘掉那些我不想记住的事情，那就是做爱。那是唯一可靠的、能够让我开心的事情，所以，当我说现在的时候，那就必须是现在，而不是以后，因为我需要这种让人开心的事情。（178）

普林塞丝对自己的境况有着清晰的认识，她也意识到，"或早或晚，在你生命中的某个时刻，你为之而活的东西丢失了或遗弃了，然后……你就会死去，或发现一些别的东西。"（172–173）她所发现的"别的东西"就是满足身体的欲望。此时，普林塞丝将性以及她的美貌进行标价，作为交易市场上出售的商品。事实上，对《青春甜蜜鸟》中的每一个角色来说，性仿佛是他们存在的唯一理由，也是他们用以个人投资的资本。在将性物质化、经济化的过程中，威廉斯对美国商业主义进行了深刻的批判，探讨了艺术、心灵与市场之间的复杂关系。剧本第一场就建立起一种性资本结构，不论是查恩斯还是普林塞丝，他们都必须"储蓄"并"消费"，并在这种性/雇佣关系中各自获利。①查恩斯作为普林塞丝的雇佣情人，为她提供"服务"似乎也是理所当然之事。然而，当普林塞丝要求他这样做时，他却不愿承认他们之间的"雇佣"关系。正如斯卡德医生所说，查恩斯只是一个"堕落的罪人"，这同样适用于普林塞丝。

> 斯卡德 还有很多我们认为不应该对任何人讲的，尤其是对你，因为你已经变成一个"堕落的罪人"，这是唯一适合你的词语，可是，查恩斯，我想我应该提醒你，很久以前这个女孩的父

---

① 参见 Philip C. Kolin, Ed. *Tennessee Williams: A Guide to Research and Performance*, Westport, Connecticut and London: Greenwood Press, 1998, 144.

亲就曾经为你开了处方，就像医学处方一样，那就是阉割。你最好考虑清楚，否则你将失去所有的一切。（他向楼梯走去。）

查恩斯　我早已经习惯了这样的威胁。我不会不带着我的女孩而离开圣克劳德的。

斯卡德　（在楼梯上）在圣克劳德没有你的女孩。海文莉和我下个月就要结婚了。（他转身离去。）（161）

对普林塞丝来说，性为她提供了精神治疗的资本，而查恩斯也企图在这场"交易"中获取自己的利益，想要借助普林塞丝在演艺界的影响力为自己铺平通向成功的道路。他企图利用普林塞丝对自己身体的兴趣来达到自己的目的，但普林塞丝对他幼稚的动机表现出不屑，也坦言他们之间所谓的"合同"也只是一纸空文。

普林塞丝　你很聪明。但在我印象中我们之间有一点亲密关系。

查 恩 斯　有一点，仅此而已。我想抓住你对我的兴趣。

普林塞丝　如果是这样那你就错了。我的兴趣总是随着满意程度的增加而增加。

查 恩 斯　这么说你在这方面也是不寻常的。

普林塞丝　我在所有方面都是不寻常的。

查 恩 斯　看来我签的合同只是一场骗局？

普林塞丝　说实话，是一场骗局。如果我愿意我就可以撤销。制片厂也可以这么做。你有什么才能吗？（175）

此时，展现在我们眼前的是一个完全异化的世界。在这里，人与人之间缺乏真诚的关心与爱护，代之以利用与欺骗。同时，他们也远离了本真的自我，失去了生命的和谐，成为这个世界上的陌生人。用玛吉的话说，他们就像一群"魔鬼"。在现代美国社会，政治、经济和社会生活的日益抽象化和复杂化，使得人与人之间的关系变得冷漠而疏远，就像工作的机械化以及人类与机器的纠葛，使人与人之间的关系变得非人化一样。同时，社会共同体与家庭遭到破坏，传统礼仪及道德价值也不复存在，人类的整体性从此丧失。

如果说《琴仙下凡》中的瓦尔·泽维尔拒绝进入"买卖"世界，那么普林塞丝和查恩斯则仿佛完全沉迷其中。在查恩斯与普林塞丝的"交易"中，查恩斯显得有些犹豫，但为了获得自己所需的利益，他不得不屈从于这种关系。

> 普林塞丝　查恩斯，我需要开心。让我看看你是否能够让我开心。千万别守着你那愚蠢的念头，以为转过身看着窗外就能够抬高你的身价，有人却想要你……我想要你……
>
> 查 恩 斯　（慢慢从窗户边折回来）难道你一点都不感到羞耻吗？
>
> 普林塞丝　我当然感到羞耻。你呢？
>
> 查 恩 斯　不止一点……
>
> 普林塞丝　关上百叶窗，拉上窗帘。（他遵从了这些命令。）现在打开收音机，放一支甜美的曲子，到我这里来，让我几乎相信我们是一对天真无邪的年轻恋人。（179）

普林塞丝似乎没有理由感到羞耻，因为她是在"消费"自己购买的"商品"；查恩斯也似乎不该感到羞耻，因为他想通过"出售"自己的青春而获得更大的利益。当不能达到他所希望的目的时，他便采用敲诈的方式来改变与普林塞丝之间的权力关系。普林塞丝需要满足自己的欲望，但她将其置于物质与经济的基础之上。正是在这种商品化的世界里，一切事物都带上了"物"的性质。其实，查恩斯原本有一颗金子般的心灵，怀着纯真而浪漫的爱情。然而，在异化的社会环境中，他迷失了自我。普林塞丝的颓废更是这个畸形社会的必然产物。在这里，所有人性的价值都被折换成商业价值，所有的事物都被标价出售。如果用瓦尔·泽维尔的话来说，查恩斯就是"被买"之人，是普林塞丝"买"来进行"消费"的。在这个按契约生产财富的社会里，一切事物，包括人的身体，都变成了商品，名与利才是人们追求的目标、崇拜的对象。人并不是出于真诚或友爱才同他人发生关系，而只是出于利己的需要才形成联系。于是，人与人之间的关系变为纯粹的商品交换关系。

为了摆脱失败的痛苦，也为了逃避冷酷的现实，普林塞丝不仅寻找性刺激，而且吸食毒品。当查恩斯想要提醒她这一事实时，普林塞丝有意假装无辜，不愿承认自己的罪责。

> 查 恩 斯　普林塞丝，别忘了这东西可是你的，是你给我的。

普林塞丝　你想要证明什么？（教堂的钟声响起。）礼拜天总是这么
　　　　　漫长。

查　恩　斯　你可别否认这是你的。

普林塞丝　什么是我的？

查　恩　斯　是你把它运到这个国家的，你通过海关将它走私进美国
　　　　　的，你在棕榈海滨的酒店里曾经有很多这东西，他们让你
　　　　　在准备这样做之前结帐离开，因为在一个微风吹拂的夜晚
　　　　　它的味道飘进了走廊。

普林塞丝　你到底想要证明什么？

查　恩　斯　你不是在否认是你让我沾染上它的吧？

普林塞丝　年轻人，我非常怀疑我有什么需要让你沾染的邪恶行为
　　　　　……（173）

　　席勒认为，现代文明人达到性格圆满所缺乏的东西，就是"默默创造的生命，自发的平静创造，遵循自己法则的存在，内在的必然性，自身的永恒统一"①。生活在现代社会的南方女子正是这样，仿佛缺失了创造性的生命，缺失了内在的和谐与统一。失落了这种圆满统一就像失落了幸福的童年，因为

　　　　它们是我们曾经是的东西，它们是我们应该重新成为的东西。我们曾
　　　经是自然，就像它们一样，而且我们的文化应该使我们在理性和自由的道
　　　路上复归于自然。因此，它们同时是我们失去的童年的表现，这种童年永
　　　远是我们最珍贵的东西；因而它们使我们内心充满着某种忧伤。同时，它
　　　们是我们理想最圆满的表现，因而它们使我们得到高尚的感动。②

　　席勒将目光投向古希腊时代。在他看来，希腊人的想象方式、感受方式和思维模式是自然而单纯的；他们彼此信任、相互融合，他们的人性是完满统一的。然而，由于现代工业文明的发展，人失去了自我的完整性，人的个性开始分裂，人与人之间的关系变得疏远。作为个体的人也与自己的本质相异化，无

① 席勒：《论素朴的诗与感伤的诗·秀美与尊严》，张玉能译，北京：文化艺术出版社，1996
年，第262页。

② 同上，第263页。

法实现历史地创造的人的可能性，象征着自然的人类情感已遭到扭曲。

自我异化的人内心变得分裂，感到无力实现作为人的真正的类本质，这是一种否定性的现象。作为艺术家的普林塞丝也难逃此劫，在她残酷的行为背后是逐渐冷漠的情感和残缺的心灵，她本人也承认自己是"魔鬼"，并为此而感到羞愧。她说："魔鬼不会死得那么快；他们会活得很长，无限地长。他们的虚荣是无限的，就像他们对自己的厌恶一样无限……"（230）在异化的社会现实中，普林塞丝陷入一种碎片化的生存状态。达庞特对普林塞丝有一段非常有趣的评论：

> 这个女人是个了不起的创造，她有时滑稽可笑，有时令人同情，有时又表现出某种华而不实的高贵。作为一个毫无廉耻的机会主义者，她随心所欲地对待年轻男人（就像她对男主人公查恩斯·韦恩所做的那样），利用他们来满足自己的性欲望，当他们不再能够满足她时便将他们弃置一边。（271）

在达庞特的描述中，我们能够清晰地感受到普林塞丝的异化心理。达庞特的评论同时也揭示出普林塞丝身上存在的诸多暧昧特征。威廉斯的剧本为观众留下许多含混的地方，从而引起评论界许多争议，或许这正是威廉斯的用意所在，他说："含混有时候是有意为之……剧中的人物呈现应该留有一些神秘，就像生活中一个人的性格表露也总会留有许多神秘一样，甚至连他自己都并不完全了解自己的性格。"①

实际上，普林塞丝和查恩斯来到圣克劳德并非偶然，这是查恩斯刻意选择的地方。查恩斯从小就在这里长大，直到十年前才离开。查恩斯向普林塞丝讲述了他过去的坎坷经历，可以说这是他自我异化的全过程。查恩斯的异化经验在一定意义上也是普林塞丝自我异化的投射，因为普林塞丝说她在查恩斯身上看到了她自己的影子。查恩斯曾经是学校里的明星，他拥有别的孩子都没有的东西，那就是"漂亮的容貌"（181）。当他的同学、朋友都去上大学的时候，他却赶赴纽约寻找自己的明星之梦，而他的经济来源就是"出售"自己。在他的"顾客"当中有百万富翁的遗孀，有别人的妻子，也有出身名门的小姐。

---

① Tennessee Williams, *Where I Live*, Eds. Christine R. Day and Bob Woods, New York: A New Directions Book, 1978, 72.

查恩斯设法为自己的行为进行辩解，认为他这样做的时候付出的要比他得到的多。他对普林塞丝说：

> 我给人们的要比我得到的多。中年妇女，我让她们重新感到青春的活力。寂寞的女孩？我给她们理解与欣赏！完完全全可信赖的情感。悲伤的人？失落的人？我给她们一些轻松的、积极向上的东西！反常的人？我给她们容忍，甚至她们所渴望的奇奇怪怪的东西……（181）

在查恩斯的描述中，我们看到了他使用不同的策略"出售"自己的方式。弗洛姆将资本主义社会中人与自我的关系描述为"市场倾向"，这对于查恩斯和普林塞丝来说都是十分贴切的。

> 这一倾向中，人体验自己就像是在市场上将被顺利使用的一种物品。他没把自己当作主动因素，当作人类力量的承担者来体验。他和这些力量相异化。他的目的是要在市场上成功地出卖自己。他的自我感觉不是来自于一个有着爱和思想的个人的行动，而是来自于他的社会经济作用……这就是他体验自己的方式，不是一个有着爱、恐惧、信念、怀疑的人，而成了一种和自己真正本性相异化的、在社会体系中起一定作用的抽象。他的价值感觉依赖于他的胜利，依赖于他是否能有利地出卖自己，他是否能比他开始工作时更多地使用自己，他是否是个胜利者。他的身体、头脑和灵魂就是他的资本，他在生活中的工作就是要把它投资，让它生利。人的品质如友爱、礼貌、善意都被转移到了商品中，转移到了有利于人格市场更高价格的"人格—揽子交易"的财产中。①

查恩斯在进行"青春"交易的时候，必然缺乏尊贵的感觉，而这种感觉即使在最原始的文化中，也是人应当具备的重要品质。查恩斯也一定丧失了自我的感觉，丧失了作为一个统一实体的感觉。物品是没有自我的，变成物品的人也是不会有自我的。市场倾向中交换的需要已经变成现代人内心最重要的驱动力。自我异化的人是退化的、贫乏的，因为他失去了自己的独立性，被一种非人的力量主宰着，是他自身之外的一个存在。在这个意义上来说，不论是查

---

① 陆梅林、程代熙编选：《异化问题》（上），北京：文化艺术出版社，1986年，第58－59页。

恩斯还是普林塞丝，作为自我异化的个体，他们丧失了作为真正的人类所具有的可能性，因此而感到痛苦、空虚和无力。人与人之间的异化导致那些一般的社会联结的丧失，而这些联结是中世纪及大多数前资本主义社会的标志性特征。弗洛姆认为，现代社会是由"原子"组成的，这些微粒之间是相互脱离的，它们联系在一起只不过是由于各自的利益和互相利用的必要性。人是一种社会存在，有着分享、帮助的深刻需求。但在异化的社会中，人与人之间的关系由利己主义的原则统治着，而不是由彼此的休戚相关和爱所驱使。

显然，青春与美丽的失落是剧作家在《青春甜蜜鸟》中所描写的主题，它不仅影响着普林塞丝，而且影响着查恩斯和海文莉这对恋人。然而，在这个显性主题背后，却是对人类异化命运的深度揭示。青春与美丽的失落只是本真丧失的一种隐喻。在为失落的爱情与消逝的青春叹息的同时，威廉斯也在为社会的异化和人性的堕落而悲哀。南方女性身处其中，必然成为无辜的受害者。阿特金森（Brooks Atkinson）曾经断言："没有人能够在现代生活的基础上写出真正古典意义上的悲剧"[1]。然而，威廉斯创作了一部堪与古典悲剧相媲美的现代悲剧。"现代悲剧审视社会变迁的影响，观照人类心灵的欺骗，它所描绘的是在一个变幻莫测的世界上发生在普通人身上的普通悲剧。"[2]现代悲剧不再描写王侯将相的死亡，而是更加贴近普通人的生活经验。正如雷蒙·威廉斯所说：

> 我在一个复归沉默者人微言轻的劳作人生中看到了悲剧，从他寻常而私人的死亡中，我看到了令人恐惧的人与人、甚至是父子之间的联系的失落。但这种失落是一个特殊的社会和历史事实：一个存在于人的愿望和他的忍耐力，以及这二者与社会生活所能为他提供的目的和意义之间的不容忽视的距离。[3]

雷蒙·威廉斯指出，悲剧就是以戏剧形式来表现具体而令人悲伤的无序状况及其解决过程。悲剧并不产生于信仰真正稳定的时代，也不出现于包含公开和决定性冲突的时代，最常见的悲剧历史背景是某个重要文化全面崩溃和转型

---

[1]　Brooks Atkinson, "Tragedy to Scale," *New York Times* 25 Sept. 1957, sec. 2: 1.

[2]　Philip C. Kolin, Ed. *Tennessee Williams: A Guide to Research and Performance*, Westport, Connecticut and London: Greenwood Press, 1998, 121.

[3]　雷蒙·威廉斯：《现代悲剧》，丁尔苏译，南京：译林出版社，2007年，第3页。

之前的那个时期，发生的条件是新旧事物之间的冲突与张力。

马克思认为，在商品经济制度下，当一切（包括人、人的能力和才干等等）成为商品的时候，把一切当作商品的倾向就出现了，并越来越占统治地位。而且，因为商品是物，把一切都看作物并对其赋予物的性质的倾向就出现了，并也越来越占统治地位，也就是说被物化了。于是，产生了人与人之间关系的物化，从而掩盖了社会进程的本质。当人们之间的社会关系表现为商品关系的时候，商品就变得像一个偶像，变成人类才干和力量的化身。因此，商品拜物教就成了社会关系的代名词。①在这个意义上来说，普林塞斯与查恩斯之间的关系是一种被物化的关系，或者说是一种商品关系。

威廉斯在其剧作中创造了大量的象征性意象，剧中人物的名字也都是富有象征意义的，有时直接明了，有时却显得隐晦而微妙。《青春甜蜜鸟》中剧作家选用海文莉（Heavenly）和查恩斯（Chance）这两个名字，使剧作增添许多神话色彩。与此同时，威廉斯也通过阉割——不论是在真实意义上还是在象征意义上——对剧中人物进行去神话化。②剧中也有一些世俗化的意象，如性病、毒品、酒精等，象征着腐蚀与堕落，而普林塞丝作为庇护所的宾馆客房，也转而成为她进行性交易的场所。所有这些拼贴起来便组成一幅马赛克式的"丛林之国"，"在这里，两个被上帝遗弃之人在疯狂寻求实现的旅途中迷失了自我。"③正如杰克逊所说，威廉斯将一群负罪之人聚集起来，他们因为对"成功之神"的共同崇拜而联系在一起。④不论对查恩斯还是对普林塞丝来说，"成功"是他们自身之外另一个异己的力量，在这种力量的驱使下，他们不仅毁灭了他人，也毁灭了自己，最终变成幽灵般的存在，就像《皇家大道》中的许多人物一样，失去了生命的气息。威廉斯在剧中为我们揭示了一种形而上的孤独与绝望：

这是一个孤独的想法，一种孤独的情景，想来是如此可怕，我们通常都不敢想。所以，我们彼此说话，彼此写信，彼此发电报，彼此打电话，

---

① 参见陆梅林、程代熙编选：《异化问题》（上），北京：文化艺术出版社，1986 年，第 506 - 510 页。

② 参见 Philip C. Kolin, Ed. *Tennessee Williams: A Guide to Research and Performance*, Westport, Connecticut and London: Greenwood Press, 1998, 142.

③ Ima H. Herron, *The Small Town in American Drama*. Dallas: Southern Methodist UP, 1969. 370.

④ 参见 Esther M. Jackson, *The Broken World of Tennessee Williams*, Madison, Milwaukee, and London: The University of Wisconsin Press, 1965, 149.

短途或跨越陆地和海洋的长途电话，会议上或分别时我们彼此握手，彼此殴打，甚至彼此毁灭，因为这种努力尽管总会受到阻碍，却能冲破彼此之间隔着的那堵墙。正如一个剧中人物所说："我们所有的人都注定孤独地被困在自己的皮囊之中。"①

在本雅明看来，历史是断裂的。它不是过去、现在和未来的统一体，而是当下的"瞬时"，被现时的存在所充满。普林塞斯希望能有所停留，甚至希望唤醒沉睡的记忆，弥合历史发展的裂隙。但过去的历史是碎片组成的，不仅无法拯救，而且必须割舍并离弃，未来就建立在过去的废墟之上。回望过去，只有破碎的记忆和断裂的历史。她努力与现实达成和解，从中获得信心和生活在此的确定性，并祈求在碎片化的现实中寻找生存的契机。在普林塞丝与异己力量既抗拒又顺从的互动关系中，我们再次看到南方女性的怀旧倾向，但这种怀旧不是要在现实层面上返回过去，也不是在精神世界里完全依赖或寄望于传统的安抚，而是通过记忆使时间的碎片与现实碰撞，从而在一个个被记忆和现实双重塑造的碎片中找到自身存在的真实感。

此外，威廉斯在《青春甜蜜鸟》中，通过描写由芬利控制的政治机器的运作，揭露公共生活中虚伪的一面，对那些道德沦丧之人进行但丁式的剖析。②海文莉最终成为腐败势力斗争中无辜的受害者。剧末，查恩斯被阉割，但并没有死。不过，在威廉斯创造的文本世界里性就是生命，因此，阉割无异于死亡。无能与阉割仿佛已成为这个世界的宿命。当普林塞丝要求查恩斯和她做爱时，查恩斯认为这对他来说是一种阉割，普林塞丝则反驳说："岁月对女人做了同样的事情。"（234）而医生的手术刀对海文莉实施了同样的行为。其实，早在查恩斯将性病传染给海文莉的那一刻，她就已经被象征性地阉割。在某种意义上来说，阉割是绝对意义上的异化。落幕之时，威廉斯对普林塞丝和查恩斯这两个孤独的人作了如下描述：

> 就查恩斯和普林塞丝而言，我们应该返回到迷失者相互拥抱在一起的那一刻，但并非虚伪地充满感情，而是一种当人们遭遇同样的命运，共同

---

① Tennessee Williams, *Where I Live*, Eds. Christine R. Day and Bob Woods, New York: A New Directions Book, 1978, 75–76.

② 参见 Esther M. Jackson, *The Broken World of Tennessee Williams*, Madison, Milwaukee, and London: The University of Wisconsin Press, 1965, 149.

面对困境时表现出的真诚。因为普林塞丝和查恩斯一样是悲剧性的，她不可能让时间倒流，就像查恩斯不能一样，时间对他们两人来说都是无情的……他们并排坐在床上，就像坐在火车车厢里同一张椅子上的两名乘客。（234－235）

剧作家在字里行间都传递出这样的信息：异化的现代悲剧英雄在时间与命运的操控之下显得孤独而无助。

《青春甜蜜鸟》中的重要主题依然是毁灭性的时间以及对天真的追寻，追寻的结果却是更深的失落，而失落之间的间隙，或者说对失落的意识，是威廉斯大部分剧作的典型特征。①不论是普林塞丝还是查恩斯，他们都深切地感受到失落了青春，失落了梦想，同时也失落了自我。面对这样的现实，他们显得无所适从。尼森（George Niesen）认为《青春甜蜜鸟》"整部剧都是关于毁灭、阉割与无能"②；克兰茨（Rita Colanzi）对该剧进行存在主义的解读，发现了剧中一个讽刺性的事实："威廉斯笔下的旅行之人寻求摆脱虚无，却往往是一直向着虚无迈进。"③渴望摆脱虚无，却最终深陷其中，无法自拔。这正是南方女性异化命运的深刻表现。威廉斯在审视查恩斯和普林塞丝之间异化关系的同时，也在探讨理想与现实、欲望与爱情的主题，并向我们展示了剧中人物的失落与孤独，以及他们对交流的渴望。剧中的复活节，本该是一切不愉快冻结的时刻，却变成威廉斯笔下另一个"被毁"的节日。

在《青春甜蜜鸟》中，威廉斯为我们展现了一个有功能性疾病的社会，他所关注的是价值的崩溃、理想的破灭以及爱情的失落，其中出现的疯狂与暴力有力地反映了社会道德的失衡。威廉斯创作该剧是针对 20 世纪 50 年代美国社会现状而进行的文化反思，展现了当时价值的缺失与希望的破灭。这里聚集着一群卑俗之人，他们仿佛早已失去作为人的单纯与本真，剧作家曾在《玻璃动物园》中所描写的温柔与脆弱在这里荡然无存。在这样的社会环境中，由于各种贪婪欲望的驱使，南方女性与社会、与他人、与自我之间的关系都变

---

① 参见 Philip C. Kolin, Ed. *Tennessee Williams*: *A Guide to Research and Performance*, Westport, Connecticut and London: Greenwood Press, 1998, 138.

② George Niesen, "The Artist against Reality in the Plays of Tennessee Williams," *Tennessee Williams*: *A Tribute*, Ed. Jac Tharpe, Jackson: UP of Mississippi, 1977, 483.

③ Rita Colanzi, "Caged Birds: Bad Faith in Tennessee Williams's Drama," *Modern Drama* 35 (1992): 453.

得疏远而陌生，以致于丧失了自我认识和自我行动的能力。她们的行为与人格是分裂的、残缺的，其中找不到任何创造性的目的。有评论家对威廉斯在剧中所揭示的"异化"现象多有不屑之意：

> 那些心怀邪恶的人假如因此而痛苦，那他们就能够（在舞台上）被呈现。他们的痛苦可以拯救他们，并激起我们的理解甚至同情。田纳西·威廉斯笔下的病态世界里却完全没有这些。在他的剧作中，反常的事物被美化，描写中表现出极度的温柔，好象那是世界上最美好的东西……确切地说，这个腐败的社会根本不值得拥有，而是需要改变或消灭。这样，才会有某些东西留存下来，从而保持人内在的尊严。①

威廉斯对此却有他自己的解释。他在《青春甜蜜鸟》的序文中这样写道：

> 假如亚里士多德关于暴力因为舞台上诗意的呈现而获得净化的思想中存在一定真理的话，那么可以说我的暴力系列剧就有了道德的正义。我知道我已经感觉到它了。每当一部具有悲剧张力的作品几近达到这一目的时，即使只是大抵如此，我也会感到从毫无意义和死亡中的解脱。(154)

普林塞丝曾经相信她的"神话与青春美貌是分不开的"（171），因此，她选择退出舞台。在她退出后几年的时间里，有些观众鼓励她以中年演员的身份返回舞台，并且相信她会在适合自己的角色中再次获得成功，因为她是"一位艺术家，而不只是一个依靠青春过活的明星"（170）。的确，对普林塞丝来说，退出舞台之后的生活完全失去了意义。她最终还是选择了复出，返回自己热爱的舞台。自我异化在黑格尔看来不仅仅是一种主体和客体、精神和自然的距离感，而且是人不能够通过自身的努力达到精神目标时的一种认识。在黑格尔的哲学体系中，自我异化不完全是一种消极的现象。绝对精神将自身呈现在自然中，从而丰富了其自身的存在，自我异化的过程"意味着从反抗与分离阶段过渡到和解阶段"②。在黑格尔的异化思想中，自我异化过程本身蕴含着

---

① Martin Esslin, *An Anatomy of Drama*, New York: Hill and Wang, 1976, 260.

② G. W. F. Hegel, *Lectures on the Philosophy of Religion*, Vol. 3, Trans. E. B. Speirs and J. B. Sanderson, London: Kegan Paul, Trench, Trubner, 1985, 37.

自我实现的意义。在这个意义上来讲，普林塞丝对艺术的追求也是黑格尔意义上的自我异化，是她寻求和解与救赎的有效方式，也是实现自我的必经之途。

第四节　自我实现之旅

黑格尔认为，自然界和历史是绝对精神的对象化、异化。精神在活动的过程中与自己相异化，以便在这种异化中认识自己。创造性劳动就是绝对观念在自然界中外化自己、消除自己并失去自己的过程，但是，它必须重新恢复自己。人类通过劳动和文化建设不仅创造着他的世界，而且创造着他自己。这种继续发展就是回归到完全的自我意识中去，回归到统一而完全的绝对观念中去。究竟如何回归？黑格尔提供的答案是：对于真实情况的完全自觉可以使人和他的地位协调一致。因此，异化的消除是与精神的自我认识及其对自己本质的回忆相一致的。而对于存在主义者来说，解决异化问题的关键在于"介入"。即人通过自由选择，或者说通过勇敢地追求可靠的经验而创造一种有意义的存在，便能超越自身。①

威廉斯笔下的南方女性选择了爱与艺术作为超越异化的主要途径。杰克逊认为，《青春甜蜜鸟》中有一个充满希望的迹象，那就是查恩斯直面"阉割"命运时的那一幕。他最终勇敢承受了这种残酷的暴力，也承担起僭越人性的责任。②笔者认为，剧中还有另一个同样充满希望却更为重要的迹象，那就是普林塞丝发现自己内心还有爱，并决定再次复出的那一刻，这是她在经历了异化的命运之后走向自我实现的起点。青春之鸟翩然而逝，任凭查恩斯和海文莉这对真心相爱的恋人也无法挽留，更别说日渐衰老的普林塞丝，随之一起消失的还有他们的幸福与梦想。海文莉的手术和查恩斯的阉割都是青春与天真失落的象征，不过，表演艺术为普林塞丝提供了回归本真、寻找自我的契机，而心中的爱是她实现自我的有力保障。

在对艺术的执著追求中，普林塞丝开始慢慢走出过去的阴影，步入实现自我的旅程。艺术在南方女性实现自我的过程中具有重要的意义。科尔曼（Robert Coleman）指出，威廉斯"在描写世界上的古怪之人方面无人能与之

---

① 参见陆梅林、程代熙编选：《异化问题》（下），北京：文化艺术出版社，1986 年，第 491 –
492 页。

② 参见 Esther M. Jackson, *The Broken World of Tennessee Williams*, Madison, Milwaukee, and London：
The University of Wisconsin Press, 1965, 149.

相比，他能够天才般地将人类降格到最低级的位置。"①事实上，威廉斯对这类异化现象的描述采用的是一种诗意的手法，使原本粗糙、丑陋的现实呈现出某种诗意的力量。就像剧作家威廉斯所做的那样，普林塞丝也努力通过爱与艺术，赋予这个"魔鬼之国"某种诗意的魅力。

对查恩斯来说，他与海文莉之间的爱情仿佛是这个世界上唯一永恒的东西，能够给他安慰，并抚平他内心的创伤。

> 查 恩 斯　每次回到圣克劳德我都能找回她对我的爱……
>
> 普林塞丝　在这个不断变化的世界上某种永恒的东西？
>
> 查 恩 斯　是的，在每一次感到绝望之时，每一次遭受失败之后，我都会回到她身边，就像去医院看病一样。
>
> 普林塞丝　她会用清凉的绷带包扎你的伤口？你为什么不和这个天使小医生结婚呢？（184）

海文莉的爱仿佛可以拯救查恩斯，对普林塞丝来说，爱也是她超越异化的重要途径之一。威廉斯早期剧作中南方女子的影子在普林塞丝身上依稀可辨。当她真诚地祈求说："查恩斯，回归你的青春岁月……"（176）这仿佛是阿曼达的声音，又仿佛是布兰琪的呼唤，而在普林塞丝这里，祈求声中蕴含着某种力量，引领她走向自我实现的远方。普林塞丝具有坚强不屈的人格，甚至有点邪恶。正如她自己所承认的那样，她是个"魔鬼"。然而，重要的是普林塞丝最终意识到深藏在她内心的温柔与善良。她说：

> 查恩斯，当我看到你驾车驶过窗口，高昂着头，一副骄傲的失败者可怕的模样，这我是非常熟悉的，我知道你的"归来"就像我的"复出"一样是失败的。在我心里对你有某种感觉。这简直是个奇迹，查恩斯。这是在我身上发生的一件神奇的事情。我对自己以外的人有某种感觉，这意味着我的心还活着，至少部分是活着的，并非全部都已死亡。部分仍然是鲜活的……（217）

---

① 引自 Robert A. Martin, Ed. *Critical Essays on Tennessee Williams*, New York: An Imprint of Simon and Schuster Macmillan, 1997, 53.

普林塞丝所感觉到的正是她心中留存的温情，是对查恩斯的爱，她仿佛在这种爱的指引下，找到了生命的希望，发现自己仍然"活着"，并非完全异化为一种非人的存在。普林塞丝一再重申她是"魔鬼"，但在她内心深处，依然温柔而善良，充满怜悯与同情。

黑格尔超越异化的概念同时强调消灭与保存，正是这些相互矛盾的思想促成辩证运动中矛盾的统一性。黑格尔还区分了意识和自我意识。意识是对客体的感知，认识到客体是不同于自我的"他者"，而自我意识是对"他者"的否定，导致分裂的自我内在的统一。在辩证发展的过程中，自我意识面临着另一个意识，这样自我意识就必须取代另一个意识的他者性，并且消除异化的自我。经过这一消灭后，自我就能够自由地回到它自身。对普林塞丝来说，为了实现自我，她首先必须否定"魔鬼"的自我。为此，她向查恩斯请求帮助：

> 查恩斯，请听我说，我为我今天早上的行为感到抱歉。我再也不会贬低你了，我也不会再贬低我自己了，你和我，不再——我并不总是那样像魔鬼一样。以前我并不是那样的魔鬼。当我看到你回来，一幅惨败的样子，回到棕榈花园，查恩斯，我心中的感觉给了我希望，可以不再作魔鬼了。查恩斯，你必须帮我不再作魔鬼，就像今天早上那样，你能做到，能帮助我。我会为此而感激你的。今天早上我几乎就要死了，在惊慌中感到窒息。但即使在我惊慌的时候，也能感觉到你的善良。我在你身上看到了真正的善良，而你几乎已经将它毁灭，但它仍旧在那里……（217）

同时，普林塞丝想要保护查恩斯，让他免遭毁灭的命运。她也决心摘掉"魔鬼"的面具，成为"丛林之国的女王"（222）。普林塞丝对查恩斯的同情与爱心是她超越异化、实现自我的具体体现。她曾经迫切地想要以朋友的身份帮他摆脱困境，她对他说："你是一个迷失的孩子，我真的想帮你找到你自己。"（186）

正如人的每一次自我异化依赖于他与别人的关系，人的每一次自我实现也必须依赖于他准备将别人视为目的，而不是工具。个人生活主要是人与人之间关系的生活，只有那些与别人保持正确关系的人才会积极地实现自我。为了实现真正的自我，人必须帮助别人实现他们的可能性。假如人与人之间有了理解、有了爱，那么他们就会逐渐从异己力量的作用下解放出来，成为推动社会前进的主体。这样，人与人之间的关系将不再以作为商品价值的货币为中介，而是建立在真正人的品性的相互关系之上。

> 我们现在假定人就是人，而人同世界的关系是一种人的关系，那么你就只能用爱来交换爱，只能用信任来交换信任，等等。如果你想得到艺术的享受，那你就必须是一个有艺术修养的人。如果你想感化别人，那你就必须是一个实际上能鼓舞和推动别人前进的人。你同人和自然界的一切关系，都必须是你的现实的个人生活的、与你的意志的对象相符合的特定表现。①

人的自我只有在社会中才能实现，而且当个人使抽象的公民复归于自身的时候，当个人在自己的经验生活中成为类存在物的时候，全面的、完整的个性将取代那种只有占有欲的分裂的、片面的个性；这种完整的个性把感性因素和理性因素在自身中统一起来，对世界有着更加全面丰富的感受。

爱是一种深层"教育"，它可以使一个人更愉快、更幸福，青年黑格尔也在爱中看到了防止异化的力量。在《爱的艺术》一书中，弗洛姆坚持认为，"现代人与自身、与同类、与自然相异化了"，而"爱是对人类生存问题唯一健全和令人满意的解答。"②的确，爱使生活充满意义，给人以安全感，它可以防止或治疗人与人之间的异化和社会的异化。当一个人沉浸于爱之中时，世界就显得不同寻常也奇妙无穷。因为爱，普林塞丝和查恩斯之间"误解的鸿沟"开始逐渐消失。这对普林塞丝来说是个"奇迹"，她意识到自己并没有完全失去自我。普林塞丝开始懂得理解别人并存有爱心的意义，同时，她也确信艺术创造的价值。从此，她真正迈出了超越异化、实现自我的坚定步伐。威廉斯笔下的南方女性尽管承受着自我异化的痛苦，但她们努力与他人、与社会、与自己重归和谐，从而实现自我。这也是威廉斯创作的重要主题之一，即"残缺"之人对完整性的追求与寻觅。

布莱恩·特纳（Bryan S. Turner）认为，"对怀旧者来说，世界是异化的。"③其实，正因为世界的异化，我们才转向怀旧。对生活在现代社会的南方女性来说，异化的世界是她们转向怀旧的根源所在，在诗意的想象中寻找失落

---

① 陆梅林、程代熙编选：《异化问题》（上），北京：文化艺术出版社，1986 年，第 459 页。

② 同上，第 95 页。

③ Bryan S. Turner, "A Note on Nostalgia," *Theory, Culture and Society* 4. 1 (1987)：149.

的天堂。普林塞丝的怀旧表现在她对青春飞逝的"哀悼"中：

> 整天我都会听到一种哀悼声，弥漫在这里的空气中。它说："失去了，失去了，再也找不到。"海边的棕榈花园，还有地中海岛屿上的橄榄树，都有那种哀悼声穿越其中。"失去了，失去了"……（221）

"哀悼"的旋律穿越美丽的棕榈花园，穿越广阔的橄榄树林，轻声诉说着南方女子对纯真岁月的深深眷恋。"哀悼"也是普林塞丝的主题音乐，是她对失落青春的哀悼，也是对艺术生命渐逝的叹息。威廉斯在舞台指示词中这样写道：

> 舞台上有一幅巨大的风景画幕，它会给一些特殊的场景某种诗意的背景。画幕上有一些非现实主义的风景，其中最重要、最常出现的是一片皇家棕榈树林。在这些棕榈树林中仿佛总有风儿吹过，有时大声呼啸，有时低声吟唱，有时它又融入主题音乐，当它响起的时候就是"哀悼"。（155）

剧作家再次运用舞台音乐，用表现主义的手法来揭示人物内心的孤独、痛苦与渴望。就像威廉斯笔下的许多其他南方女子那样，普林塞丝与过去有着千丝万缕的联系。为了摆脱痛苦的记忆，她选择了逃离。她说："失败之后到来的就是逃离。失败之后什么都不会有，只有逃离……"（221－222）逃离或许不是一种积极的行为，但它表明普林塞丝正在努力克服自己的问题。普林塞丝的逃离就像布兰琪来到新奥尔良的天堂街寻求庇护，但在普林塞丝的逃亡中，显示出更多的性格魅力。普林塞丝在逃亡中积蓄力量，并等待再次复出的时机，从而摆脱现实困境，实现自我的回归。

像查恩斯一样，普林塞丝身上也存在许多缺陷，但她表现得更有尊严，是剧中的核心人物。观众对普林塞丝的坚韧与执著抱以肯定和欣赏的态度，查恩斯远不是她的对手。"她在狂暴、性欲方面远远超出了其他人，而绝没有分享他们的卑鄙和复仇心理"[1]。普林塞丝凭借坚强的意志，扫除所有障碍，决意

---

[1] Philip C. Kolin, Ed. *Tennessee Williams: A Guide to Research and Performance*, Westport, Connecticut and London: Greenwood Press, 1998, 140.

继续追寻她的艺术之梦。此时，她毅然摆脱查恩斯，任由他独自面对即将到来的可怕命运——阉割。就这样，普林塞丝在孤独中继续前行，却不失南方女子那份独有的骄傲与尊严，没有什么能够阻挡她对梦想的追求。正如查恩斯所说："最近人们不大能看到她，但她仍然有影响力，有势力，有金钱"（206），"而且在电影业永远都不会不是一个重要的神话人物，无论是在这里还是全世界"（213）。

现代性以及怀旧的矛盾经验不仅启发了 19 世纪的艺术，而且启发了社会科学和哲学。现代社会学是建立在传统共同体和现代社会之间的区别之上的，这种区别倾向于将传统社会的完整性、亲密感及超验的世界观理想化。托尼斯（Ferdinand Tönnies）写道："在与家人的共同体中，一个人从出生开始，就在此生活，不论好坏都限于此。一个人进入社会就像进入异国他乡。"①现代社会就像一个陌生的世界，公共生活则像是对家庭田园牧歌的背离，城市生存成为永远的放逐。退身于一种新的宗教或新的共同体并非解决现代性问题的答案，而是对它的逃避。对普林塞丝来说，月球似乎是她退艺之后唯一的选择，也是她逃亡路上的重要驿站。然而，即使是这个充满诗意的地方也无法替代南方女子心目中的艺术，她说：

> 再没有比知道什么时候该离开更有价值的知识了，我知道，我在合适的时候离开了，退出了！退到哪里？退到那个死寂的月球上……当你从一门艺术中退出就没有更好的地方可去，因为，不管你信不信，我曾经是一位真正的艺术家，所以我去了月球，可是月球上的空气中没有一点点氧气。我开始感到无法呼吸，在那个萎缩的或正在萎缩的世界，时间一分一分过去，却无意返回，于是我发现……（171）

作为一名演员，普林塞丝害怕因为青春已逝而导致艺术创造力的削弱，这也是威廉斯创作后期所感受到的恐惧。普林塞丝曾经试图复出，继续她的艺术生涯，可是，面对充满敌意的观众及评论，她怀着一颗"艺术家哭泣的心灵"（232），却不知还能够做什么。这同样也是威廉斯曾经有过的真实感受。不管怎样，普林塞丝决心逃离，甚至对抗死亡。就像查恩斯一味地沉浸于对时光流逝的哀叹中那样，普林塞丝留心时间在她脸上刻下的印痕以及生命的消陨。她

---

① Ferdinand Tönnies, *Community and Association*, London: Routledge and Kegan Paul, 1955, 38.

说："啊，上帝，我记得我不想记住的东西，生命的终结!"（169）不过，当她谈论死亡的时候变得异常坚定：

> 不论我是否有心脏病而早早地结束我的生命，不要提，永远都不要提。不要提死亡，关于那个讨厌的话题永远都不要提。我曾被指责说有死亡的欲望，可是我认为那是对生命的渴望，疯狂地、毫不羞耻地渴望，不管付出什么样的代价。（178）

这种坚定的信念使她与威廉斯早期剧作中的南方女子表现出很大的不同。布兰琪曾经渴望投入大海温柔的怀抱，在浪漫的夏日里迎接死神的来临，而普林塞丝的呼喊声中则充满积极的求生欲望：

> 让我胸中狂怒的老虎睡去……为什么会有不满的老虎？在那神经的丛林中？为什么到处都有不满与烦躁？……问问哪位好医生，但不要相信他的回答，因为那不是……答案……假如我已经老了，可是你看，我那时候并不老……只是不再年轻而已，不再年轻，我只是不再年轻而已……（171）

普林塞丝选择了逃离，但她的逃离是为了更好地"回归"。她有信心再次复出，在艺术的道路上继续追寻心中的理想。不论是查恩斯还是普林塞丝，他们都"迷失在丛林之国，在丛林顶端的恶魔之国，充满血腥与淫欲的恶魔之国"（217）。普林塞丝决心通过艺术创造重拯破碎的世界，超越异化的命运。当她得知自己主演的电影再次"打破票房纪录"（222）时，立刻重整旗鼓，准备再次独自走进"恶魔之国"。此时普林塞丝对镜而视，只看到"亚里桑德拉·黛尔·拉戈，艺术家，明星!"（233）身处陌生而异化的世界，南方女子选择了一种审美的方式，通过诗意的想象与艺术试图回归本真、实现自我，寻找生命的意义和心灵的栖园。不论是威廉斯还是他笔下的南方女子，仿佛都有意恢复人类对艺术的信仰，重新释放诗意的想象，借助情感的力量来体验历史并认识世界，开掘人类丰富的内心世界，寻求与社会、与他人、与自然的和谐。拜泽尔关于浪漫主义者的一番评论同样适用于威廉斯笔下的南方女性：

> 他们相信，正是艺术，而且只有艺术才能恢复人的信念，才能使人与

自然统一起来。只有艺术才能填补批评的致命力量所留下的空白。如果说理性本质上是一种消极的、毁灭性的力量，那么艺术是一种积极的、创造性的力量。它有能力通过想象来创造一个完整的世界。在朴素的意义上被赋予早期人类的东西——道德和宗教信念，与自然和社会的统一——已经被批评的腐蚀性力量摧毁了；现在的任务是要通过艺术来重新创造它。通过创造一种新的神话，艺术就可以恢复人的道德和宗教信念。①

就像诺瓦利斯所说的那样："把普遍的东西赋予更高的意义，使落俗套的东西披上神秘的外衣，使熟知的东西恢复未知的尊严，使有限的东西重归无限"②。这就是浪漫主义的情怀。

法兰克福学派思想家阿多诺（Theodor Adorno，1903－1969）从否定的辩证法出发，为艺术下了这样一个定义："艺术是对现实世界的否定的认识。"③在此，否定性成为艺术（主要指现代艺术）的本质特征。阿多诺把艺术看成完全不同于现实的、非实存的、现象学意义上的"幻象"，认为现代艺术所追求的是那种尚不存在的东西，是对现实中尚未存在之物的先期把握。因此，阿多诺称艺术是对现实世界的"反题"。马尔库塞吸收了阿多诺否定性美学的若干观点，认为艺术创造了与既存现实相异的另一种现实，另一个真实，一个属于未来或理想的不存在的世界，因而具有一种"否定的"总体性。马尔库塞还认为，艺术可以创造一个现实中所没有的虚构的世界来疏离、超越既定现实，而艺术一旦"超越直接的现实，就打破了既成社会关系的物化的客观性，展开了经验的一个新方面：反抗的主体性的再生"④。马尔库塞提出了通过艺术造就"新感性"的主张，这就需要改变人们旧的感受世界的方式，造就具有"新感性"的社会主体。造就新感性的最佳途径在于现代艺术。艺术和审美造就了主体的新感性，而新感性能变成一种改造、重建社会的现实（物质）生产力，这种艺术和审美化的生产力能把现实改造为"艺术品"。这种艺术化的现实正是马尔库塞的审美乌托邦的理想国，在那里，"审美事物与现实事物的疏离将告终，事物和美、剥削与娱乐的商业性联合状态亦将告终"，社会的

① 拜泽尔：《早期浪漫主义和启蒙运动》，载于詹姆斯·施密特编：《启蒙运动与现代性：18 世纪与 20 世纪的对话》，徐向荣、卢华萍译，上海：上海人民出版社，2005 年，第 336 页。
② 引自赵静蓉：《怀旧——永恒的文化乡愁》，北京：商务印书馆，2009 年，第 123 页。
③ 引自朱立元：《当代西方文艺理论》，上海：华东师范大学出版社，1997 年，第 211 页。
④ 同上，第 216 页。

异化将被彻底扬弃。在这个意义上来讲，普林塞丝的艺术追求，体现了南方女性借助艺术来否定现实的心理倾向，同时在虚构的世界里寻找超越现实、否定异化的契机。然而，南方女子企图把艺术作为拯救现实的途径，因而陷入审美乌托邦的空想。

在普林塞丝借助艺术实现自我的努力中，我们能够隐约看到法国诗人波德莱尔的影子。波德莱尔与现代性的遭遇充满矛盾性，在他的诗歌创作中回荡着怀旧的音符。他梦想着充满异域风情的、牧歌式的乌托邦，那里贵族式的闲适、倦怠与享乐并未受到资产阶级粗俗文化的玷污，但他并不蔑视都市经验。相反，他在都市人群中变得激动不已，正是变幻不定的都市生活成为他内心快乐及艺术创作的源泉。就像波德莱尔一样，普林塞丝也仿佛在流动的现代生活中发现了某种可以给她安慰的东西，让她感到幸福和满足。如果说波德莱尔诉诸于诗歌艺术而实现超越，那么普林塞丝则选择了舞台艺术。现代工业文明彻底改变了人类的生活状况，也使现代人迷失在机械冰冷的世界里，找不到心灵的返乡之途，只能作为大地上的异乡者孤独地漫游。在西方现代文学史上，波德莱尔是体现这一文化情绪的典型代表。巴雷特将波德莱尔和英国浪漫主义诗人华兹华斯相比，认为二者的差异在于：

> （波德莱尔）是第一个城市诗人，因为在他之前的其他诗人都是乡村诗人。因此，他唱出了一种新颖的，也是更极端的关于人类异化的曲子。在这点上，华兹华斯是个生活在乡村的人，因此他观察也好，谴责城市也好，总是站在外面描写城市。波德莱尔则是生活在城市的人，那里聚集着蚂蚁般的芸芸众生；杂处在其中，他完全是个异乡人。①

波德莱尔曾说："任何一位抒情诗人，最终注定要踏上返回失去的乐园的道路。"②这不仅因为哀叹"失去的乐园"是历代诗人的兴趣和使命所在，而且更重要的是，波德莱尔对现代资本主义文明的本质有着清晰的认识，从而肩负起寻找理想家园的重任。波德莱尔不仅发现了"现代生活中的美和英雄气概"，而且洞察到隐藏其后的畸形与病态，他对现代都市生活"既爱又恨"，

---

① 威廉·巴雷特：《非理性的人——存在主义哲学研究》杨照明、艾平译，北京：商务印书馆，1999 年，第 128－129 页。
② 波德莱尔：《恶之花》，郭宏安译，桂林：漓江出版社，1995 年，第 135 页。

伯曼（Marshall Berman）称之为"牧歌式的和反牧歌式的现代主义"①。波德莱尔与他之前的浪漫主义者及后来的象征主义者之间最大的区别就在于，他把自己的存在之根深深扎在现实生活的土壤中，他的诗集《恶之花》是第一次向现代资本主义大都市敞开大门的尝试。波德莱尔认为，现代艺术家的使命就是"从流行的东西中提取出它可能包含着的在历史中富有诗意的东西，从过渡中抽出永恒"②。对波德莱尔来说，艺术给这个毫无魅力可言的现代世界赋予一种崭新的意义，在此，记忆与想象、认识与经验紧密地联系在一起。同样，对威廉斯笔下的南方女性来说，艺术也将使这个异化的世界呈现出另一番景象。诗意的想象是威廉斯创作的核心，对他笔下的南方女子来说，想象同样具有重要的意义，是她们逃离现实、寻求本真的必要途径。不论是威廉斯的戏剧创作还是南方女子的审美艺术，想象都能赋予其生命的气息。正如休谟（David Hume）所说：

> 天才的心灵摆脱了创造力所有的欺骗性与假定性，它收集并分拣意象和思想，直到它们聚集在一起，就像拼板玩具相互联结，形成一幅图画。这幅图画具有真实的力量，因此也是最完整的，想象也是最富有生气的。历史和传记或许在事实和推论方面是精确的，但诗歌更能刺激人的心灵。诗人不仅具有组织事实和事件的能力，而且他能够创造事实和事件。③

假如说查恩斯所有的梦想因为阉割而彻底毁灭，海文莉的青春也因手术而永远失落，那么普林塞丝则有望借助艺术，在这个瞬息万变的世界上寻找一些永恒，从而使自己的心灵获得些许慰藉。在碎片化的生存状态下，艺术能够为南方女子提供一种临时的庇护，用以弥合现实的不足。作为一名执著而深情的艺术家，普林塞丝悲叹着世界上正在消失的和谐的丛林，同时也探索着现代经验的创造性与可能性，在短暂、偶然中寻找并发现永恒。在古老的传统当中，人类生活被视为灵魂与束缚人的激情以及身体局限性之间的斗争。只有当人类

---

① Marshall Berman, *All That is Solid Melts into Air: The Experience of Modernity*, New York: Penguin, 1988, 131.

② 波德莱尔：《1846 年的沙龙：波德莱尔美学论文选》，郭宏安译，桂林：广西师范大学出版社，2002 年，第 424 页。

③ 引自 James Engell, *The Creative Imagination: Enlightenment to Romanticism*, Cambridge, Massachusetts and London, England: Harvard University Press, 1981, 56.

抛弃物质世界，其灵魂与上帝达成和谐与统一之时，才能摆脱异化的世界而获得救赎。对南方女性来说，她们无意也无法抛弃物质世界，但她们能够在这个物质世界中，通过艺术与想象寻求心灵的平静与自我的和谐。因此，普林塞丝的复出在她自我实现的旅途中具有决定性的意义。不过，她的复出并非一帆风顺，而是充满失败与痛苦的记忆。她对查恩斯说：

> 那光荣的复出，当你变成傻子之后再回来……银幕是一面非常明亮的镜子。有一样东西叫做特写。摄像机向前推，你静静地站着，而你的头、你的脸，都被捕捉在画面中，有亮光照着。于是，所有可怕的历史就在你微笑的瞬间开始尖声呼叫……（172）

对普林塞丝来说，巨幅银幕就像一面镜子，反映出她青春不再的真实现实，她不免为此而感时伤怀。威廉斯选用克莱恩（Harte Crane）《神话》（*The Legend*）中的诗句作为《青春甜蜜鸟》的铭文，以此来表达普林塞丝对青春失落的哀悼：

> 无情的跳跃，对所有那些踩着
> 青春的神话走进正午的人们。（149）

在此，克莱恩的诗文与威廉斯的剧作构成一种互文关系，诗句很好地揭示出剧作的中心主题。普林塞丝辉煌已逝，青春不再，惟余衰老与腐朽伴其左右，她曾经热爱的艺术也仿佛离她而去。南方女子无法挽留时间的脚步，也无力改变残酷的现实。艾柯（Umberto Eco）指出："对'大约真实'的欲望只是作为对记忆真空的一种神经质的反应而出现，'绝对虚假'产生于对毫无深度的当下不愉快的认识。"①我们对历史及其空白，对时间之不可逆性的反思，有一种根深蒂固的恐惧，因为它对青春的梦想以及创造的可能性形成一种挑战。正如克莱恩在诗中所写：

> 如镜子般沉默
> 现实陷入寂静……

---

① Umberto Eco, *Travels in Hyperreality*, Trans. William Weaver. New York：MBJ, 1986, 30.

我对忏悔毫无准备；

也无需悔恨。因为飞蛾

并不比那静默的

哀求的火焰更易屈服。颤抖

如飘零的白色雪片

亲吻——

才是唯一值得拥有。①

普林塞丝不会轻易地放弃对自我的追求和对生命的渴望，克莱恩的诗句真切地表达了普林塞丝的心声。通过诗意的想象与遥远的过去建立某种联系，从而使自己与当下现实保持一定的距离。在这个科学与理性占统治地位的现代世界舞台上，艺术家感性的创造至少可以让个体的痛苦与悲伤获得暂时的缓解。

在《青春甜蜜鸟》中，威廉斯再一次为我们创造出许多富有浪漫色彩的意象：美丽的棕榈花园、蔚蓝的大海、飞翔的海鸥等等，这些意象在剧中反复出现，象征着现实与世俗之外另一种超验的存在，也是普林塞丝艺术追求与梦想的生动隐喻。威廉斯是美国戏剧史上最富有诗意的剧作家之一，戏剧诗人的舞台想象并不是一种华丽的装饰，而是为了唤醒沉睡的灵魂，抵达真理的彼岸。正如安格尔所说："富有想象力的诗人拥有一种力量，那是灵感的本质。他是知识、智慧与美的声音，是哲学语言的创造者，他将一种事物或精神与另一种事物或精神相联系，传递着人类与自然的和谐之音。"②

弗洛姆探讨了异化与艺术、异化与仪式的关系，认为不论是宗教、艺术还是仪式，都是打破例行公事式的生活、与生活的最近本质相联系的重要方式。即使是人类最原始的历史，也表明这种通过艺术创造与现实本质相联结的企图。原始人并不满足于他们拥有的工具和武器的实际作用，而是竭力装饰和美化它们，以超越其实用功能。除了艺术，仪式也具有同样的功效。正如我们在希腊戏剧表演中所看到的那样，仪式可以让人们摆脱例行公事式的生活，回到自己存在的本质当中。弗洛姆认为，人类存在最本质的问题在艺术和戏剧形式中得以体现。在古希腊戏剧中，观众参与戏剧表演，并被带出日常生活的范

---

① Hart Crane, *The Complete Poems of Hart Crane*, Garden City, New York: Doubleday and Company, 1958, 66.

② James Engell, *The Creative Imagination: Enlightenment to Romanticism*, Cambridge, Massachusetts and London, England: Harvard University Press, 1981, 8.

畴，使他与自己的存在本质联系起来，恰似他的双脚又踩在坚实的大地之上。在这一过程中，他由于被带回到自我当中而获得力量。①同样，在印度舞蹈及一些宗教仪式中，弗洛姆也发现了不同形式的人类存在本质问题的戏剧化，并认为这种戏剧化所表演的问题与哲学和神学所探讨的问题不无二致，但不无遗憾的是，这样的生活戏剧化在现代社会几乎荡然无存。然而，在威廉斯笔下的南方女性身上，我们仿佛看到了这种戏剧化仪式的回归。她们在使生活诗意化、审美化的过程中，努力超越异化，回归本真的生存状态，从而体验创造性的快乐。

最早致力于解决文明分裂及异化问题的两位思想家是卢梭和席勒，他们分别著书《爱弥儿》和《美育书简》，论述了一种能导致完整、幸福、和谐的个性教育。席勒确信，只有审美力才会给社会带来和谐，也只有审美方式才会使人类成为统一体。弗洛姆是一个乐观主义者，他认为，假如个人通过自发的活动实现了自我，并由此使自己同世界联系起来，那他就不再是一个孤立的原子了。法国的加罗第也认为，创造性是真正的非异化，创造自我、创造成果就意味着克服异化。黑格尔的异化被称作"创造性的异化"，它意味着在每一种精神和智慧的创造性活动中，都包含着疏远或异化的因素。萨特也认为，作家使自己与其作品相异化。艺术创作，尤其是现代艺术创作，常常是社会异化的表现，而艺术家也常常觉得与同时代人及非艺术家相异化了，同时他们彼此也相互疏远。创作生活必然包含着与其他人和社会的异化。②南方女性诗意的想象与艺术也是一种创造性的审美活动，或可称之为黑格尔式的"创造性的异化"。威廉斯清楚地意识到，人类精神正受到威胁，人的个性也几近泯灭，艺术创作仿佛有望拯救个体的消亡，使其免遭被毁的命运。在某种意义上来说，普林塞丝对艺术的追求也是一种怀旧的表现，一种返回光明与生命的努力，而她的自我实现之旅就是"回家"的现代仪式。将现代怀旧与古老的回家神话区分开来的不仅仅是其特殊的医学化，希腊词根 nostos（回家）与印欧语系词根 nes 有着紧密的联系，意为回归光明与生命。正如纳吉（Gregory Nagy）所言：

　　《奥德赛》中的"回家"实际上包含两个方面，一方面当然是英雄从

---

① 参见陆梅林、程代熙编选：《异化问题》（上），北京：文化艺术出版社，1986 年，第 61 页。

② 同上，第 97－98 页。

特洛伊的回归，另一方面，也是同样重要的方面，是他从哈德斯的回归。此外，奥德赛的陷落及后来从哈德斯的回返是与日出、日落的天体运动相一致的。这一运动是从黑暗到光明、从无意识到意识。实际上，英雄在黑暗中驶向他的家乡时是在睡梦之中，而他的船只到达伊萨卡岛海岸时正值日出时分……①

柏拉图曾经说过，灵魂就像眼睛，当它注视被真理和实在所照耀的对象时，它便能知道它们、了解它们，显得是有了理性。唯有通过灵魂向上的运动而观察事物，才能引导人离开黑暗、走向光明，防止发生邪恶的行为。②在一定意义上来说，普林塞丝对艺术的追求也是一种灵魂向上的运动，能够引领她逃离黑暗的深渊，到达光明的处所，从而超越异化的命运。

不论是南方女子的怀旧，还是其审美艺术的诉求，都离不开想象。想象能够满足人类的精神需求，实现他对价值生活的渴望，从而与日益陌生的世界达成和解。只有通过想象与艺术，南方女性才能在这个物质化的现实世界中获得某种优雅与超越。艾迪生（Joseph Addison）指出，人的心灵具有一种特殊的结构；尽管生活在一个机械的世界里，他仍然可以保持与价值和目的之间的联系；由于从宇宙本身所获得的感性认识，他觉得自己是"在家"的。③蒙塔古夫人（Mrs. Montagu）也承认，想象能够激起灵感的浪花，它流进心田并赋予其生命；否则，心灵会变得只关注自我，只关注物质的追求。④同样，南方女性的想象与艺术能够在一定程度上赋予她们新的生命，赋予她们的生活以新的意义，并引领她走向回归之路。

在某种意义上来说，普林塞丝的颓废行为体现了狄奥尼索斯式的狂放，而在她努力追求艺术、实现自我的旅程中，我们看到了阿波罗精神的复苏。尼采将阿提卡悲剧视为酒神和日神相结合的艺术。狄奥尼索斯（酒神）代表着非造型艺术，这是一个醉的世界；阿波罗（日神）代表着造型艺术，这是一个梦的世界。梦象总是柔和的，并力求摆脱强烈的刺激；在日神朗照下的梦的外观，也显示出适度的克制与静穆。在梦的世界中，即便是"他发火怒视，眼

---

① Gregory Nagy, *Greek Mythology and Poetics*, Ithaca：Cornell University Press, 1990, 219.

② 参见 Plato, *The Republic*, London：Everyman's Library, 1948, 210 - 212.

③ 参见 Ernest L. Tuveson, *The Imagination as a Means of Grace*, Berkeley and Los Angeles：University of California Press, 1960, 98.

④ Ibid., 192.

神仍是庄严的，让人觉得外表优美"①。梦的世界遵从单一、安静和形象化的个体化原理，而在醉的世界里，个体化原理完全崩溃，主体陷入一种迷狂状态之中。狄奥尼索斯和阿波罗是两位截然相反的神灵，他们却在希腊世界奇迹般地相遇。希腊世界光辉灿烂，充满快乐、自信和勃勃生机。

> 不过，奥林匹斯诸神所表达的光辉灿烂，却是对生存恐惧的艺术应对。光辉不过是一种幻境，希腊人真正面对的是大自然的残暴威力，是命运的劫数，是折磨人的咒语，是生存的无声毁灭。为了克服这种恐怖，希腊人创造了奥林匹斯诸神的艺术中介世界，借助这种欢乐的艺术世界，他们掩盖和克服了生存的威胁力量：为了生存下去，必须用欢乐来掩饰恐惧，必须战胜脆弱的天性和古怪的沉思默想，必须杀死巨怪，必须在阳光之下微笑进而驱除恐惧的阴影。②

阿波罗所提供的是一个美好的幻象之梦，让人们沉醉其中，忘却现实的烦扰与恐惧。南方女性审美的艺术和诗意的想象，正是她们在残酷的现实中所寻找的梦幻世界，企图用阿波罗式的幻象抵御狄奥尼索斯式的迷狂，在美丽的梦境中忘却现实的痛苦与悲哀，追求一种本真的生命体验。

告别了旧南方田园牧歌式的生活，南方女子必须面对碎片化的生存。正如鲍曼所说："世界呈现为一个碎片和插曲所组合而成的样子，其中的意象不停地追逐着意象，又不停的替换着前一个意象，而在下一个瞬间这个意象又替换了它本身。"③碎片化使南方女性的生存经验变得支离破碎，导致她们多重身份的出现。现代世界是一个技术化的世界，不再是爱与冥思的场所。相对而言，感性的艺术不仅是美的，而且给人以温暖和自在的感觉。西美尔借助艺术的碎片把握碎片化的社会现实，体现出他以个体生命对抗社会原则、以艺术审美反拨现实理性、以感性体验弥合人性分裂的思路。同样，对威廉斯笔下的南方女子来说，不论是审美的艺术还是诗意的想象，都是对碎片化生存的直接回应，也是一种弥补性的策略，借以退回到历史上一个较少复杂的时刻和个人经验当中。

---

① 尼采：《悲剧的诞生》，赵登荣译，桂林：漓江出版社，2000年，第22页。
② 汪民安：《尼采与身体》，北京：北京大学出版社，2008年，第3页。
③ 引自赵静蓉：《怀旧——永恒的文化乡愁》，北京：商务印书馆，2009年，第346页。

《青春甜蜜鸟》的故事发生在复活节这个特殊的日子里，这仿佛预示着南方女子最终的救赎。不过，威廉斯似乎是要否认这一事实，因为没有人能够挣脱时间与死亡的枷锁。①正如查恩斯所说：

> 它嘀嗒嘀嗒走着，比你的心跳还要微弱，但那是慢性炸弹，缓慢地爆炸，将我们居住的世界炸成碎片……时间——谁能战胜它，谁能战胜它？或许某些圣人或英雄做得到，但查恩斯·韦恩做不到。(235－236)

普林塞丝生活的世界里仿佛有"天堂"，但只是早已失去青春的海文莉（Heavenly），还有充满腐朽与堕落的圣克劳德镇。教堂的钟声敲响，却不是为了查恩斯和普林塞丝这样"迷失的灵魂"，而是大亨芬利之流的政治工具。即使身处的世界缺乏感性、纯真与温情，南方女子依然在追寻生命的完整与心灵的和谐。普林塞丝有着坚强的意志，不论对自己还是对他人，她都是真诚的。尽管有时她表现得残酷无情，但她的内心是善良的，充满同情与爱。她懂得一个人在丛林之国总会感到孤独与寂寞，不过，她已经学会适应和忍耐的哲学，无论如何都不会失去生活的信念。她对查恩斯说："好了，来吧，我们一定要继续"（235）。普林塞丝有勇气面对不确定的未来，而查恩斯只有被锁在青春记忆中，无法与生活达成和解，惟有屈服于命运的宰制。普林塞丝期待通过艺术重新创造一个真实的自我和一个崭新的世界，她说："从生存的激情与痛苦当中，我创造出一样可以用来展示的东西，一座几乎是英雄式的雕塑，这是真的。"（133）普林塞丝的表演艺术被记录在电影胶片上，它能够战胜时间，也只有艺术才能做到这一点。②在艺术中，南方女子找到了某种永恒，它不会随时间而轻易地流逝。南方女子回眸远眺，在怀旧的想象中孤独地寻找曾经的纯真与美好，祈求获得心灵的慰藉。在一定意义上来讲，她们是传承了席勒审美救赎的思想。自然是人类的家园，诗歌是游子的故乡。席勒放弃在现实大地上寻求回归的努力，把全部希望寄托在由观念构建而成的理想世界中。正如席勒对莪相所作的分析那样：

---

① 参见 John M. Clum, "The Sacrificial Stud and the Fugitive Female in *Suddenly Last Summer*, *Orpheus Descending*, and *Sweet Bird of Youth*," *Tennessee Williams*, Ed. Harold Bloom. Infobase Publishing, 2007, 41.

② Ibid., 42.

当戴相向我们歌唱一去不复返的岁月和完全消失了的英雄的时候，他的想象力早已把那些过去的景象变成了理想，并且把那些英雄变成了天神。对一定损失的感受扩大成了反复无常的观念，而深受感动的诗人密切注视着当前世界废墟的形象，高高地飞翔到天上，在太阳的行程中看到永恒的象征。①

席勒的怀旧最终是指向未来的，而且包含大量的创造性因素。在他那里，怀旧客体不是曾经真实存在的过去，而是经过现实淘洗和理想升华之后的一种艺术真实。席勒使审美变成人类存在的终极目的，而不是达到这种目的的手段，因为真正的自由可以转化为审美。不论是威廉斯还是他笔下的南方女子，都仿佛遵循着席勒的理念，寻找着诗意的"精神家园"。尽管艺术发展不能根本性地推动社会的生产与发展，但就其愈益使自身成为一种自觉把握的独立价值而言，艺术"确实承担了一种世俗的拯救功能。它把人们从日常生活的平庸刻板中拯救出来，特别是从理论的和实践的理性主义那不断增长的压力中拯救出来。"②

在查恩斯寻找失落青春的身影中，我们能够感受到威廉斯步入中年时的困惑，而在普林塞丝重返舞台的尝试中，我们也能够体会到剧作家因创作力衰退而经历的痛苦。斯波托（Donald Spoto）指出："作为威廉斯复杂的后期创作的一部分，《青春甜蜜鸟》可以看作是他继续忏悔的最佳例证。"③威廉斯从不否认他对时间流逝主题的迷恋，他认为只有攫取生命中的永恒，人类才能获得尊严。④在他所有的剧作中，《青春甜蜜鸟》是对这一主题最直接的描写。就像威廉斯一样，普林塞丝也认为只有在艺术中才能发现永恒，也只有通过艺术，才能实现自我的回归。对南方女性来说，实现自我的理想仿佛只存在于语言当中，因为它的模式只有在神话中才能找到。借助艺术与想象的自我实现具有某种乌托邦的纬度，但这并不意味着空洞与虚无，即使在我们的现实生活当中，

---

① 席勒：《论素朴的诗与感伤的诗·秀美与尊严》，张玉能译，北京：文化艺术出版社，1996年，第298页。

② H. H. Gerth and C. W. Mills, Eds. *From Max Weber: Essays in Sociology*, New York: Oxford University Press, 1946, 342.

③ Donald Spoto, *The Kindness of Strangers: The Life of Tennessee Williams*, Boston: Little, Brown, 1985, 231.

④ 参见 Tennessee Williams, *Where I Live*, Eds. Christine R. Day and Bob Woods, New York: A New Directions Book, 1978, 52.

乌托邦也依然具有重要的意义，它可以为我们树立为之奋斗的目标与理想。

所有神学、哲学和社会心理学的异化理论都包含超越异化的概念。哲学与神学理论在与自然之神性的统一当中找到了部分的解决方案，而弗洛伊德的理论则在升华当中获得了有限的超越。他们都强调一些永恒的、内在的异化症状。社会学理论认为，在群众性社会中，个体必然会感到失落与挫败，异化是无法逃避的，超越异化的可能性也总是有限的。非马克思主义者认为，感觉无力、无意义内在于人的生存当中，决不会彻底根除。黑格尔《精神现象学》的中心是主体与客体、精神与自然的辩证关系。精神为它自己创造的"不仅是一个世界，而且是一个双重的世界，分裂的、自我矛盾的世界。"①在黑格尔看来，人在客观化的过程中不可避免地是异化的，每一个客观化就是一个疏离的例证。黑格尔异化理论的关键在于主体内部由于有限与无限的对立而产生的矛盾性，这种矛盾性的解决就在于精神的发展。威廉斯及其笔下的南方女性，似乎都遵循了黑格尔的超越异化的思想，在精神外化的过程中实现超越与回归。

对查恩斯来说，海文莉代表着永远无法复得的青春，查恩斯在圣克劳德对海文莉的追求以及对爱的寻觅也注定是一种失败的尝试，而这样的追求与寻觅对南方女性来说显得更加遥不可及。她们被各种异己的力量所包围，无法逃离异化的命运。然而，她们从未放弃对自我的追寻。由于在现实生活中无法实现，她们只有诉诸于艺术与想象。在"喜剧序言"（Prelude to a Comedy）一文中，威廉斯写道："有件事使（我）平生第一次发现一个艺术家的冲动，那就是想要将经验转变为某种永恒的东西。"②这同样也是普林塞丝的感受，渴望在艺术中寻求某种永恒。威廉斯继续写道："你可以从一件公务中退出，可是你无法从艺术中退出；你没法将自己的才能拿走，就像拿走一把你不再居住的房间的钥匙。"③普林塞丝也曾发出同样的感慨："在你从艺术中退出之后，就没有别的地方可去了。"（171）对普林塞丝来说，重返舞台是她超越异化、实现自我的重要途径。正如威廉斯所言："一个艺术家，当他致力于一件对他来

---

① G. W. F. Hegel, *The Phenomenology of Spirit*, Trans. A. V. Miller, Oxford and New York：Oxford University Press, 1979, 295.

② Tennessee Williams, *Where I Live*, Eds. Christine R. Day and Bob Woods, New York：A New Directions Book, 1978, 122.

③ Ibid. , 125.

说非常重要的作品的时候，他绝不会死去或者发疯。"①

在《街车》中，威廉斯更深入地探讨了有关艺术拯救的主题。布兰琪告诫妹妹斯黛拉要提防野蛮与退化，并在进步、艺术与温情之间建立起某种联系。不论对威廉斯还是对布兰琪来说，诗歌、音乐、艺术都会激发一个人身上最优秀的品质，只有艺术和温柔的情感才能避免个体"退回到与野兽为伍"②，避免遭遇被异化的命运。与威廉斯一样，布兰琪也惧怕像斯坦利这样的粗俗之辈统治世界。她知道，如果没有文化的守护者，不论在情感上还是在伦理上，世界将会变得越来越贫乏，最终陷入无法挽回的堕落之境。③正如布兰琪对斯黛拉所说：

> 或许我们与上帝的形象已经相去甚远，可是斯黛拉——我的妹妹——从那时起我们已经取得了一些进步！像艺术之类的东西——如诗歌和音乐——这种美好的新事物从那时起就已经来到这个世界上！在部分人那里，温柔的情感已经开始萌生！我们必须让这样的情感继续生长！（72）

威廉斯借布兰琪之口向我们传达出这样的信息：上帝以他的形象创造了我们，而如今我们离上帝的形象越来越远，但我们仍然心存希望，因为人类在"音乐"、"诗歌"以及"温柔的情感"方面都已有所发展。在伯克曼（Leonald Berkman）看来，布兰琪富有感性而浪漫的情怀，是艺术家的代表。④其实，威廉斯塑造了许多像布兰琪这样的飞蛾女，她们敏感而美丽，是超越世俗的"艺术家"，是文化的守护者。《夏日烟云》中的阿尔玛便是其中的典型代表，她渴望纯洁的精神与高尚的灵魂，在与自我的对话中寻求永恒的真理。

在接受弗罗斯特（David Frost）的电视采访时，威廉斯谈论了艺术和爱在生活中的重要性：

弗罗斯特　您的信条是什么？

---

① Tennessee Williams, *Where I Live*, Eds. Christine R. Day and Bob Woods, New York: A New Directions Book, 1978, 141.

② Tennessee Williams, *A Streetcar Named Desire*, A Signet Book, 1975a, 72.

③ 参见 Nancy M. Moore, "The Moth Ladies of Tennessee Williams," Diss. Georgia State University, 2003, 85.

④ 参见 Leonard Berkman, "The Tragic Downfall of Blanche DuBois," *A Streetcar Named Desire*, Ed. Harold Bloom, New York: Chelsea House Publishers, 1988, 34.

查 恩 斯　浪漫主义非常重要。没有它我们真的无法生活下去……

弗罗斯特　浪漫主义您是指想象（或艺术）吗？

查 恩 斯　不完全是，还有对人类的温柔之心，爱的能力。①

　　这一简短的对话几乎涵盖了威廉斯创作的所有核心主题，即浪漫的艺术与温柔之心，这是我们每个人都值得拥有的东西。马克思指出，世界历史就是人类自我实现的过程。人在物质和精神方面基本上都是生产者和创造者，他创造物质生活的工具，也创造艺术、家庭、政治制度、宗教、法律和道德。他在创造和改造世界的过程中，也在创造和改造自己，这就是人类的实现，而艺术是发挥人的创造性的重要途径之一。（《异化问题》下卷367－368）艺术对威廉斯笔下的南方女子来说是治疗异化的良方，但很难说艺术就是超越异化的万能钥匙，因为对很多人来说那也是可望而不可即的。教育、爱、家庭、社会改革、艺术、宗教、理性和技术等等，在与异化的斗争中都发挥着一定的作用，但是并没有包治一切异化的万应灵药。对威廉斯笔下的南方女子来说，选择爱与艺术作为抗拒异化的方式不过是一种美好的理想。与普林塞丝一样，《街车》中的布兰琪也在想象性的"表演"中追寻本真的自我，并在诗意的栖居中探索超越异化的契机。

---

① Albert J. Devlin, *Conversations with Tennessee Williams*, London 1986, 142.

第三章

表演的身体：布兰琪的现实与理想

　　《街车》是威廉斯的代表剧作，1947 年 12 月 3 日于纽约市巴里摩剧院首演，并久演不衰，打破了当时美国戏剧演出的最高场次记录，并为威廉斯赢得了纽约剧评界奖、戏剧普利策奖和唐纳森奖，这也是美国戏剧史上第一部同时获得三个重要戏剧奖项的剧作。该剧后来被改编成电影，在 1951 年的美国十佳影片中名列榜首。1952 年又被改编成芭蕾舞剧，演出依然轰动。1998 年在圣·弗朗西斯克上演了改编成歌剧形式的《街车》。在威廉斯的剧作中，没有哪一部能像《街车》这样受到评论界如此多的关注与欣赏。或许充满温情的《玻璃动物园》更能赢得观众的喜爱，但《街车》所产生的情感冲击更加有力，也更加持久。托马斯·阿德勒（Thomas P. Adler）亲切地称布兰琪为"我们的俄狄浦斯，我们的哈姆雷特。"[①] 戈特弗雷德（Martin Gottfried）将《街车》与米勒的《推销员之死》相提并论，认为它"或许是最浪漫、最富有诗意、最感性的美国戏剧。"[②] 1966 年，美国发行了威廉斯的纪念肖像邮票，邮票中的威廉斯身着白色套装，背景是黎明的天空和一部街车。选择街车作为邮票中唯一与剧作家创作有关的元素，可见《街车》在美国文化意识中的崇高地位所在。

　　《街车》融合了威廉斯典型的创作主题，如纯真的失落、时间的侵蚀等，全面展示了剧作家的艺术创造才能。与契诃夫一样，威廉斯以怀旧的笔触描绘了贵族阶级衰落的历史。《樱桃园》与《街车》有许多相似之处，两部剧作都在探讨优雅的贵族生活遭到正在崛起的社会势力无情破坏的主题。布兰琪来自传统的南方农业社会，心中充满浪漫的想象，是过去优雅贵族的代表，斯坦利

[①]　Thomas P. Adler, *A Streetcar Named Desire*: *The Moth and the Lantern*, Boston: Twayne Publishers, 1990, 6.

[②]　Ibid. , 10.

则象征着新兴的资产阶级势力，两人形成鲜明的对照，而他们各自所代表的势力之间也存在尖锐的矛盾与冲突。为了适应新的环境，布兰琪诉诸于"角色扮演"，使其真实与表象之间出现无法调和的断裂。在导演卡赞（Elia Kazan）眼中，布兰琪"扮演着十一种不同的角色……所有这十一种自我演绎的浪漫角色都要归因于内战前南方的浪漫传统。①卡赞深刻地揭示出布兰琪身上所具有的表演性特征。这一章以布兰琪为主要研究对象，旨在探讨南方女性通过表演重建主体身份的心灵诉求。随着工业化与现代性的发展，神话般的旧南方消失在历史的尘烟当中，美丽的南方淑女也失去了她们的舞台和观众。然而，她们并未放弃对美丽神话的追寻，决意通过表演来延续断裂的传统，这也是她们重新想象过去的独特方式。

第一节 表演性概述

"表演性"（performative/performativity）概念是由英国语言哲学家奥斯汀（J. L. Austin）在 20 世纪 50 年代首次使用的，用以阐述他的话语行为理论。1955 年，奥斯汀在哈佛大学做了系列讲座，1962 年讲座文稿得以整理出版，名为《如何以言行事》（How To Do Things With Words）。传统的语言观认为语言是陈述性的（constative），用来描述事件或反映世界。奥斯汀对此提出挑战，认为语言是表演性的（performative），它可以改变世界。奥斯汀借用结婚仪式上新郎、新娘所说的话（"我愿意"）以及新船命名仪式上嘉宾的致辞（如"我命名这艘船为'伊丽莎白女王号'"）来阐明他的理论。奥斯汀认为，在上述情况下，"说"就意味着"做"，这种语言是表演性的，"言语的发出是一种行动的表演"②。语言在这里并非描述一个事件或一种行动，它本身就是一个事件或一种行动。语言行为并不仅仅反映一个世界，而是具有创造世界的力量。表演性语言的有效性（felicity）依赖于一定的情境。并非所有的"我愿意"都能构成真正的婚姻关系，只有在适当的时间、适当的地点和适当的情境下使用才会生效，这样的表演就是成功的。相对而言，奥斯汀认为文学语言（如诗歌、小说、戏剧独白等）是空洞的、无效的，它只是寄生于严肃的语言

---

① Elia Kazan, "Notebook for *A Streetcar Named Desire*," *Directors on Directing*: *A Sourcebook of the Modern Theatre*, Eds. Toby Cole and Helen K. Chinoy, Indianapolis: Bobbs – Merrill, 1976, 299 – 300.

② J. L. Austin, *How to Do Things with Words*, Eds. J. O. Urmson and Marina Sbisa, 2nd ed. Oxford: Clarendon Press, 1975, 6.

之上。"有效的表演性"（felicitous performative）和"文学的表演性"（literary performative）之间的区分构成了奥斯汀理论的基石。[①]

塞尔（John Searle）继承奥斯汀的思想，并在奥斯汀理论的基础上对文学语言的非严肃性问题进行系统论述，并建构了"言语行为理论"（speech act theory）。塞尔认为小说语言是寄生性语言的典型例证，它并不一定符合经验事实。小说家并没有对这个世界做出任何实际的断言，他们也不需要这样做。与塞尔相反，德里达（Jacques Derrida）对语言学领域中的表演性理论进行了批评与解构，其阐释的契机来自奥斯汀对"寄生性"文学语言的描述。文学语言的寄生性意味着，舞台上或文学作品中的表演性语言来源于日常生活中严肃的表演性语言。德里达认为，这种观点蕴含着一种价值判断，即"寄生性"的东西是没有价值的，只能依附于主体而存在。因此，文学作品中的表演性话语是对现实中的表演性话语的"引用"。此外，奥斯汀认为"严肃的"表演性在本质上是约定性的，是"可重复的"（iterable），即"严肃的"话语必然是对现存书面语言的"引用"。德里达从中发现了对其进行解构的突破口，他说：

> 被奥斯汀视为反常、例外、"非严肃"的引用（舞台上、诗歌中或戏剧独白中）必然是一般引用的变体，而假如没有这种一般引用就不会有"成功的"表演，这难道不是真的吗？……一个被实施的话语，如果不是重复一个"编码"或者说是可引用的，它能实现其功能吗？换句话说，如果我们在会议开幕式上的致辞、新船下水仪式上的发言或者婚礼上的证词不符合已有的规范，或者说，不能被看作一个完美的"引用"，那么能产生应有的效果吗？[②]

假如有效的或原初的言语行为本身包含着"引用"的因素，那么这一引用性就不能成为将虚构的表演性视为"非严肃"的理由。德里达试图揭示其中隐藏的教条主义逻辑。既然日常生活中的表演性语言本身就是"引用"，那么就很难分辨本原与衍生之间的差别。何成洲用形象的语言揭示出德里达对奥

---

① 参见 J. H. Miller, *Speech Acts in Literature*, Stanford: Stanford University Press, 2001, 51.
② 引自何成洲："巴特勒与表演性理论"，《外国文学评论》，2010 年第 3 期，第 134 – 135 页。

斯汀的解构式阅读："德里达试图用奥斯汀的'矛'戳他的'盾'。"①德里达认为，"可重复性"（iterability）是语言的本质特征，无论是口头语言还是书面语言，日常语言还是文学语言，任何语言单位要想实现交流功能，就必须是可重复的。不过，语言单位的可重复性绝非简单的"等同"，而是建立在"差异"的基础之上，因为一个语言符号再次出现的时候，它必然处于不同的语境当中。德里达将可重复性描述为"断裂的力量"（force de rupture）。语言的可重复性是生产性的，它赋予语言以意义并实现交流。德里达对表演性理论的解构引发持续二十年的学术争鸣，使得表演性概念成为人文学科领域一个富有生命力的词汇。

美国哲学家巴特勒（Judith Butler）吸收了德里达解构主义思想的精髓，将表演性概念运用于性别研究及文化、政治批评的领域。巴特勒与表演性理论之间的关系表现在两个方面：一方面，表演性是巴特勒性别研究及文化、政治批评的理论源头；另一方面，巴特勒在性别研究的基础上，建立了一种表演性理论体系，丰富了表演性理论，并扩大了其影响，使表演性概念成为当代人文社科领域中的流行话语。巴特勒认为，女性主义在批评传统性别观的同时，沿袭了其中的性别思考方式与观点，从而束缚了女性主义理论及政治事业的发展，因为女性主义坚持认为性别差异是根本性的，是女性心理和主体性形成的先决条件。巴特勒在《性别麻烦》（Gender Trouble）、《身体至关重要》（Bodies that Matter）、《激动的话语》（Excitable Speech）等著作中，利用表演性概念对女性主义理论及政治进行了批判。巴特勒认为，我们的身体并不是处于文化之外，也不是我们社会身份的基础或本原，性别主要是一种文化和社会建构。我们的性别身份是通过一系列表演行为形成的，从而将我们打造成性别化的主体。性别的表演性是一种仪式化的社会行为，同时具有戏剧性和建构性的特征。何成洲研究了巴特勒与表演性理论之间的渊源关系，阐述了巴特勒在性别研究中对表演性理论的继承与发展，并指出其表演性理论在当代学术批评领域的重要意义："没有表演性理论就没有巴特勒的性别研究，而没有巴特勒也就没有表演性理论的今天。"②

近年来，表演性已经成为表演研究领域内一个引人瞩目的词汇。在某种程度上来讲，表演研究是戏剧研究的延伸。表演研究表明，值得学术界关注的表

---

① 引自何成洲："巴特勒与表演性理论"，《外国文学评论》，2010 年第 3 期，第 135 页。
② 引自何成洲："巴特勒与表演性理论"，《外国文学评论》，2010 年第 3 期，第 133 页。

演类型，既不限于我们通常所说的戏剧，也不限于舞台空间。舞蹈、音乐、庆典或仪式中的表演性已成为表演研究的焦点，表演性是这一新的理论语汇当中最抢眼的一个。不过，这里的表演性并非来自奥斯汀或对其思想的阐释传统，只是借用这个词，而不是其中的概念。对奥斯汀来说，表演性既是名词，又是动词，它的意义是专门化和技术化的；而在表演研究理论中它用作形容词，意指任何客体或实践中的"表演"因素。例如，我们说文化是表演性的，这就意味着它是某种表演。因此，表演性只是表示某事物作为一种表演而具有的一般性质。在巴特勒之后，奥斯汀式的表演性在表演理论中异军突起，他的思想及德里达、巴特勒对他的阐释，一跃而成为后者知识遗产中的重要组成部分。巴特勒则是实现了表演性思想与表演理论相互融合的最重要的思想家。其实，巴特勒思想的源头正是表演理论。说到性别作为一种"表演"，巴特勒吸收了戏剧"表演"的意义，将性别的"执行"（doing）视为身体的"戏剧化"（dramatization），一种"仪式化的、公共的表演"①。因此，巴特勒的表演性概念带有表演性的双重历史，这在表演理论中体现得尤为突出。

美国社会学家戈夫曼（Erving Goffman）著有《日常生活中自我的再现》（*The Presentation of Self in Everyday Life*）一书，对基于表演性概念的社会行为进行了探讨。戈夫曼认为人们在日常生活中表演着不同的角色，他们并非有意识地"表演"或"假装"，也不是简单地选择表演的角色及表演的方式，而是为了履行某种社会职责而扮演角色，这是社会生活赖以存在的基础。戈夫曼指出：

> 通过交流戏剧般夸张的行动、反行动及终结性的回答，通常的社会话语本身的聚合就像戏剧场景的聚合一样。即使是未经训练的演员手中的脚本也会变得栩栩如生，因为生活本身就是戏剧性的表演事件。当然，并非整个世界都是舞台，但它何以不是又很难确定。②

对人类学家维克多·特纳（Victor Turner）来说，人类生活是表演性的。许多人类学家将文化视为一种抽象的或僵化的符号结构，而维克多·特纳认为它是一种正在进行的事件或行动，其理论核心就是"社会戏剧"（social dra-

---

① Judith Butler, *Gender Trouble*, New York and London: Routledge, 1990, 272.

② E. Goffman, *The Presentation of Self in Everyday Life*, New York: Doubleday, 1959, 72.

ma）。表演实际上是一种生活方式，却往往被我们压抑或忽视。通常与戏剧有关的表演具有重要意义，它影响着社会，是我们日常生活的组成部分，却远远不是对真实生活进行模仿的虚假表演。正如布赖恩·特纳所说："假如人是智慧的动物、制造工具的动物、创造自我的动物、创造意象的动物，那他也是表演的动物"①。因此，表演理论并不是要将表演中有别于日常生活的特征进行剥离，恰恰相反，它为我们认识这些特征提供了一种全新的视角。

赫伊津哈（J. Huizinga）将戏剧与仪式联系起来，认为仪式是一种不同于日常生活的活动，但它并不因此而变得"非严肃"（not serious）。维克多·特纳汲取了赫伊津哈的思想，在社会戏剧理论的基础上建立了仪式理论。他并不认为仪式只是日常生活的一部分，而是意识到它作为一种"域外时间"（time apart）的典型特征。仪式能够使一些或全部参与者发生改变，仪式结束时他们不再是仪式前的样子，就像一对新人在婚礼仪式后会发生改变一样。因此，仪式是一个阈限（liminal）阶段，它具有流动性的特征，维克多·特纳将这一阶段与创造性联系在一起。因此，仪式表演具有某种阈限性（liminality），它"既是严肃的，又是游戏的"②。谢克纳（Richard Schechner）在表演中发现了某些虚拟性（subjective）特征。正如对戈夫曼、巴特勒来说，表演是约定俗成的或引用性的，遵循一定的模式、风俗或习惯，谢克纳认为所有的表演行为都是"记忆行为"（restored behaviour），这就意味着其中有某种虚拟的成分。在表演中，尤其是"记忆行为"会发生明显改变的彩排过程中，表演者的表演有某种"间性"（in‐between）特征，谢克纳将其视为"我的行为"与"我"正在引用或模仿的行为之间的过渡或悬置，从而出现一片灰色地带或边界区域，表演由此发生。③

迄今为止，表演性已被广泛应用于语言、文学、文化、表演、政治和法律等领域的研究。德国著名学者费舍尔‐利希特（Erika Fischer‐Lichte）曾在《表演性的美学》（*The Transformative Power of Peformance*：*A New Aesthetic*）一书中这样写道：

---

① Bryan S. Turner, "A Note on Nostalgia," *Theory*, *Culture and Society* 4. 1 (1987)：81.

② V. Turner, *The Ritual Process*：*Structure and Anti‐Structure*, London：Routledge and Kegan Paul, 1969, 35.

③ 参见 Richard Schechner, *Between Theatre and Anthopology*, Philadelphia：University of Philodelphia Press, 1985, 304‐305.

当"表演性"这个术语已经在它原来的语言哲学学科失去影响的时候——语言行为理论曾经宣扬这个观念"言说就是行为"——它在 20 世纪 90 年代的文化研究和批评理论中迎来了自己的全盛期。①

可以说表演性的意义已经远远超越了奥斯汀所使用的语义范畴，不同领域的学者赋予它不同的含义，从而产生对这一概念的不同解读。笔者将分别从三个方面探讨南方女子的表演性问题：身体的表演、身份的表演和诗意化的生活。笔者运用表演性理论，并结合身体伦理及身份概念，揭示南方女性通过身体叙事建构欲望主体的过程，并追溯她们重新建构自我的心路历程。在南方女子诗意化的生活中，我们得以见证她们在破碎的现实中寻求"真实"与"永恒"的内心所向。布兰琪的身体表演是一种心灵的言说，也是她追寻自我的一个重要方面，而她的身份表演是为了解决认同危机，回溯过去从而保持自我内在同一性的行为。如果说作为欲望主体的南方女性体现出一种"破"的力量，那么"表演的淑女"则指向一种"立"的精神。诗意的栖居可以说是南方女性身份表演的延续，也是为了保持自我历史的深度。然而，这种深度的保持也不过是一种想象性的建构，缺少生命的气息与活力。

第二节　言说的身体

《街车》运用美丽的南方种植园神话，赋予这部探索欲望极限的作品某种家庭生活的背景。威廉斯在《回忆录》中指出，《街车》最初名为《月光下布兰琪的椅子》（*Blanche's Chair in the Moon*），他写道："那是一个闷热的南方小镇，布兰琪独自坐在椅子上，月光透过窗棂洒在她身上。她在等待心上人的到来，但他始终没有出现。"②沐浴在月光里的布兰琪显得温柔而美丽，这是威廉斯想象中的南方淑女形象。然而，现实生活中的布兰琪早已不再是曾经的纯真少女，她以自己的身体为道具，创造着关于欲望与身体的神话。

在人类漫长的哲学、宗教和伦理道德的发展过程中，曾经把身体看作与精神相对立的存在，于是身体陷入哲学的漫漫长夜。从尼采开始，这种意识哲学

---

① Erika Fischer – Lichte, *The Transformative Power of Peformance*：*A New Aesthetic*, Trans. Saskya Iris Jain, London：Routledge, 2008, 26.

② Tennessee Williams, *Memoirs*, Garden City, New York：Doubleday and Company, Inc., 1975b, 86.

开始瓦解，身体从此成为个人的决定性基础，因为"身体乃是比陈旧的'灵魂'更令人惊异的思想。"①梅洛－庞蒂形成了一种关注知觉和行为的身体现象学，把一切建立在身体行为、身体经验或知觉经验的基础之上，用身体意向性取代了意识主体。当代理论对于身体的关注还要归功于福柯。福柯认为，历史在某种意义上只是身体的历史，历史将其痕迹纷纷铭写在身体之上。在福柯的作品中，我们会发现一个浪漫主义的主题：在表意之前存在一个原始的身体，代表着天真单纯的享乐世界。②英国社会学家布莱恩·特纳于1984年发表的《身体与社会》一书，标志着西方学界对身体问题进行系统性研究的开始。布莱恩·特纳在著作中提出了一个重要主题，即关于人与身体的悖论：人既有身体，人又是身体。③"我拥有我的身体，但同时也意味着身体拥有我，因为我的身体的退出也就是我的退出"④。欲望的身体成为人之为人主体性存在的重要依据，身体问题开始演变为文化上的生存问题。在后现代的整体文化景观中，哲学转向身体，其探索的指向是源于身体而通向深邃的思想和内心体验，指向个体的感性存在与精神自觉的融合。西方女性主义文学理论倡导对女性身体的重新书写，开启了历史上尘封已久的女性身体，成为整个哲学与文化思潮身体转向大背景之下的一道独特景观。身体的自我观照及其性别意识的表达，成为一种自觉意义上的文化追求与主体建构。按照法国女性主义哲学家埃莱娜·西苏的见解，妇女可以而且应该通过自己的身体表达思想，因为她没有属于自己的语言，唯有身体可以凭依，妇女"通过身体将自己的想法物质化了；她用自己的肉体表达自己的思想"⑤。从这个意义上来说，《街车》中布兰琪的身体表演就是一种言说的方式，是其内心思想的表达。

从克莱恩和劳伦斯（D. H. Lawrence）那里，威廉斯获得了被压抑的欲望的意象，其剧作中对性的描写若隐若现、细致微妙。克莱恩是对威廉斯创作产生影响的最重要的诗人之一。威廉斯选择克莱恩的诗作《破碎之塔》（The

---

① 尼采：《权力意志》，张念东、林素心译，北京：中央编译出版社，2000年，第37－38页。
② 参见汪民安等编：《后身体、文化、权力和生命政治学》，长春：吉林人民出版社，2003年，第26－27页。
③ 参见布莱恩·特纳：《身体与社会》，马海良、赵国新译，沈阳：春风文艺出版社，2000年，第327页。
④ 布莱恩·特纳：《身体与社会》，马海良、赵国新译，沈阳：春风文艺出版社，2000年，第327页。
⑤ 西苏："美杜莎的笑声"，载张京媛主编：《当代女性主义文学批评》，北京：北京大学出版社，1992年，第195页。

Broken Tower）作为《街车》的铭文，深刻地表达了南方女子在残酷的现实生活中对爱的渴望和对美的追求。

> 就这样，我走进这个破碎的世界
> 只为寻觅爱的踪迹，它的声音
> 在风中逗留片刻（却不知吹向何方）
> 可是，每一次绝望的选择都不会持续太久。①

《破碎之塔》作为《街车》的前文本而存在，两者形成互文关系。诗中的"我"为了"寻觅爱的踪迹"而走进"破碎的世界"，这也是布兰琪心声的真实流露。丈夫艾伦曾经给她的只是短暂而美好的爱情，一旦失去，想要"寻觅"的欲望使她投入陌生男人的怀抱，借以获得暂时的心灵慰藉。布兰琪满心期盼的只是

> 心灵之液，眼眸中的生命
> 使宁静的湖水更加神圣，塔楼亦充满情意……
> 宽阔而高远的天穹
> 开启她的土地，举起爱意无限。②

在威廉斯的世界里，时间是破坏一切的力量，对布兰琪这样的南方女子来说尤其如此。时间的流逝与社会的变迁意味着永远无法回到过去，南方女性所面临的只有冷漠而残酷的世界。布兰琪苦苦寻觅失落的爱情，想要摆脱孤独，获得拯救，但最终只有通过满足身体的欲望来驱散寂寞与死亡的阴影。刚到新奥尔良时，布兰琪身穿飘逸的白色衣裙，是典型的南方淑女的装扮，与周围的环境显得格格不入。楼上的房东尤尼斯问她："你迷路了吗?"（15）直到后来我们方才发现，这是一个象征性的预言。在这个喧嚣混乱的世界里，布兰琪的确迷失了方向，迷失了自我。布兰琪上场后的第一句台词仿佛是在描述她迷失的全过程："他们告诉我乘坐'欲望号'街车，然后转乘'墓地号'，经过六

---

① Tennessee Williams, *A Streetcar Named Desire*, A Signet Book, 1975a. 扉页。

② Hart Crane, *The Complete Poems of Hart Crane*, Garden City, New York：Doubleday and Company, 1958, 140.

个街区，在天堂街下车！"（15）

通过布兰琪这一南方女子形象，威廉斯为我们展示了南方贵族阶级的没落。布兰琪与"美梦"庄园附近的驻军士兵发生关系，后来甚至涉嫌勾引班上的男生，都是为了缓解由于丈夫及家人的相继死亡而造成的内心孤独与恐惧。由于剧中涉及隐晦的性修辞，戈夫·威尔逊（Garff Wilson）称其为"关于一个受挫女人的可怕悲剧，探讨了发生在新奥尔良的性堕落以及疯癫的残酷事实。"①布兰琪深知自己是有罪的，因为她受制于自己的身体欲望，同时又称其为"兽性欲望"，从而与她"高贵"、"优雅"的自我区分开来。②其实，布兰琪的身体"表演"是她追寻自我的一个重要方面，也是她心灵言说的一种方式。她用身体讲述着自己的故事，身体成为她叙事的媒介。在一定意义上来讲，布兰琪的身体叙事只是一种虚构的表演，表演背后隐藏的是她内心的痛苦与悲伤。她的身体叙事从来都没有一个固定的"文本"，而是一个不断重复的故事，永远处于现在时态。

身体叙事的概念出自身体写作理论，这一理论的最早提出者和实践者就是埃莱娜·西苏，她在《美杜莎的笑声》中指出："妇女必须通过她们的身体来写作，她们必须创造无法攻破的语言，这语言将摧毁隔阂、等级、花言巧语和清规戒律。"③按照西方女性主义理论，女性创作者应该以身体为起点来把握生命，将传统男权社会中所遭受的性别创伤转化为书写女性独特生命体验的力量，从而填补被男权文化遮蔽的历史空白。因此，身体叙事只是一种斗争的策略，性别只是一个基本的起点，身体只是通向两性和谐发展最终价值的过渡与桥梁，而不是目的本身。在这个意义上来讲，布兰琪的身体表演是象征意义上的身体叙事。正如利奥塔所言，历史有大叙事，也有小叙事。女性作为一个从属群体，其叙事显然属于小叙事。南方女性的身体叙事不仅仅是对历史的"补白"，也是对以往那个失衡的文化符码的解构，对主宰性叙事的抵抗。梅洛-庞蒂曾说：

---

① Garff B. Wilson, *Three Hundred Years of American Drama and Theatre*, New Jersey: Prentice – Hall, Inc., 1973, 449.

② 参见 Elia Kazan, "Notebook for *A Streetcar Named Desire*," *Directors on Directing: A Sourcebook of the Modern Theatre*, Eds. Toby Cole and Helen K. Chinoy, Indianapolis: Bobbs – Merrill, 1976, 368.

③ 西苏："美杜莎的笑声"，载张京媛主编：《当代女性主义文学批评》，北京：北京大学出版社，1992 年，第 201 页。

身体是我们拥有一个世界的一般方式，有时，身体仅局限于保存生命所必需的行为，反过来说，它在我们周围规定了一个生物世界；有时，身体利用这些最初的行为，经过行为的本义达到行为的转义，并通过行为来表示新的意义的核心。①

因此，身体不仅是我们赖以栖居的大社会和小社会所共有的美好工具，也是我们在社交中表情达意的载体。对布兰琪来说，她的身体不仅是她拥有世界的方式，也是她的一个叙述和表达空间。

初次见到斯坦利时，布兰琪对他的直率与粗鲁感到惊讶不已，他的言谈举止在布兰琪看来都是一种威胁。"当斯坦利走进房间时，她急忙躲到床头的屏风后面。"（28）斯坦利还当着布兰琪的面脱衣服，让她感到十分难堪且不知所措。与此同时，布兰琪也被斯坦利充满阳刚的身体所吸引。在舞台指示词中，威廉斯是这样描述斯坦利的：

他所有的动作与神态都表现出动物般的活力。早在成年之初，他生活的中心就是与女人取乐，给予的同时也获得快乐，并非依赖性的、无力的沉溺，而是像母鸡群中美丽的公鸡那样骄傲、有力……他一眼就能对女人做出性的分类与评判，粗俗的意象便在他的脑海中闪现，决定着他向她们微笑的方式。（29）

斯坦利的身体对布兰琪仿佛具有一种无形的吸引力，使她无法抗拒。她故意与他调情，斯坦利表面上装作拒绝这种南方化的仪式，但他的内心却被眼前这位与众不同的南方女子所征服。布兰琪虽不再年轻却风韵犹存，而且表现出南方女性独有的骄傲与尊贵。正如卡赞所说："再没有比'装腔作势'更暧昧、更能挑逗他的了"②。尽管斯坦利不是布兰琪想象中的儒雅绅士，但他表现出的阳刚与力量对布兰琪来说有一种特殊的魅力。她对斯黛拉说："他并不是那种适合茉莉香水的类型，不过，既然我们已经失去了'美梦'，或许他就是该与我们的血液相融的那个人。"（44）布兰琪的视线不由自主地追随着斯

---

① 梅洛－庞蒂：《知觉现象学》，姜志辉译，北京：商务印书馆，2001 年，第 194 页。

② 引自 Ralph F Voss,. Ed. *Magical Muse*: *Millennial Essays on Tennessee Williams*, Tuscalloosa and London：The University of Alabama Press，2002，51.

坦利，他的年轻、他的自然、他的身体所洋溢的活力都使她感到心绪不宁，激起她潜意识中的欲望之流。

然而，斯坦利从一开始就对这位突然来访的"姐姐"怀有一种戒备心理。当斯坦利从妻子口中得知迪布瓦种植园已"丧失殆尽"时，他不相信这是真的，并怀疑布兰琪是在蓄意欺骗。尽管斯黛拉劝说斯坦利不要再追问布兰琪，因为布兰琪早已因此事而伤心欲绝，但斯坦利还是坚持自己粗鲁的行为，用"拿破仑法典"① 来对质布兰琪。布兰琪在极度气愤中从行李箱中拿出相关的法律文件，以证明她所说的事实，并对斯坦利说：

> 有成千上万的文件，可以追溯到几个世纪前的历史，一点一点地把"美梦"吞噬掉。我们奢侈的祖辈、父辈和兄弟用土地去交换他们的伟大淫逸——坦率地说就是这样！（她疲惫地笑笑，摘掉眼镜）那四个字母的词语夺走了我们的种植园，直到最后所剩的全部——斯黛拉能够证明——只有那所庄园和大约二十英亩的土地，包括一块墓地，而现在除了斯黛拉和我，其他人都已经去了那里。(43)

如果说家族的"伟大淫逸"导致迪布瓦种植园丧失的话，那么对爱情的渴望则使布兰琪迷失了自己。从某种意义上来说，她也是"遗传"了家族的"伟大淫逸"。布兰琪告诉米奇，她寻求"欲望"是为了对抗"死亡"。威廉斯也曾经说欲望源于对友情的渴望，它能够缓解孤独与寂寞。② 正是可怕的孤独与死亡的阴影导致布兰琪与陌生人的"亲密接触"。她向米奇承认：

> 是的，我与陌生人有过许多亲密接触。在艾伦死后——与陌生人的亲密接触是我所能做的全部，以填补我空虚的心灵……我想那是因为不安，只是因为不安，使我从一个人到另一个人，寻找保护——这里或是那里，在最——不可能的地方——甚至到最后，在一个十七岁的男孩那里。可是——有人给校长写信告诉了这件事——"这个女人有道德问题，不适合她的教职！"(118)

---

① 拿破仑法典（Napoleonic Code），即夫妻财产是双方共有的。

② 参见 Lyle Leverich, *Tom: The Unknown Tennessee Williams*, New York: Crown Publishers, 1995, 347.

在某种意义上来说，布兰琪与陌生人的亲密接触也是一种身体叙事，它建立在一种预设的道德理想中，即身体承载着原始的生命力，并决定着生命的意义。正如巴赫金所说："身体不是自足的东西，它需要额外的东西，需要另外物的认识和创造"①。身体的感觉和意识唤醒深层次生命的无意识，从而激活本能和欲望。如果说符号对于主体来说代表的是其自身的差距、存在的缺失，那么主体希望克服这种欠缺的过程，拉康称之为"欲望"。欲望是一个不断摧毁自我身份、从一个能指转喻滑向另一个能指转喻、用新的身份取代旧的身份的过程。②布兰琪正是这样，从一个陌生人转向另一个陌生人，不断地重复着她的欲望叙事，以此满足身体的渴望，填补内心的空虚，以生命的力量抵抗恐惧与死亡。

来到新奥尔良之后，布兰琪决心开始新的生活。在与人相处时，她竭力表现出女性的妩媚与动人，并克制自己的欲望，希望得到应有的尊重与保护。来收费的报童在布兰琪眼里就像阿拉伯神话中英俊的王子，但如今的她不再轻易地将其据为己有，因为她已经为此付出过沉痛的代价。布兰琪对报童说：

> 年轻人！小小小小的年轻人！有没有人说你长得像《天方夜谭》里的王子？（年轻人不自在地笑起来，站在那里就像一个害羞的小男孩。布兰琪温柔地对他说。）是的，你长得很像，小羊羔！请到这边来，我想吻你，只要一下就好，轻轻地，甜甜地，吻你的双唇！（还没等他答应，她就已经快步走上前，将她的嘴贴在他的嘴上。）好了，现在你可以离开了，快！我很愿意让你留下，但我不能这么做——我不会再沾染小孩子了。（他盯着她看了好一会儿。她为他打开门，并在他茫然地走下楼梯时给了他一个飞吻。在他离开之后，她站在那里恍如在梦中。随后米奇手捧一束玫瑰出现在街角。）（84）

当米奇走进布兰琪的视线时，布兰琪隐约感到他就是她一直守候的那位绅士。为了博得他的好感，布兰琪有意向他隐瞒自己的真实年龄，并让他相信她是一位品行端正的淑女。米奇也对布兰琪心生爱意，不时表现出想要跟她亲近

---

① 引自托多罗夫：《巴赫金、对话理论及其他》，蒋子华、张萍译，天津：百花文艺出版社，2001年，第308页。

② 参见伊丽莎白·赖特：《拉康与后女性主义》，北京：北京大学出版社，王文华译，2005年，第8页。

的样子，但布兰琪故作矜持，只为让他感到她并不是轻浮女子。颇为有趣的是，布兰琪曾经问米奇："*Voulez - vous coucher avec moi ce soir?*"（88）①其实，布兰琪并非真有此意，况且米奇根本不懂法语，当然不知道她在说什么。在此，布兰琪试图为自己创造一种私密的空间，借此能够直接表达她内心的渴望，同时又无碍她扮演的淑女形象。当布兰琪最终获得期盼已久的结果，即米奇的求婚时，她仿佛看到了希望的曙光，不禁感叹道："有时候——上帝会来得——这么快!"（96）

由于时代更迭和历史变迁，南方女子失去了曾经的舞台，她们的生活出现悲剧性的断裂，布兰琪的身体表演可以说是这种断裂的具体体现。不过，在布兰琪的身体表演中，我们发现了另一种断裂性的力量。正如德里达所言，语言的可重复性是生产性的，它赋予语言以意义，并实现彼此的交流。在这个意义上来说，布兰琪的身体叙事或身体表演，是对南方旧式礼教的反抗，是对淑女神话的解构，也是一种生产意义的方式。巴特勒认为我们的身体是被规范化的，而性别是一种规范化的表演，不过，巴特勒也从中发现了反抗这种规范化的契机。这些规范并非我们必须遵守的法律，只是在重复的过程中它们变得像法律一样。我们性别化的行为似乎是自然的、既定身份的表现，殊不知身份本身正是这一表演过程的产物。因此，布兰琪的身体表演就像巴特勒的性别表演，是一种批评性的演绎或"引用"（citation）。"引用"就是在新的上下文中借用别人的话语，因此，它必然使引文产生新的含义。布兰琪的"引用"僭越了传统的"脚本"，具有某种生产性的力量。

在尼采看来，我们的肉体存在不会先于知识分类体系，因此，身体不过是一种社会建构。这种思想为有关性别和性之间的斗争赋予极为深刻的意蕴。既然身体只是一种建构，那么它同样可以被解构。布兰琪在她的身体叙事中，对传统的身体概念进行了彻底的解构。她的身体不再表现得被动、迟缓，而是积极、主动，她逾越边界，生产着创造性的意义。然而，布兰琪的身体叙事尽管使她获得某种表演性的力量，却永远无法带给她真正的安慰与快乐，因为失去真爱的她依然无法排解心中的寂寞与孤独。正如伊丽莎白·赖特所言，任何表演，不管是艺术还是生活，都需要参与到真实中去。"我们只能经历到真实却永远不能把真实彻底概念化，我们的词汇、概念和知觉都指向它……符号通过

---

①　句中法文意为"今晚你愿意和我一起睡吗?"

重复来加工真实，却永远无法进入真实。"①在某种意义上来讲，布兰琪的身体表演是在"重复"曾与艾伦有过的爱情，她所有的浪漫遭遇都是为了这个目标。然而，无论如何，她都无法找回失落的爱情，"永远无法进入真实"。

米奇原本有望成为布兰琪的护花使者，但这唯一的希望也因斯坦利的蓄意破坏最终化为灰烬。斯坦利暗自调查布兰琪在劳雷尔镇的生活，了解到她"堕落"的历史，并向米奇如实"汇报"他的"发现"，米奇也相信他所说的"事实"。于是，淑女的面具被彻底撕毁，布兰琪曾经努力忘却的痛苦回忆卷土重来。当米奇向布兰琪索要他"整个夏天都错过"（120）的东西时，布兰琪发现自己又"重新回到'妓女'的形象中，而这正是她试图通过真理想要逃避的命运。"②在布兰琪与米奇的关系中，我们仿佛看到哈代笔下的苔丝与安吉尔悲剧故事的重新上演。深爱着苔丝的安吉尔因为无法接受苔丝"失贞"的事实弃她而去。不过，安吉尔最终意识到自己的过错，并回到苔丝身边，使备受痛苦煎熬的苔丝重新获得爱的沐浴。布兰琪似乎并没有如此幸运，因为米奇缺乏足够的勇气去挑战世俗并面对自己的真实感情。

布兰琪的身体表演是一个漫长的过程，她从中寻找着曾经失落的浪漫与美好，企图挽留青春的脚步。具有讽刺意义的是，南方神话给每一位年轻女子都承诺了一份浪漫的爱情，但在现实生活中却无法实现。布兰琪是一个浪漫主义的英雄式人物，然而，在她生活的世界里却毫无浪漫可言，她只有一次次在浪漫的身体表演中释放心中的激情。在第三场"扑克之夜"，布兰琪和斯黛拉参加完派对回到公寓后，布兰琪"脱下上衣，只穿一件粉色的丝质内衣与白色的裙子站在灯光下面"（50），却无意中吸引来米奇的目光。此时此刻，布兰琪似乎有一种舞台空间意识，她用自己的身体触摸、感觉着本来虚无的舞台空间，并注视自己的身体在空中留下的痕迹。就这样，布兰琪利用空间中的身体，叙述着她内心的秘密。

在梅洛-庞蒂看来，任何知觉或任何行动，即身体的任何人类使用，都是一种原初的表达。身体把一种运动的意向投射在实际的动作中，因为身体具有一种自然表达的能力。言语是一个动作，它含有自己的意义，就像动作含有自己的意义一样，而言语的意义是一个世界。因此，布兰琪的身体表演

---

① 伊丽莎白·赖特：《拉康与后女性主义》，北京：北京大学出版社，王文华译，2005 年，第 90 页。

② Leonard Berkman, "The Tragic Downfall of Blanche DuBois," *A Streetcar Named Desire*, Ed. Harold Bloom, New York：Chelsea House Publishers, 1988, 38.

不仅仅是一个简单的动作，而且蕴含着丰富的意义，其中隐藏着一个广阔的世界。

> 身体不是自在的微粒的集合，也不是一次确定下来的过程的交织——身体不是它之所处，身体不是它之所是——因为我们看到身体分泌出一种不知来自何处的"意义"……人们始终注意到动作或言语改变了身体的面貌，但人们仅局限于说动作和言语显现或表现另一种能力、思维或灵魂。人们没有看到，身体为了表现这种能力最终应成为它向我们表达的思想和意向。是身体在表现，是身体在说话。①

布兰琪的身体表演无不是一种心灵的言说，表达对爱的渴望和对生命的执著。在布兰琪的身体叙事中，我们重新找到了尼采哲学中生命的激情。"生命不知疲倦，它是持续的换喻，是绝对的动词，绝对的谓语，这个谓语不带宾语，它永远不会落实下来，平静下来，固定下来，它甚至不会在漫漫旅途中坐下来叹息。"②布兰琪的身体表演是对南方传统的极大挑战，也是对父权价值的彻底解构。她不再拒绝身体，而是在身体与身体的对话中体验着生命的流动，她的身体中满载着梦幻、冲动与期待。正如西苏所言："她将自己颤抖的身体抛向前去……她的肉体在讲真话，她在表白自己的内心。"③

在布兰琪所有的浪漫故事中有一个相似的模式，她接触过的男性都和她死去的丈夫有着大约相同的年纪。通过与这些年轻人的身体"对话"，布兰琪想要摆脱与艾伦之间曾经有过的悲剧性经历，重新书写浪漫而幸福的爱情故事。然而，这是一种绝望的抗争，只为掩盖她内心的脆弱与无助。对布兰琪来说，年轻男孩子的天真与纯洁不仅可以净化她的灵魂，而且可以让她重温曾经的浪漫与美好。威廉斯指出："在她的内心她已经变成了艾伦，并实践着想象中艾伦接近男孩子的方式。"④可以说，布兰琪的的身体是现实的物质性和想象的精神性的统一，她的动作、姿态是她身体的话语方式，其本身就是一个词语或一个句子。

---

① 梅洛－庞蒂：《知觉现象学》，姜志辉译，北京：商务印书馆，2001 年，第 256 页。

② 汪民安：《身体、空间与后现代性》，南京：江苏人民出版社，2006 年，第 61 页。

③ 西苏："美杜莎的笑声"，载张京媛主编：《当代女性主义文学批评》，北京：北京大学出版社，1992 年，第 195 页。

④ 引自 Roxana Stuart, "The Southernmost DESIRE," *Tennessee Williams Newsletter* 1. 2 (Fall 1979)：6.

在身体欲望的驱动下，在想象性的语言关系中，布兰琪与其他男性主体建立起一种新的主体间性关系，从而拒绝被定格在男性权威的审视之下，拒绝沦为男性欲望的被动客体。她的叙事是被压制欲望的曲折表达，因为"女性自我的丧失始于她们对自己身体欲望的丧失；她们的觉醒也只能从身体的觉醒开始"①。通过在两性关系上采取积极主动的态度，布兰琪最终完成了对被动、屈从的传统女性身份的颠覆与背叛，实现了新的自我主体性的建构。身体作为自我含义中最明确的部分，无疑相当于主体认同中最为本己的领域，因为"公众生活中的权力已成泡影，剩下的只有性的权力。"②通过女性欲望的身体书写，布兰琪建构起作为欲望主体的新的女性主体身份。布兰琪的欲望自从被唤醒之时就变得无法抑制，然而，这种反叛也不过是另一种表演，欲望女神的面具背后隐藏的是南方女子内心的失落与悲痛。

尼采的谱系学告诉我们，不存在绝对的、单一的、稳定的起点。在布兰琪这里，她的身体表演已经摆脱传统"脚本"的束缚，仿佛生命不再有终点，她的身体也已变成一件艺术品。生命在这里抽去了灵魂与意识，成为活生生的感官身体。这样，生活、身体、自我处于无限的可能性之中，它们永远处于即时性状态，永远在创造，永远在生产。布兰琪的身体表演是为了抗拒死亡而进行的一种创造性的生产，其中折射出极其复杂的生命体验，既有因违背心灵而产生的耻辱与痛苦，也有因肉体满足而获得的快意与欢欣，这是最原始的生命力的悸动。威廉斯通过对布兰琪身体欲望的书写，以一种诗意的方式消解了传统的身体秩序。正如梅洛－庞蒂所说：

> 我们重新学会了感觉我们的身体，我们已经在关于身体的客观而疏远的知识下面重新找到了我们关于身体的另一种知识，因为身体始终伴随我们，而且我们就是身体。应该用同样的方式唤起我们呈现的世界的经验，因为我们通过我们的身体在世界上存在，因为我们用我们的身体知觉世界。③

显然，我们看到的历史并没有给布兰琪这样的女子一套可以言说的话语，

---

① 张岩冰：《女性主义文论》，济南：山东教育出版社，1998年，第183页。
② 凯特·米利特：《性的政治》，钟良明译，北京：社会科学文献出版社，1999年，第377页。
③ 引自杨大春：《感性的诗学》，北京：人民出版社，2005年，第223页。

现存的语言已无法指称她错综复杂的情感体验，因此，她只能靠自己的身体去呈现。身体的经验接近了那无法言说之物，它已超越语言的表层意义，重构了一套新的语词，即语词的物化。身体出场的时候，语言并没有真正消失，而是依靠身体获得更为广泛的延伸。在南方女子的表演叙事中，身体成为主体的身体，成为意义发生的场所。

来到新奥尔良之后，布兰琪总是保持着淑女的风范，言谈举止间流露出贵族式的优雅与尊贵。然而，这一切并未赢得斯坦利的认可。在他眼里，布兰琪所有的表现都是虚假的伪装，并对他的婚姻生活形成极大的威胁。而布兰琪无法理解斯黛拉的生活，因为这里充斥着欲望与暴力。为了庆祝布兰琪的生日，斯黛拉做着精心的准备，米奇也被邀请来参加生日派对。然而，斯坦利在席间粗鲁地将桌上的杯盘打翻在地，彻底破坏了这个本该十分快乐的日子。在威廉斯的剧作中，没有哪一场能更好地揭示威廉斯剧作的典型主题，即"残酷的现实破坏了脆弱的创造性。"① 冲突的双方分别代表着优雅与粗俗、理想与现实。节日或庆典被毁是莎士比亚、契诃夫、品特等剧作家经常使用的创作手法，同样，威廉斯也用这种方式来强化表象与现实之间存在的讽刺性距离。

《街车》是时代的特殊产物，它对观众形成强烈的震撼，因为"除了奥尼尔的作品之外，这是第一部公然将性欲置于所有主要人物生活中心的美国戏剧，这种性欲既是一种救赎的力量，又是一种破坏的力量。"② 布兰琪通过身体进行着自我叙事，她与艾伦的爱情是其叙事的"脚本"。布兰琪的身体经验不仅成为叙述与描写的对象，也成为融本能、欲望、情感、精神于一体的复杂的存在本身，同时也体现为一种特殊的语言形态。身体经验本身的丰富和不可言传使其能够在抽象的语言逻辑之外开辟新的语义场，直达世界和意义的中心。身体在威廉斯笔下已经成为某种思维和表达的方式，剧作家回到尼采生命本体意义上的身体，执著于个体生命体验中作为媒介的身体的全部丰富性。意义浮出身体的同时又返回自身，主体的身体向世界最大程度地敞开，穿越语言无法抵达的广阔地带。③

布兰琪强烈地渴望受到保护，而且固守着女人只有依靠男人才能生存的传统观念。鉴于此，卡赞认为布兰琪"处于那样一个特殊的时刻，她所依赖的

---

① Roger Boxill, *Tennessee Williams*, London and Basingstoke: Macmillan, 1987, 85.

② C. W. E. Bigsby, *A Critical Introduction to Twentieth-Century American Drama*, Cambridge University Press, 1982, 51.

③ 参见雷霖："论鲁迅《野草》的身体言说"，《怀化学院学报》2010年第7期，第73-74页。

最重要的东西——对男人的吸引力——开始消退。布兰琪与所有的女人一样，依赖于男人，寻找着可以依靠的那个人，只是她的渴望更加强烈!"①卡赞的阐释强调布兰琪作为女性个体所处的生存困境，即旧南方的父权制体系，其中妇女的生存有赖于她对男人的吸引力，并渴望得到男人的保护。

　　她的过去追随着她，追上了她。她试图吸引她所遇到的每一个男人，这有什么奇怪的吗？她甚至愿意将那种被保护的感觉，被需要的感觉，那种优越的感觉，拥有片刻。因为，至少在那片刻，那些烦恼、伤害和痛苦都将消失不见。性行为是孤独的对立面。②

　　布兰琪也认为，欲望是死亡的对立面。然而，威廉斯在《街车》中并没有建构起欲望/死亡的简单二元对立。斯坦利作为"华而不实的种子携带者"（29），在新婚之夜砸碎电灯；听到儿子即将出生的消息后，又开始挥舞他"漂亮的睡衣——像一面旗帜"（125），并企图对布兰琪进行身体侵犯。此时，门外传来墨西哥女人的叫卖声："*Fores. Flores. Flores pars los muertos. Flores. Flores.*"（119）③这仿佛成了布兰琪精神死亡的"墓志铭"，也预示着布兰琪悲剧性的命运。她充满恐惧地吼叫道："不！不！不是现在！不是现在!"（119）由于紧张的神经与激动的情绪，布兰琪一次次陷入幻想的世界里，威廉斯在舞台指示词中这样写道："她穿了一件又脏又皱的白色丝质晚装，一双已经磨损的银色拖鞋，后跟上镶有宝石。她站在梳妆镜前，将钻饰戴在头上，嘴里念念有词，仿佛面对一群幽灵般的崇拜者。"（122）只有当布兰琪的幻想不被仔细审视的时候，她的自我戏剧化行为才会有效。然而，沉浸在幻想中的布兰琪依然能够分辨梦想与现实之间的距离。当她看到镜子里的自己时，清楚地意识到现实的残酷与无情，于是，她将镜子摔得粉碎。

　　如果说身着晚装、头戴钻饰的布兰琪是来自神话世界里的美丽"公主"，那么穿着丝绸睡衣的斯坦利则像是他的领地里威严的"国王"。当斯坦利感到自己在道德及精神方面无法战胜布兰琪时，他便借助于纯粹的物质手段行使自己的权力，为布兰琪密谋着另一场更为盛大的身体表演。浑然不觉的布兰琪依

---

① Elia Kazan, "Notebook for *A Streetcar Named Desire*," *Directors on Directing*: *A Sourcebook of the Modern Theatre*, Eds. Toby Cole and Helen K. Chinoy, Indianapolis: Bobbs – Merrill, 1976, 370.

② Ibid..

③ 墨西哥文，意为"卖花了，卖花了。祭拜死人的花。卖花了，卖花了。"

然对斯坦利描述着她丰富的内心和崇高的理想，认为真正美丽的女人并不在于容貌，而是"内在的美丽、精神的富有以及心灵的温柔"（126）。布兰琪相信自己拥有这些可贵的品质，却懊悔"竟然对猪投珠"（126）。此前，斯坦利曾无意中听到布兰琪将他比作"猩猩"，而现在"猪"的暗示再一次激起他的强烈反感，最终导致他对布兰琪的身体侵犯。如果说斯黛拉通过与斯坦利结合而"重获新生"①，那么对布兰琪来说，与斯坦利的身体遭遇却将她推向疯癫与死亡的边缘。

在斯坦利的现实世界里，布兰琪的身体只能用来满足他野蛮的欲望，也只有在这个意义上，她对他来说才具有吸引力。当斯坦利蓄意侵犯布兰琪时，"起初几乎听不清的'蓝调钢琴'这时却越来越响，最后变成呼啸而来的火车震耳的汽笛声。"（129）《街车》中不断响起的"蓝调钢琴"传递出布兰琪内心的忧伤与恐惧。除此之外，剧中还有一种主观音乐，那就是只有布兰琪和观众才能听到的波尔卡舞曲，这是艾伦自杀时舞厅里正在播放的乐曲。在布兰琪的记忆中，这段音乐与逼近的死亡紧紧联系在一起，也是灾难来临的象征。当受到斯坦利"启蒙"的米奇进一步向布兰琪追问她的过去时，波尔卡舞曲若隐若现，因为"那音乐就在她心里"（113）。对布兰琪来说，波尔卡舞曲不仅代表着爱人的死亡，而且总是与爱的背叛联系在一起。

当布兰琪意识到斯坦利愈益逼近的身体威胁时，她开始疯狂地拨叫长途电话寻求帮助，而求助的对象只是她想象中的情人："接线员，接线员！请给我接长途电话……我想跟达拉斯的谢普·亨特利先生讲话。"（128）电话仿佛成了布兰琪最后的生命线，但她无法逃避被斯坦利"封锁"在狭小公寓里的残酷现实。此时，舞台背景变成透明的墙面，观众由此能够清晰地看到公寓外街面上妓女与酒徒之间的丑陋交易，与舞台上的粗暴事件互为映衬。于是，腐朽的新奥尔良街景与破旧公寓里的悲惨情景之间形成某种同构关系。威廉斯仿佛是要告诉我们，公寓内发生的事件只不过是社会暴力"戏剧"中小小的一幕。至此，斯坦利强加于布兰琪"想象"之上的"现实"获得了绝对的胜利。

与《玻璃动物园》一样，威廉斯在《街车》中也巧妙地利用舞台灯光，制造出独特的舞台效果，用以传递人物内心的情感变化。此外，剧作家通过视

---

① Joseph W. Krutch, *Modernism in Modern Drama: A Definition and an Estimate*, New York: Cornell University Press, 1957, 128.

觉、听觉等舞台意象，运用表现主义的手法，使人物的内心活动得以客观化、具体化。在布兰琪受到性侵犯的那一刻，威廉斯在舞台指示词中这样写道："可怕的影子在布兰琪周围的墙面上闪现，这些影子光怪陆离，恐怖异常……夜色中充斥着野性的声音，就像丛林中传出的吼叫声"（128）。此时，在布兰琪的意识中，内在与外在的威胁开始融合，主观现实与客观现实之间的界限也渐渐模糊。空间边界的破坏象征着无边无际的欲望话语，象征着内部与外部、心灵与身体之间无法控制的运动。威廉斯运用诗意的想象创造出一种独特的舞台语言，不仅让我们感受到南方女子承受的心理困惑与无助，而且使我们得以领略诗意戏剧的无限魅力。

我们通常认为，布兰琪和斯坦利代表着精神与肉体之间的对立，科里根（Mary A. Corrigan）则有更深入的认识："布兰琪与斯坦利之间的冲突是布兰琪内心虚幻与现实之间冲突的外化。"[1]揭示出布兰琪内心的矛盾与冲突。在科里根看来，《街车》第十场"描绘了一个被彻底击垮的女子形象，而她的存在依赖于她关于自己以及关于世界的幻想。"（"Realism and Theatricalism" 391）然而，她所有的幻想在残酷的现实面前无以为生。布兰琪一直盼望着梦中情人亨特利能够来拯救她，但我们看到，她美好的理想最终完全让位于斯坦利强加给她的丑陋现实。在托马斯·阿德勒看来，斯坦利对布兰琪的身体侵犯是一种"亵渎的婚姻"[2]。只是，布兰琪身上的白色礼服早已被时间磨损，穿着丝质睡衣的斯坦利也远远不是她梦中的新郎。布兰琪的身体表演终究是悲剧性的，正如卡赞所言：

> 布兰琪·迪布瓦来到一个有人将要谋害她的地方。可有趣的是，布兰琪·迪布瓦被这个将要谋害她的人吸引着，这正是剧本的深刻意义所在……这样，你就能够理解一个女人与将要害她的野兽一起嬉戏玩耍的情景。她指责他是多么的粗鲁、腐朽，却发现他的粗鲁与腐朽竟然吸引着她。[3]

---

① Mary A. Corrigan, "Realism and Theatricalism in A *Streetcar Named Desire*," *A Streetcar Named Desire*, Ed. Harold Bloom, New York: Chelsea House Publishers, 1988, 392.

② Thomas P. Adler, *A Streetcar Named Desire*: *The Moth and the Lantern*, Boston: Twayne Publishers, 1990, 45.

③ 引自 Michel Ciment, *Kazan and Kazan*, New York: Viking Press, 1974, 71.

对于最后一幕，威廉斯本人有着独到的认识：

> 在最深刻、最真实的意义上来说，《街车》是一部非常特殊的道德剧……布兰琪被斯坦利强奸是剧中关键的、不可或缺的真理。如果没有它，剧本就会失去意义，即温柔、感性和美丽被现代社会的野蛮、残酷势力所摧残。这是对理解的一种诗意的诉求。①

如此说来，斯坦利对布兰琪的侵犯不仅仅是身体对身体的胜利，更是物质对精神的胜利。斯坦利不但摧毁了布兰琪的身体，而且摧毁了她的心灵，摧毁了她心中所有的美丽梦想。

回顾《街车》伊始，我们能够清楚地感觉到，斯坦利的坦率与力量使他与观众之间建立起某种认同关系。然而，最后的强奸一幕彻底破坏了这种认同关系。观众最终意识到斯坦利只是代表一种自私、卑俗的力量，肆意践踏着他无法理解的人和物。布兰琪离开了斯坦利所代表的残酷的现实世界，但她留下一颗破碎的心，在这个破碎的世界上大声疾呼。斯坦利似乎承认他与布兰琪身体"相遇"的不可避免性，他对她说："我们彼此从一开始就有了这个约定。"（130）或许斯坦利的断言是有一定根据的，因为面对斯坦利年轻而富有活力的身体，布兰琪曾经有过内心的纠结，在欲望与拒斥之间不断徘徊。在一定意义上来说，布兰琪与斯坦利的身体遭遇是她长期"堕落"的必然结果。此时，布兰琪已无法控制自己的身体，而是受制于另一个更强大的身体，最终走向疯癫，接近死亡的边缘。渐渐地，我们的同情与怜悯都转向美丽的飞蛾女布兰琪。她对爱的渴望，对精神的追求，对生命的眷恋，都具有一种堂吉诃德式的美，而她充满激情的身体表演不过是一张面具，用以遮掩她内心的孤独、寂寞与恐惧。

布兰琪身上充满矛盾因素。她既是放荡的女人，又像一位圣女，不愿面对自己身体的或感性的一面。这也契合了威廉斯自己的观点："我认为需要阐明的并非人类基本的尊严，而是其基本的暧昧。"②事实上，布兰琪生活其中的文化传统不允许真实自我的存在，她却依然追寻着对她来说并不存在的东西——

---

① 引自 Murray Schumach, *The Face on the Cutting Room Floor: The Story of Movie and Television Censorship*, New York: William Morrow, 1964, 75–76.

② 引自刘海平、赵宇编：《英美戏剧》，南京：南京大学出版社，1992 年，第 184 页。

一位能够呵护她、尊重她并娶她为妻的儒雅绅士。她想要穿上洁白的婚纱，却又屈服于为自己所鄙夷的"兽性欲望"。布兰琪对浪漫爱情的渴望使她迷失了方向，即使被送往精神病院的那一刻，她依然相信是旧情人亨特利带她去海上度假。布兰琪的梦中情人是一个神话般的人物，他一直潜藏在舞台背景深处，生活在布兰琪的想象当中。南方神话影响着每一位像布兰琪这样的南方女子，以为女人漂亮的外表所具有的魅力会获得男人的亲睐。然而，具有讽刺意义的是，布兰琪的优雅与美丽并未使她得到真正的爱情，而是在欲望中走向堕落与毁灭。布兰琪的悲剧性命运，部分是因为旧式礼教导致她的无知，使她无法对丈夫曾经的求助做出正确的回应，她必须因此而惩罚自己，并通过身体的僭越来反抗压抑性的传统，同时因灵魂的背叛而再次惩罚自己。可以说"性"是布兰琪的悲剧缺陷所在。

> 想要获得优越感，想要与众不同（或者她想得到保护及诸如此类的东西），正是这个"传统"最终导致如此刻骨铭心的寂寞与孤独。只有彻底的决裂，不再顾虑她所有的行为，狂欢作乐，摧毁所有的标准，疯狂地搭乘欲望号街车，才能挣脱传统的束缚。这个悲剧缺陷最终不可避免地将她毁灭。①

如果说布兰琪的人生词典里没有"兽性欲望"这一词汇，那么斯坦利的生命哲学中似乎除了"兽性欲望"别无他物。因此，布兰琪遭受斯坦利的蹂躏是十分自然的事情。正如纳尔逊所言，性是布兰琪的"阿喀琉斯之踵"，却是斯坦利的"剑与盾"。②

《街车》是一部典型的现代悲剧。孤独无助的南方女子凭借仅存的一点尊严，在充满敌意的环境中努力抗争。由于悲剧性的毁灭，布兰琪实现了英雄般的超越。对布兰琪这一角色的解读众说纷纭。柯林通过历史及宗教的隐喻，将布兰琪与圣母玛丽亚相比。③而沃特·戴维斯（Walter Davis）完全否认布兰琪

---

① Elia Kazan, "Notebook for *A Streetcar Named Desire*," *Directors on Directing*: *A Sourcebook of the Modern Theatre*, Eds. Toby Cole and Helen K. Chinoy, Indianapolis: Bobbs - Merrill, 1976, 368 - 369.

② Benjamin Nelson, *Tennessee Williams*: *The Man and His Work*, New York: Ivan Oblensky, 1961, 146.

③ 参见 Philip C. Kolin, Ed. Tennessee Williams: A Guide to Research and Performance, Westport, Connecticut and London: Greenwood Press, 1998, 57.

的浪漫情怀，认为她是为了获得权力而把玩着性政治的游戏。①弗莱施（Anne Fleche）指出："在寓言的层面上，布兰琪仿佛告诉我们，自由也可能是一种囚禁，正如她的放荡与死亡欲望相伴而生。"②伊萨克（Dan Issac）则将布兰琪称为"性的圣女贞德，她聆听自己身体的呼唤。她是预言家，是诗人，道德上优越于她的对手"③。这些相互矛盾的阐释恰好揭示出布兰琪的"表演"中存在的巨大张力，也显示出这一人物自身的矛盾性与复杂性。

作为典型的南方女子，布兰琪总是无法摆脱过去的阴影，包括她自己的过去、家庭的过去以及文化的过去。然而，在"重复"家族"伟大淫逸"的过程中，她毅然打破了传统观念中女人只能是被动接受者的角色模式。在男性中心的社会里，女性一直作为男性欲望统治的对象，始终处于被动、客体的地位，其身体的欲望与表达处于失语状态。威廉斯对布兰琪身体中隐秘的冲动与欲望的描写，是对传统的男权中心话语的消解与挑战。欲望的身体在对抗传统社会的过程中，是一种有力的召唤，也是南方女性叛逆的基点。此时，布兰琪仿佛已成为女性欲望的化身，在她的身体欲望中包含着不羁的生命活力，也包含着话语权力的欲望，这是通向女性主体欲望的起点。

身体是南方女性解放的动力，是她们获取主体性的一种有效的表达方式，同时，身体也是她们自我表演的载体。正如扎纳尔（R. M. Zaner）所说，身体"是我并表达我：它既是我的精神生活的自我体现，又是我精神生活的自我表现性。"④身体不仅仅是一个物质客体，作为被体现的意识，身体充满象征意义。奥地利哲学家维特根斯坦在《哲学研究》中指出："人的身体是人的灵魂最好的图画。"⑤ 布兰琪的身体表演不仅揭示出她灵魂深处的创伤与痛苦，也表达了她内心的渴望与追求。西苏用诗歌般的语言描述了女性身体的言说：

可爱的歇斯底里患者们使弗洛伊德屈服于众多无法表白的隐逸时刻，

---

① 参见 Walter A. Davis, *Get the Guests: Psychoanalysis, Modern American Drama, and the Audience*, Madison: U of Wisconsin P, 1994, 77.

② Anne Fleche, *Mimetic Disillusionment: Eugene O' Neill, Tennessee Williams, and U. S. Dramatic Realism*, Tuscaloosa and London: The University of Alabama Press, 1997, 101.

③ Dan Issac, "No Past to Think In: Who Wins in 'A Streetcar Named Desire'?" *Louisiana Literature* 14 (Fall 1997): 26.

④ 引自布莱恩·特纳：《身体与社会》，马海良、赵国新译，沈阳：春风文艺出版社，2000 年，第 118 页。

⑤ 引自谢有顺：《身体修辞》，广州：花城出版社，2003 年，第 12 页。

用她们肉欲与激情的身体语言轰击她们的摩西首领，用她们听不见的而又是雷鸣般的谴责烦扰他。她们简直令人目眩，遮掩在七层谦恭的面纱之下却更加赤裸露骨。她们就是妇女，她们用身体的唯一话语刻画出一部急速旋转无限广大的历史。这部历史如离弦之箭正跳出整个男人的历史，跳出《圣经》和资本主义的社会。①

"我"之为我的本质就存在于身体之中，它必须通过身体去展示、去实现，对自身精神的寻求实际上也是对作为主体的身体的寻求。

梅洛－庞蒂曾说："只有当主体实际上是身体，并通过这个身体进入世界，才能实现其自我性。"②一切生命的完成都需要借助于身体的完成。个体的生存不是单一观念的存在，而是浇注了精神的、有着复杂感觉的身体存在，是由身体开拓出来的生命空间，有着特定的时间和空间形式。在这个意义上来说，布兰琪的身体不再是简单的躯壳，它作为个体生存的根基，被剧作家赋予存在的本体论意义。在这样的身体中，既有原始的身体经验引发的欢欣与痛楚，也洋溢着内在的生命与活力，它是高度精神性的身体形态。这样的身体见证着自我的存在，同时也表现为一种特殊的语言形态。语言因为借助身体经验而获得表达的极限，而身体经验也由于语言的审美传达而成为意义的载体。

"美梦"的失落是南方传统失落的客观关联物。南方传统曾经标榜女子的贞洁，却无视贵族男性的放纵。作为南方女子，布兰琪必须认识到传统的失落给她带来的社会及经济损失。在一定意义上来说，"美梦"的失落她也有部分的责任，或许这是对她默许传统的某种惩罚。尽管布兰琪也参与了家族的"伟大淫逸"，但她曾经是一位非常"温柔乖巧"（111）的女孩。然而，那短暂的美好时光只是她漫长"堕落"史的序曲。尽管布兰琪的身体经验僭越了传统，但她的内心自始至终都遵循着旧式的价值体系，而她也只不过是一个苦苦寻觅爱情与亲情的柔弱女子。布兰琪的悲剧性就在于，她与过去、与传统有着错综复杂的联系，甚至在自己堕落的事实面前她也不敢承认，因为她的内心拒绝或否认身体中感性的一面。与福克纳一样，威廉斯也意识到南方文化对南

---

① 西苏："美杜莎的笑声"，载张京媛主编：《当代女性主义文学批评》，北京：北京大学出版社，1992 年，第 202 页。

② 引自普里莫兹克：《梅洛－庞蒂》，关群德译，北京：中华书局，2003 年，第 511 页。

方女性造成的心理危害，而淑女的面具和她的心理现实之间存在很大的差距。不过，在布兰琪的身体叙事中，我们能够感觉到原始生命的力量。如果说米勒将"性"与背叛和罪过联系在一起，那么对威廉斯来说，它既是背叛也是救赎，既是痛苦也是安慰。①

尼采哲学在狄奥尼索斯和阿波罗之间建立起一种对比关系，前者是性力、迷狂、激情之神，后者则是秩序、形式、理性之神。布兰琪在狄奥尼索斯式的身体叙事中试图对传统的淑女形象进行解构，而在解构之后，

> 女人这个范畴并没有变得毫无用处，它变成了这样一种东西：它的作用不在能被具体化为"指向某物"，它拥有被开启的机会，实际上就是拥有进行指示的机会，而这种指示的方式没有人能够事先预测。②

女性一旦意识到自己其实是完全自由的，她就必须自己来塑造自我，而不是听由男权文化的摆布。因此，自由也意味着责任。那么，什么是女人呢？莫伊（Tori Moi）认为，这个问题永远都不会只有一种答案。女人不是一个固定的现实，女人的身体是她不断追求可能性的场所，是历史环境的一部分，自由必须在这种历史环境中付出一定代价之后才能获得。成为一个女人并不意味着生物性别与社会性别的对立，而是关系到女性利用其自由的方式。③巴特勒运用福柯的话语理论，提出"表演性主体"（performative subject）的概念，以此解释性别的建构过程。成为女人，这是一个用话语不断建构主体的过程。主体既然是建构的，也就可以被解构和重建。巴特勒的表演性理论为女性突破身份界限开拓了新的空间，为建构新的女性主体提供了可能。布兰琪正是通过身体的言说，逾越南方传统中"性"的藩篱，建构起新的欲望主体。然而，在布兰琪内心深处，她依然认同传统的温婉"淑女"，并在生活中坚持扮演着这一角色。

---

① 参见 C. W. E. Bigsby, *Modern American Drama* 1945 – 2000, Cambridge University Press, 2000, 50.
② 巴特勒：《身体至关重要》，载汪民安、陈永国编：《后身体、文化、权力和生命政治学》，长春：吉林人民出版社，2003 年，第 190 页。
③ 莫伊著有《什么是女人？》（*What is a Woman?*），其中阐述了这一观点。

第三节　表演的淑女

在《街车》演出制作过程中，导演卡赞试图将戏剧文本转换为具体的意象，并对其中的主要意象作了如下描述：

> 布兰琪是一只在丛林中飞舞的蝴蝶，寻找一时的保护，却注定承受夭折的命运。我越是考察布兰琪，就越觉得她并不那么疯狂，而是被困在致命的内心矛盾中。在另一个世界里，她能够生存，但在斯坦利的世界里则不能![1]

卡赞文字中的"蝴蝶"是对南方女子生动而贴切的比喻。但不幸的是，在斯坦利统治的世界里，美丽的"蝴蝶"无法逃脱悲剧性的命运。卡赞所说的"致命的内心矛盾"深刻地揭示出南方女性在现代社会所面临的种种困境及身份感的丧失。为了寻找失落的自我，重新获得归属感与安全感，南方女性惟有诉诸于审美化的表演。

"身份"即"认同"，最初是由德国心理学家艾里克·埃里克森提出的。所谓自我认同感，就是一种熟悉自身的感觉，一种知道自己怎样生活的感觉，"是一种自然增长的信心，即相信自己保持内在一致性和连续性的能力。"[2]身份的问题就是我们在历史中寻找自己归属的标记，从而保持我们的个体感、唯一感、完全感及过去与未来的连续性的问题。个人身份的概念首次出现于17世纪，即霍尔提出的"启蒙主体"（Enlightenment subject），它建立在这样的概念基础之上："人是一种完全中心化的、统一的个体，具有理性、意识以及行动的能力……自我的核心就是人的身份"[3]。本质主义的观点认为，身份是一个人或一个团体其内在本质的体现，是一种自然的、永恒的品质。19、20世纪之后，本质主义的观点受到普遍质疑，并出现自传式的、叙述式的、表演

---

[1]　引自 Esther M. Jackson, *The Broken World of Tennessee Williams*, Madison, Milwaukee, and London: The University of Wisconsin Press, 1965, 106.

[2]　艾里克·埃里克森：《同一性与同一性扩散》，载于莫雷主编《二十世纪心理学名家名著》，广州：广东高等教育出版社，2002年，第797页。

[3]　Stuart Hall, D. Held, and T. McGrew, Eds. *Modernity and Its Futures*, Cambridge: Polity, 1992, 275.

性的自我。许多学者强调身份的社会建构性，认为身份是在特殊的社会及历史语境下建构起来的，是策略性的虚构，并在不断变化的情境之下被重新建构。

我们通常认为一个人所处的环境越稳定，他的身份就越具有持久性与连续性，然而，早在半个多世纪之前，社会学家施特劳斯（Anselm Strauss）就发现，"即使在剧烈的社会变迁中，人们也都利用一切机会来阻止或减小个人的变化。"①一个人的确可以具有不同的身份，没有任何意义上的统一、真实的自我，但我们同样有机会以一种有意义的、连续性的方式来建构自我。正如瑞迪夫瓦（Andreea D. Ritivoi）所说："不论后现代的主体理论告诉我们什么，许多人珍视内在的和谐，宁愿不要生活得像一些零星碎片的集合体。"②在后现代语境中，身份不但没有受到威胁，而且变得异常丰富，我们应该以历史的、自传的方式来思考并认识身份：

> 假如你的阐释对你自己是有说服力的，假如你相信你所遵循的标准，那么你的生命作为一个整体就具有了某种连续的意义。或许在不同时期会有不同的动机驱使你，但你最重要的生活目标仍然保持着一定的统一性和连贯性。③

尽管我们过去的行为不一定相互一致，但我们对于生活的理解与思考在一定程度上可以调和这种不一致，以一种有意义的方式将它们与现在的自我相联系。在变动不居的社会环境中，我们对真实、稳定身份的建构恰似怀旧想象中田园牧歌式的过去，虽无法企及却散发出无穷的魅力。威廉斯笔下南方淑女的身份表演就是对自我的追寻、对本真的渴望。

有评论者指出，威廉斯剧中的人物都戴着不同的面具，他们不仅为剧场的观众表演，而且也为彼此表演。还有研究者发现，威廉斯大部分剧作都是戏中戏，具有元戏剧的诸多因素，剧中的人物扮演着多种角色，具有多重身份。南方女子的表演性在布兰琪身上体现得尤为深刻。剧本伊始，布兰琪来到位于新

---

① Anselm Strauss, *Mirrors and Masks*: *The Search for Identity*, Glencoe, IL: The Free Press, 1959, 141.

② 引自 Janelle L. Wilson, *Nostalgia*: *Sanctuary of Meaning*, Lewisburg: Bucknell University Press, 2005, 57.

③ Anselm Strauss, *Mirrors and Masks*: *The Search for Identity*, Glencoe, IL: The Free Press, 1959, 145.

奥尔良旧城区一条破旧的街道上，寻找妹妹居住的公寓。此时的布兰琪一无所有，但她努力保持着南方淑女的风范，身穿飘逸的白色衣裙，就像是去参加花园派对。威廉斯在舞台指示词中这样写道：

> 她的打扮与周围的环境不很协调。她穿着带有绒毛胸衣的白色衣裙，戴着项链及珍珠耳环，还有白色的手套和帽子，仿佛是来参加夏日茶会或鸡尾酒会……她不安的神情和飘逸的服饰，不禁让人想起飞蛾。(15)

与阿曼达一样，布兰琪对过去有着深深的眷恋，她认为斯黛拉生活的世界是野蛮的、原始的，并提醒她不要忘记她们在"美梦"时的美好生活，她理想中的世界应该有"诗歌和音乐"（72）。布兰琪对理想化过去的渴望透露出她内心的焦虑，因为在现实生活中她已失去安全感。尽管过去也曾有许多痛苦的记忆，但她依然想要"复制"它，并重新来过。然而，斯黛拉并不认可布兰琪的选择，她问布兰琪："你难道不认为你优越的态度有点不合时宜吗？"（71）斯黛拉认为布兰琪想要的生活只是一种幻想，可是对布兰琪来说，那是一个更真实的世界。正如珍妮·威尔逊所说："对于真实的渴望源于破碎的过程，源于距离或失落感。我们寻找真实因为我们想要重新获得失落的东西；我们希望使我们的存在更可信。"（58）优雅的淑女是布兰琪始终认可也无时不在扮演的身份角色，但直到后来我们方才发现，她扮演这一角色不仅是为了隐藏内心的失落与痛苦，而且是为了掩盖她"堕落"的历史。

"那些感到他们的身份正在遭受破坏的人们的反应，就是牢牢抓住并且重申他们熟悉的（传统）文化和身份。"①布兰琪认同于南方文化，认同于传统的南方淑女，并通过表演来建立与过去乃至将来的联系。对南方女性来说，想象在她们的身份建构过程中具有重要意义，因为只有通过创造性的想象，她们才能获得统一的理想与连续的身份。安格尔对创造性的想象作过如下阐述：

> 创造性的想象成为统一人心理的一种方式，并且通过延伸，将人与自然重新结合，通过自我意识回归更高的自然状态，一种崇高的状态，在那

---

① Tony Bennett, Lawrence Grossberg, and Meaghan Morris, Eds. *New Keywords: A Revised Vocabulary of Culture and Society*, Blackwell Publishing, 2005, 174.

里，感官、心灵和精神在提升它们自己的同时也在提升它们周围的世界。①

安格尔所关注的主要是艺术中的创造性想象，这同样适用于南方女性的身份表演。她们的身份表演不亚于艺术创造，通过想象连接过去、现在与未来，从而延续断裂的历史，创造连续的自我。当斯坦利争抢艾伦曾写给布兰琪的书信时，信件散落在地，布兰琪坦言说斯坦利"玷污"了她所珍爱的东西。丈夫已离世多年，布兰琪却依然珍藏着他曾经留下的浪漫文字，保存着那段美好的记忆。我们不难发现布兰琪对过去依然怀有难以割舍的情感，但在现实生活中，所有美好的一切早已离她远去，她只有借助表演来延续美丽的神话，追求心中的理想。

我们可以将表演的源头追溯到《圣经》故事。人类始祖亚当和夏娃在伊甸园里偷食禁果之后获得智慧，同时也获得人类最初的自我意识和羞耻感。他们用橄榄叶遮掩着自己的羞部，开始了他们作为人的生命旅程。可见在人类始祖最初的行为中就已显示出表演的基本形式：显现和隐藏。

> 显现，是人的本己的存在状态的展示，是他把自己向世界打开，向着世界去呈现、去显示、去确证自己的存在，所有的虚伪、矫饰、掩盖和策略都让位于人本身的存在状态……隐藏，就是把本来的样子进行遮蔽，以一种非本己的面目出现。②

表演诗学中的显现与隐藏概念对我们理解南方女子的表演性具有重要意义。具体到布兰琪，我们可以说在她欲望主体的建构过程中隐藏的是"淑女"，显现的是"身体"，而在身份表演过程中隐藏的是"身体"，显现的是"淑女"。然而，我们无法断言布兰琪的"本己"究竟是"身体"还是"淑女"。或许有人会轻易地认为"身体"当然是"本己"，而"淑女"只是一种面具，但对布兰琪来说，似乎更倾向于将"淑女"作为她"把自己向世界打开"的方式。的确，布兰琪在表演淑女的过程中有意隐藏了她"身体"的历

---

① James Engell, *The Creative Imagination*: *Enlightenment to Romanticism*, Cambridge, Massachusetts and London, England: Harvard University Press, 1981, 8.

② 彭万荣:《表演诗学》，北京：中国社会科学出版社，2003 年，第 37 页。

史，她也清楚地意识到其中存在的矛盾与冲突，于是，她的生活变得高度艺术化，充满了戏剧张力。对威廉斯笔下的南方女性来说，表演已成为她们重要的生存策略。

哈里斯（Laurilyn J. Harris）指出："布兰琪既让人同情又具有讽刺性，她强烈地渴望爱，渴望被接受，但又认为如果不能使自己具有一个虚构的、表面的身份就无法得到它们。"①的确，布兰琪"虚构"身份正是为了获得爱与信任，但我们不能据此而认为她的表演完全是一种虚假的伪装，只是因现实所迫，她不得不有所隐藏，以便更好地适应环境，在这个已然陌生的世界上寻求一席立身之所。布兰琪代表着旧南方，并坚守着那个早已消逝的传统，在她的坚守中，我们看到了一种悲剧性的尊严。布兰琪的行李箱中装满珠宝、衣物等，它们对她来说不仅仅是华丽的服饰，更是"美梦"的历史，也是南方的历史。她想要利用这些道具复活过去的神话，从而获得某种"连续性的抚慰"②。莱布尼兹提出了想象主体的概念，认为我们以某种奇妙的方式意识到自我的存在，自我意识直接导向自我形象的积极生产，即身份。想象是我们获取知识和智慧的伟大力量，我们的身份是想象的产物。③在这个意义上来讲，南方女性的身份表演也是一种想象性的建构，一种积极的生产与创造，只是这种生产与创造缺少了现实的根基，因而显得虚弱无力。

巴特勒的性别理论揭示出身份的表演性特征，身份"需要重复的表演。这一重复同时是对一套已经在社会上建立起来的意义的重新演绎和重新经验；它也是它们合法化的一般的、仪式化的形式。"④巴特勒在"表演性行为与性别建构：关于现象学和女性主义理论"（Performative Acts and Gender Constitution：An Essay in Phenomenology and Feminist Theory）一文中指出："所谓戏剧性，我认为……身体不仅仅是物质的，而是身份持续不断的物质化。一个人不单单拥有身体，而更重要的是他执行（do）自己的身体"⑤。身体的物质性是在一些姿态和动作的重复过程中形成的，正是这些身体行为本身赋予个体其身份认

---

① Laurilyn J. Harris，"Perceptual Conflict and Perversion of Creativity in *A Streetcar Named Desire*，" *Confronting Tennessee Williams's A Streetcar Named Desire*，Ed. Philip C. Kolin，Connecticut：Greenwood Press，1993，91.

② Eva Hoffman，*Lost in Translation：A Life in a New Languge*，New York：E. P. Dutton，1990，160.

③ 参见 James Engell，*The Creative Imagination：Enlightenment to Romanticism*，Cambridge，Massachusetts and London，England：Harvard University Press，1981，30－31.

④ Judith Butler，*Gender Trouble*，New York and London：Routledge，1990，140.

⑤ 引自何成洲："巴特勒与表演性理论"，《外国文学评论》，2010 年第 3 期，第 136 页。

同。因此，巴特勒认为表演性对于我们的性别及社会身份的建构是极其重要的。性别的表演性是一种仪式化的社会行为，同时具有戏剧性和建构性的特征。

> 性别不应该被视为是一种稳定的身份或者能产生各种行为的代理场所，而应当被看作是在时间中逐渐形成的身份，是通过风格化的重复行为于外在空间构成的。性别的效果是通过身体的风格化产生的，因此，必须被理解为身体的各种姿势、动作及风格，以平常的方式构成一个持久的性别化自我的幻觉。①

巴特勒的性别表演同样适用于南方女性的身份表演。可以说"南方淑女"也并非一种稳定的身份，而是在时间长河中逐渐形成的，是一种风格化的重复行为。

布兰琪在过去与现在、理想与现实之间苦苦挣扎，试图通过戏剧性的表演保持"淑女"的身份。尽管她扮演着各种各样的角色，但"淑女"是她从未放弃过的角色，自从出生那天起她就已经接受并认同这一角色，并从中获得某种安全感与归属感。

> 传统是身份属性的媒介。无论是个人身份还是集体身份都预设了意义，但它也预设了……不断重述和重新阐释的过程。身份在时间中创造出恒定，使过去的开端与预期的将来相连接。在所有社会中，个人身份的维系以及个人身份与更广泛的社会身份的联系是本体安全的基本要素。这种心理关注是一种主要力量，使得传统能够在"信徒"身上创造出强烈的情感依托。对传统完整性的威胁常常——如果不能说普遍如此的话——体现为对自我完整性的威胁。②

传统就是那种能够给我们根本方向感和普遍有效承诺的东西。对威廉斯笔下的南方女性来说，传统已然失落，承诺也已不再，必然产生认同的焦虑与本

---

① Judith Butler, *Gender Trouble*, New York and London: Routledge, 1990, 179.
② 尔里希·贝克、安东尼·吉登斯、斯科特·拉什：《自反性现代化——现代社会秩序中的政治、传统与美学》，赵文书译，北京：商务印书馆，2001年，第101页。

体的安全问题。她们尽管知道身在何处，却感觉不到"在家"的温暖与舒适，无从把握自己究竟是谁。南方女性的认同危机源于传统与现实的断裂，这使得她们转向对传统、历史和过去等共同话语的追寻。正如弗雷德曼（Jonathan Friedman）所言："由于历史是认同的话语，所以谁拥有或占有过去的问题，就变成了谁能在任何时间任何空间认同自我或认同他人的问题。"[1]

如果说刻板形象消除了所有个性化的特征，它对生活在现代社会中的南方女子来说，却有一种生产性的力量。南方女性的身份表演就是对她们认为正确的或有价值的原有身份的重新意指。在充斥着虚伪与谎言的社会中，真实与美德仿佛失去了应有的价值与意义，布兰琪只有通过表演来维护仅有的那份纯真与美好，用她自己的方式创造另一种真实。布兰琪意识到面具是她生存的重要方式，也是超越现实的有力武器。她在表演中延续传统并守护文明，同时表达她内心的欲望，并肯定她的女性气质。巴特勒认为，"性别不应该被用作一个名词，一个本质的存在，或者一个静止的文化标签，而应该被视为不断重复的一种行为。"[2]性别行为必须遵循一定的规范，在规范限定的范围内进行重复，并形成自我与主体性。巴特勒的性别身份建构与南方女性的身份表演遵循着相同的模式与逻辑。在威廉斯笔下，自我从不满足于成为他人定义中的客体，它拒绝一切分类、限制与定义，保持着流动性与生产性的特征。威廉斯并不认同主体的死亡，而是主张主体的重新创造。

布兰琪是现代戏剧史上最优秀、最有趣的角色扮演者之一。她试图扮演南方淑女的角色，而"美梦"的失落和经济困窘却不断地提醒她现实的残酷。布兰琪同时具有至少两种完全相反的角色："娼妓"和"淑女"，这使她的表演表现出某种"间性"的特征，因此，我们很难给她确切的定义。但有一点是可以肯定的，那就是她真正希望扮演或者想要成为的是"淑女"的角色。她在假装淑女的同时，也渴望成为淑女，并过一种淑女的生活。她既是在表演，又似乎不是在表演。在她这里，真实与表演之间的界限已经变得十分模糊。在布兰琪的生命历程中，随着现实境况的改变和她的不断成长，她的自我也在不断变化，对过去那个形象的认同也在不断调整，因为自我是一个永不停息的"认同—再认同"的动态过程。认同就意味着重新界定，正如弗雷德曼所说：

---

① Jonathan Friedman, *Cultural Identity and Global Process*, London: Sage Publications, 1994, 142.

② Judith Butler, *Gender Trouble*, New York and London: Routledge, 1990, 43.

构建过去是一个自我认同的行为，它必须依据其本真性被阐释，也就是说，必须依据主体和一个有意义的世界之构建之间的存在联系来阐释，在不同的社会秩序中，这种联系也呈现出巨大的不同，而过去总是在现实中被演练/实践，不是因为过去强调自己如此，而是因为现在的主体在他们的社会身份认同行为中形成了过去……影响到现在的过去是一种在当下现实中被建构或被再造的过去。①

布兰琪对南方淑女的认同就意味着对过去、对传统的重新意指，她的表演揭示了自我无限的可能性。

在一定程度上，我们可以说南方女性的身份表演是一种"面具"表演。从古希腊戏剧直到现代西方戏剧，舞台上的面具表演一直占据着重要位置。面具本身就是一个角色的化身，代表着某一类型的角色，它的产生与人类的生活情境相一致。罗伯特·帕克说："面具是我们更真实的自我，我们想要成为的自我。"②对布兰琪来说，淑女的角色代表的是她更真实的自我，也是她想要成为的自我。她在扮演淑女的过程中形成对自我的认识，这个过程也是她"成为"淑女的过程。奥尼尔认为，舞台上的面具能够展示人物的内心，而且"面具本身是富有戏剧性的……它比任何一张演员的脸都更加生动。"③在这个意义上来讲，布兰琪淑女的面具是她真实内心的生动表现。如果说布兰琪欲望的身体具有酒神狄奥尼索斯式的沉醉与迷狂，那么她扮演的淑女就具有日神阿波罗式的恬淡与静穆。布兰琪戴着淑女的面具，这种形式的流动性使她能够重新阐释传统的性观念，创造出富有戏剧性的南方女子角色。不过，布兰琪淑女的面具只是为了隐藏痛苦的现实。④

表演性解构了稳定的文化身份，创造出多种身份共存的可能性，也为南方女性提供了一种开放的自由意识。根据巴特勒的理论，我们的身份不是天生

---

① Jonathan Friedman, *Cultural Identity and Global Process*, London: Sage Publications, 1994, 141.

② 引自欧文·戈夫曼：《日常生活中的自我呈现》，黄爱华译，杭州：浙江人民出版社，1989年，第19-20页。

③ Eugene O'Neill, "Memoranda on Masks," *Modern Theories of Drama*, Ed. George W. Brandt, Oxford: Clarendon Press, 1998, 154-155.

④ 参见 George Hovis, "'Fifty Percent Illusion': The Mask of Southern Belle in Tennessee Williams's *A Streetcar Named Desire*, *The Glass Menagerie*, and 'Portrait of a Madonna'," *Tennessee Williams*, Ed. Harold Bloom, Infobase Publishing, 2007, 181.

的，我们的行为并非某种原初身份的表达，而是我们之所以成为我们的方式。文化是身份形成的过程，是不同的身体和自我被生产的方式。南方淑女这一意象的形成也无不是一种文化建构，布兰琪的表演便是这种文化建构的生动体现。想象能够超越现实，它具有某种连续性的特征。作为一种想象性的建构，南方女性的身份表演具有某种超越现实的力量。正如塞缪尔·约翰逊所述，想象主要"是形成理想图景的能力，是再现缺场事物的能力。"①表演艺术是虚构与真实的完美统一，布兰琪的表演同样融合了虚构与真实的成分。为了成为淑女，布兰琪将"真实"的自己深深隐藏起来。作为"演员"的布兰琪与作为"角色"的淑女通过表演获得某种联系，也通过"表演"在舞台上相遇。

布兰琪扮演淑女在某种程度上是对传统的承袭。布兰琪似乎相信这样的神话：女人想要获得快乐与幸福，就必须具有美丽的外表。她希望得到别人的称赞，从而建立自我的价值。在旧南方，女子从小就注重外貌，而忽视其他方面的发展。这在布兰琪身上体现得尤为明显。她向斯黛拉炫耀自己的身材，并且毫不掩饰对漂亮服饰的喜爱之情："我对衣服情有独钟。"（38）正如布兰琪对斯黛拉所说："温柔的人——温柔的人一定要光彩熠熠——她们必须穿上色彩淡雅的衣服，就像蝴蝶翅膀的颜色，并且放一只——纸灯笼在灯上……光有温柔是不够的。你不仅要温柔而且要有魅力。"（79）为了得到米奇的爱情，她表现得"矜持而端庄"（81），殊不知正是她的表演将米奇拒之门外，因为米奇无法理解、更无法欣赏她"伪装"的温柔与单纯。布兰琪努力遵守传统礼仪，约束自己的情感，扮演了一位有着"旧式理想"（91）的南方女子。布兰琪相信美丽的南方神话，相信温柔的淑女一定会嫁给英俊的绅士，在富饶的种植园里过着幸福而美满的生活，然而事实并非如此。

布兰琪扮演的淑女可以说是一种情境角色。情境角色是指在一定的情境活动系统中对自己的活动进行指派的角色，也就是指在一定的情境下演员不得不如此扮演的角色。②布兰琪背负着痛苦的记忆与堕落的历史，以为通过扮演蝴蝶般美丽的淑女，就能在现实世界里安身立命，正如她对米奇所说："我只是在遵守自然法则"（86），而这法则就是"女人必须让男人高兴——否则就是不对的！"（86）南方淑女是特殊文化的产物，是在男性期待的目光中被创造

---

① 引自 James Engell, *The Creative Imagination：Enlightenment to Romanticism*, Cambridge, Massachusetts and London, England：Harvard University Press, 1981, 57.

② 参见彭万荣：《表演诗学》，北京：中国社会科学出版社，2003 年，第 183 - 184 页。

出来的。用阿曼达的话来说："她们知道怎样取悦来访绅士。"（403）尽管布兰琪因"堕落"问题而被学校开除，并被逐出劳雷尔镇，但她依然固守着传统文化为每一位南方女子指定的淑女身份。只有通过表演性我们才能解释布兰琪具有的多重身份。虽然表面上来看，布兰琪是在遵循着旧式礼仪，继续扮演着淑女的角色，但实际上她已经对这一角色进行了重新语境化。此时的"淑女"已不再是严格意义上的传统角色，而是布兰琪心中的理想。理想总是那么美好，若要实现就必须不断地追寻。

正如我们在上一小节中所探讨的，布兰琪通过欲望的身体解构了传统的淑女神话，这对她主体身份的建构具有一定的积极意义。其实，这种欲望主体的身份正是布兰琪所努力摒弃的，她要重新建构曾经拥有却已然失落的淑女身份。尽管有人认为"南方淑女永远地消失了，但她的形象并没有完全消失，而是继续保留着，只不过那不再是女性生活的完整处方，而是一种风格，一种姿态……这赋予南方女性一种虚幻的统一性。"①布兰琪正是这样，试图通过保持淑女的风范，获得自身的完整与和谐。在这里，曾经压制女性的传统文化在一定意义上获得了一种全新的意义，用以实现南方女性的身份重构。波特（Thomas Porter）指出，布兰琪"被困在两个世界之间，一个已经随风而逝，另一个几乎不值得拥有。"②与阿曼达一样，布兰琪是一个时代错位者，她生活其中的世界几乎抛弃了所有的传统，而她试图通过审美性的表演来挽留一些什么。波普金（Henry Popkin）指出，南方女性难以适应现代社会生活，其主要根源在于社会的剧变，但威廉斯"将我们的注意力引向花朵，而不是根部"③。威廉斯笔下的南方女子就像是在历史的暴风骤雨中凋零的花朵，她们无法接受旧南方消亡的事实，也无法面对残酷的现实世界。即使身处飞速发展的现代社会，南方女子对旧南方依然怀着深深的眷恋，这是她们无法抚平的情感创伤，也是她们的不幸所在。墨西哥卖花女人的神秘出场仿佛是一种不祥之兆，但布兰琪并没有选择死亡，她相信自己所坚守的一切都是值得拥有的，只是这种坚守似乎唯有通过疯癫才能得以继续。

事实上，南方神话不仅影响着南方人的思维模式，而且塑造着南方女子的

① Anne F. Scott, *The Southern Lady: From Pedestal to Politics* 1830 – 1930, Charlottesville and London: University Press of Virginia, 1995, 225.

② Thomas E. Porter, *Myth and Modern Drama*, Detrot: Wayne State UP, 1969, 176.

③ Henry Popkin, "Williams, Osborne or Beckett?" *Essays in the Modern Drama*, Ed. Morris Freeman, Boston: D. C. Heath and Company, 1964, 236.

自我形象。作为一种具有广泛影响的文化现象，南方淑女的形象消失得极为缓慢。甚至在1920年，一位历史学家对南方淑女做过这样的评述：

> 无论多么温柔地想象这样一个鼓舞人心的主题都不为过，无论多么尊敬与崇拜这样一个纯洁的圣坛都不为过。历史学家的笔……还从未描绘过比她更卓越的人，甚至也从未描绘过像她一样卓越的人；或许我们也不期待能在未知的将来找到这样一支笔。是旧南方的文明创造了她。旧南方文明精美的、凋零的碎片已付诸梦的尘嚣，但我们并没有失落古老家族的高贵血统；即使在婴儿的血脉中，南国的土地也能激起英雄的涟漪。联邦妇女，她潜移默化的影响及永恒的操守依然如故，她温柔的灵魂是女儿们宝贵的遗产，老一辈的王后走了，但新一辈的王后还在；她的眉梢之上闪烁如黎明的是迪克西的冠冕。①

这些文字尽管出自书本，读来却仍然有一种时代错位的感觉。我们无法否认，作为南方传统骄傲的继承者，像布兰琪这样的南方女子必然会强烈地抵制改造，抵制任何对其身份的威胁。南方女子似乎相信美好的事物并不只存在于过去，优雅也不仅仅是历史，她们可以重新创造，使其在现实中再放光芒。

正如戈夫曼所说，我们在日常生活中扮演角色是社会生活赖以进行的基础，南方女子扮演淑女曾经也无不是一种重要的生存策略，但随着时代的变迁，她们的表演出现悲剧性的断裂。因此，她们必须对此进行重新语境化或重新意指。身处纷繁复杂的现代身份空间，南方女性必须作出自己的选择，于是，身份的表演就有了全部的意义。南方女性借助想象的力量创造着主体的自我，并赋予其某种统一、连贯的形象。奥登（W. H. Auden）指出，"人类必然是演员，他们要想成为什么，必须首先假装成为它。"②巴特勒也认为性别身份"既不是真实也不是表象，既不是原初也不是派生"③。表象与存在可以互相转化，原初身份与表演身份之间的界线不复存在，"我们必

---

① 引自 Anne F. Scott, *The Southern Lady: From Pedestal to Politics* 1830 – 1930, Charlottesville and London: University Press of Virginia, 1995, 221 –222.

② W. H. Auden, *Collected Poems*, Ed. Edward Mendeison, New York: Random House, 1976, 395 –396.

③ Judith Butler, *Gender Trouble*, New York and London: Routledge, 1990, 138.

须赋予虚假一定的地位———一种连续的地位"①。于是，南方女子的表演在连续性和稳定性的意义上获得了一种"合法"的地位，而且具有建构性的力量。

布兰琪有意隐瞒过去的失败与痛苦，在现实中制造出一种美丽的幻觉，让人们相信她的单纯与美丽并不只是假象或伪装，而是早已融入她的血液当中。这在她解释自己名字的含义时表现得尤为突出。她告诉米奇，迪布瓦（DuBois）意为"树木"，布兰琪（Blanche）意为"白色"，两个词加起来就是"白色的树木，就像春天里的果园。"（55）在布兰琪的解释中，我们清晰地感觉到她对单纯与本真的渴望。布兰琪强调自己是处女座，表达了她内心同样的渴望。

> 斯坦利　你是什么星座？
> 布兰琪　我的生日在下个月，是九月十五日，处女座。
> 斯坦利　什么是处女座？
> 布兰琪　处女座就是处女的意思。（77）

此外，布兰琪希望死后葬身于纯净的大海之上。所有这一切无不揭示出布兰琪重塑自我、重构身份的努力。直到她挽着医生的胳膊离开舞台之时，我们方才意识到她对自我的追寻以失望和痛苦而告终，惟有期待陌生人善意的理解与包容。即使在最后一刻，布兰琪依然保持着淑女的尊严与优雅，那是对理想的执著，也是对纯真的守候。在南方女子审美化、仪式化的表演当中，我们发现真实与虚构之间的边界渐趋消融，但这并不意味着主体是可有可无的。正如德里达所言："主体是绝不可缺少的。我并不是要毁灭主体（作者），而是要给它定位。"②主体是有生命的，它可以被驱散或分解，但决不会被消除或毁灭。在这个意义上来讲，威廉斯笔下南方女子的表演也是她们寻找自我、"定位"自我的过程。她们已不再局限于既定的身份概念，而是认可身份在建构过程中出现的复数性和表演性。

布兰琪扮演的淑女角色，让我想起意大利剧作家皮蓝德娄（Luigi Piran-

① Roy Schafer, "Conformity, Individualism, and Identity," *The Inner World in the Outer World*, Ed. Edward Shapiro, New Haven: Yale University Press, 1997, 34.

② 引自 Mather B. Moussa, "The Re - Invention of the Self: Performativity and Liberation in Selected Plays by Tennessee Williams," Diss. Michigan State University, 2001, 24.

dello）的著名剧作《六个寻找剧作家的剧中人》（*Six Characters in Search of an Author*），剧中蕴涵着丰富的表演理论的思想，有助于我们更深入地理解南方女子的身份表演。皮蓝德娄让剧中人从剧本中走出来，请求导演使他们成为舞台上的角色而获得生命。舞台经理问："剧本在哪里？""父亲"回答说："剧本就在我们身上！……戏就在我们身上，我们就是戏。"（219）剧中人物之所以要成为角色，是因为他们"想获得生命"（218）。角色的生命是演员创造出来的，但在某种意义上来说，它比演员的真实生命更有价值，因为它是与天地共存的艺术。可以说布兰琪就是一位皮蓝德娄式的人物，走出"剧本"想要获得生命的"剧中人"，而南方神话就是她身上的"剧本"。在皮蓝德娄看来，角色的存在是一种虚构，演员的使命就是在舞台上赋予虚构的人物以生命。正如"父亲"所说："虚构的作品是有生命的东西。它们比呼吸空气、穿着衣服的人更有生命力！"（216－217）对剧中人来说，除了"虚幻之外没有别的现实可言"（264）。对布兰琪来说也莫不如此，除了南方神话之外，她不愿相信也不愿接受别的现实。

威廉斯的后期剧作《两人戏剧》（*The Two Character Play*，1967）① 探讨了生活与艺术之间的关系，剧中克蕾雅和菲利斯兄妹俩的处境与布兰琪颇有几分相似，区别就在于克蕾雅和菲利斯是真正的演员、艺术家，而布兰琪只是自我演绎。克蕾雅和菲利斯在舞台上表演着自己创作的《两人戏剧》，其实就是他们自己的生活。但观众已全部离席，剧场也被封锁，他们无处可去，只有留在舞台上继续表演。对他们来说，"戏剧就是生存的方式，表演是他们存在的唯一证明。"②对布兰琪来说也同样如此，因为在她的生活中，虚构已成为现实的替代品。戏剧舞台为威廉斯提供了一个特殊的空间，用以探讨身份的表演性问题，探讨戏剧性以及人类与他们所扮演的角色之间的关系问题。威廉斯仿佛在戏剧舞台上找到了一种描述身份表演性的隐喻，并向我们揭示："谎言是真理的一部分，表演性是我们身份的一部分，虚假包含在我们身份的基质中，几乎无从分辨虚假与真理之间的界线。"③正如威尔希尔（Bruce Wilshire）所说："躲在被表演的各种社会角色背后的那个自我本身就是另一个表演，在表象后

---

① 《两人戏剧》1971 年更名为《疾呼》（*Out Cry*）。

② C. W. E. Bigsby, *Modern American Drama* 1945－2000, Cambridge University Press, 2000, 111.

③ Mather B. Moussa, "The Re－Invention of the Self：Performativity and Liberation in Selected Plays by Tennessee Williams," Diss. Michigan State University, 2001, 190.

面不存在实质的或核心的自我。"①我们应该以历史的、自传的方式来思考并认识身份。《玻璃动物园》中汤姆用诗人般的语言说道："我给你的真理披着美丽而虚幻的外衣。"（400）这也是南方女子表演淑女角色的核心所在。

在某种意义上来说，布兰琪扮演淑女的过程也是她创造角色的过程，是一种叙事性的建构。威廉斯强调南方女子的戏剧性，并不是为了说明戏剧与现实之间的不可逾越性，而是为了说明它们具有某些相似的特征，因为现实本身就是表演性的。在南方女子身份建构的过程中，南方文化发挥了一定的积极意义，因为正是在此基础之上，南方女子的表演才能获得某种连续性。动荡不安的历史潮流反映在文学艺术作品当中，便是对自我身份的追寻。政治经济因素导致社会阶级和地位的变迁，使许多人产生错位的感觉，于是，他们将目光投向过去，在过去的"稳定性"当中寻找归属感与安全感。②在风云变幻的时代背景中，威廉斯笔下的南方女性同样选择了回望的姿态，借助美丽的神话寻找本真的自我，并通过表演使其"复活"为生动的角色。

或许我们可以说，作为"演员"的布兰琪存在于或仅仅存在于"舞台"上。角色赋予演员以生命，脱离了角色，演员便不复存在，反之亦然。仿佛惟有淑女的角色才会使布兰琪获得生命，也只有在布兰琪这样的"演员"身上，南方淑女的角色才会复活。斯坦尼斯拉夫斯基曾经说过："演员创造角色"③。从这个意义上来讲，布兰琪是在创造着南方淑女的角色。在表演理论中，有着真实自我与想象自我的区分；真实自我是演员，而想象自我是角色。想象自我是另一种现实，是虚构与现实的联结，其联结方式就是创造。布兰琪正是在表演中创造着南方淑女的角色，也创造着想象自我。对布兰琪来说，真实自我与想象自我之间的边界已经变得十分模糊。她的真实自我与想象自我相互融合，从而构成另一种现实。

布兰琪在现实中创造并扮演着南方淑女的角色，与此同时，她也被困在过去的阴影之中，无法与现实形成有效的联系，从而形成强烈的悲剧意识。布兰琪并不仅仅是一个个体，她也象征着一种失落的传统。用卡赞的话说："她所

---

① Bruce Wilshire, *Role Playing and Identity：The Limits of Theatre as Metaphor*, Bloomington：Indiana UP, 1991, 278.

② 参见 E. C. Eisinger, Ed. *The 1940' s：Profile of a Nation in Crisis*, Garden City, N. Y.：Doubleday Anchor, 1969, xiv - xviii.

③ 引自彭万荣：《表演诗学》，北京：中国社会科学出版社，2003 年，第 62 页。

有的行为模式都属于她所代表的那个正在消失的文明。"①威廉斯不仅在描写人物个体的毁灭，而且记载着整个文明的衰落，在这方面，他继承了契诃夫的创作理念。契诃夫在日渐消亡的贵族阶级与新兴的资产阶级之间，在旧传统的美丽优雅与新社会的实用主义之间，建立起一种二元对立的关系。古老的文明在新兴阶级统治的时代遭遇重创，契诃夫为此谱写了一曲天鹅之歌。威廉斯的剧作同样充满哀婉、抒情的色彩，具有厚重的历史意识，传递出因传统的失落而产生的伤感情愫。南方神话随着"美梦"的失落而失落，布兰琪却依然坚守着心中的理想，无法适应急速变迁的外部世界。失去了社会及经济保障的她，只有用美丽的容貌去吸引男人的目光，祈求获得心灵的安慰，但最终也不过是依赖于想象中的白马王子，满足她对爱的渴望。就像威廉斯笔下许多南方女子一样，布兰琪想要抵制时间的流逝，但她清楚地意识到有些东西一旦失落，就永远无法挽回，只有在诗意的想象中或在审美的表演中，使美丽的神话得以再现。

南方女子的表演性在《玻璃动物园》中的阿曼达身上同样表现得生动有趣。正如葛恩（Drewey Gunn）所说，阿曼达是"天生的演员"②。剧本伊始，阿曼达就以"演员"的形象上场，俨然一名自我戏剧化的南方淑女。得知劳拉辍学的消息后，阿曼达感到十分痛苦，舞台指示词中这样写道："她慢慢地摘下帽子和手套，目光中依然充满温柔与痛苦。帽子和手套从她手中滑落——有点像演戏。"（406）后来，"阿曼达慢慢打开她的手提包，拿出一块精致的白色手帕，优雅地将它抖开，并轻轻擦拭嘴唇和鼻翼。"（406）紧接着，阿曼达将劳拉的打字键盘图撕成碎片。以上种种行为与动作无不充满舞台张力。当阿曼达穿上少女时穿过的衣裙，摇身变为"年轻"、美丽的南方淑女时，由于"演员"与"角色"之间存在的巨大差距，产生一种富有戏剧性的效果。威廉斯在剧中多有提及"仪式"，如在描述阿曼达和劳拉的舞台表现时，剧作家这样写道："阿曼达和劳拉穿着浅色衣衫，在昏暗的舞台上收拾桌上的餐具，她们的动作是程式化的，几乎像舞蹈或仪式，她们移动的身影就像小小的飞蛾，无声无息。"（242）而在阿曼达为劳拉整理衣衫时，动作显得"虔诚而仪式化"（433）。威廉斯将剧中人物的动作描述为仪式化的行为，这进一步强调了

---

① Elia Kazan, "Notebook for *A Streetcar Named Desire*," *Directors on Directing*: *A Sourcebook of the Modern Theatre*, Eds. Toby Cole and Helen K. Chinoy, Indianapolis: Bobbs – Merrill, 1976, 365.

② Drewey W. Gunn, "'More than Just a Little Chekhovian': *The Sea Gull* as a Source for the Characters in *The Glass Menagerie*," *Modern Drama* 33. 3 (Sept. 1990): 316.

南方女子的表演性特征。

自我总是不断变化、不断成长的，如果要寻找自我，就必须截取连续的时间之流。用普拉特（James B. Pratt）的话来说："每一个自我当然是以其当前的意识状态为特征的，但当前的意识状态不过是其本质的一小部分，形成自我更重要的因素是回忆、意向、情感及其目的和理想。"①南方女性的身份建构同样建立在回忆与理想的基础之上。阿曼达不仅自己表演淑女的角色，还一手策划女儿劳拉扮演这一角色。不论是阿曼达还是布兰琪，她们心目中理想的自我依然是南方神话中的温婉淑女，这深深影响着她们对于自我的选择性建构。《玻璃动物园》剧末，阿曼达解除了所有的"伪装"，真诚地将女儿拥入怀中。此时此刻，爱意弥漫了整个舞台。尽管阿曼达不再"表演"，但在她内心深处，依然是优雅的南方淑女。南方女子将生活戏剧化或艺术化，用以弥补情感的疏离与内心的空虚，然而，这种努力注定遭遇悲剧性的结局。阿曼达和布兰琪的故事是许多南方女子都曾经历过的。安妮·司各特的《南方淑女》一书为我们揭开了南方女性的历史篇章，同时展现了她们在现代社会中的悲剧性命运。书中写道："南方淑女的形象被创造出来，成为种植园文化意识形态的一部分；当种植园文化崩溃瓦解的时候，人们开始迁往城镇，曾经作为女性生活中真正力量的淑女形象注定是悲剧性的。"②

在南方女子的表演当中，我们既见证了身份的流动性，也见证了身份的连续性。身份的连续性并不意味着身份是僵化不变的。随着时间的流逝，一个人身上的同一与不同是共存的。在这些变化中，我们不但会有成长的感觉，而且会有失落的感觉。成长与失落的感觉很可能同时产生，这样的感觉在我们理解自我、建构身份的过程中是非常重要的。我们应该意识到身份既是一种结构，也是一个过程。尽管我们生活的环境会发生改变，自我在适应新环境的过程中也会发生改变，但我们在本质上还是连续的自我。③与阿曼达一样，布兰琪已被新的生活环境所改变，但她依然相信南方淑女的美丽神话。布兰琪在现实生活中遵循着旧南方的传统礼仪，维护着她的淑女身份，也守护着她心中的理

① James B. Pratt, *Matter and Spirit: A Study of Mind and Body in Their Relation to the Spiritual Life*, New York: The McMillan Company, 1926, 179.

② Anne F. Scott, *The Southern Lady: From Pedestal to Politics* 1830 - 1930, Charlottesville and London: University Press of Virginia, 1995, 228.

③ 参见 Robert S. Weiss and Scott A. Bass, Eds. *Challenges of the Third Age: Meaning and Purposes in Later life*, New York: Oxford University Press, 2002, 13.

想。正如卡赞所说：

> 她的问题与她的传统不无关系，还有她关于一个女人应该是什么样的
> 观念。她被困在这个"理想"当中。这就是她，就是她的自我。除非遵
> 循这个理想，否则她无法生活，她的生活也将毫无意义。甚至与艾伦·格
> 雷之间的故事，就像她所描述并相信的那样，也不过是一个浪漫的
> 传说。①

正是浪漫的想象与美好的理想，赋予南方女子的生活以价值与意义。

为了更好地理解南方淑女这一文化意象，必须将其置于特殊的历史语境
当中，进而考察促成其表演性的文化因素。威廉斯笔下的南方女子仿佛总是
生活在别人的目光中，这是因为她们成长的环境对女子行为有着严格的约
束。霍金斯（William Hawkins）指出，《街车》是"戏剧中绝佳的冒险之
作"，而威廉斯的艺术属于"残酷的现实主义"（harsh realism）②。"残酷的
现实主义"同样适用于布兰琪，因为她在残酷的现实世界里迷失了自我。
为了生存，布兰琪戴着淑女的面具；作为一名优秀的"演员"，她通过丰富
的想象进行着"艺术"创造，"想象能使她利用一点点素材就可以创造出许
多东西"③。布兰琪所有的表演，不论是有意识的还是无意识的，唯一的目
的就是守护旧南方这块土地上遗留下来的残余碎片。卡赞认为《街车》需
要风格化的舞台表演，因为"主观因素——布兰琪的回忆、内心世界、情感
变化——都是真实的因素。我们无法真正理解她的所作所为，除非看到她的
过去对她的现在所造成的影响。"④为了使布兰琪的主观因素客观化为舞台意
象，卡赞为她设计了一系列的经验与动机，从而将她的心理活动转化为具体
的动作或行为。对卡赞来说，这些经验与动机主要来源于布兰琪生活的南方
社会：

---

① Elia Kazan, "Notebook for *A Streetcar Named Desire*," *Directors on Directing: A Sourcebook of the Modern Theatre*, Eds. Toby Cole and Helen K. Chinoy, Indianapolis: Bobbs – Merrill, 1976, 364 – 365.

② 引自 Robert A. Martin, Ed. *Critical Essays on Tennessee Williams*, New York: An Imprint of Simon and Schuster Macmillan, 1997, 27.

③ Ibid. .

④ Elia Kazan, "Notebook for *A Streetcar Named Desire*," *Directors on Directing: A Sourcebook of the Modern Theatre*, Eds. Toby Cole and Helen K. Chinoy, Indianapolis: Bobbs – Merrill, 1976, 364 – 365.

这种模式——真正的深度模式——只包含一样东西：找到在每一时刻真正社会的、典型的行为。这并不是指布兰琪做了什么，而是指她做事的方式——具有的风格、品味、举止、传统服饰、道具、技巧等等——绝不是粗俗的……因为她的这一形象无法在现实中实现，当然也无法在我们今天的南方实现，所以她只有努力在想象中去实现。她在现实中所做的一切也都带有这样的色彩，即想要与众不同的心理需求。因此，现实也变成了想象。她使之如此！①

戏剧隐喻一直都是威廉斯创作中的核心元素，他的许多剧作都可以被称作元戏剧。剧作家通过舞台上的角色扮演提出一个本体论的问题：是否存在扮演角色的本质的自我？通过对角色扮演的描述，威廉斯向我们昭示出，戏剧人物在舞台上创造着虚构的自我。使用元戏剧的创作手法，是剧作家对戏剧艺术的反思与评价，也是对艺术作为一种治疗手段的辩护。对威廉斯笔下的南方女子来说，她们自我意识的角色扮演是弥合现实的一种方式。威廉斯拒绝本体论及意识形态的东西，钟情于表演性的、创造性的自我，并希望重新树立个人的尊严，恢复自然的人性。他说："我所写的是关于人类的天性"，而他笔下的人物具有"一种自然的优雅、对美的热爱以及对待生活的浪漫态度"②。他所要做的就是维护这种浪漫，并谴责毁灭它的力量。

南方女子表演的注定是一出历史的悲剧，因为她们早已失去观众的认可与欣赏。假如说起初还有斯黛拉、米奇甚至斯坦利在充当布兰琪的"观众"，那么最终都将她抛弃。生活世界被胡塞尔称为"我们的周围世界"，或者叫做理性世界。

如果我们在自由想象中变更我们的事实世界，将它过渡到任意的可想象的诸世界中去，那么我们也就不可避免地要变更我们自己，因为这个世界是我们的周围世界；我们将自己变为一种可能的主体性，它的周围世界便是被想象的那个世界，这个世界是可能的经验、可能的理论明证性的世

① Elia Kazan, "Notebook for *A Streetcar Named Desire*," *Directors on Directing*: *A Sourcebook of the Modern Theatre*, Eds. Toby Cole and Helen K. Chinoy, Indianapolis: Bobbs - Merrill, 1976, 366 - 367.

② Tennessee Williams, *Conversations with Tennessee William*, Ed. Albert J. Devlin, Jackson: University Press of Mississippi, 1986, 45.

界，是这个被想象的主体性的可能的实际生活的世界。①

由此，胡塞尔通过主体的理性和想象与周围世界之间建立起某种联系，在认识的理性规定什么是存在者的地方，理性和存在者是难以分离的。"理性赋予一切被认为'存在者'的东西，即一切事物，价值和目的以及最终的意义。理性从自身出发赋予存在者的世界以意义；反过来，世界通过理性而成为存在者的世界。"②因此，人的世界就是一个理性赋予的世界，这个世界伴随着人的整个生命，而且就在其周围。存在者的行为通过理性与这个周围世界发生联系。从这个意义上来说，南方女性的表演获得了一种特殊的价值。虽然没有观众，但她的周围世界还是存在的。通过理性，南方女子保持着行为的连贯性，使自己的生活符合一定的规范，从而与周围世界建立起某种联系。南方女性的表演看似纯属个人行为，实际上依然指向他人，指向生活世界。如果没有他人构成的世界，她的表演将失去意义。南方女子在创造并表演角色的同时，也在创造自己的观众，她的表演依然是自我意识的；她从不否认自己表演中的虚构性，也不否认观众的在场，因而构成其表演中的元戏剧因素。

威廉斯对表演性自我的再现表明，我们不可能对自我进行理性化的精确描述，而需要重新认识自我的价值。我们将不断追寻真实的自我，但永远都不会完全获得，自我是有意识的、感性的，能够感知悲喜与苦乐。用洛克（John Locke）的话来说："自我是一种生物现象，人格的构成并不需要永恒不变的灵魂"③。同样，威廉斯也提倡自我的消解，他在创造表演性自我的过程中，对本体论的自我概念进行彻底的解构。对南方女子来说，表演已经成为她们主体建构的重要方式。就像《皇家大道》中那些浪漫主义者一样，南方女子在表演自我、建构自我的过程中，寻找着她们的"未名之地"。只要穿越这片土地，就可以到达"白雪覆盖的山峦"④。然而，当寻找无果之时，"未名之地"便成了她们的想象，借此重新建构梦中的伊甸园。

---

① 胡塞尔：《现象学的方法》，倪梁康译，上海：上海译文出版社，1994年，第177页。
② 胡塞尔：《欧洲科学危机和超验现象学》，北京：北京大学出版社，1996年，第90页。
③ 引自 Ernest L. Tuveson, *The Imagination as a Means of Grace*, Berkeley and Los Angeles: University of California Press, 1960, 27–28.
④ 《皇家大道》(1953) 是威廉斯的一部寓言式剧作，剧中有一片荒原，被称作"未名之地"(Terra Incognito)，它连接着皇家大道和远处"白雪覆盖的山峦"。只要穿越这片"未名之地"，就能到达美丽的雪峰，那是被困在皇家大道上的浪漫主义者理想中的圣地。

南方女性对于过去的认同是为了求得发展，为了在将来能够与社会及他人和谐相处。不论是布兰琪还是阿曼达，她们对南方淑女的认同并非仿照过去的原貌复制过去，而是对照将来重塑现在；这是一个动态的过程，也是一个反复调整、反复建构和反复创造的过程。认同也是一种对"深度"的保持。"深度"就是在自我的形象中集中了对时间体验、空间体验、生存体验和精神理念的认同，就是自我内在的同一性。对于这个问题，法国现象学家杜夫海纳做过精彩的论述：

> "过去"无疑感动我们，有时在某些特殊经验中比我们敢于承认的还要强烈。返回到家乡（不管是哀歌还是史诗）那就是到本原地朝拜：我们与自身连接在一起，我们的情感向我们保证着这一点。但带有这种深度的东西在这里或许不是作为过去的过去，而是某种知觉在向我们展示我们的过去的见证时，我们把自己连接到这个过去以及把自己等同于我的曾经之所是的经验。这是三重经验。首先，我们和自身形成一个整体，不管时间上的分散，我们都是统一的。其次，我们充满着自己的过去……最后，我们感到时间在无情流逝，同时又感到我们身上有某种东西是不受时间侵害的，因为我们的过去不但没有消灭，而且与我们也不陌生。这样，我们体验到内在性的含义，从而我们有了深度。①

我们的生命之所以有"深度"，就是因为过去与现在在我们身上的"汇合"。尽管时代变迁、历史更迭，但有些东西在我们身上永远留存，任斗转星移也无法改变。因此，过去并没有真正过去，它与我们同在，于是，我们开始理解内在性的含义。"我"绝不是偶然事件的集合场所，也不是片段经验的产物，或者一个自然的历史时刻。确切地说，"我"应该是"成为自我"，而"深度"则是成为自我的能力，即过一种不受外界偶然事件影响的内心生活的能力。在这个意义上来讲，南方女子对过去的认同并非消极的回归，而是通过建构一个有深度的自我历史，或者在人世变迁中保持一种生命的激情，获得一种凝重自我的感情，即保持"深度"的持久性：

> 有深度就是把自己放在某一方位，使自己的整个存在都有感觉，使自

---

① 杜夫海纳：《审美经验现象学》（上），韩树站译，北京：文化艺术出版社，1996a年，第439页。

身集中起来并介入进去……有深度，就是不愿成为物，永远外在于自身，被分解和肢解于时间的流逝之中。有深度，就是变得能有一种内心生活，把自己聚集在自身，获得一种内心感情，亦即普拉蒂诺所说的"意识"一词所明确指出的东西：一个作为肯定能力而不是作为否定能力的自为的浮现。①

南方女性对"深度"的保持生动地体现在对诗意栖居的追求中。

第四节　诗意的栖居

诗意化的生活是南方女子表演性的另一种体现。南方女子富有浪漫主义的情怀，她们在现实世界中无法维系"居家"的感觉，于是，"诗便获得了高尚的尊严，它最终将回到初始的地方……因为到那时不再有哲学，不再有历史了，只有诗将超越其他一切科学和艺术而长久存在。"②说到生活的诗意化，我们自然会想起海德格尔著名的命题：诗意的栖居。"简单地说，诗意的栖居就是遵循早期浪漫派的理论信条，以自我内心的规定性和创造力来抵制现代科技消抹一切个性界限的危险，将现实人生诗意化。"③通过对浪漫主义诗人荷尔德林（Friedrich H? lderlin）④ 及其创作的阐释，海德格尔认为诗意的栖居是人类回归本真存在的唯一途径。在荷尔德林的哲学体系中，追求人性与自然的统一是他最高的理想。荷尔德林认为，借助审美的力量，借助诗歌和音乐的力量，消逝的诸神可以被重新唤醒。荷尔德林的诗告诉我们，故乡最本己的东西就是命运和历史，就是人类存在的本源。因此，返乡就是返回到本源近旁，海德格尔称之为本真存在。回归本真也是人与自然的和谐相处，人在自然中的诗

---

① 杜夫海纳：《审美经验现象学》（上），韩树站译，北京：文化艺术出版社，1996a 年，第 439 页。

② 引自曼弗雷德·弗兰克：《德国早期浪漫主义美学导论》，聂军等译，长春：吉林人民出版社，2006 年，第 99 - 100 页。

③ 赵静蓉：《怀旧——永恒的文化乡愁》，北京：商务印书馆，2009 年，第 162 页。

④ 荷尔德林（1770 - 1843），德国著名抒情诗人，古典浪漫派诗歌的先驱。早期作品受克洛普施托克和席勒的影响，洋溢着革命热情，多以古典颂歌体的形式讴歌自由、和谐、友谊和大自然。后来的诗歌中，他把人道主义思想和对祖国的爱交织在一起，逐渐转向古希腊的诗歌和自由韵律的形式，艺术上臻于完美。他的作品多带有乌托邦色彩的古典主义内涵，同时又注重主观感情的抒发，流露出忧郁、孤独的情绪，反映出理想和现实之间的不可调和，具有浪漫主义的特色。荷尔德林用他的作品在古典主义和浪漫主义之间架设了一座沟通的桥梁。

意栖居。对荷尔德林来说，作诗是"最清白无邪的事业"，因为"作诗显现于游戏的朴素形态之中。作诗自由地创造它的形象世界，并且沉湎于想象领域"①。作诗以追忆的方式创建着诗意的存在，而追忆则亲近并保存着本源。海德格尔赋予诗人至高无上的使命，即"带着忠诚的感情，返回故乡"②。对海德格尔来说，故乡绝不是一个可触可摸、可以随时抵达并随时离开的具体地方，而是一种根柢意识。我们如若回返故乡，就要从世俗的日常生活中抽离，在未来的指引下回望过去，保持自身连贯的历史和统一的本质。海德格尔的"诗意的栖居"是一种自由而美好的想象，他是在"思"的层面上为人类设想一种诗意存在的可能性。

循着海德格尔的足迹，威廉斯笔下的南方女子也选择了诗意的栖居，踏上"返乡"之途。《街车》中最富有诗意的意象莫过于"美梦"，只是"美梦"早在《街车》拉开帷幕之前就已失落。然而，通过布兰琪的回忆与想象，我们依然可以感受到它浪漫的气息。失去"美梦"的布兰琪来到新奥尔良投靠妹妹斯黛拉，妹妹所住的公寓位于天堂街。天堂本是神话中的所在，是受福的灵魂居住的地方。在布兰琪之前的想象中，这一定是一个充满诗意的地方，是她的另一个"美梦"。幕启之时，我们迎来了五月，一个美丽的季节，背景中的天空呈现出"非常柔和的蓝色，就像是绿宝石"（13）。那是记忆中伊甸园的颜色，为舞台平添许多抒情的意蕴，并且"减少了衰败的气息"（13）。《街车》的故事接近尾声是在九月中旬，舞台上同样呈现出如"绿宝石"般美丽的天空。剧中季节的变换是从春末到秋初，象征着从生命的孕育到收获的喜悦，然而，南方女子的悲剧经验几乎消解了所有美丽的期待，唯有默默承受冬季的衰败。尽管如此，她们依然保持着浪漫的情怀，赋予冰冷的现实以梦幻般的色彩，使之充满美丽的想象。弥漫在舞台上空的"蓝调钢琴"更添几许诗意的气氛，仿佛诉说着南方女子心中的万般哀愁。

在这个日益工具化、物质化的世界里，南方女性遭遇被放逐的命运，也感受到意义与价值的丧失，这必然加剧其自我的分裂。斯黛拉与斯坦利居住的公寓依然保留着古老的建筑风格，不禁让人想起"美梦"庄园的衰败与腐朽。布兰琪很快便意识到，在以斯坦利为代表的现实世界里，语言丧失了本来的意义，她惟有借助文学想象才能走出迷惘。刚到新奥尔良时，周围的破败景象令

---

① 海德格尔：《赫尔德林诗的阐释》，孙周兴译，北京：商务印书馆，2000年，第37页。
② 同上，第31页。

布兰琪感到震惊不已，眼前的"天堂"更使她颇为诧异，她说："即使在我最可怕的噩梦中也从来没有看到过——只有坡！只有埃德加·艾伦·坡先生！——能够欣赏它！我想那是盗尸者出没的林地！"（20）然而，妥协性的语言已无法显示布兰琪所渴望的主体间性，它在《街车》中似乎已变成威胁与混乱的代名词，就像她徘徊其中的异化世界。①

　　布兰琪想要依赖文学语言把握现实，但这种依赖本身也是缺乏根基的。布兰琪在劳雷尔的生活就以语言分裂为特征，不论是"美梦"和"伟大淫逸"之间，还是"布兰琪姐姐"和"布兰琪女士"②之间，都存在遥远的距离。新奥尔良的天堂街也并非布兰琪想象中的天堂，街道上杂乱的叫卖声及周围衰败的景象，所有的一切都消解了"天堂"本该有的涵义。这是一个喧嚣而浮躁的世界，是属于斯坦利的现实世界，与布兰琪诗意的"美梦"形成鲜明的对照。布兰琪迫切地希望结束这种错位、分裂的生活。尽管科瓦尔斯基公寓狭窄而简陋，布兰琪用漂亮的帘布对其精心装扮，试图创造一个温暖舒适的栖身之所。正如比格斯比所说：

　　　　威廉斯剧中的人物生活在一个崇尚平庸、直接、明确的语言世界里，可是他们自己却说着另一种语言。他们试图将文字从字面意义中剥离，其语言充满暧昧、诗意、委婉及比喻的因素。即使偶尔他们讲话有些不拘小节，就像布兰琪所做的那样，那也很可能只是为了掩盖真相。③

　　布兰琪本以为，与米奇的相遇或许能够拯救语言的力量，使她远离那个混乱不堪的世界，然而事实并非如她所愿。

　　科里根在评论威廉斯创作风格时指出：

　　　　威廉斯在《街车》中对人物进行了深度刻画，这是对现实进行幻化处理的戏剧所具有的典型特征，它运用象征性的戏剧语言，使舞台充满活

---

　　① 参见 Frank Bradley, "Two Transient Plays: A Streetcar Named Desire and Camino Real," *Tennessee Williams*, Ed. Harold Bloom. Infobase Publishing, 2007, 148.

　　② 布兰琪在劳雷尔时，因其"堕落"行为而被称作"布兰琪女士"（Dame Blanche）。

　　③ C. W. E. Bigsby, *Modern American Drama* 1945－2000, Cambridge University Press, 2000, 41.

力与动感，现实主义与戏剧风格在剧中相映成趣。①

对布兰琪来说也莫不如此，她不但建构着戏剧化的自我，而且通过诗意的想象建构着他人，用来分享她创造的世界。在布兰琪创造性的想象中，最富有诗意的人物莫过于她的梦中情人亨特利，他能够让布兰琪感到自己依然年轻、漂亮，富有女性的魅力。假如说现实世界里的人们总是对布兰琪投以排斥与鄙夷的目光，那么亨特利则恰恰相反，他会尊重并欣赏她。当斯坦利不怀好意地问布兰琪亨特利是否会侵犯她的"隐私"时，布兰琪回答说："他可不是你所想象的那种人。他是个绅士，他尊重我……他需要的就是我的陪伴。"（126）可以说布兰琪想象中的亨特利就是南方传统向每一位南方淑女所承诺的王子。对布兰琪来说，亨特利是一个能够化腐朽为神奇的人物，能够改变她"堕落"的形象，使她成为"心中锁着宝藏"（126）的女人。布兰琪说："我不要现实主义，我要的是奇迹……我所说的不是真实，而是应有的真实。"（143）亨特利就是布兰琪理想中的王子，是她时时期待的"应有的真实"。威廉斯曾经说过：

> 我的剧中人物成就了我的戏剧，我常常就从他们开始写起。他们在我看来是有血有肉的，他们所说的话或所做的事都不是随意的编造。他们围绕自己创作戏剧，就像蜘蛛编织蛛网或海生动物制造贝壳一样。我和他们相处十分融洽，（我对他们的了解）远远超过我对自己的了解，因为我创造了他们，却没有创造我自己。②

正如威廉斯能够跟他的剧中人物和睦相处，布兰琪也能够与她想象中的白马王子牵手，和谐幸福地生活在一起。

在现实生活中，米奇曾经有望成为亨特利的具体化身。当布兰琪在扑克之夜第一次看到米奇时，她就注意到他身上有某种"感性"（49）的东西，这在斯坦利的其他朋友中间是很难看到的，使他显得有点"与众不同"（49）。后来，布兰琪向米奇吐露了自己少女时与艾伦有过的纯真爱情，那段爱情曾经照

---

① Mary A. Corrigan, "Realism and Theatricalism in *A Streetcar Named Desire*," *A Streetcar Named Desire*, Ed. Harold Bloom, New York: Chelsea House Publishers, 1988, 84.

② Tennessee Williams, *Where I Live*, Eds. Christine R. Day and Bob Woods, New York: A New Directions Book, 1978, 72.

亮了她的世界，但艾伦的自杀使她再次陷入黑暗的深渊，而米奇的出现仿佛重新点燃了她生命的希望。她对米奇说："因为你的出现我要感谢上帝"（118）。米奇本可以向布兰琪伸出援助之手，帮她摆脱长期以来沉重的负罪感，并恢复她的尊严，但那需要他以宽阔的胸怀接受她真实的样子，并包容她的过去。最终米奇未能兑现他的承诺，因为他无法超越传统的伦理观念，更无法接纳眼前这位"表演"的南方淑女。

布兰琪虽然不是诗人，但她对诗歌很感兴趣，而且颇有了解。早在劳雷尔教书的时候，她就给孩子们讲解"霍桑、惠特曼和坡"（56）。布兰琪的丈夫名叫艾伦，也是诗人，布兰琪曾为他而倾倒，并一直珍藏着他写给她的情诗，足见她对诗歌情有独钟。米奇随身带着一枚精致的烟盒，是女友生前送给他的礼物，烟盒上镌刻着优美的诗行：

> 要是上帝愿意，
> 他会为我见证：
> 在我死后，我必将爱你更深、更深。(53)

布兰琪一眼便认出这是勃朗宁夫人的诗句，也是布兰琪最喜爱的一首。全诗如下：

> 我是怎样的爱你？让我一一细算：
> 我爱你就像我整个的灵魂
> 遨游九天，深入黄泉
> 去探寻生存的奥秘和意义。
> 我爱你就像每日必需的食物
> 如同白昼的太阳，黑夜的烛光。
> 我勇敢地爱你，如童年的真诚。
> 我爱你，以昔日的悲痛、眼泪、我的笑声；
> 我爱你，以满腔的热情，我全部的声音。
> 如果没有你，我的心就没有了灵魂，
> 如果没有你，我的心就没有了激情。
> 要是上帝愿意，
> 他会为我见证：

在我死后，我必将爱你更深、更深。①

这是勃朗宁夫人最著名的爱情十四行诗，与《街车》形成互文关系。诗中表达了真挚、热烈的爱情，仿佛布兰琪心声的自然流露。然而，布兰琪对爱情的渴望终究未能获得应有的回报。或许她只有期待来生能够再续前缘，就像诗中所写："在我死后，我必将爱你更深、更深。"布兰琪有着诗人般善感的心灵，能够用诗人的目光审视周围的世界。她不喜欢强烈的光线，便用漂亮的中国纸灯笼将屋内的电灯罩起来，制造出浪漫而富有诗意的氛围。她说："我无法忍受裸露的电灯，就像我无法忍受粗鲁的言语或粗俗的行为一样。"（55）纸灯笼代表着布兰琪浪漫的想象，它轻轻摇曳，摇出诗意无限。

格雷（Richard Gray）认为，福克纳的语言"从来都不回避其虚构性的特征。他的小说文采斐然，充满游戏的色彩，仿佛一直都在提醒我们他所呈现的最终只是一种文字的建构"②。这同样适用于威廉斯笔下的南方女子，文字是她们用以建构世界的重要材料。布兰琪借助丰富的想象，为自己创造着诗意的空间，从而逃避现实。她喜爱的中国纸灯笼不仅可以制造出梦幻般的浪漫效果，而且可以遮掩岁月在她脸上留下的痕迹。布兰琪也试图在语言层面上达到同样的目的。正如比格斯比所说：

> 她用文字编织着意象的"丝线"，并希望这些"丝线"能够凝结成茧，包裹在里面的是美丽的蝴蝶，而所有痛苦与悲伤被挡在外面，似乎种种灾难都可以被拒绝，只要它们尚未在她的语言中出现。③

就这样，布兰琪用梦幻般的色彩将残酷的现实笼罩起来，制造出只属于她自己的空间。正如纸灯笼可以使刺眼的灯光变得更加柔和，想象也同样可以过滤丑陋的现实，使之变得可以忍受。布兰琪的世界分裂为两半，一半是真实的、痛苦的、失意的世界，一半是虚幻的、美丽的、诗意的世界，两个世界之间存在着难以跨越的鸿沟。由于缺乏面对现实的能力，布兰琪只有沉浸在"美梦"般的虚幻世界里，用诗意的想象淡化现实的悲痛。

---

① 伊丽莎白·勃朗宁：《勃朗宁夫人十四行爱情诗集》，文爱艺译，兰州：甘肃人民美术出版社，2008 年，第 170 页。

② Richard Gray, *Writing the South*, Cambridge：Cambridge University Press, 1986, 178.

③ C. W. E. Bigsby, *Modern American Drama* 1945 – 2000, Cambridge University Press, 2000, 48.

　　许多批评家从形而上的角度对布兰琪这一人物进行阐释，认为她是一位艺术家，既是导演，又是演员，扮演着与现实情景相剥离的角色。行李箱中的华丽服饰以及漂亮的纸灯笼，都是她表演所使用的道具，而米奇曾一度是布兰琪最忠实的观众。[①]然而，正如斯坦利想方设法揭露布兰琪的真实历史那样，米奇也以同样的方式破坏了布兰琪创造的诗意世界。在莎士比亚笔下，受到以阿古蛊惑的奥赛罗企图寻找关于妻子苔丝狄蒙娜不忠的证据。同样，米奇打电话到劳雷尔镇，只为证实斯坦利对布兰琪的指控。在得知真相之后，米奇粗暴地将纸灯笼撕扯下来，想要看清布兰琪的真实面目。具有讽刺意义的是，米奇曾亲手为布兰琪装上纸灯笼，如今又亲手将它撕毁。装上纸灯笼意味着作为"观众"的米奇与作为"演员"的布兰琪之间形成一种"假定性"契约，从而构成和谐的"表演"关系，而撕毁纸灯笼则意味着"假定性"契约的失效与"表演"关系的破裂。假定性是所有艺术固有的本质，"是指艺术家和观众协商谈妥的契约，让大家都来相信'艺术'"[②]。可是米奇不再相信布兰琪制造的诗意现实，也无意欣赏她的"表演艺术"，只希望看到强烈的灯光下"演员"的真实面孔。

　　纸灯笼是剧中最重要的舞台意象，也是布兰琪诗意化生活的生动写照。正如威廉斯所说："象征不过是戏剧自然的修辞……是戏剧最纯粹的语言"，而象征唯一的目的就是"比文字更直接、更简洁、更优雅地描述一件事情"[③]。就像她的创造者一样，布兰琪的心灵深处也蕴藏着丰富的意象，那是诗意的源泉。纸灯笼不仅象征着布兰琪的脆弱，象征着时间征服一切的力量，而且象征着想象力与创造力，可以帮助南方女子暂时摆脱残酷的现实。米奇在撕毁纸灯笼的同时，也伤害了布兰琪善感的心灵，破坏了她的想象世界。对浪漫主义者布兰琪来说，仿佛存在一种比现实生活更高的生存秩序，那就是诗意的世界；而对现实主义者斯坦利来说，未加装饰的电灯更能显示事物的真实面貌，这也是他能够也愿意承认的唯一真理。的确，强烈的光线能够显示时间在布兰琪脸上刻下的印痕，却无法揭示她内心真实的伤痛与温柔的情感。在布兰琪离开舞台前的最后一刻，斯坦利也像米奇先前所做的那样，撕毁了布兰琪心爱的纸灯

---

　　① 参见 Mathew C. Roudané, Ed. *The Cambridge Companion to Tennessee Williams*, Cambridge：Cambridge University Press, 1997, 55.

　　② 王晓鹰：《戏剧演出中的假定性》，北京：中国戏剧出版社，1995 年，第 10 页。

　　③ Tennessee Williams, *Where I Live*, Eds. Christine R. Day and Bob Woods, New York：A New Directions Book, 1978, 66.

笼。此时，布兰琪"大声喊叫着，仿佛那灯笼就是她自己。"（140）撕毁纸灯笼象征性地侵犯了布兰琪的人格及其完整性，不亚于米奇曾经有意为之而斯坦利最终实施的身体侵犯。布兰琪就像纸灯笼那样美丽而脆弱，无法抵挡斯坦利所代表的现实主义的强光照射，而她所创造的诗意世界也被残酷的现实彻底毁灭。

福尔克（Signi Falk）指出，威廉斯的主题经常是关于"被野蛮动物摧毁的飞蛾"①。布兰琪仿佛自始至终都在与平庸而粗俗的现实作斗争。在"飞蛾"与"猩猩"之间的较量中，南方女子表现出飞蛾扑火般的悲壮与美丽。威廉斯认为，我们虽然生活在粗俗而残忍的世界里，但我们的生命中不能缺少诗意与感性，也不能缺少优雅与文明。对感性的艺术家来说，在一个由"猩猩"统治的世界里，美丽的"飞蛾"是不可或缺的，因为那是诗意的想象中最优雅的精灵。"猩猩"与"飞蛾"的对峙在布兰琪抒情式的长篇演说中得到生动的体现：

> 他做事像动物，还有动物的习惯！吃饭像，走路像，说话也像！甚至有某种——非人类的东西——某种尚未达到人性阶段的东西！是的，某种——他有点像猩猩，就像我在——那些人类学图片中看到的形象！……或许我们与上帝的形象已经相去甚远，可是斯黛拉——我的妹妹——从那时起我们已经取得了一些进步！像艺术之类的东西——如诗歌和音乐——这种美好的新事物从那时起就已经来到这个世界上！在部分人那里，温柔的情感已经开始萌生！我们必须让这样的情感继续生长！并坚持到底，作为我们的旗帜！在这个黑暗的旅程中，不论我们走向何方……千万——千万不要退回去与野兽为伍！（72）

在布兰琪激情洋溢的话语中，传递出南方女子对传统失落的担忧，对进步与文明的反思。与哈姆雷特一样，布兰琪也为我们奉上了一段"人是多么神奇的一件杰作"②的精彩表白。在这里，布兰琪建立起一种艺术的理想，呼吁人类要向着被上帝创造之始时的形象——上帝自己的形象——迈进。与布兰琪的美好理想形成鲜明对照的是斯坦利的粗俗与野蛮。布兰琪发现，在现实世界

---

① Signi Falk, *Tennessee Williams*, Boston: Twayne, 1978, 159.

② 莎士比亚：《莎士比亚四大悲剧》，孙大雨译，上海：上海译文出版社，2002年，第68页。

里，人类并非朝着上帝的形象前进，而是选择了退化的路线，重新返回到野蛮的动物阶段，强力再次压制脆弱。在《致哀飞蛾》的最后一个诗节中，威廉斯这样写道：

> 哦，飞蛾的母亲，人类的母亲，
> 请给她们力量，让她们再次进入这个世界，
> 因为飞蛾是美丽的，也十分缺乏，
> 在这个魔鬼横行的世界！①

诗人仿佛是在虔诚地祈祷，祈祷美丽的飞蛾获得力量，去追寻失落的梦想。诗中"魔鬼"的意象正是这个世界上如"猩猩"一样的斯坦利的象征。叶芝《再度降临》（*The Second Coming*）中启示性的预言"恶兽……懒洋洋走向伯利恒去投生"② 在《街车》中仿佛已经变成现实。

布兰琪在离开舞台之前对医生说："不管你是谁——我总是依赖于陌生人的善意。"（142）这已成为现代戏剧史上的经典台词，听来让人感到莫名的凄凉，流露出南方女子内心的寂寞与无助。为了减轻心灵的伤痛，布兰琪必须对现实进行改造与美化，使其呈现诗意的美丽。即使在想象并描述自己死亡的情景时，布兰琪也使用了诗歌般的语言：

> 我能闻到大海的气息。我的余生要在大海上度过。当我死的时候，我要死在大海上……我要死了——我的手被船上一位英俊的医生握着，一位非常年轻的医生，留着棕色胡须，还戴着一块巨大的银表。"可怜的女士"，他们会说，"奎宁对她已经没有用了。那颗没洗的葡萄将她的灵魂送入了天堂。"（天主教堂的钟声响起）我将葬身大海，被缝在干净的白色麻袋中，从船上投下去——在中午时分——在夏日的阳光里——投进蔚蓝的大海，蓝得就像……我初恋情人的眼睛！（136）

卡赞称《街车》是一部"诗意的悲剧"③。在这个瞬息万变的世界里，想

---

① Tennessee Williams, *In the Winter of Cities*, Norfolk, Connecticut: New Directions Books, 1964, 31.

② 叶芝：《叶芝诗集》，傅浩译，石家庄：河北教育出版社，2003 年，第 450 – 452 页。

③ Elia Kazan, "Notebook for *A Streetcar Named Desire*," *Directors on Directing: A Sourcebook of the Modern Theatre*, Eds. Toby Cole and Helen K. Chinoy, Indianapolis: Bobbs – Merrill, 1976, 296.

要创造永恒绝非易事，这也反映了威廉斯在创作中所作的努力及其悲观的思考。衰落的南方淑女是挽歌式的人物，是天然的诗人，她们悲伤的哭泣注定会被时间的长河吞没。但不论有多么艰难，她们从未停止追寻生命中的诗意，因为"艺术家只有在他的作品中才能找到现实并获得满足"①。威廉斯用诗人的语言创造出充满动感的戏剧世界，而他剧中的南方女子同样具有浪漫的情怀，渴望用语言和想象的力量改造现实、创造生活。威廉斯在谈到自己的创作时说："（我在）创造想象的世界，我能够逃离这个真实的世界而到达那里"②。剧作家笔下的南方女子也莫不如此，她们借助想象创造着诗意的世界，借以逃避残酷的现实，获得心灵的慰藉。

假如说威廉斯笔下的南方女子总是处于精神崩溃的边缘，那么她们也接近于成为艺术家，不论在现实意义上还是在象征意义上都是如此。③布兰琪选择了诗意的栖居，将生活诗意化，使之变成一件艺术品。《玻璃动物园》中的劳拉也具有艺术家一样的敏感与智慧，精心"创造"并"导演"着玻璃动物们的生活。威廉斯同样承认他自己诗意化的倾向，并解释说这正是他创造出许多南方女性形象的原因所在。他说："她们喜欢矫饰文字，用词华丽，似乎不适合任何其他人，因为我是用感情在写作。"④威廉斯笔下南方女子的语言与其说是诗意的表达，不如说是情感的真诚流露。那是一种扭曲的或欺骗性的语言风格，它远离经验事实，掩盖了人物难以表达的心理真实。这也正是戏剧中的矛盾性或讽刺性所在，这种讽刺性尤其表现在表象与真实并存的戏剧中。在此，语言与行动彼此冲突，而词语处于一种只可意会、不可言传的张力之中。正如威廉斯所言：

> 一切都在流动中，一切都在创造的过程中。世界是不完整的，它就像一首未完成的诗。或许这首诗会成为一首五行打油诗，或许会成为一部史诗。我们每个人都要努力去完成这首诗，完成它的方式就是通过我们之间的理解、忍耐与宽容。⑤

---

① Tennessee Williams, *Where I Live*, Eds. Christine R. Day and Bob Woods, New York：A New Directions Book，1978，19.

② Albert J. Devlin, *Conversations with Tennessee Williams*, London 1986，106.

③ 参见 C. W. E. Bigsby, *Modern American Drama* 1945－2000, Cambridge University Press，2000，32.

④ Albert J. Devlin, *Conversations with Tennessee Williams*, London 1986，99.

⑤ Ibid. .

诗意的想象是威廉斯剧作的核心，而对他笔下的南方女子来说，想象是她们逃避现实的重要方式。然而，通过想象建造起来的美丽大厦也只是虚无缥缈的海市蜃楼。有时，南方女子也会通过充满生命活力的性来逃避现实，因为它似乎会超越根植于其中的讽刺性——联系的幻觉在它被提出的时候就已消融，时间在被拒绝的那一刻就已经肯定了它的主权。[1]对威廉斯来说，这是浪漫主义者所感受到的命运意识，或许这也是剧作家对克莱恩和拜伦这样的浪漫主义者推崇备至的原因所在。不论是《街车》中的布兰琪，还是《玻璃动物园》中的阿曼达，都是典型的浪漫主义者，她们在诗意的想象中搭建起心中美丽的花园，企图在有限而短暂的生命中创造无限与永恒。威廉斯指出：

> 人类伟大的、也是唯一可能的尊严，就在于他能够主动选择某种道德价值，并在生活中严格遵守，就像剧中的人物那样，不受时间的侵蚀。从飞速流逝的事物中攫取永恒是人类生存的奇迹。在我们的知识范围内，根据存在的经验事实，我们无法在存在与死亡的游戏中获胜。在现实的层面上，死亡是这场游戏中注定的胜者。[2]

艺术的矛盾性就在于，它通过模仿死亡过程而祈求超越死亡。然而，在这一矛盾当中我们仿佛看到了希望的曙光。在阻止时间之流的努力中，威廉斯笔下的南方女子也加速了她们自身的毁灭，同时也赋予这一时刻某种意义。将她们从现实世界中隔离开来的想象，表明一切也可能是另一番模样。于是，威廉斯笔下的艺术具有了某种普遍治疗性的价值。[3]威廉斯清楚地意识到，人类需要的不仅仅是对现实的科学描述，更需要充满想象的诗意阐释，否则，价值与事实将彼此剥离，目的与手段会失去应有的联系，人类也将分裂，而不再是完整的存在。威廉斯及其笔下的南方女性试图通过诗意的想象重新建立与现实之间的联系，创造另一种更真实的存在。对南方女子来说，真理似乎只存在于诗意的想象中。正如威廉斯所说：

---

① 参见 C. W. E. Bigsby, *Modern American Drama* 1945 – 2000, Cambridge University Press, 2000, 38.

② Tennessee Williams, *Where I Live*, Eds. Christine R. Day and Bob Woods, New York: A New Directions Book, 1978, 52 – 53.

③ 参见 C. W. E. Bigsby, *Modern American Drama* 1945 – 2000, Cambridge University Press, 2000, 68.

我坚信真理一定就在某个地方，我每天通过文字寻找它，而这些文字总是被误解和惧怕，只因为它们是艺术家的文字，而艺术家几乎总是与革命一词相提并论。因此，那不仅仅是一个词。①

如果说艺术家用来追求真理的文字总是被误解，那么南方女子用来创造"真实"的想象也同样被残酷的现实肆意践踏。在第八场中，布兰琪的生日并没有带给她多少快乐。她满怀希望地等待米奇的出现，但桌旁的空位清楚地表明米奇的缺席。后来，斯坦利粗暴地将桌上的杯盘摔在地上，这是对布兰琪诗意的想象最无情的破坏。生日蛋糕尚未切开，蛋糕上的蜡烛也不曾点燃。斯坦利送给布兰琪一张返回劳雷尔的车票，这是她收到的唯一的生日礼物，尽管斯坦利清楚地知道布兰琪已无法回到那个地方。《街车》为我们展现的是一个破碎的世界，在这里，想象失去了意义，情感也变得苍白，一切美好的事物都仿佛遭到拒绝。剧末，精神失常的布兰琪穿戴整齐，上衣领口佩戴着漂亮的海马胸针，以为是要与梦中情人携手浪漫的海上之旅，殊不知这美丽的"度假"将成为她永远的"囚禁"。

《街车》与其说是对已逝南方的哀悼，不如说是对美好梦想的追寻。萦绕在舞台上空的南方神话是天堂的隐喻，也是青春与美丽的象征，只是它早已随着时间的流逝而烟消云散。少女的梦想破灭了，消失在新奥尔良沉闷而腐朽的空气中。其实，那只是一份美好的期待，期待纯洁的爱情，就像行走在永恒春天里的亚当和夏娃，没有道德的顾虑，也不因欲望而感到羞耻。青春不再、容颜老去的南方女子是威廉斯剧作中的中心意象，她们哀叹着生命的短暂与无常。布兰琪告诉报童，在新奥尔良"漫长的下雨的午后……一小时不只是一小时——而是掉在你手心里的一小块永恒的碎片"（83）。后来布兰琪吻了报童，并叫他迅速离开。布兰琪多么希望这一刻能够成为永恒，这样她就可以拥有一份浪漫而持久的爱情。报童离开后，布兰琪闭上双眼，沉浸在甜蜜的梦境当中，唯恐一睁眼梦境便消失不见。在此，物理的时间单位转化为一种可能性经验的量度，而时间从她手指间滑落的事实强调了戏剧哀婉的主题。"衰老的淑女是时间的牺牲品，她等待一个不会有的未来，也渴望一个永远都不曾有的

---

① Tennessee Williams, *Where I Live*, Eds. Christine R. Day and Bob Woods, New York: A New Directions Book, 1978, 171.

过去。"①只有通过将现实审美化或诗意化，南方女子才能在变化中攫取哪怕一点点永恒，也才有勇气面对残酷的现实。在布兰琪与陌生人的"亲密接触"中，与其说她对"接触"本身感兴趣，不如说是倾心于这种浪漫化的仪式，只为重温初恋时的幸福与甜蜜。在"重复"这种浪漫仪式的过程中，不论多么半心半意，布兰琪总是希望能够再次体验曾经有过的美丽爱情。

布兰琪无时不在为自己创造着诗意的空间。夜间从娱乐公园回来之后，布兰琪邀请米奇进入房间，点燃蜡烛并斟满酒杯，说道："我们就是波希米亚人了。假设我们就坐在巴黎左岸一家小小的艺术家咖啡馆里！……*Je suis la Dame aux Camélias! Vous êtes—Armand!*"（88）②。摇曳的烛光闪烁着布兰琪诗意的想象，此时的米奇与布兰琪也变成《茶花女》（*La dame aux Camélias*）中浪漫的男女主人公。"茶花女"玛格丽特与布兰琪有着相似的命运。与布兰琪一样，玛格丽特曾经身为妓女，却满怀着改变现实的美好愿望；在遇到阿尔芒之后，这种愿望变得更加强烈。布兰琪的生活中则出现了米奇，她一定也曾幻想着能像茶花女那样在爱情中获得拯救。不论是玛格丽特，还是布兰琪，在她们"纵情"的时光中或许也会感到片刻的愉悦，但更多的是内心的空虚与无助。表面挥霍感情的女子，却不愿放弃对真爱的守候和对纯洁的渴望。然而，无论是美丽的茶花女还是优雅的南方女子，都与爱情擦肩而过。

被爱人抛弃的茶花女饮恨黄泉，而失落爱情的南方女子则淹没在意象的海洋中，疯癫仿佛是布兰琪无法逃脱的命运。

> 布兰琪被困在她自己的疯癫当中，自我囚禁；她的疯癫恰恰是她被意象包围的明证。在处于妄想狂的状态之下，布兰琪真的无法"逃脱"，因为再也没有内外之分：疯癫逾越并转换了边界，"形成一种内容不定的表演"，于是，她在继续被囚禁其中的同时也否定了意象；场景的边界不再能够定义布兰琪，而是将她反射回来。③

此时的布兰琪已不再能够区分现实与幻想、内部与外部。当她看着镜子里的自己时，镜子也已变成疯癫的象征："意象不再只是反射欲望，而是将镜子

---

① Roger Boxill, *Tennessee Williams*, London and Basingstoke: Macmillan, 1987, 93.

② 句中法文意为"我是茶花女！你是——阿尔芒！"

③ Anne Fleche, *Mimetic Disillusionment: Eugene O'Neill, Tennessee Williams, and U. S. Dramatic Realism*, Tuscaloosa and London: The University of Alabama Press, 1997, 101.

本身纳入欲望的语言。"①布兰琪摔碎镜子的同时，她的精神也随之崩溃，她再也看不到镜子里的自己，而是把镜子当作她自己。时间和岁月不断吞噬着物质，一直以来反映青春的镜子也不再欺骗，而是宣告死亡的来临。在斯坦利统治的世界里，表象就是全部，只有能够被精确测量的事物才会获得认可。然而，不受时间侵蚀、在永恒的时间之流中得以留存的，恰恰是那些内在的精神之美，这也正是布兰琪认为自己所拥有的。②可以说布兰琪是艺术的守护神，她"用创造力将自己包围，试图将自己重新塑造成一件艺术品"③。霍曼（Sidney Homan）对布兰琪"修辞性的想象"（verbal imagination）似乎报以不屑的态度，指出"在威廉斯的高雅艺术中，她代表一种欺骗性的艺术——一个无法实现的艺术家"。但我们不能否认布兰琪作为"艺术家"的身份。她精心布置科瓦尔斯基公寓，将其改装为剧场，用帘布隔开的卧室是她想象中的舞台，浴室则充当了她的后台。④正如威廉斯所说：

> 当你全身心地投入一部戏剧的创作时，那既令人兴奋，又令人恐惧。就像你在疯狂地建构着另一个世界，而你所居住的世界在你脚下慢慢消融，你能否生存完全依赖于正在建构的这个世界，至少要在旧世界坍塌一秒钟之前完成它。⑤

与她的创造者一样，布兰琪也通过诗意的想象"建构着另一个世界"，威廉斯的创作信条同样也是布兰琪的艺术理念。

《街车》第七场很好地揭示了布兰琪生活的双重世界，也显示出布兰琪和斯坦利之间的力量抗衡。布兰琪一边沐浴，一边唱着愉快的歌谣，与此同时，斯坦利向斯黛拉讲述着布兰琪的"堕落"历史，从而形成戏剧性的讽刺。布

---

① Anne Fleche, *Mimetic Disillusionment*: *Eugene O'Neill*, *Tennessee Williams*, *and U. S. Dramatic Realism*, Tuscaloosa and London: The University of Alabama Press, 1997, 101.

② 参见 Sidney Homan, *The Audience and Character*, Lewisburg, PA: Bucknell UP, 1989, 130.

③ Laurilyn J. Harris, "Perceptual Conflict and Perversion of Creativity in A Streetcar Named Desire," Confronting Tennessee Williams's A Streetcar Named Desire, Ed. Philip C. Kolin, Connecticut: Greenwood Press, 1993, 85.

④ 参见 Thomas P. Adler, *A Streetcar Named Desire*: *The Moth and the Lantern*, Boston: Twayne Publishers, 1990, 37.

⑤ Tennessee Williams, *Where I Live*, Eds. Christine R. Day and Bob Woods, New York: A New Directions Book, 1978, 63.

兰琪在歌中唱道："那只是一弯纸月亮，航行在纸板的海面上——可是，假如你相信我，它就不再是纸月亮！"（99）布兰琪的歌声肯定了想象改变现实的力量，歌谣中美丽的"纸月亮"代表着南方女子诗意的想象。当斯坦利说到布兰琪引诱男学生一事时，他的"演讲"达到高潮，而浴室里传出布兰琪"轻轻的喘息声和笑声，就像小孩子在浴缸里嬉水。"（101）于是，斯坦利描述中的布兰琪与布兰琪想象中的自己形成鲜明的对照，虚构仿佛已成为布兰琪的座右铭。她在沐浴时反复吟唱着那首歌谣，深信米奇已经爱上她，却全然不知斯坦利早已向米奇揭露了她的过去。从浴室里出来后，布兰琪立刻感觉到异样的气氛，感觉到现实世界对她的想象世界构成的威胁，忧郁的"蓝调钢琴"传递出她内心的恐惧与不安。

像所有的艺术一样，虚构也依赖于观众的共谋，愿意接受艺术家的创造性活动，愿意相信"纸月亮"的真实。布兰琪的"歌声变成一种祈求，一种痛苦的哀悼，而每一个艺术家都会时不时地发出这样的哀悼。"[1]然而，作为"观众"的斯坦利、米奇甚至斯黛拉都无意认可作为"艺术家"的布兰琪，更不相信她所创造的诗意现实。于是，她的"艺术"失去了应有的"假定性"。王晓鹰指出，"观演之间如果没有这个指假为真、以假当真的契约，戏剧演出艺术就根本无法成立；如果这个'契约'在执行过程中被忘却、被'撕毁'，戏剧演出就会遭到破坏。"[2] 既然布兰琪与"观众"之间的假定性契约已经被毁，那么她的"艺术"也失去了存在的根基，于是，纸月亮永远只是纸月亮。作为一个现实主义者或反幻想主义者，斯坦利认为布兰琪的想象是欺骗性的谎言。在布兰琪创造的诗意世界中，斯坦利看不到任何美学的或救赎的价值，更无法理解她对一沓发黄的旧情书怀有的特殊感情。

布兰琪仰望夜空寻找着七姐妹星的方向，并展开了丰富的想象："我在找七姐妹星，那七个姐妹，可是今晚这些姑娘们没出来。哦，是的，她们出来了，就在那儿！愿上帝祝福她们。她们正一起离开桥牌聚会回家呢。"（86）布兰琪对七姐妹星的描述中充满诗意的想象，想必她曾不止一次地祈求自己能够拥有一个温暖的家，就像天上的七姐妹那样，幸福地栖居在天庭之上。当《星报》报童来收费时，布兰琪半开玩笑地说："我不知道看星星也要收费"

---

① Thomas P. Adler, *A Streetcar Named Desire*: *The Moth and the Lantern*, Boston: Twayne Publishers, 1990, 38.

② 王晓鹰：《戏剧演出中的假定性》，北京：中国戏剧出版社，1995 年，第 13 页。

（82）。话语中暗示出神圣与世俗之间难以跨越的距离。布兰琪仿佛突然意识到天上的星星也是要"收费"的，"因为对三十岁的淑女来说，生命早已不再是清新的黎明，所有维纳斯的追随者都需要付出代价。"①布兰琪与妹妹见面时就说："斯黛拉是星星！"②（18）而这颗"星星"早已从天上"坠落"，也已忘却有着白色廊柱的"美梦"庄园，转而在斯坦利激情点燃的"彩色灯光"（112）中寻求超越性的力量。布兰琪清楚地意识到她的想象世界与现实世界之间有一道无法逾越的鸿沟。

对威廉斯来说，布兰琪热爱诗歌具有重要的意义，而不仅仅是强调阶级的特殊性。③与威廉斯一样，布兰琪的话语中有许多典故，而且充满诗意的想象，不仅表现出她良好的修养，更显示出她纯洁的心灵与浪漫的情怀。她将自己视为茶花女，就像威廉斯将自己视为拜伦一样。在艺术与想象的世界里，不论是威廉斯还是他笔下的南方女子，都能够获得一定的救赎。正如托马斯·阿德勒所说：

> 布兰琪离开了舞台，像受辱的圣母玛丽亚，保持着疯癫/幻想给予她的仅有的尊严。她心灵的封闭空间（疯癫缓解了痛苦）相当于剧场中观众临时所处的艺术世界（神奇弥合了现实）。艺术和想象变为一种神圣的仪式，布兰琪从中获得救赎，对观众来说也同样如此：艺术创造了肉身一词，这样观众就能够忍受如此的痛苦，甚至可能经验某种神灵的启示。④

然而，布兰琪试图给别人的"奇迹"，用艺术想象提升他们日常生活的努力，在她自己最需要的时候却仿佛失去了效力。在这个现实世界里，布兰琪还有足够的意识，明白来接她的人并不是她所期待的梦中情人，没有人能够带她逃离这个建立在谎言与欺骗之上的世界。米奇曾经爱过布兰琪，后来却轻易地将她抛弃，彻底打破了她被拯救的希望；斯坦利不仅侮辱了她的身体，而且摧毁了她的精神，断然拒绝南方女子诗意的想象与浪漫的艺术。

---

① Roger Boxill, *Tennessee Williams*, London and Basingstoke: Macmillan, 1987, 93.

② 斯黛拉的名字（Stella）意为"星星"（star）。

③ 参见 Nancy M. Tischler, "'Tiger—Tiger!'; Blanche's Rape on Screen," *Magical Muse*: *Millennial Essays on Tennessee Williams*, Ed. Ralph F. Voss, Tuscalloosa and London: The University of Alabama Press, 2002, 57.

④ Thomas P. Adler, *A Streetcar Named Desire*: *The Moth and the Lantern*, Boston: Twayne Publishers, 1990, 46.

假如我们相信，在流动的时间和有限的生命中，唯一能够保持永恒的是艺术，那么就能够理解为什么布兰琪如此坚定地躲藏在艺术的世界里。假如她将自己完全冻结在想象的空间中，她就能够忘记过去，消除因自责而产生的痛苦，最终在精神病院找到安静的归宿，就像威廉斯的姐姐罗丝曾经所做的那样。不论对威廉斯还是对布兰琪来说，艺术具有一种道德的纬度，远远超越了单纯逃避的范畴。更为重要的是，艺术能够显示出人类应该抵达的生命状态，而且，艺术对于文明的发展具有重要的意义。就像契诃夫一样，威廉斯强调浪漫主义的审美而非实用主义的粗俗，强调精神的意义而非物质的价值。威廉斯与布兰琪一样，惧怕斯坦利式的现实主义者统治这个世界，知道没有她和像她一样富有想象力的"艺术家"，这个世界将会变得越来越贫乏。不论是在情感上还是在伦理上，一种无法逆转的沉沦与堕落将随之而来。①

对布兰琪及其观众来说，治疗现实的解药就是艺术，而对威廉斯来说，这是一种"世俗的圣所"（secular sacrament）②。威廉斯及其笔下的南方女子仿佛都相信艺术的力量，艺术通过显示应有的真理可以使人类得到提升，从而超越现实。假如艺术行为保持内向性与个人化，那么它只需要自我去想象，这很可能意味着接近疯癫的状态。威廉斯认为，艺术不应该只是一种内在的行为，而必须走出去，与观众形成有效的互动。当艺术被搬上舞台或公之于众的时候，它就需要观众对"虚构"的认可。假如幻想不是永久的，那么痛苦便会重来。不论对威廉斯还是像布兰琪这样的南方女子来说，艺术家的艰难与痛苦在于艺术品的"魔力"从来都不是自足的，它必须通过不断的创造活动获得更新。③布兰琪最后离开威廉斯创造的舞台，进入另一个虚幻的时空。《街车》落幕时分，我们再一次看到"绿宝石"一样美丽的天空，象征着曾经单纯而美好的世界，此时却已渐渐远去，湮没在历史的尘烟当中。

像哈姆雷特一样，布兰琪通过扮演相互冲突的角色来展示她的内心世界，成为现代戏剧中典型的反英雄形象，同时从不同的角度获得呈现。莎士比亚通过探究行动与存在因偶然选择而出现的多种可能性，揭示出哈姆雷特的多重性

---

① 参见 Thomas P. Adler, *A Streetcar Named Desire*: *The Moth and the Lantern*, Boston: Twayne Publishers, 1990, 85.

② Philip C. Kolin, Ed. *Tennessee Williams*: *A Guide to Research and Performance*, Westport, Connecticut and London: Greenwood Press, 1998, 53.

③ 参见 Thomas P. Adler, *A Streetcar Named Desire*: *The Moth and the Lantern*, Boston: Twayne Publishers, 1990, 85 – 86.

格特点。布兰琪分享了哈姆雷特多重性格中存在的张力。南方女子的表演性证明，戏剧不仅仅是威廉斯的所爱，也是他创作中的基本隐喻。不论是在真正意义上还是在象征意义上，可以说威廉斯笔下的南方女子都是自我意识的演员。她们将世界戏剧化，为的是能够求得生存。戏剧对她们来说是一种保护，就像戏剧保护着剧作家威廉斯一样。《青春甜蜜鸟》中的普林塞丝是真正的演员，《街车》中的布兰琪则是比喻意义上的演员，她们扮演着自己的角色，迫切希望得到观众的认可，而且企图通过诗意的想象对抗冷酷的现实。

维柯在对理性主义的反驳中提出"诗性智慧"这一概念，旨在引导人们在关注高度文明的人类理性的同时，更要强调人类的想象、直觉等感性认识的重要作用。在维柯看来，人类早期历史是"诗性历史"，其中充满诗意想象和诗性智慧，通过诗性逻辑传达宇宙的本真精神和内在意义。维柯的诗性创造观打破了理性主义对想象的禁锢，它将想象置于理性之前，认为诗与神话不是谎言，而是真实的叙述。想象不仅可以达到确定的认识，而且是一种本源的创造力。诗性智慧具有强烈的情感性，它是创造性的智慧，其核心的动力是想象。在这个意义上来说，威廉斯及其笔下的南方女子，运用诗性逻辑对现实世界进行诗意的阐释，创造出审美化、诗意化的历史，因而在一定意义上具有了维柯式的"诗性智慧"。

落幕之时，布兰琪仿佛变成了纯粹的演员，她走出科瓦尔斯基公寓，已无法区分虚幻与现实，精神病院将成为她的另一个"舞台"。对南方女子来说，想象既是安慰，也是囚禁。威廉斯之所以选择戏剧的隐喻，一方面是因为其创作背景就设在南方这块自我戏剧化的土地上，这里"上演"着神话般的历史，拒绝时间的流逝，只为忘记痛苦的回忆；另一方面是因为他笔下的自我主要是由想象来支撑的，由于现实过于残酷，必须对其进行改装重组，只有这样，那些缺乏必要生存素质的人才可以接受。[①]布兰琪从未让现实统治她的梦想，而将自己的生活变成一部神话，并希望得到"观众"的认可。其实，整个南方也莫不如此。南方神话包围着像布兰琪这样美丽的飞蛾女，她们被困在遥远的过去，无法与现实形成有效的联系，更无法创造生机勃勃的未来，最终她们变成旧南方完美的象征。布兰琪之所以要用神话对经验事实进行改造，是为了缓解现实的痛苦与悲伤。正如克莫德（Frank Kermode）所说："神话发生在完全

---

① 参见 C. W. E. Bigsby, *Modern American Drama* 1945 – 2000, Cambridge University Press, 2000, 42.

不同的时间秩序中……然后出现了确定的事件，就像事物本来的面目；唯一通往这种时间秩序的方式就是通过仪式的重新演绎。"①

尽管残酷的现实统治着《街车》中的世界，却从未控制布兰琪的想象。她甚至企图破坏斯黛拉与斯坦利之间的关系，那样，时间就会倒流，姐妹俩就能够像从前一样，生活在神话般的"美梦"中。南方神话是一种蓄意的建构，一如布兰琪审美化的表演。正如比格斯比所说："不论是南方还是布兰琪的生活，都仿佛变成了艺术品，其风格值得称羡，其工艺值得赞美，然而，它们能够幸存下来只是因为不再拥有鲜活的生命。"②对威廉斯来说，南方早已跨越历史的轨迹，其心理航标总是指向过去。随着 20 世纪飞逝而过，南方变成了一种美学事实，其中仿佛不无可取之处。由于时间凝固，现实成为神话，高尚的品味与优雅的风格得以永久留存，伴随成熟而来的种种危险也被拒之门外。然而，对生命的拒绝总是要付出代价的，因为停滞便意味着腐朽与死亡，时间只能在想象的层面上被拒绝。

梅森（Jefferson Mason）指出："戏剧是一种共谋的形式；演员可以主动开始这种互动，但如果没有观众的共谋——即使是非自愿的——就没有戏剧，因为所有参与者都要达成共识，对彼此的行为采取一定的假定性态度。"③由于布兰琪与"观众"之间失去了应有的共谋关系，她的表演也因此失去了存在的根基。假如没有观众的视点或纬度，演员便只能在表演的范围内去自我演绎，其表演会失去存在论的根基。艾思林（Martin Esslin）指出："作者（剧作者）和演员只不过是整个过程的一半；另一半是观众和他们的反应。没有观众，也就没有戏剧。"④在表演诗学中，观众即为表演的欣赏者或接受者，表演只有被观众欣赏才能成为表演，观众是表演的最终完成者。就表演而言，它必须取得与观众的交流才称得上真正的表演。"作品期待于欣赏者的，既是对它的认可又是对它的完成。"⑤从这个意义上来讲，南方女子的表演因为观众的缺席而失去应有的生命力，也可以说是一件尚未完成的艺术品。观众往往代表着一个时代、一个地域或者一种风尚，当时代发生改变，演员的表演也要相应地进行调

---

① 引自 Richard Gray, *Writing the South*, Cambridge: Cambridge University Press, 1986, 272.

② C. W. E. Bigsby, *Modern American Drama* 1945 - 2000, Cambridge University Press, 2000, 44.

③ Jeffrey D. Mason, "The Metatheatre of O'Neill: Actor as Metaphor in A Touch of the Poet," *Theatre Annual* 43 (1988): 57.

④ Martin Esslin, *An Anatomy of Drama*, New York: Hill and Wang, 1976, 16.

⑤ 杜夫海纳：《审美经验现象学》（上），韩树站译，北京：文化艺术出版社，1996a 年，第 74 页。

整，这就是重新语境化的过程。只有在与时代融合的过程中，演员才能创造出符合时代精神的艺术。对南方女性来说，要想赢得"观众"的认可，就必须适应时代的更迭与历史的变迁，对其"表演"艺术进行重新语境化。只有这样，才能获得生存与发展的契机，再度焕发生命的光彩。阿尔玛对生存美学的追求正是南方女子的"表演"重新语境化的过程，以求其"艺术"的最终"完成"。

第四章

走向生存美学：阿尔玛的抉择与回归

　　《夏日烟云》中的阿尔玛是最后出场的南方女子，但这并不意味着她是最不重要的一位。这一章以阿尔玛为主要研究对象，探讨现代社会中的南方女性对生存的体验和对未来的思索。《夏日烟云》问世之初，许多批评家指责威廉斯，认为该剧重复了《玻璃动物园》和《街车》中描写过的主题，而且不像《街车》那样充满激情与力量，也不及《玻璃动物园》那么感人至深。有些评论家指出剧中人物的呈现过于简单和平面化，戏剧结构过于对称，情节发展也太突然，甚至有人认为威廉斯只是写了一部基础心理教科书，而不是戏剧创作。① 然而，该剧 1952 年的舞台演出获得巨大成功，从此引起学界的高度关注，斯波托甚至认为《夏日烟云》是一部完美的剧作。（179）一些学者指出，与《街车》相比，《夏日烟云》对精神和肉体冲突的描写更为细腻，不仅表现冲突的激化，而且强调冲突的解决。杰克逊指出，威廉斯的戏剧结构打破了亚里士多德式的传统，将抒情性置于叙述性之上，将情感性置于思想性之上。② 在这部剧中，威廉斯将进一步向我们展现了传统与文明、精神与肉体之间的激烈交锋。阿尔玛代表精神，是传统人文价值的象征；约翰代表身体，是现代与文明的化身。通过这样的具有代表性的戏剧人物，威廉斯再一次引导我们思考关于文化选择的问题，是过去与现在之间的选择，是传统与现代之间的选择，也是精神与身体之间的选择。福柯在《性经验史》中探讨的生存美学思想，有助于我们更好地理解《夏日烟云》这部剧作。

---

　　① 参见 Philip C. Kolin, Ed. *Tennessee Williams: A Guide to Research and Performance*, Westport, Connecticut and London: Greenwood Press, 1998, 83 – 84.

　　② 参见 Esther M. Jackson, "The Problem of Form in the Drama of Tennessee Williams," *College Language Association Journal* 4 (Sept. 1960): 9.

第一节　生存美学概述

福柯（1926－1984）是当代法国思想界的著名人物，德勒兹将20世纪称为"福柯的时代"。的确，福柯的思想和著作改变了我们的思维方式，也改变了我们生活的这个世代。在他的思想宝库中，不论是主体学说、知识理论还是话语理论，都是对现代性的批判与反思。杨大春指出，福柯尽管是"主体终结论"的倡导者，但他在某种意义上仍然具有人本主义的情怀，关注个体的生存，有意建立一种新的生存哲学，那就是"超越现代性，向关注原始身体经验的个体，即自我关怀的伦理主体回归。"①福柯的主要作品都是在揭示主体的真相，并为我们指出通向个体生存的路径。

哈贝马斯认为，我们拥有三种形式的技术：生产的技术、交流的技术和控制的技术。福柯认为还存在另一种技术，那就是自我的技术，即"允许个体以自己的方式或通过他人的帮助，对自己的身体、心灵、思想、行为、生存方式施加影响，以改变自己，达到某种快乐、纯洁、智慧、美好、不朽的状态"②。《性经验史》旨在揭示所谓自我技术的历史，力图为人们提供一种回归原始身体经验的选择。福柯自己也认为，他之所以写作主要是为了追求一种审美的生存，通过写作来改造自我、完善自我。他说："我不关心我所做的工作在学术上的位置，因为我的问题在于对自身的改造。"③在福柯看来，基督教道德与古代道德之间存在巨大的差异。在古希腊罗马时代，人们追求的是一种个人的生存艺术，而这种古典的、自由风格的道德在中世纪以来逐渐转化为伦理规范和教条。福柯在接受关于《性经验史》写作的采访中说：

> 从古代到基督教时代，我们从一种本质上属于对个人伦理的追寻的道德，过渡到一种服从一整套规则的道德。如果说我对古代感兴趣，那是因为我有许许多多理由可以说，遵从一整套规则的道德观念现在正趋于消失，已经逐步消失。而与这种道德的消失相对应的是——必然会是——对

---

① 杨大春："身体经验与自我关怀：米歇尔·福柯的生存哲学研究"，《浙江大学学报》，2000年第4期，第117页。

② Michel Foucault, *Subjectivity and Truth*, Ed. Paul Rabinow, The New Press, 1997, 225.

③ 福柯：《权力的眼睛——福柯访谈录》，严锋译，上海：上海人民出版，1997年，第12－13页。

于一种生存美学的追寻。①

随着知识主体、权力主体渐渐退出历史舞台，个体逐渐从规范的约束中挣脱出来，有了恢复其直接感受性的可能。福柯力图把握这种趋势，而古希腊罗马时代的个体经验及生存技艺为他提供了很好的参照。

福柯一生著述颇丰，《性经验史》是他最后的著作，也是他的代表作。福柯之所以选择"性"作为研究对象，一个重要的原因就是他想通过"性"来探讨权力与真理的问题。正因为如此，《性经验史》的第一卷题名为《求真的意志》，但福柯后来改变了思路，开始把性经验视为探讨自我技术的一个最重要的领域。福柯并不单纯探讨所谓的性问题，而是将养生之道、家政管理、性爱艺术密切联系在一起，因此涉及到生活的艺术、行为的艺术和快感享用的艺术。《性经验史》原本计划写成六卷，但最终只完成了三卷。第一卷《求真的意志》发表于 1976 年，直到 1984 年才推出第二卷《快感的享用》和第三卷《自我的呵护》。福柯在这一年去世，还留有第四卷部分手稿。福柯通过对古希腊罗马时代有关性行为和性道德的分析，探讨了一种关爱自我的"生存美学"（art of existence），提出个体认识自我、改造自我和完善自我的伦理追求。福柯对古希腊罗马时代人们的性爱艺术作了考古学和谱系学的研究，并与基督教时期的性科学进行比较，从而为现代人的自我实践提供了一种借鉴。

在《求真的意志》中，福柯使用大量篇幅论述了权力与真理这两个主题，主要在基督教及其忏悔学说中寻找"性话语"的来源。福柯认为，我们所拥有的"性"并不是一种与生俱来的东西，而是 18 世纪的性机器制造出来的产品，是不断变换的性话语的产物。17 世纪是性压抑时代的开始，从那时起，性从言谈对象中被剔除。在性受到压抑的前提之下，言性就成为反抗压抑的行为。然而，

> 我们不应该认为：我们通过对性的肯定就能达到对权力的否定；相反，我们正沿着普遍的性欲机制所开创的道路前进。我们必须依靠各种性欲机制的策略反向，从性概念中解放出来；我们希冀以身体、快乐和技

---

① 引自何成洲："'自我的教化'：田纳西·威廉斯和福柯"，《南京社会科学》，2005 年第 8 期，第 72 页。

巧，以它们在抵御性欲机制中呈现出的多样性和能力来反对权力的控制。①

福柯批判了性压抑假说。弗洛伊德和拉康的精神分析理论，从压抑和解放的二元对立出发，认为性从来都是被否定和压抑的，但是福柯发现，在性经验的机制中各种权力相互作用，并指出压抑和解放是权力机制中互相关联的两个方面。其实，福柯并没有否定性受到压抑的事实，只是否定权力与性的截然对立。我们生活于其中的这一套性的话语和性的科学才是真正束缚我们的绳索，因为这些性话语并不是外在于权力或反对权力的，而是处在权力的范围之内，作为权力运作的手段起作用的。

福柯的一个重要思想是关于性科学与性爱艺术的区分和对立。像中国、日本、印度等许多社会，都有性爱艺术，但近代西方社会只有性科学。不过，在西方文明史上并非从来都没有过性爱艺术，只是它存在于遥远的古希腊罗马时代。在与性爱艺术的传统决裂之后，西方社会便为自己装备了一套性科学，而坦白成为这一科学的核心机制，成为揭示真相的重要仪式。

> 在希腊，真相和性是通过身体之间传递重要知识的方式在教学法形式中联系在一起的，性是这些知识传授的工具。但是对于我们来说，真相和性是通过必须详尽地说出个人隐秘的方式在坦白中联系在一起的。②

在西方性科学实践中，人们不断地探索关于性的真理，并通过性探索人的本质；他们放弃直接的、单纯的性的快感，开始在挖掘快感背后所隐藏的真相的过程中寻求快感。

19世纪是性科学诞生的时期，也是人们以为性压抑得到缓解的时期。但是，在福柯看来，原本浑然一体的性被性科学划分为许多亚族，医学控制模式与先前的法律道德控制模式相比，对人的压抑并没有减轻多少，"有关快乐的所有形式都被孜孜不倦地作了分类……医学已经驾驭操纵了性。"③性欲开始成

---

① 引自阿兰·谢里登：《求真意志——米歇尔·福柯的心路历程》，尚志英、许林译，上海：上海人民出版社，1997年，第250页。

② 福柯：《性经验史》，上海：上海世纪出版公司，余碧平译，2005年，第41页。

③ 引自阿兰·谢里登：《求真意志——米歇尔·福柯的心路历程》，尚志英、许林译，上海：上海人民出版社，1997年，第225－226页。

为权力的对象，成为认识的对象，性爱艺术让位于性科学。关于基督教自我技术的实质，福柯做过这样的陈述："我们越是发现关于我们自己的真理，我们越是应该抛弃我们自己；而我们越是愿意抛弃我们自己，我们越是有必要将我们自己的真实置于光明之中。"①于是，古希腊哲学家"认识你自己"这一积极的训言，在基督教这里变成了"放弃你自己"这一消极的命令。性爱艺术和性科学与真理具有不同的关系。在性爱艺术中，真理是对享乐本身的直接领会，它与体验密切相关，这种领会反过来会强化性的享乐；而在性科学中，真理并非与享乐联系在一起，它针对的是欲望，其目的不是为了强化享乐，而是知识的生产，并借助这种知识来改造主体。古代人关心的是生存美学，他们以美好生活的名义实行节制，而现代人以心理学、性科学的名义探寻欲望的真相，并在有关性话语的增殖中寻求自我的满足。

在《快感的享用》中，福柯考察了古希腊的性观念和性思想，发现古希腊人主要是从美学意义上来看待快感的享用。他们关于性快感的道德反思，目的并不在于建立一种规则体系，而是阐明享用快感的风格。然而，在现代社会，性经验的焦点已不再是快感以及享用快感的美学，而是欲望和净化欲望的解释学。福柯通过对古希腊性道德的考察发现，在那个时代，人们有一种自我约束的要求，注重的是做事要有节制，特别是在性行为方面，而不是遵循某种行为准则，人们在性的领域更加关注与自我的关系。福柯对以伦理为导向的古典道德和以规范为导向的现代道德进行区分，认为古希腊的道德反思主要是以自我实践与修行为导向的，而不是行为的规范化。古典道德强调与自我的关系，让人们不受欲望与快感的左右，而是控制并战胜它们，使自己的内心摆脱各种激情的束缚，充分享受自我的生活。

根据福柯的考察，在古希腊社会，性活动一般被认为是自然的。尽管没有必须遵从的行为规范，但古希腊人关注节制的问题。节制是一种适度、适量、适时地享用快感的原则，这是一种时尚，一种哲学倾向，目的是使个体达到至高、至善、至美的境界。节制成为自我技术的重要部分，它使个体成为一个善于自我控制的主体。在古希腊社会，个人品质的高尚与低下取决于人对自身欲望的控制能力，也就是节制的能力。节制就是做自己的主人，控制内心的快感和欲望。古代人不仅将节制与道德联系在一起，而且将节制与智慧联系在一

---

① 引自杨大春："身体经验与自我关怀：米歇尔·福柯的生存哲学研究"，《浙江大学学报》，2000 年第 4 期，第 122 页。

起。那些能够很好地控制自己欲望的人被视为德性的典范，而那些无节制的人则属于无知者。总体来说，古希腊罗马直至基督教早期，节制所指向的都是美学目标；它不是力图使个体服从规范，而是使其成为自己的主人。在古希腊社会，节制与真理的关系并没有导致欲望解释学，而是开启了一种生存美学。在古希腊人那里，无论是性行为还是性快感，都不曾被视为一种罪恶。相反，它们旨在恢复人们最完善的生存方式。

福柯将《性经验史》的第三卷定名为《自我的呵护》。在这一卷中，福柯进一步探讨了古希腊罗马时代人们的性观念及关心自我的思想。在那个时代，人们自我修行的目的在于肉体的舒适和灵魂的宁静；要想达到或接近这样一种理想状态，需要在一生中不断地关注自我，最终拥有自我、获得自由。福柯从分析公元 2 世纪一位名叫阿尔泰米多尔的人写的一本题为《梦的解答》的书开始，进入关于"自我的呵护"这一主题的讨论。为什么要选择这样一本书来进行分析呢？福柯对此的解释是："在一篇类似的文献中，问题不是去找出规范性行为的严格道德或者性的要求，而是揭示当时理解性行为的流行方式和广为接受的态度。"（《性经验史》305）福柯曾明确表示，他对那些关于性行为道德的论述不感兴趣，而是关注古代人的性行为方式与态度。福柯再次注意到，在古希腊人的性观念中，现代性科学所关注的正确与错误、符合自然与违反自然的观念是完全没有的。《梦的解答》向我们展示的是罗马时代的人们对于生活方式的选择，因此，我们不应该在这一文本中寻找应该做或不应该做的规则，而是认识它所揭示的某种主体伦理。

在福柯看来，对于性自由的限制早在纪元初年就开始了，但在古希腊社会，对性自由的限制并没有采用规范化的形式，而是自我修行的方式，强化自我关系从而塑造行为主体。个人主义的增长是古希腊罗马社会中出现的一个新的现象，它愈益看重个人行为的价值和人对自我的兴趣。个人的独特性被赋予绝对的意义，私人生活得到推崇，呼唤人们以自我作为认识的对象，从而改造自我、完善自我，即呵护自我。福柯生存美学的主要思想是"自我的教化"。自我的教化是指一种自我修行，一种关注自我的实践，它表现为一种态度或一种行为方式。自我的教化有着悠久的历史，而在罗马帝国主义时期达到顶峰。福柯旨在通过对古希腊罗马时代人们性观念的研究，寻找现代人可资借鉴的启示，从而创造一种生存的艺术。于是，"在知识论和权力话语意义上被宣判死刑的主体，在伦理、生存意义上得以回归。"①

福柯自称为尼采主义者，他关于生活应当成为艺术品的思想与尼采一脉相承。尼采在《快乐的科学》中指出，人应该创造自己的生活，通过长期的实践和日常生活赋予它一种风格："给人的个性一种风格——这是一种崇高而稀有的艺术！"② 在人对自我的塑造中，改造自我是一个不可避免的过程，福柯曾在不同的场合反复谈到他对自己的不断改造。在生命的最后岁月中，他对一位美国记者说："在生活和工作中，我的主要兴趣只是在于成为一个另外的人，一个不同于原初的我的人。"③福柯一生钟情于古希腊罗马的思想，他之所以有如此的偏爱，理由之一就是：

> 我觉得在斯多葛派伦理学之类学说里是找不到任何规范化的东西的。其原因，我想，就是这种伦理学的主要宗旨或者说主要目标，是审美性的……它是为少数精英人物享用的一种个人选择。作这种选择的缘由是过美好生活的意志。④

与福柯一样，威廉斯对于本体论及意识形态的东西也是极其抗拒的。正如我们在第三章中所认识到的，威廉斯为我们呈现的是表演性的、流动的自我，摆脱了既定价值的束缚，这与福柯思想中创造性的自我有着异曲同工之妙。威廉斯意识到，人类的精神价值正在受到威胁，人的个性也渐趋泯灭，他的创作仿佛是要拯救个体的消亡与毁灭，重新树立个人的尊严，恢复自然的人性。作为一名典型的人文主义作家，威廉斯与福柯一样，在他的作品中表现出对自我的深切关注，尤其关注女性自我的追寻与建构。不论是《玻璃动物园》、《青春甜蜜鸟》还是《街车》，都在探讨南方女性的生存困境及其对自我的执著追求。阿曼达在浪漫的回忆中寻找着本真的自我，劳拉心中渴望的自我就隐藏在玻璃动物的世界里，而普林塞丝则在现代的丛林世界里迷失了自我，并努力通过艺术探寻实现自我的契机。

---

① 杨大春："身体经验与自我关怀：米歇尔·福柯的生存哲学研究"，《浙江大学学报》，2000年第4期，第122页。
② 引自刘北城编译：《福柯思想肖像》，北京：北京师范大学出版社，1995年，第310页。
③ 引自詹姆斯·米勒：《福柯的生死爱欲》，高毅译，上海：上海人民出版社，2005年，第453页。
④ 同上，第471页。

《夏日烟云》是威廉斯的另一部探讨南方女性身份危机及其主体建构的力作，福柯的生存美学思想在剧中体现得尤为深刻。由于受到传统宗教文化的影响，阿尔玛悉心扮演着淑女的角色，总是压抑自己的身体欲望，追求精神的纯洁，从而导致内心的困惑与身体的不适。不过，在与约翰交往的过程中，她的身体意识开始觉醒，并获得自我的启蒙，从而回归原始的身体经验，最终实现福柯意义上的生存美学。同时，从前只关注身体欲望的约翰，也开始认识到精神生活的价值。不论是阿曼达还是布兰琪，她们都无法摆脱过去的束缚，而阿尔玛通过精神与身体的相互融合，开始与现实形成积极有效的联系，从而超越浪漫主义的遐想，获得真正的解放。阿尔玛在自我实现的旅程中，努力追求更高的生命意识，旨在创造一种生活的艺术。阿尔玛对生存美学的追寻具有某种建构性的意义，而她对过去的重新想象也已超越南方的民族记忆，直抵古典的生命哲学和生存艺术。

第二节　精神的渴望

《夏日烟云》讲述了阿尔玛与约翰之间纠结而伤感的爱情故事。阿尔玛的父亲是一名牧师，约翰的父亲是一名医生，他们两家一直都是邻居。阿尔玛从小就喜欢约翰，而约翰仿佛从来都没有认真对待过阿尔玛对他的感情，却总是嘲笑她、捉弄她。约翰的母亲很早以前就因病离世，他很少体验到母爱的温暖；阿尔玛因为母亲精神失常，从她十几岁的时候起，就开始扮演家庭主妇的角色，还要协助父亲负责一些教区工作。约翰长大后像父亲一样成为一名医生，阿尔玛则成了镇上的"音乐家"，演奏钢琴并教学生唱歌。阿尔玛和约翰的生活环境及行为方式有很大的差别，但他们之间似乎存在某种强烈的吸引力，并试图彼此交流。然而，由于阿尔玛对性的过分压抑，约翰受制于青春的躁动与轻狂，他们失之交臂。约翰对阿尔玛钟情的文学、艺术感到厌烦，而阿尔玛认为约翰的酗酒、赌博和放荡是对神灵的亵渎。尽管阿尔玛深爱着约翰，但这份感情并未获得应有的回报。阿尔玛试图拥有纯真的爱情，却在她吐露爱情的同时也失去了爱情。

《夏日烟云》描写了精神与身体之间的冲突，有评论者据此称其为道德剧。蒂施勒认为该剧是对劳伦斯作品的指涉，其中心主题是"清教主义与劳伦斯式的性之间的斗争"①。身体与精神的冲突是人类历史上永恒的话题，威廉斯笔下的南方女子也被同样的问题所困，遭遇身体与精神之间的冲突。这一冲突在剧作标题中就有所体现："夏"（summer）象征身体，"烟"（smoke）象征精神。约翰曾经告诉阿尔玛，除了身体，他意识到另外一种东西的存在，"一种非物质的东西——就像一层薄薄的烟雾"（636）。约翰所说的"烟雾"就是"精神"。舞台布置也在强调身体与精神之间的对立，威廉斯在舞台指示词中这样写道：

> 剧中有两个"内部"场景，一个是教区长家的客厅，另一个是教区长隔壁医生的家……教区长家沙发背后的墙面上，挂着一幅镀金框的浪漫主义风景画，医生家则挂着一幅人体解剖图。(569)

牧师与医生，一位主管灵魂，一位主管身体，威廉斯将他们置于同一个舞台之上，暗示出灵魂与身体之间永恒的斗争。作为牧师的女儿，阿尔玛不断压抑身体的欲望，作为医生的约翰则沉溺于感官享受之中，但他们在彼此的影响与启发下发生转变。阿尔玛开始怀疑束缚她多年的清教主义，萌发强烈的自我意识，逐步摆脱性压抑而恢复健康的生活。与此同时，约翰渐渐懂得精神生活的价值所在，开始寻求道德的完善，最终事业有成。阿尔玛与约翰不仅改变了对方，也被对方所改变，他们共同经历了认识自我、改造自我与完善自我的过程，"精神和肉体在各自身上得到初步的融合，代表着人类精神体验的进化。"②

阿尔玛对精神的执著追求与她成长的环境有很大关系。她的父亲温米勒先生是镇上的牧师，他们生活的地方又是一个传统而保守的南方小镇，因此，阿尔玛身上表现出许多与其他女孩子不同的品质。她从很小的时候起就已经承担起家庭及教区的许多责任，并且表现得十分成熟，长大后更是如此。威廉斯这样描述道：

> 阿尔玛小的时候就有一种成年人的气质，如今，在她二十多岁的时

---

① Nancy M. Tischler, *Tennessee Williams*：*Rebellious Puritan* Plays 19, New York：Citadel, 1961, 152.
② 何成洲："'自我的教化'：田纳西·威廉斯和福柯"，《南京社会科学》，2005年第8期，第73页。

候，就已经像个早熟的老姑娘了。在她神经质的笑声里，显然有一种过分的矫饰与自我意识；她的声音和动作都是多年的教区服务工作所致，是教区女主人所特有的。同龄人都认为她有点装腔作势。她基本上是跟比她年纪大的人一起长大的。她的真实本性连她自己都不太清楚。①

严格的宗教环境使阿尔玛变得矜持、严肃而敏感，对精神体验有一种强烈的渴望。作为牧师的女儿，她在教区活动中承担着重要的职责，在家还要照顾生病的母亲，料理父亲的生活。阿尔玛扮演着许多不同的角色，却没有多少是出于她内心真正的需要。她生性柔弱，但言谈举止高贵而优雅，表现出南方淑女的典型特征，而周围的人认为她是"故作姿态"，并对她加以冷嘲热讽。约翰明确告诉阿尔玛："有些人似乎认为你有那么一点点——假装……比如，你说'烟花展演'而不说'放烟花'……"（586）阿尔玛则解释说，她之所以与其他女孩子有所不同，是因为现实处境导致她脱离了时代的步伐。她对约翰说：

在我上高中的时候，她的精神就出现了问题。从那时候起，我就不得不料理教区的事务，承担起本该属于教区长妻子而不是女儿的社会及家庭责任。或许正因为这样，我在那些吹毛求疵的人看来就有些奇怪。在某种程度上来说，它已经——剥夺了——我的青春……（587）

与阿曼达和布兰琪一样，阿尔玛也是被剥夺了青春的时代错位者。她属于那个早已消失的神话世界，渴望崇高的精神体验。正如威廉斯在舞台指示词中所说："她仿佛属于一个更优雅的时代，比如法国的 18 世纪。"（580）阿尔玛由于关注精神而忽略了身体或物质的存在，她精心呵护着淑女的荣耀，保持着心灵的纯洁，却也因此而注定承受孤独与寂寞。正如福尔克所言："那些能够给婚姻带来'超验温柔'的女人是不结婚的，而是教书或教唱歌"（67）。阿尔玛是音乐教师，布兰琪曾经是英语教师，在一定意义上来说，教师的职业使她们成为文化的守护者，以免时代变迁所带来的冲击。

阿尔玛对于精神生活的执著致使她远离现实世界，成为一个理想主义者。

---

① Tennessee Williams, *Plays* 1937 – 1955, New York: The Library of America, 2000a, 577.（以下出自该剧本的引文只在括号中标明页码。）

阿尔玛与劳拉有几分相似，也总是沉浸在美丽的幻想中。如果说劳拉像月亮一般温柔、可爱，那么阿尔玛就像天使一样单纯、善良，那个名叫"永恒"的天使雕塑便是阿尔玛的象征。在与男孩子交往的过程中，阿尔玛也只想保持在精神的层面上，恪守着传统女性的行为规范，从不逾越基督教教义。在基督教教义中，严格的节制及永恒的贞洁具有崇高的道德与精神价值。正是基督教文化的影响以及南方神话的浸染，使得阿尔玛远离身体经验，从而失去了平衡、健康的生命体验。

阿尔玛生活的小镇有个充满诗意的名字，叫"秀岭"，这里的天空清澈湛蓝，"就像文艺复兴时期宗教绘画中意大利的天空"（569）。蓝色的天空被赋予一种象征的意义，代表着基督教精神的纯洁。假如说《街车》中布兰琪的世界是封闭的，是新奥尔良科瓦尔斯基公寓里狭窄而单一的空间，象征着布兰琪被囚禁的命运，那么《夏日烟云》中阿尔玛的世界则是广阔的，蓝色的天空下有着多维的空间，而烟花、星星等特殊的舞台意象，进一步拓宽了本已无限的空间，始终占据舞台中心的天使雕塑则强调一种时间之外的向度。[①]不论是天空、星星还是天使雕塑，都暗示出阿尔玛对精神的渴望，对灵魂的追求。早在她还是个小姑娘的时候，就已经具有一种非凡的、神性的气质，威廉斯这样写道：

> 阿尔玛进场了，这时她还是个十岁的孩子。她穿着一件水手衫，发辫上扎着丝带。她已经有了成年人的气质；在她身上有一种非凡的美丽和温柔，或是一种灵性，这使她显得与众不同。她有个习惯性的动作，一只手捧着另一只手，像是圣餐仪式上在领圣饼。这个习惯一直保持到她长大成人。（571）

阿尔玛执著于清教主义的精神纯洁，这在她和约翰关于人体解剖图的争论中体现得尤为明显。约翰认为阿尔玛不敢看解剖图是因为她不敢正视自己的身体，而阿尔玛认为她所追求的精神在解剖图上是无法显示的。阿尔玛长期压抑自己的欲望，拒绝身体的享乐，代表着清教主义的精神纯洁性。她组织的"文学俱乐部"是由一些具有共同"艺术爱好"的年轻人组成的，这也是她追求精神性的典型例证，与约翰沉迷于感官享乐形成强烈的反差。阿尔玛对文

---

① 参见 Roger Boxill, Tennessee Williams, London and Basingstoke: Macmillan, 1987, 104.

学、艺术的热爱在约翰眼里显得虚伪而毫无意义，相比之下，他更喜欢喧闹、热烈的场面。阿尔玛的精神意识也体现在她对自己名字的解释上，她对约翰说："我的名字叫阿尔玛，在西班牙语中是精神的意思。"（573）关于"阿尔玛"一词的涵义，斯宾塞（Edmund Spenser）也曾有过描述：

> 斯宾塞将它（灵魂）描述为阿尔玛（Alma），一位伟大的女性，她是身体城堡的女主人，时刻保持警惕状态。她受到卫戍部队——五官——的保护，并接受理性的建议。因此，心灵在本质上不同于自然中任何其他的事物，正如城堡的主人不同于他的城堡一样；灵魂是不同于攻城兵的另一种存在。①

威廉斯选用阿尔玛作为《夏日烟云》女主人公的名字并非偶然，而是具有深刻的象征意义。就像斯宾塞描述中那位守卫身体城堡的女主人那样，阿尔玛也在小心地看护着自己的身体，以免遭受任何外来的侵犯。阿尔玛以清丽的"荷花"自喻，表现出她对世俗的不屑，对精神的渴望。然而小镇上的人们并不真正理解阿尔玛，将她视为"非世俗"的存在。

作为精神的象征，阿尔玛也是"秀岭"镇唯一发现并读出天使雕塑名字的女孩。在阿尔玛只有十岁的时候，她就已揭开这个神奇的秘密。

> 阿尔玛　你知道天使的名字吗？
> 约　翰　她有名字吗？
> 阿尔玛　是的，是我发现了她的名字，就刻在底座上，但已经被磨损了，所以你用眼睛是看不出来的。
> 约　翰　那你是怎么知道的？
> 阿尔玛　你必须用手指读它。（573）

约翰照着阿尔玛的话用手指去"读"，结果"读"出的是"永恒"（eternity）一词。约翰似乎全然不解其中的涵义，便问阿尔玛那是什么意思，阿尔玛回答说："那是一种当生命、死亡、时间以及其他一切事物都消失的时候却

———————————
① 引自 Ernest L. Tuveson, The Imagination as a Means of Grace, Berkeley and Los Angeles: University of California Press, 1960, 10–11.

依然绵延不绝的东西。"（573）在威廉斯的认识中，时间是生命的破坏者，而人类的精神是时间的对立面，这也是威廉斯剧作中反复出现的主题。在年幼的阿尔玛对"永恒"一词的解释中，我们依然能够体会到她对精神的渴望，对永恒的追求。

如果说阿尔玛关注的是心灵与精神，那么约翰选择了另一个方向，他只关注身体与物质。正如他的姓巴克南（Buchanan）[①]所暗示的，约翰就像酒神一样，生活放荡不羁，总是沉浸在狂欢与迷乱之中，显示出无限的、非理性的生命力。约翰从小就性格粗野，父亲想让他长大后作一名医生，而他自己"宁愿成为恶魔"（574）。成年后的约翰充满激情与活力，富有魅力。威廉斯这样写道：

> 他现在是个普罗米修斯式的人物，在一个僵化的社会里显得充满活力。他旺盛的精力尚未找到出口。如果他的精力一直没有出口，那它将会把他烧毁。此时，他表面上并没有显示出可怕的堕落迹象。他依然有着史诗英雄般清新、阳光的面容。（575）

其实，约翰完全是一幅浪荡公子的形象，不仅酗酒而且赌博，任意挥霍青春。用阿尔玛的话来说："他所关心的无非是沉溺于感官享受！"（595）约翰的行为让父亲巴克南先生感到非常失望。作为医生，他曾经给这个世界迎来许多个小生命，可是最终发现他带给自己的是"最糟糕的那一个"（576）。在这个意义上来说，约翰是威廉斯笔下另一个斯坦利，一味地追求身体的享乐，只相信原始生存的基本道德。关于精神和身体的问题，《玻璃动物园》中的阿曼达和儿子汤姆之间曾有一段非常有趣的讨论：

> 阿曼达　人是本能动物！不要跟我讲本能！本能是人们早已抛弃的东西！它属于动物！有尊严的人不再需要它。
>
> 汤　姆　那么有尊严的人需要什么呢？
>
> 阿曼达　高尚的东西！那些属于心灵和精神的东西！只有动物才需要满足它们的本能……（421）

---

① Buchanan 近似 Bacchus，即酒神巴克斯。

　　如果让阿曼达来评价约翰，她一定会认为他是一只"动物"，生活只是为了满足本能的需求，而缺乏高尚的灵魂。像斯坦利一样，约翰也表现出对历史、文化及传统的蔑视，他的道德沦丧更是威廉斯所无法容忍的。剧作家对单纯而善良的阿尔玛表现出更多的同情与怜悯。

　　与威廉斯笔下的许多南方女子一样，阿尔玛生性柔弱而敏感，但她远比那些在背后恶意模仿并嘲笑她的人更加真诚、善良。内莉的母亲是"秀岭镇的快乐寡妇"，常常"去火车站接每一辆火车，只为结识旅行推销员"（584），内莉因此受到人们的歧视与排斥，可是阿尔玛依然友好地对待她，并教她唱歌。甚至阿尔玛的父亲——拯救人类灵魂的牧师——也反对阿尔玛这样做，但他无法说服女儿，因为阿尔玛有自己的理由。她对约翰说："由于她母亲的缘故，父亲不想让我收她作学生，可是我觉得每个人都有责任去照顾处于这种环境中的孩子……我总说生活是如此神秘而复杂，不管是谁都不应该任意评判或谴责他人的行为！"（584）休谟（David Hume）曾经说过，同情就是借助想象的力量，将观念转化为印象，同情背后存在一种想象的力量。[1]在这个意义上来说，阿尔玛对内莉的同情与怜悯获得了某种想象的魅力，并进一步揭示出阿尔玛对崇高精神的追求。

　　尽管约翰沉迷于声色之中，他也能意识到阿尔玛身上具有的美德。他对阿尔玛说："在你的内心有着丰富的情感，那是非常可贵的。"（605）但约翰也承认阿尔玛丰富的情感会使她"很容易受到伤害"（605）。当约翰告诉阿尔玛，他准备放弃医生的职业去南美冒险时，阿尔玛说，那里的人们"在阳光下做着美梦——沉溺于他们的感官享受"（611）。对约翰来说，世上再没有比满足感官享受更美好的事情了。阿尔玛则认为，一个人真正的荣耀在于不断地渴望并追求高尚而神圣的事物。她对哥特式教堂的描述生动地反映了她对精神体验的渴望：

　　　　一切都向上攀升，一切都仿佛在努力获取尖顶——或者人类——手指——以外的东西……那巨大的彩绘玻璃窗，那比最高的人还要高出五六倍的拱形门——那穹形的屋宇，还有那美丽的尖顶——所有的一切仿佛都在努力够取无法够取的东西！对我来说——嗯，这是个秘密，是我生命的支

---

　　① 参见 James Engell, *The Creative Imagination*: *Enlightenment to Romanticism*, Cambridge, Massachusetts and London, England: Harvard University Press, 1981, 55.

柱——那是永恒的斗争与渴望，只为追求我们人类所及范围之外的东西……是谁说过——哦，真是太美了！——"尽管我们都深陷污泥，但是有人依然在仰望星空！"（611－612）

阿尔玛最后引用的是王尔德（Oscar Wilde）① 剧作《温德米尔夫人的扇子》（*Lady Windermere's Fan*，1892）中达林顿爵士说过的一句话。阿尔玛对这句话喜爱有加，很好地体现了她对尘世之外神圣之所的渴望。"星星"是《夏日烟云》中的主要意象，也是阿尔玛精神体验的象征，威廉斯在剧中多次有过对星星、天空的描述："在夜色里，我们熟悉的星座，如猎户星、北斗星、昴宿星，都清楚地显现在夜空中，而在它们之上，在巨幅画幕的顶部，是朦朦胧胧的银河。画幕上应该还有洁白的云朵掠过。"（569）不论是美丽的银河，还是洁白的云朵，都象征着阿尔玛对纯洁精神的执著追求。

阿尔玛对王尔德的引用使得《温德米尔夫人的扇子》和《夏日烟云》之间形成一种对话式的互文关系。在阿尔玛身上，我们依稀能够看到温德米尔夫人的影子。与阿尔玛一样，温德米尔夫人也是一位虔诚的清教徒，在姨妈的教育下，她"懂得了世上正在被人们忘却的东西"②。也像阿尔玛一样，温德米尔夫人从不迎合世俗之风，她告诉达林顿爵士："如今的人们似乎把人生看作是一种投机。人生不是一种投机。它是神圣的。人生的理想是爱，它的净化是牺牲。"（8－9）在达林顿心目中，温德米尔夫人是他"平生遇见的唯一的好女子……纯洁而天真，具有我们男人丧失的一切美德"（58）。达林顿因此而深深地爱上了温德米尔夫人，这才说出阿尔玛引用的那句充满诗意的台词，以表达对温德米尔夫人的尊敬与赞美。达林顿爵士借用"星空"来喻指温德米尔夫人纯洁的心灵与高尚的美德，这同样也是威廉斯赋予阿尔玛的美好品质。对阿尔玛来说，"星空"是她精神的栖所，是心灵的归宿。

阿尔玛对"星空"的描述使我想起哈代笔下的苔丝。被纨绔子弟亚雷强奸后的苔丝感到无比痛苦与悲伤，后来由于家境所迫，她只身来到陶勃赛牛奶

① 王尔德（1854－1900），英国剧作家、诗人、散文家，是19世纪与肖伯纳齐名的英国才子，英国唯美主义艺术运动的倡导者。他的第一本小说《道林·格雷的画像》十分成功，但真正为王尔德赢得声誉的是他的戏剧作品。他创作的佳构剧被称为自谢里丹的《造谣学校》以来最优秀的喜剧作品。1998年11月30日，由麦姬·汉姆林雕塑的王尔德雕像在伦敦特拉法尔加广场附近的阿德莱德街揭幕，雕像的标题为"与奥斯卡·王尔德的对话"，同时刻有王尔德常被引用的名言："尽管我们都深陷污泥，但是有人依然在仰望星空！"

② 王尔德：《王尔德戏剧选》，钱之德译，广州：花城出版社，1983年第8页。

场工作。在失意与痛苦中，苔丝希望摆脱身体的羁绊，并相信灵魂能够离开身体。她说：

> 要感觉到它的离开，一种非常简单的办法就是……夜间躺在草地上，盯着一颗闪亮的星星；将你全部的心力都集中在这颗星星上，很快你就会发现灵魂已经离开你的身体很远很远，而你似乎再也不想要你的身体了。①

假如说苔丝在望着闪亮的星星时，想要摆脱自己的身体，那么阿尔玛在仰望星空的时候，则是沉浸在精神的愉悦当中，从而忘记了身体的存在。对苔丝来说，夜空中的星星能够带她远离现实的苦痛；对阿尔玛来说，那神奇的星空则是心灵与精神的栖居之地。苔丝和阿尔玛两位美丽的女孩都希望摆脱物质与身体的束缚，从而获得纯洁的精神，灵魂之记忆的古老思想仿佛在她们身上重现。格兰威尔（Joseph Glanvill）曾经说过："那些上帝灌输在我们灵魂中的重要概念，它们并非来自外界事物，也不来自特别的性格或想象，而是根植于我们的内心。"②对天国的记忆同样植根于阿尔玛的灵魂深处，引领她去探索那神秘而遥远的精神国度。

约翰对阿尔玛关于人类精神的观念不以为然，试图将她从理想主义的幻想中解放出来，让她意识到自然身体的存在。其实，约翰发现阿尔玛身上潜藏着强烈的欲望，他对她说："在你的外表下面有着太多的激情，比我见过的任何其他女人都多得多的激情。太多了以至于你不得不随身带着这些安神药片。"（613）此时，约翰已无法抑制自己的感情，他吻了阿尔玛，并问道："忘掉你是牧师的女儿就那么难吗？"（613）阿尔玛却认为她是一位淑女，就要有淑女的样子。当约翰告诉阿尔玛在男人与女人之间除了尊重之外，还有一种"亲密关系"时，阿尔玛指出婚姻必须建立在爱与尊重的基础之上，否则，人就与动物无异。她对约翰说：

> 有些女人会把原本非常美好的事物变成仅仅是动物的结合！——而爱

---

① Thomas Hardy, *Tess of the D' Urbervilles*, Beijing: Foreign Language Teaching and Research Presss, 1994, 124.

② 引自 Ernest L. Tuveson, *The Imagination as a Means of Grace*, Berkeley and Los Angeles: University of California Press, 1960, 16.

是你可以赋予它的东西……一些人只把身体给它，但还有一些人，一些女人，约翰——她们给它的是心灵，而且——她们甚至把灵魂都给了它！（614）

阿尔玛言语中字里行间强调的都是心灵或精神，仿佛完全否认身体的存在。

柏拉图认为，身体是一个不可信赖的因素，是灵魂通向知识、智慧与真理的障碍，它距离永恒而绝对的理念既陌生又遥远。灵魂虽然复杂，但它与知识、智慧、真理紧密地联系在一起，并享有对于身体的巨大优越感。有一种思考的境界，它完全由灵魂来实践。灵魂毅然摆脱身体及各种感觉，因为身体会产生各种各样的烦恼、疾病与恐惧，并不停地打扰灵魂的思考，从而使灵魂无法抵达知识与真理的彼岸。"我们要接近知识只有一个办法。我们除非万不得已，得尽量不和肉体交往，不沾染肉体的情欲，保持自身的纯洁。"[1]对柏拉图来说，欲望的身体无法接近作为真理的理念，而阿尔玛为了追求精神的永恒而忽视身体则是对柏拉图的一种误读。其实，柏拉图并非拒绝身体，相反，他认为能导致快感的欲望是最自然、最必需的欲望，只是提倡享受快感要讲求节制与适度，正如他在《法律篇》中所写："在一切方面都是温和的、有着淡淡的痛楚和轻柔的快感、有着适度的欲望和不甚疯狂的爱情"[2]。这种对理想生活方式的诗意描述，使我们得以想象古希腊人恬淡而自然的生命感悟。

阿尔玛仿佛只相信灵魂的纯洁，拒绝一切身体的享受。即使她对约翰有着刻骨铭心的爱情，也只停留在精神的层面上。当约翰向阿尔玛解释解剖图时，她并不认同他关于真理、关于爱的见解。阿尔玛告诉约翰，她是在用灵魂爱着他，并且认为那才是真正的爱情。

> 阿尔玛　这么说，这就是你对人类欲望的高见。你这里的不是一张动物解剖图，而是人体解剖图。而我——我不同意你关于爱的见解，也不认可你所谓的大脑寻求的那种真理！——还有一些东西是图上无法显示的。

---

① 引自汪民安：《身体、空间与后现代性》，南京：江苏人民出版社，2006年，第4页。
② 引自李银河：《福柯与性——解读福柯〈性史〉》，济南：山东人民出版社，2001年，第151页。

约　　翰　你指的是阿尔玛在西班牙文中的意思，对吗？

阿尔玛　是的，那在解剖图上是看不到的！可不管怎么说，它就在那里，是的，就在那里！某个地方，看不见，却就在那里。我曾经用它爱着你——它！而不是你所谓的爱！——是的，曾经用它爱着你，约翰，当你伤害我的时候，我都快要死了！

（624）

　　阿尔玛对约翰的热情表白，让我们感到她的灵魂仿佛陷入疯狂的爱情，使她失去自我控制。柏拉图认为，为了实践德性与控制欲望，必须认识自我。对这种自我认识所采取的形式，他在《斐德罗篇》中有过详细叙述，其中灵魂的旅程与爱情的诞生，展示了灵魂与自身欲望冲动相抗衡的全部过程。阿尔玛从未停止对永恒真理的追寻，但她的真理是建立在精神与想象的基础之上，而不是建立在身体与现实的基础之上。柏拉图主义者史密斯（John Smith）曾说："我们用以判断与发现的心灵的才智与力量远远不是一个身体，它必须从所有身体的运作中抽身、退避，此时，它才能纯粹地发现真理。"①阿尔玛从自己的身体中抽离，仿佛也是为了发现她心中的真理。对阿尔玛来说，灵魂仿佛只是身体中的一位访客，它参与并建立起一种真理秩序，而这种真理秩序在现实世界里是难以企及的。

　　福柯在《性经验史》中研究发现，在基督教的性行为道德中，伦理实体不是被节制定义的，

　　　　而是由隐匿在内心奥秘之中的欲望领域和一整套在形式和条件上被精心规定的行为来定义的。约束不再带有手段的方式，而是带有一种认识法律和服从教士权威的方式。因此，自我对自我的最佳控制不再是通过一种规定道德主体的男性形式的活动，而是摒弃自我，其纯洁的典范就是追求贞洁。②

　　阿尔玛对身体的拒绝，在某种程度上是对自我的否定。她所遵从的是清教

---

①　引自 Ernest L. Tuveson, *The Imagination as a Means of Grace*, Berkeley and Los Angeles: University of California Press, 1960, 11.

②　福柯：《性经验史》，上海：上海世纪出版公司，余碧平译，2005 年，第 169 页。

主义的性伦理，却忽视快感的享用。正如图文森所言："尽管心灵必须借助于物质印象，但由于它本身太纯洁、太完美，以致于在自然界中无法真正感到自在。"①追求精神纯洁的阿尔玛，也因为"太纯洁"而难以在现实世界中生存。虽然约翰在阿尔玛身上发现了一些不同寻常的的美德，但他依然无法欣赏。受到欲望的驱使，约翰想带阿尔玛去娱乐场的"房间"，阿尔玛断然拒绝，并因受到"侮辱"而愤然离去。在离开之前，她对约翰说："你不是绅士！"（615）尽管阿尔玛深爱着约翰，却不敢也不愿面对自己身体的欲望。约翰甚至认为阿尔玛只是靠一些"液体食物"（624）在维系生命，这进一步表明阿尔玛对身体的拒绝。就像小时候躲避约翰的亲吻一样，长大后的阿尔玛也在压抑内心的激情，拒绝约翰的示爱。对约翰来说，阿尔玛只是一位纯洁善良的天使，有着母性的温柔，却无法成为他的妻子。

在一定意义上来讲，阿尔玛对欲望的压抑也来自传统文化的熏染。在南方文化传统中，"只有男人和堕落的女人才是性的动物，而纯洁的女人是不可能有欲望的"②。男人是主动的追求者，可以自由地表达浪漫的情怀，而女人是被动的接受者，要学会隐藏自己的感情。于是，由于经常压抑强烈的情感和欲望，女人必然承受心灵的痛苦煎熬。阿尔玛无疑是传统文化的受害者，只有默默压抑内心的激情。

> 她不能像男人那样表达自己的情感。她不去寻找，而是被寻找。她不去追求，而是被追求。这样，她就不断地被迫压抑最热烈的情感，克制最强烈的欲望，同时还要装出闲适满意的样子，只为面对这个好奇而多疑的世界。③

南方女性的传统道德认识为阿尔玛提供了一种坚实而稳定的基础，因此，她需要一种严格的行为规范来控制自己的行为，从而塑造贤淑女子的形象，成为精神和理想的化身。

---

① Ernest L. Tuveson, *The Imagination as a Means of Grace*, Berkeley and Los Angeles: University of California Press, 1960, 11.

② Anne F. Scott, *The Southern Lady: From Pedestal to Politics* 1830 – 1930, Charlottesville and London: University Press of Virginia, 1995, 54.

③ William R. Taylor, *Cavalier and Yankee: The Old South and American National Character*, New York: George Braziller, 1961, 171 – 172.

在基督教文化中，性是与罪恶、堕落甚至死亡联系在一起的。在牧师家庭环境中成长的阿尔玛，难免受到这种宗教观念的影响，以至于约翰拒绝接受阿尔玛对他的爱情。约翰未曾想过阿尔玛会发生改变。对约翰来说，阿尔玛越来越像天使雕塑"永恒"，美丽然而冰冷。不过，作为"天使"的阿尔玛，真的具有天使般的秉赋。就像那喷泉雕塑，虽然没有生命，却能提供生命之源——水。约翰称阿尔玛为"善良天使"（632），并承认是阿尔玛改变并挽救了他的生活。约翰的父亲死后，阿尔玛唱挽歌以安抚他逝去的灵魂，同时鼓励约翰振作精神，并对他说："有机会为人类服务，不仅仅是继续为忍受而忍受，而是从事一项崇高的人文事业，消除人类的病痛"（587）。约翰最终意识到自己的过错，从此远离放荡的生活，并承担起应有的责任。然而，对约翰来说，阿尔玛的身体仿佛已经不复存在，惟余天使般的灵魂。

在阿尔玛身上，威廉斯暗示出一种平衡的缺失。身体与灵魂是我们生命中不可或缺的组成部分，也是古希腊生存美学的基本要素，可是阿尔玛只关注灵魂而忽视身体，最终发现自己被困在冰冷的"圣坛"之上，寂寞、孤独如"永恒"天使。阿尔玛的身体仿佛只是"天使"的身体，缺乏青春的生命与活力，她自己也因为压抑欲望而感受到心灵的痛楚，进而导致身体的不适。与阿尔玛形成鲜明对照的是罗莎，她是月亮湖娱乐公园老板的女儿，一个像约翰一样只追求感官享受的女孩，曾经与约翰保持着亲密的关系。阿尔玛的"精神"将约翰永远地拒之门外，而罗莎的"身体"也最终使他感到厌倦。对我们每个人来说，只有精神或只有身体都是不足为生的。约翰发现他不可能与一个高居"圣坛"之上的女人生活，也无法与一个只追求身体快感的女人结合。因此，他拒绝了阿尔玛的爱情，也摆脱了罗莎的纠缠，最终选择更普通也更健康的内莉作他未来的妻子。

通过内莉之口，我们了解到阿尔玛对约翰的启发与改造。内莉对阿尔玛说："他告诉我关于去年夏天你和他之间的那次美妙的谈话，说当时他混乱不堪，是你启发了他，正是你，而不是其他任何人，让他又找回他自己。"（631－632）作为精神天使的化身，阿尔玛能够启发并挽救别人，可是她无法正确地面对自己的身体，性似乎从来都不是她现实生活的组成部分。约翰对阿尔玛的精神追求充满敬意，但无论约翰怎样尊敬或崇拜阿尔玛，她依然只是一种"非世俗"的存在。其实，阿尔玛身上有着强烈的"欲望"，只是她自己不愿承认而已。正如纳尔逊所言："对作为牧师女儿的阿尔玛来说，人类身体的和性的自然本能具有动物性的特点，是人类必需超越的东西。然而，她自己拥有

的强烈的欲望几乎要将她吞噬。"（121）

阿尔玛是威廉斯笔下又一个时代错位的南方女子，仿佛来自神话中的美丽世界，但那个世界与阿尔玛的现实世界隔着遥远的距离。像许多南方女子一样，阿尔玛有一种诗意化的倾向。对此，威廉斯是这样解释的：

> 作为作家我最大的缺点就是人们所说的……诗意化倾向，你瞧，这就是为什么我写过那么多南方女子的原因。她们有一种给百合镶金的倾向，语言风格华丽，这似乎对我很合适，因为我是用感情来写作的，而且总是沉迷其中。①

南方女子诗意化的语言在阿曼达及布兰琪身上亦有很好的体现，而在《夏日烟云》中，这一特点被明确指出。约翰对阿尔玛说："你讲话的方式很特别。"（586）周围的人也都认为阿尔玛"有点装腔作势——像是给百合镶金"（585）。南方女子诗意化的语言风格同样是她追求精神纯洁的体现。阿尔玛的父亲是一名牧师，代表着宗教的神圣与纯洁。在某种意义上来说，阿尔玛是继承了父亲的衣钵。小镇上的人们称阿尔玛为"三角洲的夜莺"（573）。威廉斯是否受到济慈《夜莺颂》（Ode to a Nightingale）的启发我们不得而知，但济慈的诗句对我们理解阿尔玛这一形象不无裨益。正如济慈在诗中所表达的，夜莺不仅有着美丽的歌喉，能够传递出"悠扬的乐音"，而且可以使"我"沉入"忘川河水"，②远离现实的痛苦与悲伤，到达极乐的世界。对阿尔玛来说也莫不如此，当她放声歌唱的时候，一定也能够在自己的歌声中感受到幸福与喜悦，忘却尘世的烦恼与忧愁，获得超越性的力量。然而，当"歌声远去"，她从美丽的梦境中醒来之时，又不得不面对现实的无奈。

如果说布兰琪借助于酒精和沐浴来平息紧张不安的情绪，那么阿尔玛则是依赖于药片和手帕。阿尔玛喜欢手帕，它精致、飘逸，是南方淑女服饰中不可缺少的点缀，也是阿尔玛精神追求的戏剧性隐喻。在博克西利看来，《夏日烟云》中的手帕既是爱情的象征，也是爱情被拒绝的象征。③关于手帕的故事还要追溯到十五年以前，阿尔玛和约翰都还是小孩子的时候。两人在公园天使雕

---

① 引自 Robert A. Martin, Ed. *Critical Essays on Tennessee Williams*, New York: An Imprint of Simon and Schuster Macmillan, 1997, 268.

② 济慈：《夜莺与古瓮》，屠岸译，北京：人民文学出版社，2008 年，第 11－14 页。

③ 参见 Roger Boxill, *Tennessee Williams*, London and Basingstoke: Macmillan, 1987, 103.

塑旁相遇，于是引发下面这场关于手帕的对话：

> 阿尔玛　我在你课桌上放了一盒手帕。
>
> 约　翰　我猜就是你。你为什么要这么做，"娇气"小姐？
>
> 阿尔玛　因为你需要它们。
>
> 约　翰　你是存心让我出丑吗？
>
> 阿尔玛　哦，不是！
>
> 约　翰　那到底是为什么？
>
> 阿尔玛　你感冒了，这一个礼拜都在流鼻涕，那让你的脸看上去不好看。
>
> 约　翰　你要是不喜欢我的脸就别看。
>
> 阿尔玛　我喜欢你的脸。
>
> 约　翰　（靠近一点）这就是为什么你总盯着我看的原因？
>
> 阿尔玛　我——没有！……我只是在想，如果你的脸不脏，那该有多漂亮啊！你知道你的脸为什么脏吗？因为你没用手帕，你总是用那又脏又旧的衣服袖子擦鼻涕。(571－572)

看到约翰因感冒流涕，阿尔玛出于善意偷偷在他课桌上放了一盒手帕。约翰由此而遭到女同学的嘲笑，所以怪罪阿尔玛，但阿尔玛觉得那些女同学不该嘲笑他。她对约翰说："她们应该知道你没有妈妈，没有人为你做这些事情。我非常乐意能为你做些什么，只是不想让你知道是我做的。"（572）阿尔玛幼小的心灵中早已播下精神的种子，然而，淘气的小约翰对阿尔玛的善意似乎并不理解。他以不需要为由将手帕退还给阿尔玛，最后离开时还"突然抓住她的发带，将其拆散，然后跑开，发出嘲笑的声音。"（574）受到伤害的阿尔玛只有转身到天使雕塑那里寻找安慰。从手帕事件当中，我们得知阿尔玛从小就对约翰一片痴情，然而，这片痴情并没有得到应有的回报，因为约翰最终选择了内莉。与约翰订婚之后，内莉送给阿尔玛一只漂亮的"花饰手帕"作为圣诞礼物，还附有一张精美的卡片，上面签有内莉和约翰两个人的名字，阿尔玛方才意识到她已经完全失去了约翰。威廉斯借助"手帕"这一意象，为我们讲述了一个伤感的爱情故事，也为我们揭示了阿尔玛的一段精神之旅。

在约翰看来，人体解剖图所显示的就是人的欲望，包括对真理的欲望、对食物的欲望和对身体的欲望，别无他物。但阿尔玛拒绝这样的解读，她认为人的精神是解剖图所无法显示的，而精神才是爱的源泉。在她看来，性欲是不可能的，只有精神才是通向真理的唯一途径。不论是约翰还是阿尔玛，他们似乎都误读了人生的意义：约翰拒绝承认身体经验之外任何生存的可能性，而阿尔玛试图躲进比喻性的领域，拒绝任何表层的意义。①不过，他们终将意识到作为一个完整的人，身体和精神缺一不可。阿尔玛对生命的理解仿佛只停留在剧本序文中那个堕落前的天真世界，而她在婚礼上唱的歌曲"伊甸园上空的声音"，更能抒发她对精神世界的向往。阿尔玛的歌声仿佛来自美丽的伊甸园，神圣而纯洁，是对精神的永恒赞美。

在威廉斯的创作中，剧作家与剧中人物的认同早已不再是新鲜的话题。就像他的大部分作品一样，《夏日烟云》中同样融入剧作家的许多个人生活元素。有评论者指出，该剧是以威廉斯的母亲埃德温娜小姐少女时代的生活为故事原型而创作的。②与阿尔玛一样，埃德温娜也信仰清教主义，也曾被誉为"三角洲的夜莺"。而威廉斯认为他自己就是阿尔玛，并多次声称阿尔玛是他最喜欢的人物："我想我最喜欢的人物是阿尔玛小姐……她是我的最爱，因为我很晚才走出困境，阿尔玛也是……阿尔玛小姐生长在教堂的阴影里，我也是。"③或许正因为这样，威廉斯才感到与阿尔玛之间有一种特殊的联系。在他看来，阿尔玛"似乎就是存在本身，而无需将她写在纸上。"④此外，威廉斯的外祖母和阿尔玛一样，也曾教学生弹钢琴和唱歌。

《夏日烟云》是威廉斯又一部优秀的诗意戏剧，剧作家将现实主义的人物置于印象主义的背景之上，赋予他们一种虚幻的色彩。在福尔克看来，《夏日烟云》是一首美丽的"韵律诗"⑤。威廉斯的戏剧形式是抒情性的，如叶蔓般舒展开来，而不是线性的平铺直叙，其中非口头的戏剧语言是重要的舞台表现手法。剧中的"永恒"天使作为一种神圣的形象而存在，它也是生命之源。阿尔玛小时候将手握成杯状模仿天使的样子，不禁使人想起《圣经·创世纪》

---

① 参见 Thomas P. Adler, "Before the Fall — and after: *Summer and Smoke and The Night of the Iguana*," *The Cambridge Companion to Tennessee Williams*, Ed. Mathew C. Roudané. Cambridge University Press, 1997, 116.

② 参见 Philip C. Kolin, Ed. *Tennessee Williams: A Guide to Research and Performance*, Westport, Connecticut and London: Greenwood Press, 1998, 80.

③ 引自 Donald Spoto, *The Kindness of Strangers: The Life of Tennessee Williams*, Boston: Little, Brown, 1985, 198.

④ *Tennessee Williams*, Memoirs, Garden City, New York: Doubleday and Company, Inc., 1975b, 109.

⑤ Signi Falk, Tennessee Williams, Boston: Twayne, 1978, 61.

中守护伊甸园的那位天使。在亚当与夏娃被逐出伊甸园之后，天使便守护着伊甸园，防止堕落的人类再次踏入。对阿尔玛来说，天堂已然失落，在她生活的世界里，女人的"原罪"依旧是她身体的欲望。而在约翰看来，阿尔玛承受着"幽灵"的痛苦折磨，那就是她欲望的身体。

福柯的《性经验史》是关于权力与性话语关系的历史性研究，旨在提出一种新的权力概念。对阿尔玛来说，最重要的权力意志就是来自清教传统的性伦理，它决定了性话语的形式：性必须在语言中避免。长期的性压抑导致阿尔玛心理焦虑及各种身体的不适。福柯认为性话语和性科学是真正束缚我们的东西，因此，阿尔玛的性压抑是性话语实施权力的具体体现。在阿尔玛生活的小镇上，人们很少谈论性，包括医生也是如此，性被排除在话语之外。甚至约翰也无法摆脱这样的话语束缚，他只是间接地告诉阿尔玛，她忽视了自己的"幽灵"，这才是她病痛的根源。在一定意义上来讲，阿尔玛的生命是残缺不全的。为了追求精神的纯洁，她遗忘了身体的存在。然而，没有身体这个坚实的大地，任凭心灵如何高尚，也无法找到真正的光明。正如图文森所说：

> 就像巨人安泰一样，心灵必须不断地保持与大地的联系，保持与物质世界的联系，它向我们传递着简单的思想。我们要常常回归这个基本经验，否则我们将变得虚弱无力。心灵会受到疾病的侵扰，陷入黑暗，而虚假的哲学长期以来误以为那就是光明。①

阿尔玛注定要重新启程，踏上认识自我的漫漫旅程，在不断求索中寻找真实的依靠，获得完整的生命体验。

第三节　自我的启蒙

福柯在《性经验史》中指出，关注自我是许多哲学学说中经常出现的论题，而对于哲学的学习也是自我修行中不可或缺的部分。福柯引用伊壁鸠鲁的话说：

---

① Ernest L. Tuveson, *The Imagination as a Means of Grace*, Berkeley and Los Angeles: University of California Press, 1960, 23.

说研究哲学的时代尚未到来或已经过去的人是与说幸福的时代尚未到来或不再有的人相似的。因此，无论老少，都要研究哲学。年轻人要研究哲学，这样，当他年老的时候，仍然会拥有对已逝青春的幸福记忆；老人要研究哲学，这样，即使他已年老，但同时因为对未来无所畏惧而保持年轻。①

柏拉图主义者阿尔比斯认为学习哲学要从阅读《阿尔西比亚德篇》开始，这样就可以回归自我，认识到什么才是我们应该关心的对象。其实，早在苏格拉底那里，哲学就已发生"心灵的转向"，从研究自然转向研究自我，即后来人们常说的，将哲学从天上拉回到人间。苏格拉底认为对于自然真理的追求是无穷无尽的，感觉世界变幻无常，因而得来的知识也是不确定的。苏格拉底要追求一种不变的、确定的、永恒的真理，这就不能求诸自然外界，而要返求于己，研究自我。他的名言就是"认识你自己"。同样，对阿尔玛来说，关注自我也需要从认识自我开始。这是一个艰难而漫长的过程，不过，一旦自我获得启蒙，南方女子的未来将受福于夜空中闪亮的星星，最终迎来黎明的曙光。

由于对精神的过度执著与依赖，阿尔玛承受着身心分裂的痛苦折磨。在朋友眼里，阿尔玛"不太正常"（601），约翰则说："阿尔玛小姐有点寂寞！"（605）约翰试图提醒阿尔玛的性压抑倾向，阿尔玛对此却毫无心理准备。

> 约　翰　你的幽灵又在作怪了吗？
>
> 阿尔玛　我想跟你父亲讲。
>
> 约　翰　理智一点，阿尔玛小姐。你的病没那么严重。
>
> 阿尔玛　假如我不是病得很重，你以为我能在凌晨两点钟来这里吗？
>
> 约　翰　真不知道你在歇斯底里的时候会做什么。（他把一些药末倒进水杯）喝下去，阿尔玛小姐。
>
> 阿尔玛　那是什么？
>
> 约　翰　一些溶在水里的白色药片。
>
> 阿尔玛　什么样的药片？
>
> 约　翰　难道你还不相信我？
>
> 阿尔玛　你没有让人值得相信的资格。（约翰轻声笑了。她无助地看

---

① 福柯：《性经验史》，上海：上海世纪出版公司，余碧平译，2005年，第334页。

着他，然后失声痛哭。他把椅子拉到她身边，轻轻搂住她的肩膀）我快要崩溃了。（603）

阿尔玛仿佛开始意识到自己的问题所在，约翰委婉地指出那是她的"幽灵"在作怪。为了缓解阿尔玛的紧张情绪与歇斯底里症状，约翰让她服了药。事实上，阿尔玛早该懂得，精神只有通过物质才能实现。无论怎样努力追求存在于身体之外的精神，身体都不能被忽视。即使刻在雕塑底座上的天使的名字，由于岁月的磨蚀也只能通过手指的触摸才能辨认得出。福柯指出，"如果不同时把自己塑造成认识的主体，那么人们也无法在快感享用中把自己塑造成道德主体。"[①]因此，对阿尔玛来说，她必须将自己塑造成认识主体，才能在生命体验中成为道德主体。

在阿尔玛自我启蒙的过程中，约翰的启发与帮助发挥了重要作用。约翰叫阿尔玛看墙上的人体解剖图，仿佛是要唤醒她沉睡的身体。

> 约　翰　别走！我想让你看样东西。（他让她转身）解剖图，来看看！
>
> 阿尔玛　我以前看过。（她回转身）
>
> 约　翰　你从来都不敢看。
>
> 阿尔玛　我为什么一定要看？
>
> 约　翰　你害怕了。
>
> 阿尔玛　你一定是疯了。
>
> 约　翰　你说我懦弱，可你连解剖都不敢看。
>
> 阿尔玛　这并不重要。
>
> 约　翰　这就是你的错，以为自己是玫瑰花瓣做成的。转过身来，看着它，这对你有好处！（623）

约翰向阿尔玛讲解解剖图的涵义，告诉她图中最上层是"大脑，它渴望被称作'真理'的东西"，中间层是"腹部，它渴望食物"，而最下层是"生殖器，它渴望爱，因为它有时会感到寂寞。"（623）约翰坦言，他已经满足了自己所有的"渴望"，而阿尔玛除了用一些"液体食物"稍稍满足肠胃之需

---

① 福柯：《性经验史》，上海：上海世纪出版公司，余碧平译，2005 年，第 165 页。

外，什么都没有得到，拥有的只是"一堆陈旧的思想观念"（624）。约翰试图解开阿尔玛的心结，让她意识到自己的病因所在，而且约翰本能地感到是性压抑导致她身体的不适。在约翰的解剖图解说中，我们得以认识西方社会性话语当中存在的坦白机制。此时约翰代表着知识与权力，试图通过"坦白"揭示阿尔玛的性"真相"。福柯明确指出：

> 坦白是一种话语的仪式，其中说话主体与叙述内容的主体是一致的。它也是一种在权力关系中展现自身的仪式，因为我们坦白时至少要有一位说话对象，他不仅是对话者，而且还是督促坦白、强迫坦白、鉴定坦白和介入坦白，以便评价、惩训、原谅、安慰和调和坦白者的权威。在坦白仪式中，真相是从为了表现自己而必须扫除的障碍和抵制中证实自己的。最后，在坦白仪式中，惟一的陈述活动是独立于它的外在后果的，它在陈述主体那里引起了内在的变化：它宣布他是无罪的，它让他赎罪和纯洁了，它让他减少了自己的错误，它让他自由了，它许诺他获得了拯救。在许多世纪里，性的真相至少本质上是处于这一话语形式之中的。[①]

阿尔玛曾经"坦白"了她对约翰的真挚爱情，却没有勇气"坦白"自己的性"真相"。在约翰的话语中，我们能够清晰地感觉到坦白仪式中权力的运作。

正如福柯所说，科学话语通过"让人开口说话"的临床规范，构成一种巨大的、传统的性坦白的强制要求；而且，在科学话语当中，任何疾病或身体不适都被认为是与性有着一定的关系，而性本身所潜在的危险性，使得人们认为应该对它详加审问。于是，坦白不再是一种考验，而是一种符号，性成为某种需要解释的东西。福柯进一步指出，在西方科学话语当中，坦白效果已被赋予"医学化"的形式。

> 这首先是指，性的领域不再仅仅局限在错误与罪恶、过度和违禁的范围之内，而是处在正常与病态的规范体制（这只是次序的改变）之下……这还意味着，坦白在各种医疗干预中获得它的意义和必要性：它是医生所要求的，对于诊断是必要的，而且在治愈疾病中是有效果的。如果让

---

① 福柯：《性经验史》，上海：上海世纪出版公司，余碧平译，2005年，第41页。

掌握真相的人及时地把真相向恰当的人讲清楚，那么真相就把病治好了。①

或许约翰相信，只要阿尔玛"坦白"了自己的性"真相"，她的身体疾病就会痊愈。"坦白"对阿尔玛来说确实具有一定的医疗效果。尽管约翰要求她所做的"坦白"并不是她全部的"真相"，但至少她可以借此意识到身体经验的重要性。福柯认为，西方社会近几个世纪的历史表明，权力在本质上并不是压抑性的。根据本能压抑与欲望法律作出的不同分析，福柯得出如下结论："若是权力是外在地控制了欲望，那么就导出了'解放'欲望的承诺；若是权力是欲望的构成要素，那么就会得出你已经落入陷阱之中的结论。"②

从某种意义上来讲，约翰在解剖图"演说"中的慷慨陈词是欲望解释学的典型例证。针对阿尔玛的性压抑倾向，这种解释学也有一定的必要性。不过，约翰对阿尔玛的批评也有失偏颇，至少阿尔玛并不像约翰所说的那样缺乏爱的能力，只是他们各自对"爱"的理解有所偏差。约翰所指的是纯粹的身体欲望，阿尔玛渴望的则是来自心灵深处的爱情，而这种爱在解剖图上是无法显示的。不管怎样，在与约翰的争执与交流的过程中，阿尔玛逐渐认识到自己的缺陷与不足，尤其是她的性压抑。实践理性可以确定人应该在恰当的时间、以恰当的方式做恰当的事情，对于阿尔玛来说，实践理性将引领她走向原始的身体经验，实现自我的呵护。

曾经的阿尔玛腼腆、矜持，生活中只有文学、音乐、理想之类的事物，但在她冰冷的外表下面，隐藏着一颗充满激情、渴望爱情的年轻女孩的心灵。在约翰的引导与启发下，阿尔玛开始意识到自己的身体欲望，也准备接受这个"幽灵"。阿尔玛向约翰说出了发生在她身上的改变：

> 关于去年夏天你告诉我的那件事，说我有个幽灵，我想了很多遍。我查了那个词，发现它的意思是我身体里的另一个人，另一个我自己。不知道我是否应该感谢你，让我了解它！——我一直以来都感觉不舒服……有一段时间我都以为自己快要死了，这，这就是发生的变化。(634)

---

① 福柯：《性经验史》，上海：上海世纪出版公司，余碧平译，2005 年，第 45 页。
② 同上，第 61 页。

《古怪的夜莺》（*The Eccentricities of a Nightingale*）是威廉斯在《夏日烟云》的基础上重新改写的剧本，剧情、主要人物都基本一致，但主题有较大变化。新剧中，阿尔玛对自己的转变有着清晰的认识。她告诉约翰："从表面上来看我仍然是牧师的女儿，但还有一些别的东西"[1]。阿尔玛承认那就是她的"幽灵"。约翰用形象生动的比喻说，阿尔玛的幽灵正在"那个小小的传统世界的牢狱中为它的生存而斗争"（471）。阿尔玛告诉约翰，她和正常人一样，也需要爱的沐浴。她说："我有这样的需要，我一定要满足它，不管付出什么样的代价"（477）。威廉斯在新剧"作者提示"中指出，《古怪的夜莺》是与《夏日烟云》完全不同的剧本，我更喜欢它。它没那么传统保守，也少了几分情节剧的色彩……它比原来的版本更好。"（432）威廉斯对新剧的偏爱，进一步表明剧作家对阿尔玛"身体转向"的认同。达庞特却有着不同的见解，认为"阿尔玛的自我认识是现代文学史上最不可思议的转变……曾经矜持、羞怯的阿尔玛变得越来越庸俗而充满淫欲"（269）。的确，阿尔玛的真诚表白有违当时的性秩序，然而达庞特所言未免有失偏颇。其实，阿尔玛并非完全抛弃纯洁的精神而陷入身体的泥沼，她的身体转向是她实现自我的必要途径，在她的生命旅程中具有重要意义。正如何成洲所说，阿尔玛争取摆脱性压抑是剧中的重要主题，"这一主题有着巨大的历史意义，它浓缩了西方几百年来性经验的历史进程。"[2]

雅各布·阿德勒（Jacob H. Adler）将《夏日烟云》的戏剧结构描述为一系列的"接近与后退"（approaches and withdrawals），仿佛一种"仪式性的舞蹈"（ritualistic dance）[3]。当然，雅各布·阿德勒是针对阿尔玛与约翰彼此之间的"接近"与"后退"而言的，我们不妨仅从阿尔玛的角度来理解这种"接近"与"后退"。对阿尔玛来说，不管是"接近"还是"后退"，都是她认识自我、回归自我的具体体现："接近"即指转向身体，"后退"则是回归自我。福柯认为权力和性存在着既相互依存又相互矛盾的关系："话语既可以是权力的工具和结果，也可以是障碍、绊脚石，反抗点和相反的策略的起

---

① Tennessee Williams, *Plays 1957–1980*, New York: The Library of America, 2000b, 471.

② 何成洲："'自我的教化'：田纳西·威廉斯和福柯"，《南京社会科学》，2005 年第 8 期，第 75 页。

③ Jacob H. Adler, "The Rose and the Fox: Notes on Southern Drama," *South: Modern Southern Literature in Its Cultural setting*, Eds. Louis D. Rubin, Jr. and Robert D. Jacobs. Garden City, NY: Doubleday, 1961, 355.

点"①。而在性压抑的前提下，谈论性是一种反抗压抑的行为。

> 如果性受到压抑，也就是说性被禁止、性是虚无的、对性要保持沉默，那么谈论性及其压抑的唯一事实就是一种故意的犯禁行为。谁这样谈性，他就站到了权力之外的某一位置上。他搅乱了法律，预见到一点未来的自由。②

阿尔玛的觉醒使她获得了关于权力及性的知识，认识到正是她一直以来所遵循的道德价值压抑了她的自然本性，也开始怀疑这一套伦理规范。

《夏日烟云》中，阿尔玛曾经问约翰他在显微镜下能看到什么，约翰告诉她"部分是混乱——部分是秩序"（581）。阿尔玛则说那是"上帝的脚印"（581）。在《古怪的夜莺》中也有一段类似的对话，但值得我们注意的是，《古怪的夜莺》中阿尔玛还有一段关于上帝的评论，明确表达了她的反叛精神与觉醒意识。

> 阿尔玛　部分混乱部分秩序——上帝的脚印！——呃？
> 约　翰　上帝的脚印，或许是，是的……但不是——上帝！
> 阿尔玛　这难道不奇怪吗？上帝真的、真的从来都没有——露过面！这儿或者是那儿都有他的脚印，甚至连他的脚印都很难找到！不，你根本就不可能找到。实际上，你甚至都不知道它们是朝着哪个方向……（439）

阿尔玛的言语之间显然表露出对上帝或精神的怀疑。即使是上帝的脚印也难以追寻，更别说上帝的身影了。这是阿尔玛身体意识觉醒的重要标志，也是她自我教化的起点。福柯指出，阶级觉醒的主要形式之一就是对身体的肯定，它将贵族的血统转化为强壮的身体和健康的性。对阿尔玛来说，身体的肯定就是自我的启蒙。

在西方历史长河中，自从启蒙理性开始，肉体在与精神的对立中就不断受到贬斥，而福柯使我们重新关注身体，并关注权力在其中留下的印记。福柯指

---

① 福柯：《性经验史》，上海：上海世纪出版公司，余碧平译，2005年，第66页。
② 同上，第5-6页。

出："没有什么比压抑性欲更违反自然，从而更加有害"[1]。追求性体验是正常的，而压抑性需求是反常的，也是不利于健康的。在 19 世纪的权力—知识秩序中，生产出几种反常性经验的形象，其中之一就是"歇斯底里的女人"[2]。在约翰看来，阿尔玛所表现出的就是"歇斯底里症女人的常见症状"（582）。当然，作为医生的约翰是从医学的角度解释阿尔玛的性压抑，一如弗洛伊德所做的那样，而福柯所关注的是如何疏导性压抑，从而使个体获得自由与解放。从这个意义上来说，福柯与威廉斯一样，都显示出某种人文主义的关怀。

阿尔玛认识到自己身上存在的"幽灵"，并决意告别过去的自己，开始一种崭新的生活。她来到约翰面前，向他吐露深埋在心底的爱情：

> 可是现在我改变主意了，那个说"不"的女孩，她已经不存在了，去年夏天就死了——是由于她内心有什么东西在燃烧，产生的烟雾使她窒息而死。是的，她已经死了，可是她把她的戒指留给了我——你看到了吗？就是你喜欢的那枚，镶有珍珠的黄玉戒指……她将这枚戒指戴在我手上的时候，她还对我说——"记住我是空着手死的，这样就能确保你手中还握有一些东西！"（她摘下手套，再次用双手抱着他的头）我说："可是尊严呢？"——她说："忘掉尊严，只要它还妨碍你得到你必须得到的东西！"（他抓住她的手腕）然后我说："可是如果他不想要我呢？"我不知道她之后还说了些什么，也不确信她是否说了什么——她的嘴唇不再动了——是的，我想她是停止了呼吸！（他轻轻地将她激动的双手从他脸上挪开）不？（635）

然而，约翰拒绝了阿尔玛的示爱，就像她曾经拒绝他那样。一切仿佛都来得太晚，因为约翰已经朝着相反的方向而去，他接受了阿尔玛原来的思想，承认非物质的精神存在及其价值。他对阿尔玛说：

> 可是我已经接受了你的思维方式，认为有些别的什么东西在那里，一种非物质的东西——就像薄薄的烟雾——就是那些丑陋的机器所生产的东

---

[1]　Michel Foucault, *The History of Sexuality*, Vol. 3, Trans. Robert Hurley, New York：Vintage Books, 1986, 134.

[2]　福柯：《性经验史》，上海：上海世纪出版公司，余碧平译，2005 年，第 69 页。

西，也是它们存在的全部理由。它是看不见的，所以它在解剖图上也是显示不出来的。可不管怎么说，它就在那里。知道了它的存在——于是，所有的一切——这种——这种我们难以理解的经验——具有了一种新的价值，就像那些——那些图书馆里极浪漫的文学作品！（636）

阿尔玛作为"天使"的形象早已在约翰心中定格，他无法以另一种方式来爱她。古希腊哲学家认为，人只有通过教化灵魂才能获得幸福与快乐，阿尔玛却由于对灵魂的过分关注而使自己受到伤害。在与她的"幽灵"斗争的过程中，阿尔玛最终意识到她应该与之和谐共处，而不是否认或拒绝。然而，当她欣然转身，看到的只是约翰渐渐远去的背影。约翰已经跟内莉订婚，婚期就在不远的将来。

尽管约翰发现阿尔玛"冰冷"的外表下面是热情的"火焰"（637），但他拒绝触碰她的身体，他们之间仿佛只存在一种"精神"纽带。阿尔玛和约翰两人都发生了转变，但他们的转变绝不是对等的。阿尔玛如今想要靠近他，约翰却只想远远地欣赏她的灵魂，而不是拥有她的身体。尽管在约翰眼里阿尔玛依然美丽，却不是他想得到的。他对阿尔玛说："你的眼睛和你的声音是最美丽的——也是最温暖的，但它们似乎从来都不属于你的身体"（638）。阿尔玛重新拥有了身体，却遭到约翰的拒绝。至此，阿尔玛仿佛陷入生命的绝境，她觉得这一切都是一种"报复"。她对约翰说：

> 约翰，你说得好象我的身体对你来说已经不存在了，而事实上你刚刚还为我号脉来着。是的，就是这样！你想回避它，可是你已经明明白白地告诉我了。一切都变了，是的，一切都报复性地发生了改变！你已经接受了我从前的思维方式，而我接受了你从前的思维方式，就像同时互访的两个人，各自都发现对方出去了，门锁着，没有人应！（她笑了）我来这里是想告诉你，是不是绅士对我来说已不再那么重要，你却说我必须保持淑女的风范。（她开始大笑）一切都报复性地发生了改变！（638）

阿尔玛吐露了爱情，同时也失去了爱情。阿尔玛在文学俱乐部朗诵了一首《爱情的秘密》，这正是阿尔玛心声的真实流露。诗中写道：

别试图吐露你的爱情——

那不能吐露的爱情；

因为那和风轻轻飘移，

默默地，不露形迹。

我吐露了爱，我吐露了爱，

我把整个心表白；

打着冷战，万分地恐惧，

唉！我的爱启步离去。

他刚刚从我身边离去，

就有个旅人走过；

他不言不语，不露形迹，

叹一声就将他俘获。①

　　这是英国浪漫主义诗人威廉·布莱克（William Blake）的一首诗作，但阿尔玛对其稍事改动，并将原诗中的"她"换作"他"，以符合她自己的心境。在此，布莱克的诗篇也是作为《夏日烟云》的另一个互文本而存在，生动地揭示出阿尔玛内心隐藏的"爱情的秘密"，同时也预示着阿尔玛因为吐露"那不能吐露的爱情"而永远失去它的悲剧性结局："我的爱启步离去"。或许是因为威廉斯在创作小说和戏剧之前就曾是一位诗人的缘故，他常常利用诗歌——他自己的或别人的——作为他剧作中的互文本。布莱克的《爱情的秘密》为我们更好地理解《夏日烟云》提供了重要线索，它不仅预示着阿尔玛将失去约翰，而且暗示出约翰对她的拒绝。

　　在《古怪的夜莺》中，当阿尔玛望着窗外的雪景，她想起一句谚语："在你去爱之前，一定要先学会在雪地上行走——却不留下任何足迹"（443）。谚语表达了与《爱情的秘密》同样的涵义，那就是不要轻易地去爱，也不要轻易地表白你的爱情，否则，它会像美丽的雪花一样转瞬即逝。阿尔玛尽管失落了爱情，却收获了自我。她慢慢意识到自己内心真正的需要，开始承认自己的缺陷与不足，也有信心恢复完整的自我。她对约翰说："我想我是生病了，是那些脆弱、分裂的人当中的一个，在你们这些强壮的人当中，我们就像影子一样跌跌撞撞。但偶尔，在必要的时候，我们这些影子一样的人也会有我们自己的力量。"（636）福柯引用伊壁鸠鲁的话说："关爱自己的灵魂，从不会太早，

---

①　布莱克：《布莱克诗集》，张炽恒译，上海：上海三联书店，1999 年，第 103－104 页。

也不会太晚。"①我们要用一生的时间去学习如何生活，把人生变成一种永恒的修行，因此，关爱自我是永无止境的。对阿尔玛来说，关注自己的身体，并懂得呵护自我，也从来不会为时太晚。

圣诞节和独立日是《夏日烟云》中出现的两个重要节日，可是对阿尔玛来说，这两个节日只是一种戏剧性的讽刺。正如《街车》中布兰琪的生日遭到破坏，《夏日烟云》中这两个盛大的节日也是阿尔玛的伤心之日。在独立日那个夜晚，"秀岭"镇处处洋溢着喜庆的气氛，有欢快的演出，还有美丽的烟花，可是约翰有意制造恶作剧，用点燃的爆竹惊吓阿尔玛，并最终离开阿尔玛去罗莎那里寻找欢乐。而在圣诞节即将到来的时候，回家度假的约翰拒绝了阿尔玛的爱情，投入曾经是阿尔玛学生的内莉的怀抱。不过，这两个"被毁"的节日也是阿尔玛自我启蒙的重要时刻。正是因为这段痛苦的经历，阿尔玛终于认识到关注自我的重要意义。关注自我、呵护自我的思想是希腊文化中一个古老的话题。古希腊哲人提醒我们，不论是阅读还是写作，都不应使我们放弃对自我的呵护，因为

> 你的目的不是重读你的笔记，不是重读罗马人和希腊人的古代故事，也不是重读你保留到老的文献。因此，你要赶紧达到目标，放弃各种徒劳的希望，努力回忆你自己，只要还有可能，你就要这样做。②

对阿尔玛来说，她所要做的就是放弃性压抑，回归原始的身体经验，从而获得完整的生命体验。

在自我教化的实践中，自我认识具有重要的意义。福柯认为，获得自我认识的途径包括自我控制、良心审查及自我反省。古希腊哲人要求人们在就寝之前应当叩问自己的灵魂：是否改正了缺点？是否战胜了邪恶？自我教化并非只是一种简单的态度，它需要付出时间、付出艰辛。这种自我教化有时是从日常生活中的退却，回到完全属于个人的空间，与自我单独相处。

> 人们可以不时地中断自己的日常活动，做一次姆索尼乌斯（还有许

---

① Michel Foucault, *The History of Sexuality*, Vol. 3, Trans. Robert Hurley, New York: Vintage Books, 1986, 46.

② 福柯：《性经验史》，上海：上海世纪出版公司，余碧平译，2005 年，第 333 页。

多其他人）所热切推荐的退却：它们让人可以与自我单独相处，接受它的过去，目睹过去的整个生活，通过阅读熟悉启发人的戒律和例证，从公开的生活中重寻各种理性行为的主要原则。而且，还可能在他的生平中或结束时，摆脱他的各种不同活动，安享晚年。那时，他完全专注于把握自我，欲望也就减弱了，如同塞涅卡通过哲学工作、斯庇里纳在宁静的舒适生存中把握自我一样。①

从日常活动中抽身而出，回到自我当中，关注自我的修行，在宁静中进行哲学的思考，这就是古希腊人向往的生活。对阿尔玛来说，要想更好地认识自己、把握自己，在宁静中进行自我反思也是必不可少的。由于爱情失意而造成的心灵创伤，阿尔玛放弃了她喜爱的音乐和文学。几个月的时间里她独自躲在屋里，不见任何人，温米勒先生也开始为女儿的状况感到担忧。

温米勒　阿尔玛！你为什么衣冠不整的？看着你从早到晚都这个样子，像残废人一样，可实际上你并没有什么毛病，我感到非常痛心。我不知道你的心思。或许有什么事情让你感到失望，可是你必须说出这样做的理由，好象到了世界末日一样。

阿尔玛　我整理了房间，洗了早餐杯盘，给市场打了电话，衣服送到了洗衣房，土豆也削了，豆皮也去了，午餐的桌子也布置好了，你还想要我做什么？

温米勒　（厉声地）我要你要么穿好衣服，要么待在自己的房间里。（阿尔玛不以为然地站起身，父亲突然说）晚上的时候你穿戴整齐，不是吗？没错，我听见你在凌晨两点钟的时候出去了。已经不止一次了。

阿尔玛　我睡不着。有时候不得不起来，散散步才能睡得着。

温米勒　有人问起你来的时候我该怎么说呢？

阿尔玛　就说我变了，你会看到我将变成什么样子。（626）

阿尔玛的焦虑不安反映了她艰难的思想斗争。为了实现自我的回归，阿尔

---

① 福柯：《性经验史》，上海：上海世纪出版公司，余碧平译，2005 年，第 335 - 336 页。

玛需要时间与自己进行对话与交流，并反省过去，正如她对约翰所说："我需要休息，就是这样"（633）。甚至当约翰来访时，阿尔玛的父亲告诉约翰阿尔玛不想见医生，约翰也因此受到伤害。阿尔玛退回到自己的内心，开始思考过去的生活。在沉思与反省过程中，阿尔玛逐渐意识到如何通过精神去引导身体。在古希腊哲学家的认识当中，自我实践的方式有多种，但是都有一个共同的目标，那就是转向自我。这种转向不仅包括行为方式的转变，而且包括认识事物眼光的转变，通过这种转向，人最终与自我合而为一。对阿尔玛来说，转向身体就是转向自我，就是真正地拥有自我。

在希腊悠久的文化历史传统中，关注自我与医学思想和实践有着紧密的联系，哲学与医学关注的是同一个领域，其中心要素就是"病理概念"。对灵魂的教化也具有浓厚的医学色彩。古希腊人认为，身体与灵魂的疾病可以相互交流，灵魂的污秽可以引起肉体的痛苦，而身体的放纵也会导致灵魂的缺陷。阿尔玛所患的似乎是双重的疾病，既有身体上的，也有精神上的，或许这正是两种疾病互相"交流"的结果。不过她身体上的不适并不是因为她污秽的灵魂，而是因为她过于纯洁的精神追求。阿尔玛逐渐意识到自己的病因所在，并愿意接受医生的帮助，她也深知医生的重要性。她对约翰说：

> 作一名医生！研究显微镜下那些神秘的东西……我认为这比牧师的职业还要神圣！在这个世界上有太多的痛苦，只要想想都觉得难过。我们大多数人对此都无能为力……可医生就不同了！啊，上帝！凭借他的聪明才智和专业训练，能够缓解所有可怕的病痛——和恐惧，那该是一件多么令人兴奋的事啊！这是一种前途无量的事业，一种不断发展的事业。很多疾病已经得到了科学的控制，可是它才刚刚——开始！我是说还有许多要做的工作，例如有些心理疾病需要治疗……你父亲一定给了你很多启发！（581）

或许阿尔玛真的期待约翰能够帮她走出性压抑的困境。自我实践意味着人不仅要认识到自己是不完善的、需要改造和培养的个体，而且要认识到这些病痛，并成为关心自我的个体，从而接受医治与救助。也就是说，我们要勇于面对自己的疾病，不论是身体的还是精神的。普拉特在他的著作中探讨了关于心灵与身体的主题，认为身体是心灵的"工具"，而心灵是身体的"有机成分"。

通过身体，它（心灵）与物质世界产生联系；通过身体它表达自己。在这个意义上来说，身体可被称作心灵的工具……鉴于这一神奇但并不完美的工具的表达非常有限，在很大程度上，心灵必须服从工具的律令。此外，我们只有通过身体表达，才能以一种客观、科学的方式研究心灵的动态。①

普拉特分享了古希腊哲学家的智慧，那就是身体与精神不可分离。它们就像一枚硬币的两面，缺少任何一面都是不完整的。

在表现精神与身体的冲突方面，威廉斯深受劳伦斯的影响。在劳伦斯看来，性是精神与身体这两个对立因素之间恢复平衡的一种手段；相对于维多利亚时期的清教主义传统，性同时也是一种解放性的力量。威廉斯十分崇拜劳伦斯，他的剧本《你感动了我》（*You Touched Me*）被认为是"给威廉斯一个机会，将他与劳伦斯的关系具体化，赞同劳伦斯的观点，庆祝肉体对于清教主义的胜利。"②但威廉斯和劳伦斯之间也有不同之处，劳伦斯关注的是两性之间的完美结合，威廉斯则给予那些自我分裂的人以更多的理解与同情，让他们去发现自我、认识自我，并最终改造自我、完善自我。阿尔玛的身体意识是她获得救赎的起点。她开始认识到，曾经赋予灵魂的价值和力量，也可以在自然的身体中找到。假如说想象能够为腐朽的人类提供一种救赎的途径，那么原始的身体经验也能够拯救阿尔玛于精神牢笼之中。雷蒙·威廉斯（Raymond Williams）研究了现代悲剧的发展与演变，他指出：

在实际过程中，悲剧行动经常削弱人的根本价值与现有社会制度之间通常的联系：真正的爱情追求与家庭责任之间存在矛盾；觉醒的个人意识与分配的社会角色之间存在矛盾。在从封建社会向自由社会的转变中，这样的矛盾很普遍，构成人们亲身体验的悲剧。③

正是阿尔玛个体意识的觉醒与南方女子的社会角色之间发生激烈的冲突，

---

① James B. Pratt, *Matter and Spirit: A Study of Mind and Body in Their Relation to the Spiritual Life*, New York: The McMillan Company, 1926, 182.

② Mathew C. Roudané, Ed. The Cambridge Companion to *Tennessee Williams*, Cambridge: Cambridge University Press, 1997, 100.

③ 雷蒙·威廉斯：《现代悲剧》，丁尔苏译，南京：译林出版社，2007 年，第 59 页。

从而演绎了一出哀婉的现代悲剧。

在古希腊神话中，我们能够找到灵魂与身体之间矛盾的原型。厄洛斯（Eros）是希腊神话中的小爱神（罗马神话中称丘比特），是爱的化身，象征着爱欲。厄洛斯随身带着爱情之箭，被这种箭射中的人或神就会产生爱情。普绪克（Psyche）是灵魂之神，象征着精神。普绪克的形象是一只蝴蝶或是长着蝴蝶翅膀的美丽少女。厄洛斯和普绪克相遇并相爱，经过漫长而痛苦的考验之后，他们最终幸福地生活在一起。在《金驴记》中，作者阿普琉斯把这则神话改编成一篇美丽的爱情故事。威廉斯一定也在希腊神话中获得了许多灵感。《夏日烟云》就像是对这则希腊神话的重新改写，只是剧中的阿尔玛似乎没有神话中的普绪克那么幸运，无法和心爱的人幸福地结合。不过，阿尔玛最终回归原始的身体经验，预示着她自我的实现，这也未尝不是一种圆满。我们是否可以设想，假如阿尔玛与约翰结合，那么他们的婚姻应该是天堂与地狱的结合，这正是诗人威廉·布莱克的理想。威廉斯也一定相信，人类既需要来自天堂的灵魂，也需要地狱之火。

有评论者认为，《夏日烟云》讲述的是牧师之女阿尔玛的悲剧故事。不过，阿尔玛并不甘心接受这样的命运，她决意改写自己的人生。即使不能像神话中的公主那样有一个美丽的结局，她也要为自己打造一片天空。在一次与美国评注人拉比诺和德雷福斯的谈话结束时，福柯被问及他下一步的工作计划，他的回答是："下一步嘛，我要关怀一下我自己了！"[1]对阿尔玛来说，同样需要这样的自我关怀。剧中多次出现蓝色的天空、闪烁的星星，仿佛预示着阿尔玛光明的未来。尽管没能与约翰携手而成就一段甜美的爱情，她的精神与身体相遇，也莫不是一种天与地的联姻，一种完美的结合。杰克逊认为阿尔玛和约翰的故事反映了现代生活中存在的道德冲突："尽管阿尔玛有着崇高的理想，但她最终遭到毁灭，而毫无责任心的巴克南却获得成功。"[2]的确，阿尔玛放弃传统南方淑女的行为准则，放弃崇高的精神追求，无不是一种遗憾，但我们必须承认，回归原始的身体经验对她来说并非一种毁灭，而是自我实现的必经之路。阿尔玛是要挣脱基督教"放弃你自己"的律令，重新回归希腊哲人"认识你自己"的箴言。就像福柯所做的那样，阿尔玛也在探索生命的旅程中向

---

① 引自詹姆斯·米勒：《福柯的生死爱欲》，高毅译，上海：上海人民出版社，2005 年，第 471 页。

② Esther M. Jackson, *The Broken World of Tennessee Williams*, Madison, Milwaukee, and London: The University of Wisconsin Press, 1965, 140.

身体的"本源"回溯，通过身心的交融最终走向生存美学。

第四节　身心的交融

在古希腊社会，存在着一个不同于基督教道德的伦理世界，一种以自我道德和实践为核心的伦理学，福柯称之为"生存美学"，即人们通过自觉的实践与反思，改变自己的生存方式。这是一种自我实践的生活艺术，福柯借此来探索主体的界限，从而超越固定的身份束缚。生存美学是个体的一种生存实践，更是一种道德实践；它确立的是主体与自身之间的关系，而非主体与社会的关系；这是一种自我的教化，是通过自我的技术来实现的；它确立的是个体与自我的美学关系，而非认识关系。①在《性经验史》中，福柯将性看作是讨论自我呵护的最重要的领域。在古希腊时代，以自我教化为核心的道德伦理发挥着重要作用，人们遵循适当的性节制原则并享受快感，节制是古希腊生存美学的重要原则；而在基督教时期，个人被要求服从基督教教义和上帝的意志。在《夏日烟云》中，约翰最初沉迷于感官享受，可以说是基督教的反叛者，但他最终认识到精神的价值。这并不意味着他返回到基督教道德之中，而是通过节制获得某种超越。阿尔玛则回归原始的身体经验，通过身体与精神的融合实现生存美学。生存美学的核心要素是自我呵护，自我呵护涉及两个方面，即身体与精神。福柯引用伊壁鸠鲁主义者诗意的语言为我们揭示了这种观点：

> 当阴霾尽除，宁静的天空披上无比绚丽的光彩时，它不会再感受到更强烈的光亮。因此，关心自己的身体和灵魂的人要想通过身体和灵魂建立他的幸福，那么只有当他的灵魂宁静和他的身体毫无痛苦时，他才会达到完美的境界，欲望得到满足。②

不管是阿尔玛还是约翰，他们都在不断地认识自我并改造自我，努力达到一种更高的生命意识。他们的自我实践是对福柯自我教化思想的最好诠释。西格尔（Robert Siegel）断言：

---

①　参见黄华：《权力、身体与自我：福柯与女性主义文学批评》，北京：北京大学出版社，2005年，第154－159页。

②　福柯：《性经验史》，上海：上海世纪出版公司，余碧平译，2005年，第333页。

在现代戏剧创作史上，没有谁能像威廉斯这样在作品中探讨有关心灵与身体分裂的话题。对威廉斯来说，这种探讨是对美国南方维多利亚式性压抑糟粕的批判，这也是他的作品中一贯的主题。这是一种关于心灵与身体是否能够交流或者共存的深刻话题。①

威廉斯也像许多哲学家那样，试图探索灵魂与身体这一古老的话题。

福柯指出，关注自我不仅包括爱惜身体和健康养生，还包括沉思与阅读。除此之外，与朋友或导师之间的交流，都是自我实践活动中的重要因素。在这个意义上来说，约翰与阿尔玛彼此之间的沟通与帮助，在他们双方的自我教化过程中发挥着重要作用。

> 约　翰　在男人和女人之间除了尊重以外，还有一些其他的东西，你
> 　　　　知道吗，阿尔玛小姐？
> 阿尔玛　我知道……
> 约　翰　有一样东西叫亲密关系。
> 阿尔玛　谢谢你告诉我。说得如此坦率。
> 约　翰　或许你不大喜欢，但它的确很重要——涉及到夫妻间的幸
> 　　　　福，可以这么说。有些女人屈服于男人，只是为了某种——
> 　　　　自然强加在她们身上的义务！（他喝完杯中的酒，又给自己
> 　　　　倒了一杯）你就是这样。（614）

尽管约翰的言语间暗含讽刺与指责的意味，但这对阿尔玛来说具有很大的启迪。可以说，正是约翰唤醒了阿尔玛沉睡的身体，帮助她回归完整的自我。根据福柯的观点，

> 当有人在自我关注的训练中求助于另一个，估计他有能力给予指导和
> 建议时这个人就行使一种权力。当人对其他人施以援手时，或者当人感激
> 地接受别人所给予的教训时，这是人要完成的一种职责。②

---

① 引自 Ralph F. Voss, Ed. Magical Muse: Millennial Essays on Tennessee Williams, Tuscalloosa and London: The University of Alabama Press, 2002, 111.

② 福柯：《性经验史》，上海：上海世纪出版公司，余碧平译，2005 年，第 337 页。

阿尔玛和约翰在自我实践的过程中，都从彼此身上获得指导与帮助。如此说来，约翰在引导阿尔玛的过程中，他是在行使一种权力，也是在履行一种职责。而阿尔玛向约翰提供帮助与启发的时候，她也同样是在行使一种权力并履行一种职责。这样，他们之间就必然建立起一种精神的纽带，使得彼此之间的交流成为可能。

格里芬（Alice Griffin）研究了《夏日烟云》中精神与肉体的冲突，主要针对阿尔玛身体意识的觉醒，但格里芬认为约翰精神意识的觉醒是一种突然的转变。①的确，约翰曾经生活放荡，在阿尔玛眼里，他是"亵渎"了医生的神圣称号。约翰曾经诊断阿尔玛的病因是她的"幽灵"，是阿尔玛纯洁的精神所渴望的世俗的另一半。其实，约翰也有他自己的"幽灵"，那就是阿尔玛所代表的精神。当阿尔玛邀请约翰来参加文学俱乐部的派对时，约翰勉强答应并赴约，但他对阿尔玛与"文友"之间的交流并没多少兴趣，于是谎称"要去看一位病人"（600），便起身离去。其实，约翰是去找罗莎，一位热情而性感的姑娘。约翰在文学俱乐部的出现，似乎暗示着他对自己"幽灵"的寻找。约翰的确看到了阿尔玛，看到了"精神"的闪现，但此时的他竟无法抵抗身体的诱惑，表现出意志的薄弱。然而，一个身体仿佛并不满足于另一个身体，它仍然被精神吸引着。约翰与阿尔玛在公园的约会表明，约翰试图将阿尔玛带进他的世界，从而解决他的"幽灵"问题。不过，约翰真正想要的仿佛并不是阿尔玛的身体，而是她的精神，因为他后来告诉阿尔玛，即使她当时答应了他的请求，他也不会那么做，因为"我害怕你的灵魂胜过你害怕我的身体。"（624）

当"身体"与"精神"之间的联系中断，便各自退回到属于他们自己的世界。阿尔玛回到她的文学俱乐部，约翰则继续与罗莎缠绵。然而，此时我们听到的不是约翰享受快感的愉悦，而是疯狂般的忏悔：

> 不久之前，这个想法会让我感到恶心，可是现在不会。（他抓住她的手腕）罗莎！罗莎！有没有人像我一样在这个夏天堕落得这么快？哈—哈！就像一只抹了油的肥猪。可是，每天晚上我还是穿着干净的白色西服。我有一打这样的西服，六件在衣橱，还有六件在洗衣房。在我脸上看

---

① 参见 Alice Griffin, *Understanding Tennessee Williams*, Columbia：University of South Carolina Press, 1995, 89.

不到任何堕落的迹象。可是整个夏天我都是这样坐在这里，回想着昨晚，期待着明晚！现在的问题是，我应该被阉割！(618 - 619)

青春的浮躁与傲慢导致约翰的放纵与堕落，当他醒悟之时却羞愧难当，宁愿为此承受"阉割"的惩罚。约翰的愧疚引起他无名的愤怒，于是，"将酒杯扔向解剖图"(619)。可以说，约翰的堕落部分原因是由于罗莎，她与阿尔玛截然相反，一味追求感官享受，而约翰只是她满足欲望的工具。约翰之所以决定与罗莎结婚，是因为他在罗莎父亲拥有的月亮湖公园欠了巨额赌资，又无法偿还，只有以娶罗莎为妻作为交换。当阿尔玛得知真相后，立刻打电话给约翰的父亲，及时阻止了约翰与罗莎之间的婚姻"交易"。但是，在双方争执的过程中，约翰的父亲被罗莎的父亲开枪打死。约翰因此而指责阿尔玛，错误地认为是阿尔玛酿成了这场悲剧，殊不知是阿尔玛及时解救了他，并阻止他继续堕落下去。父亲死后，约翰发生了决定性的转变，开始意识到过去被他忽略的许多东西。尽管他不十分确定自己的目标，但他明白与罗莎曾经有过的生活并不是他想要的。

假如说阿尔玛的自我实现是从性压抑走向性解放，那么约翰就是从性放纵转向性节制，但约翰的性节制并不意味着他接受了清教主义思想。清教教义中的禁欲是压抑人性的，而约翰的自我节制则属于古典道德的范畴。在古希腊，节制、虔诚、智慧、勇气和正义构成五种美德。约翰由于实行性节制，便可以有效地管理自我，掌握生活的艺术。在古希腊哲人看来，对自我的教化需要通过一定的训练，只有这样，他才能成为正直、崇高的人。训练就是回归自然，战胜自我，摆脱毫无意义的痛苦，寻求真正的幸福。这种训练被视为是关注自我、改造自我的必要条件，它可以采取不同的形式，如锻炼、沉思、反省等。这种训练是自我教化的重要手段，是个体把自己塑造为道德主体的必要实践，它构成一种特殊的灵魂艺术。约翰并没有接受阿尔玛的爱情，而是与内莉步入婚姻的殿堂，这表明他想过一种没有性压抑的自由生活。通常批评家在解释阿尔玛和约翰的转化时，都说他们是被彼此同化的，但何成洲认为，约翰并没有简单地接受阿尔玛的观点，而是在阿尔玛的启发下改变自己的同时，也保留了自然的性经验，改造并完善了自我。①因此，约翰并不是从一个极端走向另一

---

① 参见何成洲："'自我的教化'：田纳西·威廉斯和福柯"，《南京社会科学》，2005 年第 8 期，第 76 页。

个极端，而是选择了古典的生存美学。

古希腊人所崇尚的是对快感进行道德反思，但这种道德既不是要将行为规范化，也不是建立一种主体解释学，而是形成一种自我的风格，一种生存美学。在古希腊哲学思想中，关注自我不仅是一种权力，也是一种义务，它迫使我们成为自己关注对象的同时，也确保我们的自由。在这个意义上来说，约翰通过自我节制而获得的生存状态，就是一种更加积极的自由。古希腊哲人指出，一个人要想获得幸福，就必须追求节制和实行节制。节制既不是服从一定的法律体系或行为规范，也不等同于一种取消快感的原则，而是一种艺术，一种快感的实践，这种实践是建立在自我控制的基础之上的。在这种道德模式中，个体并不追求行为准则的普遍化，而是使其个性化，并不断进行调整，从而把自己塑造成伦理主体。在古希腊哲学家看来，听从身体快感、受欲望控制的人是不自由的。节制是人们力图达到的一种境界，这种道德目标并不是要保存或重新发现一种本原的纯真，而是为了获得自由。

在古希腊思想中，节制活动中还包含一种与自我进行角逐的关系。一个人如果没有与欲望和快感作过斗争，那他就无法成为有节制的人；一个人如果不曾经历并战胜过丑陋与罪恶，那他就缺乏智慧与德性。在基督教身体伦理中，性经验与各种隐秘的邪恶力量存在着本原上的关系，与它的斗争也只能是一种与原罪的斗争，与他者力量的斗争；而在古典的性快感伦理中，它表现为与自我的较量。在柏拉图看来，我们的灵魂中存在两个不同的方面：好的方面和坏的方面。当好的方面控制了坏的方面，我们就比自身强；反之，我们就是自身的奴隶。当阿尔玛从内莉口中得知约翰与内莉的母亲之间曾有过暧昧关系时，阿尔玛说："你母亲是对的，他不配做医生！我不想打击你，可是这个最最了不起的人真的太懦弱了。"（595）在阿尔玛眼里，无法控制欲望的约翰是"懦弱"的，他成了自身的奴隶。节制是一种德性，但它并不意味着压抑欲望，而是控制欲望。有节制的人不是不再有欲望，而是指他的欲望是"有节制的，不超过他该得到的，也不有违恰当的时机"①。在快感伦理中，德性不是一种贞洁状态，而是一种统治关系。柏拉图认为，欲望就像贱民，如果不予控制，他们就会因不安而寻求反叛，并由此发展了有关节制与放纵的"公民"模式。为了把自己塑造成有节制的道德主体，个体必须与自我建立一种"支配—服从"的关系，而不是像基督教教义中"解释—净化"的关系。

---

① 福柯：《性经验史》，上海：上海世纪出版公司，余碧平译，2005年，第152–153页。

威廉斯在《夏日烟云》中似乎暗示，约翰的身体尽管没能与阿尔玛的精神实现真正的相融，但他与内莉的牵手也无不是一种和谐与美丽。即使约翰已经实行自我节制，但他不会像阿尔玛以前那样拒绝身体，而是追求一种平衡、健康的生活。也许是作为一种获得救赎的象征，抑或是为了表达对阿尔玛的感激之情，约翰不愿让内莉——此时正沉浸在爱情的幸福之中——看到阿尔玛眼中的泪水。在许多评论家看来，约翰从身体上升到精神，而阿尔玛从精神堕落到肉体。正如罗斯（Marlon B. Ross）所说：

> 在《夏日烟云》中，威廉斯生动展示了一种悲剧性的讽刺，这两个人物需要彼此互补才能成为完整的人，但结果他们各自变成了对方，约翰放弃狂放傲慢而选择了阿尔玛的认真严谨，阿尔玛则放弃精神追求而选择了约翰的肉欲激情。①

诚然，阿尔玛与约翰在那个约会之夜错过了彼此，没能实现身体的相互交融，但不可否认的是，他们曾经有过心灵的碰撞。更重要的是，在自我实践的过程中，身体与精神在他们各自的身上开始慢慢融合。阿尔玛已经能够坦然面对自我的分裂，认识到像她这样的精神天使，也和"永恒"天使一样，是一种非世俗的存在，并不属于这个世界，因为"她的身体是石头做成的，她的血液是流淌的泉水"（632）；而约翰开始控制自己的欲望，在节制实践中建构自己的男性气质，成为自由的道德主体。古希腊哲学家认为，关注自我是对所有时代、所有人都适用的生命原则，每个人都应该在理性的指导下完善自己的灵魂。对阿尔玛和约翰来说，认识到自己的不完善，并通过自我实践追求一种生存美学，这也是他们必须遵循的一条人生准则。

福柯用不小的篇幅阐述了古希腊思想中"拥有自我"的概念。在这种拥有中所形成的自我经验，并非一种单纯的克制力量的经验，而是一种自我愉悦的经验。所谓自我愉悦，是指没有任何身心困扰的状态，它的产生并不依赖于外界事物的激发，而是直接来自我们自身。拥有自我，就是不受外界的诱惑。要想获得自我愉悦，只有反诸自身，而不是任何身外之物。古希腊人将快感分为两类，一类是宁静而永恒的快感，另一类是冲动而暂时的快感，即享乐

---

① Marlon B. Ross, "The Making of Tennessee Williams: Imagining a Life of Imagination," *Southern Humanities Review* 21: 2 (Spring 1987): 131.

（voluptas）。只有接近自我才能获得宁静而永恒的快感，由于外在事物而感受到的愉悦只是一种短暂的快感。福柯同时指出，古希腊人所谓的关注自我，不是说一定要放弃其他一切活动，而是在应有的活动中，必须牢记人的主要目的是在自我以及与自我的关系中寻找。这种与自我的关系构成一切自我实践的终极目标，它属于一种自制伦理。我们要转向自我，因为

> 这是我们生活中惟一神圣的和不可侵犯的部分，它避开了一切人事纷杂，不受命运帝国的摆布。贫穷、恐惧、疾病的袭击都不能打倒它。它不能受到干扰，也不能欣喜若狂，拥有它是永恒的和宁静的。①

阿尔玛和约翰在彼此的影响和启发下发生了转变。阿尔玛渐渐摆脱性压抑，开始过一种健康的生活；约翰放弃荒淫奢靡的生活，并在医学事业中取得成功。阿尔玛和约翰的双重改造使他们各自的身体和灵魂都获得一种美的和谐。阿尔玛身上发生的重大变化之一就是她开始变得自信，并且懂得如何关注自我，聆听自己内心的声音。她不再只追求精神的纯洁，而是同时关注曾一度被她遗忘的身体。当她打开内莉送给她的圣诞礼物时，她说："我要把这丝带保存起来。我还要留着这漂亮的包装纸，上面有银色的星星。还有这冬青枝……"（631）假如说"丝带"和"包装纸"象征着物质，那么"银星"和"冬青枝"则代表着精神，阿尔玛的话语中表现出她将物质与精神相融合的努力。在阿尔玛身体意识觉醒之后，她再一次向约翰表白心中的爱情，而且更加充满激情，或许这是她有生以来最为勇敢的行为。

> 好啦，让我们来做吧！毫不吝惜地、真真切切地、甚至毫不羞耻地做吧！我爱你早已不是秘密，从来都不是。早在我教你用手指去读石头天使的名字时，我就爱着你。是的，我清楚地记得小时候那些漫长的午后，那时我待在屋里练琴——听到你的伙伴们叫你，"约翰尼，约翰尼！"我无法控制自己，哪怕只是听到你的名字！我——快步冲到窗前，看你跳过门廊的栅栏！我远远地站着，就在街道中间，只为看到你撕破的红色运动衫，看你在空地上奔跑、嬉戏。是的，早就开始了，那痛苦的爱情，从那以后就再也没有离开过我，而是不断生长。我生命中的每一天都生活在你

---

① 福柯：《性经验史》，上海：上海世纪出版公司，余碧平译，2005 年，第 347 页。

的隔壁，一个脆弱、分裂的人。对你的独立、你的坚强，我充满了敬意。这就是我要说的！现在我要听你说——为什么我们之间就没有发生？我为什么会失败？为什么你已经走得很近了——却不能更近？（636－637）

福柯引用柏拉图在《理想国》中的话说："如果一个人同时把自己灵魂中一种美的特性和自己外表中符合这一特性并与之协调的各种特征统一起来，因为它们都有着相同的模式，那么对于能够目睹到它的人来说，这难道不是最美的景象吗？"①也就是说，当灵魂与身体能够完美地结合在一起，就会产生"最美的景象"。阿尔玛对约翰的爱情表白，最终使她从精神的枷锁中解放出来。或许阿尔玛真诚地期待，当她用自己的灵魂去接近约翰的身体时，也会制造出世间"最美的景象"，迎来幸福的时刻。

遭到约翰拒绝之后的那个傍晚，阿尔玛在天使雕塑旁与一位陌生的年轻旅行推销员结识，并准备与他一起去月亮湖娱乐公园寻找快乐。事实上，阿尔玛与旅行推销员的相遇在她朗诵的诗作《爱情的秘密》中就有所预示，诗中最后一个诗节中的"旅人"可以说就是阿尔玛遇到的旅行推销员。这一幕让我们想起《街车》中布兰琪那句经典台词："我总是依赖于陌生人的善意"。似乎阿尔玛也像布兰琪一样，只有在善良的陌生人那里才能获得些许安慰。其实不然，阿尔玛与布兰琪所处的情境有所不同，布兰琪是被迫走进那个疯癫的世界，而阿尔玛是主动与陌生的年轻人牵手。表面上看来，阿尔玛的行为似乎有失得体，而且有违当时的权力结构，但事实上，这是她回归自我的重要转折点。

《夏日烟云》颠覆性的结尾预示着阿尔玛将成为一个正常的女孩，重新获得健康、幸福的生活。正如舞台指示词中所说："当夜幕降临，星星就会出现。"（573）在阿尔玛寻找自我的旅程中，应该会有天上的星星为她点亮，引领她走向美好的未来。阿尔玛回归原始的身体经验，并不意味着她从天上落到地下，而是试图在神圣的星空与世俗的大地之间架起一座桥梁。阿尔玛和约翰在沉沉暮色中遥相对望的那一幕，或许是剧中最神奇的一刻，就像两颗星星的相遇，迸发出最灿烂的火花。威廉斯这样写道：

约翰走到朝向教区长家的窗前，向对面望去。教区长家起居室的灯亮

---

① 福柯：《性经验史》，上海：上海世纪出版公司，余碧平译，2005年，第168页。

了，阿尔玛穿着睡裙走进来。她走到窗前，向对面医生家的方向望去。当阿尔玛和约翰站在窗前，在黑暗中互相对望的那一刻，音乐响起。慢慢地，仿佛被音乐牵引着，约翰走出房间，走向教区长家。阿尔玛依然伫立在窗前，直到约翰走进来，站在她身后。音乐渐渐消失，传来风儿喃喃的低语。她慢慢转身面朝约翰。（620）

这一幕具有丰富的意义，不仅是身体与身体的接近，也是心灵与心灵的相会，更是身体与心灵的交融。此时，舞台上响起悠扬的音乐声，仿佛是威廉斯为这一美妙时刻谱写的赞歌。约翰来到阿尔玛身边寻求安慰，并让阿尔玛把她的手放在他的脸上，说道："永恒天使和阿尔玛小姐都有这样冰凉的小手。"（621）之后，约翰俯身将脸埋在阿尔玛的膝上，威廉斯称这一幕为"圣母怜子图"（621）。这也是《夏日烟云》中出现的身体与精神相融的最完美的图画。

剧末，当阿尔玛"慢慢地走到喷泉近旁，俯身饮水"（641）的那一刻，我们能够清晰地感觉到她发自内心的喜悦，仿佛她已经找回曾经迷失的自我。尽管此时阿尔玛仍然依赖于药片缓解心中的压力，但她已开始学习如何从自身之中寻找快乐。当年轻的旅行推销员经过她身旁时，他们相对而视，并开始了一段轻松、愉快的对话。

> 阿尔玛　生活充满了那样的幸福，不是大大的幸福，而是可爱的、小小的幸福。这样我们就能够继续前行……（她微闭着眼睛向后靠着）
>
> 年轻人　（回来）你要睡着了。
>
> 阿尔玛　呃，不，我没睡。我只是闭着眼睛。你知道我现在是什么感觉吗？我感觉自己就像一枝荷花。
>
> 年轻人　荷花？
>
> 阿尔玛　是的，我感觉就像中国礁湖上的一枝荷花。你要不要坐下来？（年轻人坐下来）我叫阿尔玛，西班牙语的意思是精神！你叫什么？
>
> 年轻人　哈哈！我叫阿基·克莱默。在西班牙语中是 *Mucho gusto* 的意思。
>
> 阿尔玛　*Usted habla Espanol, senor?*

年轻人　*Un poquito! Usted habla Espanol, senorita?*

阿尔玛　*Me tambien. Un poquito!*

年轻人　（高兴地）哈—哈—哈！有时候 *un poquito* 就是很多的意思！（阿尔玛笑了……跟她以前的笑不太一样，有点倦怠，但很自然）在这个小镇上天黑之后都能做什么？

阿尔玛　在这个小镇天黑之后没什么可做的，但在湖上有些休闲的去处，可以提供各种各样的夜间娱乐活动。那儿有个叫月亮湖娱乐公园的地方。它已经换了新主人，但我想它的特色并没有变。

年轻人　它的特色是什么？

阿尔玛　开心，非常开心，克莱默先生……

年轻人　那我们还坐在这里干什么呢？*Vamonos*！

阿尔玛　*Como no, senor*！

年轻人　哈—哈—哈！（他跳起来）我来叫出租车。（下，叫出租车）（642－643）①

　　尽管阿尔玛依然将自己比作纯洁、美丽的荷花，但她已不再是从前那个"给百合镶金"的南方淑女，并承认生活中充满"小小的幸福"。在与旅行推销员之间简短的西班牙文对话中，阿尔玛仿佛遇见了"知音"，因为他们有着"共同的语言"。当阿尔玛与旅行推销员分享自己的药片时，她对他说："处方号是96814，我把它当作上帝的电话号码。"（642）我们可以想象，即使在回归身体经验之后，阿尔玛也依然不会失去与精神之间的联系，因为她牢记着"上帝的电话号码"。由此，精神与身体在阿尔玛这里开始逐渐融合。

　　对于阿尔玛与旅行推销员走到一起的最后一幕，评论界出现明显的分歧。一些批评家认为阿尔玛从此走向堕落。用达庞特的话来说：

　　　　这一事件毁灭了阿尔玛。我们最后看到她轻佻地拣了一个年轻的旅行推销员，和他一起去月亮湖娱乐公园，只为做一些不雅的事情——或许这

---

　　①　对话中出现的西班牙文汉译如下：*Mucho gusto* 很高兴、很乐意；*Usted habla Espanol, senor?* 你会说西班牙语吗，先生？*Un poquito! Usted habla Espanol, senorita?* 只会一点点！你会说西班牙语吗，小姐？*Me tambien. Un poquito!* 我也是，只会一点点！*Vamonos!* 我们走吧！*Como no, senor!* 为什么不呢，先生！

是即将到来的一系列无止境的轻浮举动的开端。①

达庞特还断言阿尔玛实际上是堕落前的布兰琪，而布兰琪就是阿尔玛最终的样子。杰克逊也表达了同样的观点，认为阿尔玛"从一个高乃依式的献身于爱、责任、荣誉和贞洁的女主人公，转变为一个拉辛式的、被无法满足的欲望和内心的渴望所纠缠的女人。"②不过，有更多的评论家持有完全相反的观点。斯波托认为，阿尔玛的行为与其说是堕落的表现，不如说是对保守传统的反叛。她试图纠正过去的习惯，并开始关注内心的和谐。（152）雅哥华（Maurice Yacowar）指出，阿尔玛对旅行推销员表现出同情之心，这是一种温柔的情感，而不是堕落。"当阿尔玛走向推销员的时候，她并非走向顺从，而是走向快乐。她对那个寂寞的男人抱有真正的兴趣。她将是'仁慈'的姐妹，而不是堕落的女人。因为精神性扎根于人的天性之中。"③布鲁金（Jack Brooking）从存在主义的视角进行分析并指出："推测阿尔玛的将来并不重要，对她所选择的生活给予道德评判也是错误的，因为其中并没有善良或邪恶的含意，而是反映了她的新生活。在此，新鲜的经验代替了模糊的怀旧与渴望。"④克拉姆（John M. Clum）认为，阿尔玛从矜持而歇斯底里的牧师之女转变成一位性解放的女人，"她的解放就是她的胜利，她的骑士的羽毛。"⑤笔者倾向于第二种观点，认为阿尔玛并没有选择堕落，而是开始寻找一种更加健康的生活，追求更加完整的人格。阿尔玛通过自我的实践，试图将人文主义传统的崇高理想和物质价值相结合，回归灵魂与身体的和谐交融。"假如我们从剧本的文字秩序中抽身而出，将它看作一组意象，我们会看到一个渐渐变暗的世界，约翰不断地远离阿尔玛或者将她送走。"⑥博克西利认为《夏日烟云》是一个"长长的告别"（Long Goodbye）。这一"告别"不仅是约翰与阿尔玛之间的

---

① Durant Da Ponte, "Tennessee Williams's Gallery of Feminine Characters," *Critical Essays on Tennessee Williams*, Ed. Robert A. Martin, New York: An Imprint of Simon and Schuster Macmillan, 1997, 269.

② Esther M. Jackson, *The Broken World of Tennessee Williams*, Madison, Milwaukee, and London: The University of Wisconsin Press, 1965, 138.

③ 引自 Chalermsrie Jan-orn, "The Characterization of Women in Tennessee Williams's Works," Diss. The University of Nebraska, Lincoln, 1979, 88.

④ Jack Brooking, "Directing Summer and Smoke: An Existentialist Approach," Modern Drama 2: 4 (February 1960): 385.

⑤ John M. Clum, "The Sacrificial Stud and the Fugitive Female in *Suddenly Last Summer*, *Orpheus Descending*, and *Sweet Bird of Youth*," *Tennessee Williams*, Ed. Harold Bloom. Infobase Publishing, 2007, 34.

⑥ Roger Boxill, *Tennessee Williams*, London and Basingstoke: Macmillan, 1987, 99.

"告别",而且是阿尔玛与过去旧生活的告别。

有评论家指出,威廉斯并未使阿尔玛的转变在舞台上得以缓慢呈现,而是在幕与幕之间突然发生。但我们看到,阿尔玛的各种"症状"在剧中已有很多表现,因此,她的转变是必然的,也是可信的。当阿尔玛告诉约翰,他们已经变成"同时互访的两个人,各自都发现对方出去了,门锁着,没有人应"(638)。这种真切的悲伤,这种精神与肉体的分离,在威廉斯的多部剧作中都有所体现,但只有在《夏日烟云》当中,剧作家才试图将二者融合起来。阿尔玛深切地意识到世界的二元性存在,她发现只有通过精神与身体的接触,精神才能获得真正的生命,未来也才会充满希望。精神与肉体的二元对立,是阿尔玛道德冲突的核心,也是她永恒希望的源泉。这既是她的悲剧根源,也是她的荣耀所在。精神与身体最终在阿尔玛这里相遇并相融。当阿尔玛"面对石头天使,以一种告别的姿势举起她戴着手套的手"(643)时,她是在与观众告别,更是在与过去的自我告别。正如托马斯·阿德勒所说:

> 通过身体的欲望来缓解孤独也是一种优雅。阿尔玛从不缺乏精神的纯洁,可是现在,正如大地的孩子在堕落之后必定要做的那样,她开始体验完整的人性。她首先向天使、然后向观众行"告别礼"。对于这一告别,我们无须为她而悲伤,也无须为她已然失落的天真而悲伤。[1]

此时此刻,阿尔玛一定会骄傲地说:"我是大地的孩子……也是星空的孩子。"(Pratt 230)威廉斯似乎是要告诉我们,身体与精神必须融合,只有这样,我们才能获得完整的生命,回归本真的自我。

在《夏日烟云》这部剧中,威廉斯又一次将舞台作为画板,用他浪漫的想象创造着诗意的画面。舞台背景是巨幅天幕,呈现出文艺复兴时期宗教画中的蓝色。舞台中心是"永恒"天使雕塑,"双手握在一起,形成杯状,泉水从中流出"(570)。天使是一个"象征性的意象(永恒),全剧始末一直在沉思"(570)。天使两边是医生和牧师两家,分别代表着身体和精神。这样,整个舞台就呈现出"身体—精神—永恒"三位一体的画面,托马斯·阿德勒称

---

① Thomas P. Adler, "Before the Fall — and after: Summer and Smoke and The Night of the Iguana," *The Cambridge Companion to Tennessee Williams*, Ed. Mathew C. Roudané, Cambridge University Press, 1997, 119 – 120.

之为"圣坛一样的三位一体图"①。从"永恒"天使手心流出的生命之水，恰似从布兰琪手指间滑落的"永恒的碎片"，而天使的"沉思"更像是阿尔玛对生命的思索，流露出淡淡的忧伤。不过，汩汩的泉水中蕴含着生命的希望。阿尔玛将约翰给她的药片捧在手心里的情景，让我们想起她小时候模仿天使的样子。剧末，阿尔玛愿与旅行推销员分享她的药片，旅行推销员接过药片，放在"舌尖"（642），并用"天使"手中流出的泉水冲服下去。在托马斯·阿德勒看来，这是"一种世俗的圣餐仪式"②。药片提供了生活中"小小的幸福"，这样，两个孤独的人就能够继续前行。在博克西利看来，阿尔玛经历了"从短暂的花期到漫长的衰落"（98）。但笔者认为，在摆脱长期的压抑与束缚之后，阿尔玛这枝未开的花朵终将迎来温暖的春天，并幸福地绽放。爱情失落必然是阿尔玛难以愈合的心灵创伤，但她一定会走出过去的阴影，获得新的生命。她将不再是灰色的蛾子，而是美丽的蝴蝶，一如灵魂之神普绪克展开翅膀自由飞翔。

有关阿尔玛的反叛，威廉斯早在短篇小说《黄色小鸟》（Yellow Bird）③中就有所述及。故事中的阿尔玛也是牧师的女儿，但她抛弃清教主义的背景，在新奥尔良过着自由、富裕的幸福生活。《古怪的夜莺》则是对《夏日烟云》全新的改写，其中的阿尔玛从一开始就是一个叛逆的女孩，她从不与约翰争论有关身体与灵魂的问题。新剧中的阿尔玛尽管知道约翰并不爱她，但她依然全身心地爱着他，并追求他。在新年除夕之夜，她主动要求和约翰约会，她说："我想在午夜钟声敲响的时候和你在一起，在一个小小的房间里！"（479）约翰有些犹豫，认为这不是她真心想要的。阿尔玛却说："对有些人来说，一个小时就是一生。"（480）不久她又说："给我一个小时，我会让它变成一生。"（480）或许阿尔玛渴望能够在这一小时的短暂时间里感受到某种永恒。约翰最终答应了阿尔玛的请求。新年的脚步越来越近，阿尔玛也在憧憬着新的未来，憧憬着"梦想的实现"：

可现在——是又一年……是等待我们去发现、去开拓、去探索的另一

---

① Thomas P. Adler, "Before the Fall — and after: *Summer and Smoke and The Night of the Iguana*," *The Cambridge Companion to Tennessee Williams*, Ed. Mathew C. Roudané. Cambridge University Press, 1997, 115.

② Ibid., 119.

③ 《黄色小鸟》是 1947 年威廉斯创作的一部短篇小说，也是《夏日烟云》的故事原型。

片时间，谁知道我们会在那里发现什么？或许是实现我们最最不可能的梦想！——我并不为今晚而感到羞愧！我想你和我在一起是真诚的，即使我们失败了！（484）

　　更为神奇的是，房间里起初总也点不着的炉火，突然间开始燃烧。舞台指示词中这样写道："那火苗神奇地复燃了，就像一只火凤凰。"（484）复燃的火苗正是阿尔玛的希望之火，而阿尔玛也像火凤凰一样获得新的生命。在威廉斯看来，阿尔玛"爱得如此热烈，以至于它改变了（她）整个生命的轨迹，使（她）走出教区长家的客厅，来到月亮湖娱乐公园一个私密的房间。"①或许正是因为阿尔玛所表现出的真挚而热烈的情感，才使她成为威廉斯最喜欢的戏剧人物。

　　在《蜥蜴之夜》中，汉娜的爷爷在他的诗文中写道：

> 多么平静，桔枝
> 看到渐渐变白的天空
> 没有哭泣，没有祈祷，
> 甚至没有绝望的流露。
> 当夜晚笼罩树木，
> 生命的巅峰将
> 永远不再，于是，
> 新的历史从这里启程。
> 不再是金色的年华，
> 与薄雾和泥土交易，
> 最终与枝干分离，
> 拥抱大地，之后
>
> 不甚情愿的一次交融，
> 只因那金色的果实
> 原有的绿色一定会隆起在

---

① Tennessee Williams, *Where I Live*, Eds. Christine R. Day and Bob Woods, New York: A New Directions Book, 1978, 26.

　　土地晦暗、腐朽的爱之上。

　　……

　　啊！勇气，你能否
　　选择另一个地方停泊，
　　不仅在那金色的枝头，
　　而且在我冰冷的心房？①

　　当金桔到了"生命的巅峰"，就会在夜间跌落，与土地结合并腐烂，它对这样的命运没有丝毫的怨言；不过，面对"新的历史"，却有一种莫名的失落，因为那"不再是金色的年华"，却是"与枝干分离"并"拥抱大地"。诗中表达了"爷爷"面对死亡时的坦然与平静，却也不乏无奈与恐惧，因此祈求"勇气"能够在"我寒冷的心房"停驻。阿尔玛恰似诗中的"金桔"，开始意识到生命的变迁与失落。想到即将告别纯洁的精神世界，开始"与薄雾和泥土交易"，阿尔玛也一定会感到怅然若失，也需要"勇气"面对未来。但我们相信，阿尔玛的"启程"并非与"金色的年华"告别，而是寻找无意间失落的天堂。尽管是"不甚情愿的一次交融"，但生命的"绿色"必将再次出现，"隆起在/土地晦暗、腐朽的爱之上"。

　　阿尔玛从精神到身体的回归，在某种意义上来说也是一种怀旧，一种重新意指过去的方式，但她的怀旧方式不同于阿曼达或布兰琪。假如说阿曼达和布兰琪借助于审美的想象或艺术弥合现实的不足，那么阿尔玛似乎选择了黑格尔式的哲学思辨方式寻找问题的答案。精神被黑格尔理解为一种活动的或者运动的因素，它的目标就是"绝对知识"或"绝对精神"，而它的本质就是"它自己活动的结果：它的活动便是要超越那种直接的、简单的、不反省的生存——否定那种生存，并且回归到它自己"②。也就是说，精神是一种自我理解、自我发展和自我回归，"是一种只有通过生存才存在的存在。作为一种以前进的方式自我外化和内化的精神，它自身就是历史的"③。精神只有从外化返回到自身，把握自身并与自身同在，精神的历史才能说是完成了的。在这个意义上来说，阿尔玛转向自我也正是精神返回到自身，与自身同在。黑格尔的哲学在

---

　　① Tennessee Williams, *Plays 1957 - 1980*, New York: The Library of America, 2000b, 424.

　　② G. W. F. Hegel, *The Phenomenology of Spirit*, Trans. A. V. Miller, Oxford and New York: Oxford University Press, 1979, 75.

　　③ 卡尔·洛维特：《从黑格尔到尼采》，李秋零译，北京：三联书店，2006 年，第 40 页。

本质上充满了怀旧的意味，然而，黑格尔式的怀旧不像浪漫主义者的怀旧，少了几分感伤与忧郁。同样，阿尔玛的怀旧不像阿曼达和布兰琪的怀旧那样充满浪漫主义的色彩，而是多了几分现实主义的因素。黑格尔关于艺术家的一段话，也适用于威廉斯笔下的南方女子："艺术家不可以急于以自己的心灵进入纯粹的事物，为自己的灵魂拯救操心；他的伟大的、自由的灵魂必须本来就……知道和拥有灵魂的安顿之处，信赖它，在自身中充满信心。"①

黑格尔倡导自我发展与自我完善，他的自我概念不是一个静态的实体，而是一个不断演化和完成的过程，他"坚信人类有一种臻于完善的本能，坚信人类可以认识真理，坚信人类可以通过自己的力量实现自由"②。黑格尔认为以希腊艺术为主的古典艺术是最完美的艺术，艺术在希腊是绝对精神的最高表现方式。而阿尔玛在经历了悲伤与痛苦之后，也仿佛在古希腊的哲学思想中获得了启迪，寻找到一种生活的艺术，一种生存的美学。其实，黑格尔与他所处的时代之间，也曾经历了一个由分裂到和解的转变过程，他的分裂与和解都是建基于他的时间观。在黑格尔看来，时间就是现在，只有现在才是至高无上的、最真实的存在。在循环往复的时间整体中，持久的现在是内在于时间的永恒，是最有价值的。所以，和解绝不是中庸和软弱的表现，真正意义上的和解都是建设性的。③在阿尔玛这里，精神与身体之间、过去与现在之间、理想与现实之间也都达成了和解。卡尔·洛维特关于黑格尔的评论同样适用于阿尔玛：

> 在黑格尔看来，自我存在和异己存在的这样一种决裂并不是想让自己保持是自己的所是的，因为它自身已经是某种原初统一并且还想重新统一的东西的分裂。人必须能够在他者或者异者那里有家园感，以免在现存世界的异在中对自己成为异己的。黑格尔把希腊的此在解释成为这样一种"实存的家园感"的伟大榜样……使有教养的欧洲人在希腊人那里有一种家园感的东西，就是他们把自己的世界变成家园，他们并没有"走出"或者"越过"。④

阿尔玛通过回归身体经验，也在"异己"或"他者"那里找到了一种

---

① 卡尔·洛维特：《从黑格尔到尼采》，李秋零译，北京：三联书店，2006年，第47页。
② 薛华：《黑格尔对历史终点的理解》，北京：中国社会科学出版社，1983年，第20页。
③ 参见赵静蓉：《怀旧——永恒的文化乡愁》，北京：商务印书馆，2009年，第136页。
④ 卡尔·洛维特：《从黑格尔到尼采》，李秋零译，北京：三联书店，2006年，第233－234页。

"家园感"。对阿尔玛来说，回归的主导倾向似乎发生了位移，不再局限于"过去"的价值取向和情感体验，而是延展为一种哲学化的思维方式，一种全面认识自我的审美策略。在回归原始身体经验，与此在世界相联系的过程中，阿尔玛摆脱了传统的桎梏，实现了真正的自我。阿尔玛的"乡愁"不再是简单地抛弃现实的存在，遁入美丽的神话世界，而是立足坚实的大地，转向自我，拥有自我。至此，精神与物质、灵魂与肉体、历史与现实在南方女子身上实现和谐交融。

结　论

　　田纳西·威廉斯是与奥尼尔、米勒齐名的几位具有重要国际影响的美国剧作家之一，为南方文学的复兴做出了卓越的贡献。威廉斯塑造了许多生动感人的南方女性形象，反映了在南方文化发生断裂的历史时刻，南方女性所遭受的悲剧性命运，创造出多部以普通人为悲剧英雄的现代悲剧。亚里士多德曾在《诗学》中专门探讨了悲剧的含义。悲剧中描写的冲突往往是难以调和的，悲剧主人公具有坚强不屈的性格和伟大的英雄气概，却总是在与命运抗争的过程中惨遭失败。在古希腊悲剧中，我们看到了伟大的抗争精神；在威廉斯的剧作中，我们同样能够感受到古典的悲剧意识，但其中更多地包含了现代悲剧的元素。第二次世界大战后，以克鲁奇（Joseph W. Krutch）为代表的一批美国戏剧评论家断言，现代戏剧中没有真正的悲剧。美国戏剧评论家斯坦纳（George Steiner）著有《悲剧的死亡》（*The Death of Tragedy*，1961）一书，论述现代悲剧的陨灭。然而，威廉斯及奥尼尔、米勒等剧作家的创作实践却有力地证明了现代悲剧的生命与活力。

　　与奥尼尔一样，威廉斯创造了一类悲剧，剧中描写那些孤独而无家可归的人们，在他们身上集中了所有的原始能量，而社会只是代表一种残暴、武断的制度。悲剧仿佛是他们的宿命，不仅因为他们内心最深层的原始欲望被他人和社会所挫败，而且因为这些欲望本身包含着破坏与自我破坏的成分。悲剧主人公努力主宰生活，并坚持认为自身以外的生活毫无意义，处处与生活发生冲突。虽然他不会成功，但他让生活适应自身需要的努力却具有英雄主义的色彩。与威廉斯不同的是，米勒的想象反复集中在一种契约遭到破坏的意象上面。可以说米勒创造了一种存在主义的戏剧，其中个人就是他所做出的种种选择以及他所采取的种种行动之和，我们看到个人在种种相互冲突的责任之间进行抉择。他们共同的经历就是背叛，这种背叛仿佛基因密码的印记一样，铭刻在他们的生活之上。与威廉斯一样，米勒在作品中也总是强调过去的意义，而当时的美国却自觉地宣称必须从历史当中解放出来。不论是奥尼尔、米勒还是威廉斯，他们都深刻地感受到社会的压抑，自我所能得到的空间越来越狭小。美国辞令宣扬的是边疆的拓展、机遇的增多、自我的无限，然而这些剧作家所描述的美国现状却充满局限、畸形与幻灭的意象。

作为现代悲剧作家，威廉斯与奥尼尔、米勒之间存在许多共同之处，他们都在剧作中表现自我与环境之间的冲突，虚幻与真实、过去与现在、记忆与现实在舞台上相互交织。在他们的剧作中，我们能够清晰地感觉到有某样东西破碎了，行为与后果之间的逻辑不再，个人与公众之间的线索也已中断。奥尼尔指出，他的剧作所关注的就是为了物质方面的价值而牺牲掉个人的现象；威廉斯认为他的剧中人物富有浪漫的激情，却生活在一个毫无浪漫可言的世界上；同样，米勒也无不意识到现实生活的虚幻与美国梦的遥不可及。这些剧作家都在试图探索人类所经历的从 *Gemeinschaft* 到 *Gesellschaft* ① 的转变。如果说奥尼尔用悲剧诗人般的笔触描绘了现代人的生活画卷，米勒用史诗般的戏剧创作重现了斑驳多姿的美国历史，那么威廉斯用抒情诗般的文字叙述着美丽的南方神话，同时揭示出神话背后人类生存的现实。

由于威廉斯的南方背景以及他以南方为背景的艺术创作，比起与同时代其他剧作家之间的关系，威廉斯与 20 世纪南方小说家有着更多的相似之处，使他与福克纳和麦卡勒斯（Carson McCullers）这样的作家联系在一起。就像他笔下的南方女子一样，剧作家的兴趣所向总是与历史潮流相悖而行。当海尔曼（Lillian Hellman）因西班牙战争深感困惑的时候，威廉斯却在为一只小小的玻璃动物而担忧。威廉斯几乎所有的剧作都像《玻璃动物园》一样是"回忆剧"，剧作家用深情的目光回望记忆中愈益甜美的旧日时光。同样，他笔下的南方女子总是沉浸在遥远的记忆中，追寻已然失落的天真与浪漫。威廉斯剧作中经常会出现节日或纪念日的场景，如《欲望号街车》中布兰琪的生日、《青春甜蜜鸟》中的复活节、《夏日烟云》中的独立日和圣诞节等。这是一种隐喻，表达了剧作家及其剧中人物内心的渴望，试图在当下寻找并把握曾经失落的美好。节日和纪念日依赖于循环式的而非线性的时间概念，企图在某个神奇的时刻攫取永恒的瞬间，而这样的日子在威廉斯的剧作中总是遭到毁灭，象征着残酷现实对美丽梦想的无情破坏，恰似一场戏剧表演突然中断或提前落幕。

---

① 德文，*Gemeinschaft* 意为"共同体"（community），*Gesellschaft* 意为"社会"（society）。

威廉斯及其笔下的人物对这种特殊时刻的期待与想象，暗示出他们试图在瞬息万变的现实中创造永恒的努力。

相对于生活片断（slice – of – life）式的现实主义，威廉斯更喜欢由象征符号构成的"戏剧语言"（theatre language），借此创造诗意的舞台空间，使想象的潜力获得无限的释放。诗意的想象是威廉斯创作的核心，对他笔下的南方女子来说，想象同样具有重要的意义，是她们逃离现实、寻求本真的必要途径。威廉斯试图为剧中人物的内心痛苦与纠结寻找某种修辞性的戏剧语言，由此摆脱易卜生（Henrik Johan Ibsen）、奥德茨（Clifford Odets）等剧作家所奉行的现实主义，从而创造出一种新的戏剧形式。威廉斯用诗意的想象架起一座文字的桥梁，使米勒等剧作家能够借此自由地跨越，进入一个崭新的创作空间。威廉斯穿越时间的长河回望远去的世界，曾经的优雅与美丽深深地镌刻在他记忆的底片上，永不褪色。剧作家所关注的并非客观的真实或经验事实，而是想象性的创造与再现。他笔下的南方女子同样如此，她们敏感而多情，心中充满浪漫的想象，却无法适应理性而机械的现代社会。即使她们被迫去适应，那也只是一种扭曲，就像我们看到阿曼达所做的那样。在这个世界的灰暗背景之上，阿曼达为了生存进行着艰苦的斗争，但在她记忆中无法抹去的是美丽的"蓝山"和浪漫的爱情。

浪漫主义者只聆听自己内心的声音，在他们看来，精神的本质就是自我决定。我们说南方女性是怀旧的浪漫主义者，这是因为在面临现实困境的时候，她们将目光投向遥远的过去，从外在的世界回归自我的内心，从严酷的现实生活转向美丽的神话世界。这种回归与转向无一例外地与现实越来越远，而与过去越来越近。对她们来说，怀旧是某种朦朦胧胧的审美情愫，是有关过去的记忆与家园的甜美，其中饱含着她们的情感需求和精神冲动。从历史的角度来看，南方女子显然是把过去理想化了，但真实的过去远比想象中的过去复杂得多。南方女子在开启过去美好一面的同时，也遮蔽了其中琐碎的一面，因此，那只是一种精神上的渴望或思想上的回眸。对南方女子来说，真实的过去究竟怎样并重要，重要的是她们认定过去的合法性。她们不仅把过去定义为现实的基础，而且视其为未来的理想。过去是遥远的，但并不虚幻，它被设想成一种可以变为现实的东西。她们难以适应现代生活的节奏，只有在想象与艺术中寻求片刻的安慰，在回忆中编织美丽的梦想，回忆与想象将她们的现实装扮一新。南方女子诗意的想象使她们具有了诗人或艺术家的品质。通过想象，她们不仅复活了南方的过去，也创造着理想的世界。为了逃避现实，她们或是转向记忆中的过去，或是创造自己的神话。对她们来说，想象与神话早已变成首要的也是终极的知识，而且是通向美好世界的桥梁。然而，美丽的飞蛾女注定遭受毁灭性的打击，她们的想象与神话也只有在文字的层面上才具有意义与价值。

在南方女子生活的现代社会，我们看到了传统的断裂与社会的解体，家庭与共同体、礼仪与责任、风格与优雅，所有美好的神话都已随风而逝，未来的世界里仿佛只有冰冷的物质与单调的同一。于是，过去呈现出一种特殊的魅力。现实中的阿曼达生活在社会的边缘，她只有在记忆的薄雾中追寻流逝的青春与失落的爱情。劳拉的玻璃动物是凝固的，时间对她来说也已冻结，繁华的现代都市并不属于她所有，美丽的爱情也远离她的世界，她只有选择独角兽所在的神话世界作为避风的港湾。与阿曼达和劳拉一样，布兰琪也诉诸于想象来应对残酷的现实，在虚构性的表演中诉说心中的理想，在诗意的栖居中捕捉永恒的碎片。对南方女子来说，认可过去是非常重要的，而想象对她们来说是一种弥补性的力量。她们借助想象填补过去残缺的经验和迷失的记忆，从而超越现实。南方女子的心灵并非完全受制于现在，回忆和期待几乎占据了她们生命中的每个时刻。正是想象填充了虚空，弥补着时光飞逝留下的缺憾。但她们未曾意识到，梦想中的世界早已脱离生命之树。她们躲在想象的世界里，不再受时间的限制与侵扰，获得某种永恒，付出的代价却是生命不再、爱亦失落。想象或艺术只能提供暂时的慰藉，囚禁才是南方女子永恒的宿命。

对南方女子来说，过去从未死亡，它甚至从未过去。她们的怀旧情结不仅表明她们对过去的情感，而且表明她们对过去的认同。美丽的飞蛾女因为无法适应现代社会生活，注定承受悲剧性的命运。布兰琪的优雅与浪漫被斯坦利的粗俗与野蛮所摧毁，劳拉的天真与美丽换来的只是吉姆漫不经心的一吻，而阿尔玛的纯洁与善良一度受到约翰的不解与嘲笑。当阿尔玛被约翰远远地抛弃，舞台上的"永恒"天使仿佛变得越来越漠然。在"秀岭"十二月的寒风中，我们清晰地听到一声声悲鸣与哀叹，只为失落的天真和背弃的爱情。南方女子开始慢慢懂得，时间并非来自天堂的馈赠，而是凡夫俗子在光阴流转间渴望拥有的某种东西。那是一个美丽的梦想，就像青春与天真，都将离我们远去。在南方女子怀旧的目光中，我们看到了威廉斯与伊甸园式童年的告别仪式。

南方女子回眸远眺，在怀旧的想象中孤独地寻找曾经的纯真与美好，祈求获得心灵的慰藉。在西方现代性的发展史上，以艺术对抗启蒙理性是一个基本的趋势，试图借助审美的途径来接近本真、发现真理。威廉斯及其笔下的南方女性正是这样，他们穿越诗意的想象空间，试图回归心灵的故园。不论是阿曼达对"蓝山"的记忆，还是普林塞丝对艺术的执著，也不论是布兰琪诗意的栖居，还是阿尔玛的生存美学，都是对失落家园的永恒追寻。在回家路上，南方女子不期而遇。对海德格尔、尼采和福柯来说，古代希腊是他们共同的家园隐喻。在海德格尔看来，希腊式的艺术是真正的诗性艺术，这种艺术从来就不是某个文化品种或生活的饰物，它是修筑本真家园的基本方式，是通向命运的道路；对尼采来说，希腊式的艺术是酒神艺术和日神艺术，创造着梦与醉的家园；而在福柯那里，希腊式的艺术就是生存艺术或生存美学。对这些思想家来说，艺术并非现代科学分类中某个专门的领域，而是一种本真的生存方式。同样，对威廉斯及其笔下的南方女子来说，审美化的生存也无不是一种诗性经验的回归。

柏拉图曾将诗赶出"理想国"，于是，思远离了以艺术、文学、审美等形式出现的诗性经验。在海德格尔、尼采和福柯那里，思开始回望曾被它遗忘和漠视的诗，并在与诗的对话中开辟归家之途。①威廉斯及其笔下的南方女子也仿佛在思与诗的纠缠中寻找着返乡之路。在古希腊的诗性经验中，诗被视为一种创建，生存就意味着创建。对尼采、海德格尔、福柯等人来说，生存的本质是诗性的，诗与艺术是最本原的生存现象。就此而言，他们回到了古希腊最原初的诗性经验。剧作家笔下的南方女子也莫不如此，她们用心灵的眼睛捕捉美丽的图画，创造着只属于她们自己的诗意世界，从而获得超越现实的力量。

《皇家大道》落幕之时，广场上本已枯竭的泉水流淌出生命之水，山中的紫罗兰也再次绽放，象征着浪漫主义者最终逃离现实，抵达理想中的栖园。威廉斯相信想象与艺术能够抵御公共世界的残酷，相信那些具有永恒价值的事物，相信艺术所传达的信息。对他笔下的南方女子来说，想象可以使她们在这个充满偶然的世界里，把握一点永恒和美丽，哪怕只是短暂的瞬间。她们就像浪漫的艺术家，在荒芜的"未名之地"探索着生存的意义。即使"白雪覆盖的山峦"朦胧而遥远，但它如黎明的天空般清新、美丽；或许无法企及，但只是追寻又何尝不是一种幸福的拥有？最后，让我们聆听荷尔德林《还乡》中的诗句，作为送给南方女子的殷殷祝福：

　　　　你所寻觅的，都很近，已迎逆着你。②

---

① 余虹：《艺术与归家》，北京：中国人民大学出版社，2005 年，第 295 页。
② 荷尔德林：《荷尔德林后期诗歌》，刘皓明译，上海：华东师范大学出版社，2009 年，第 96 页。

参考文献

Abbotson, Susan C. W. *Masterpieces of 20th – century American Drama.* Beijing: Chinese People's University Press, 2007.

Aden, Roger. "Nostalgic Communication as Temporal Escape: *When It Was a Game*'s Reconstruction of a Baseball/Work Community." *Western Journal of Communication* 59 (1995): 20 – 38.

Adler, Jacob H. "The Rose and the Fox: Notes on Southern Drama." *South: Modern Southern Literature in Its Cultural setting.* Eds. Louis D. Rubin, Jr. and Robert D. Jacobs. Garden City, NY: Doubleday, 1961. 347 – 375.

Adler, Thomas P. *A Streetcar Named Desire: The Moth and the Lantern.* Boston: Twayne Publishers, 1990.

Atkinson, Brooks. "Theatre: Tennessee Williams's 'Cat.'" *New York Times* 25 March 1955. 10 – 12.

Anderson, Benedict. *Imagined Communities: Reflecions on the Origin and Spread of Nationalism.* London: Verso, 1983.

Austin, J. L. *How to Do Things with Words.* Eds. J. O. Urmson and Marina Sbisa. 2nd ed. Oxford: Clarendon Press, 1975.

Baudrillard, Jean. *Simulations.* New York: Semitext (e), 1983.

Bauman, Zygmunt. *Life in Fragments.* Oxford: Blackwell, 1995.

Bennett, Tony, Lawrence Grossberg, and Meaghan Morris. Eds. *New Keywords: A Revised Vocabulary of Culture and Society.* Blackwell Publishing, 2005.

Berkman, Leonard. "The Tragic Downfall of Blanche DuBois." *A Streetcar Named Desire.* Ed. Harold Bloom. New York: Chelsea House Publishers, 1988. 33 – 41.

Berman, Marshall. *All That is Solid Melts into Air: The Experience of Modernity.* New York: Penguin, 1988.

Bigsby, C. W. E. *A Critical Introduction to Twentieth – Century American Drama.* Cambridge University Press, 1982.

———. *Modern American Drama* 1945 – 2000. Cambridge University Press, 2000.

Bloom, Harold. Ed. *Tennessee Williams*. Infobase Publishing, 2007.

BlueFarb, Sam. "*The Glass Menagerie*: Three Visions of Time." *College English*, April 1963. 513 – 518.

Boles, Jacqueline and Maxine P. Atkinson. "Ladies: South by Northwest." *Southern Women*. Ed. Caroline Dilman. New York: Hemisphere Publishing Cooperation, 1988. 127 – 140.

Boxill, Roger. *Tennessee Williams*. London and Basingstoke: Macmillan, 1987.

Boym, Svetlana. *The Future of Nostalgia*. New York:? Basic Books, 2001.

Brooking, Jack. "Directing Summer and Smoke: An Existentialist Approach." *Modern Drama* 2: 4 (February 1960): 377 – 385.

Bulfinch, Thomas. *Mythology*. New York: Thomas Y. Crowell Company, 1970.

Butler, Judith. *Gender Trouble*. New York and London: Routledge, 1990.

Cardullo, Bert. "Birth and Death in *A Streetcar Named Desire*." *Confronting Tennessee Williams' s A Streetcar Named Desire: Essays in Critical Pluralism*. Ed. Philip C. Kolin. Westport, CT: Greenwood, 1993. 167 – 182.

Cash, W. F. *The Mind of the South*. New York: Alfred A. Knopf, Inc. , 1941.

Churchich, Nicholas. *Marxism and Alienation*. London and Toronto: Associated University Presses, 1990.

Ciment, Michel. *Kazan and Kazan*. New York: Viking Press, 1974.

Colanzi, Rita. "Caged Birds: Bad Faith in Tennessee Williams' s Drama." *Modern Drama* 35 (1992): 451 – 465.

Cole, Toby, and Helen K. Chinoy. Eds. *Directors on Directing: A Sourcebook of the Modern Theatre* Indianapolis: Bobbs – Merrill, 1976.

Crane, Hart. *The Complete Poems of Hart Crane*. Garden City, New York: Doubleday and Company, 1958.

Cummings, E. E. "somewhere i have never traveled." *American Poetry: The Twentieth Century*. Vol. 2. Ed. Robert Hass. New York: Literary Classics of the United States, Inc. 2000. 21 – 22.

Dames, Nicholas. *Amnesiac Selves: Nostalgia, Forgetting, and British Fiction*, 1810 – 1870. London: Oxford University Press, 2001.

Davis, Fred. *Yearning for Yesterday*. New York: The Free Press, 1979.

Davis, Walter A. *Get the Guests: Psychoanalysis, Modern American Drama, and the Audience*. Madison: U of Wisconsin P. 1994.

Davis, Joseph E. Ed. *Identity and social change*. New Brunswick and London: transaction Publishers. 2000.

Derrida, J. *Limited Inc*, trans. S. Weber, Evanston: Chicago University Press, 1988.

Devlin, Albert J. *Conversations with Tennessee Williams*. London 1986.

Doane, Janice. *Nostalgia and Sexual Difference: The Resistance to Contemporary Feminism*. New York and London: Methuen, 1987.

Eco, Umberto. *Travels in Hyperreality*. Trans. William Weaver. New York: MBJ, 1986.

Elliott, Emory. Ed. *Columbia Literary History of the United States*. New York: Columbia University Press, 1988.

Engell, James. *The Creative Imagination: Enlightenment to Romanticism*. Cambridge, Massachusetts and London, England: Harvard University Press, 1981.

Erdman, David V. Ed. *The Complete Poetry and Prose of William Blake*. Berkeley and Los Angeles: University of California Press, 1982.

Essed, Philomena, et al. Eds. *A Companion to Gender Studies*. Blackwell Publishing, 2005.

Esslin, Martin. *An Anatomy of Drama*. New York: Hill and Wang, 1976.

Falk, Signi. *Tennessee Williams*. Boston: Twayne, 1978.

Faulkner, William. *Collected Stories of William Faulkner*. New York: Vintage Books, 1977.

Felski, Rita. *The Gender of Modernity*. Cambridge, Massachusetts and London, England: Harvard University Press. 1995.

Fergusson, Harvie. *Modernity and Subjectivity: Body, Soul, Spirit*. Charlettesville and London: University Press of Virginia, 2000.

Fischer – Lichte, Erika. *The Transformative Power of Peformance: A New Aesthetic*. Trans. Saskya Iris Jain. London: Routledge, 2008.

Fleche, Anne. *Mimetic Disillusionment: Eugene O' Neill, Tennessee Williams, and U. S. Dramatic Realism*. Tuscaloosa and London: The University of Alabama Press, 1997.

Foucault, Michel. *The History of Sexuality*. Vol. 1. Trans. Robert Hurley. New York: Vintage Books, 1978.

Foucault, Michel. *The History of Sexuality*. Vol. 2. Trans. Robert Hurley. New York: Vintage Books, 1985.

Foucault, Michel. *The History of Sexuality*. Vol. 3. Trans. Robert Hurley. New York: Vintage Books, 1986.

Foucault, Michel. *Subjectivity and Truth*. Ed. Paul Rabinow. The New Press, 1997.

Franklin, J. Hope. "The Past in the Future of the South." *The South in Continuity and Change*. Eds. John C. McKinney and Edgar T. Thompson. Duke University Press, 1965. 437 – 450.

Friedman, Jonathan. *Cultural Identity and Global Process*, London: Sage Publications, 1994.

Frosh, Stephen. *Identity Crisis: Modernity, Psychoanalysis and the Self*. New York: Routledge, 1991.

Gergen, Kenneth J. *The Saturated Self: Dilemmas of Identity in Contemporary Life*. New York: Basic Book, 1991.

Gerth, H. H., and C. W. Mills. Eds. *From Max Weber: Essays in Sociology*. New York: Oxford University Press, 1946.

Gilman, Richard. *The Making of Modern Drama*. New York: Farrar, Straus and Giroux, 1975.

Goffman. E. *The Presentation of Self in Everyday Life*. New York: Doubleday, 1959.

Gray, Richard. *Writing the South*. Cambridge: Cambridge University Press, 1986.

Griffin, Alice. *Understanding Tennessee Williams*. Columbia: University of South Carolina Press, 1995.

Gubrium, Jaber F., and James A. Holstein. "Grounding the Postmodern Self." *The Sociological Quarterly* 35. 4 (1994): 685 – 703.

Gubrium, Jaber F., and James A. Holstein. "Individual Agency, the Ordinary, and Postmodern Life." *The Sociological Quarterly* 36. 3 (1995): 555 – 570.

Gubrium, Jaber F., and James A. Holstein. "The Self in a World of Going Concerns." *Symbolic Interaction* 23. 2 (2000): 95 – 115.

Habermas, Jürgen. *The Philosophical Discourse of Modernity*. Cambridge: The MIT Press, 1987.

Hall, Stuart, D. Held, and T. McGrew. Eds. *Modernity and Its Futures*. Cambridge: Polity, 1992.

Hardy, Thomas. *Tess of the D' Urbervilles*. Beijing: Foreign Language Teaching and Research Presss, 1994.

Harper, Ralph. *Nostalgia: An Existential Exploration of Longing and Fulfillment in the Modern Age*. Cleveland, OH: The Press of Western Reserve University, 1966.

Hass, Robert. Ed. *American Poetry: The Twentieth Century*. Vol. 2. New York: Literary Classics of the United States, Inc. 2000.

Hayman, Ronald. *Everyone Else Is an Audience*. New Haven and London: Yale University Press. 1993

Hegel, G. W. F. *Lectures on the Philosophy of Religion*. Vol. 3. Trans. E. B. Speirs, and J. B. Sanderson. London: Kegan Paul, Trench, Trubner, 1985.

Hegel, G. W. F. *The Phenomenology of Spirit*. Trans. A. V. Miller. Oxford and New York: Oxford University Press, 1979.

Hoffman, Eva. Lost in Translation: *A Life in a New Languge*. New York: E. P. Dutton, 1990.

Howland, Elihu S. "Nostalgia." *Journal of Existential Psychiatry* 3. 10 (1962): 197 – 204.

Jackson, Esther M. *The Broken World of Tennessee Williams.* Madison, Milwaukee, and London: The University of Wisconsin Press, 1965.

Jan – orn, Chalermsrie. "The Characterization of Women in Tennessee Williams's Works." Diss. The University of Nebraska, Lincoln. 1979.

Johnston, B. L. A. "Caught in the Flux of Change: The Southern Lady in Selected Plays and Films of the Twentieth Century." Diss. University of Georgia. 1994.

Kazan, Elia. "Notebook for *A Streetcar Named Desire.*" *Directors on Directing: A Sourcebook of the Modern Theatre.* Eds. Toby Cole and Helen K. Chinoy. Indianapolis: Bobbs – Merrill, 1976.

Kolin, Philip C. "Obstacles to Communication in *Cat on a Hot Tin Roof.*" *Western Speech Communication* 39 (1975): 74 – 80.

Kolin, Philip C. Ed. Confronting Tennessee Williams's A Streetcar Named Desire. Connecticut: Greenwood Press, 1993.

Kolin, Philip C. Ed. *Tennessee Williams: A Guide to Research and Performance.* Westport, Connecticut and London: Greenwood Press, 1998.

Krutch, Joseph W. *Modernism in Modern Drama: A Definition and an Estimate.* New York: Cornell University Press, 1957.

Leeming, Glenda. *Poetic Drama.* Macmillan Education, 1989.

Leverich, Lyle. *Tom: The Unknown Tennessee Williams.* New York: Crown Publishers, 1995.

Lewis, Nghana T. *Entitled to the Pedestal.* Iowa City: University of Iowa Press, 2007.

Lewis, R. W. B. *The Poetry of Hart Crane: A Critical Study.* Princeton: Princeton UP, 1967.

Lowenthal, David. *The Past Is a Foreign Country.* Cambridge: Cambridge University Press, 1985.

Londré, Felicia H. *Tennessee Williams.* New York: Ungara, 1979.

Loxley, James. *Performativity.* London and New York: Routledge, 2007.

Lukács, Georg. "The Sociology of Modern Drama." *Tulane Drama Review* 9 (1965), 149 – 151.

Lukács, Georg. *The Theory of the Novel.* Trans. Anna Bostock. Cambridge, MA: MIT Press. 1968.

Martin, Robert A. Ed. *Critical Essays on Tennessee Williams.* New York: An Imprint of Simon and Schuster Macmillan, 1997.

McKinney, John C., and Edgar T. Thompson. Ed. *The South in Continuity and Change.* Duke University Press, 1965.

Mead, George H. *The Phelosophy of the Present*, Ed. Arthur E. Murphy. Chicago: Open Court Publishing, 1932.

Moi, Tori. *What is a Woman?* Oxford: Oxford University Press, 1999.

Moore, Nancy M. "The Moth Ladies of Tennessee Williams." Diss. Georgia State University, 2003.

Moussa, Mather B. "The Re – Invention of the Self: Performativity and Liberation in Selected Plays by Tennessee Williams." Diss. Michigan State University, 2001.

Mraz, Doyne J. *The Changing Image of Female Characters in the Works of Tennessee Williams.* University of Southern California, 1967.

Murphy, Brenda. *Tennessee Williams and Elia Kazan: A Collaboration in the Theatre.* Cambridge: Cambridge University Press, 1992.

Nabokov, Vladimir. "On Time and Its Texture." *Strong Opinions.* New York: Vintage Imternational, 1990, 185 – 186.

Nagy, Gregory. *Greek Mythology and Poetics.* Ithaca: Cornell University Press, 1990.

Nelson, Benjamin. *Tennessee Williams: The Man and His Work.* New York: Ivan Oblensky, 1961.

Oakley, J. R. *God's Country: America in the Fifties.* New York: The Free Press, 1979.

Patricia, Waugh. *Postmodernism: A Reader.* London: Edward Arnold, 1992.

Peterson, William. "Williams, Kazan, and the Two Cats." *New Theatre Magazine* 7. 3 (1967): 14 – 19.

Pirandello, Luigi. Six *Characters in Search of an Author*, in *Naked Masks: Five Plays by Luigi Pirandello.* Ed. Eric Bentley. New York: E. P. Dutton and CO., INC. 1922.

Plato. *The Republic.* London: Everyman's Library, 1948.

Porter, Thomas E. *Myth and Modern Drama.* Detrot: Wayne State UP, 1969.

Pratt, James B. *Matter and Spirit: A Study of Mind and Body in Their Relation to the Spiritual Life.* New York: The McMillan Company, 1926.

Presley, Delma E. *The Glass Menagerie: An American Memory.* Boston: Twayne Publishers, 1990.

Ritivoi, Andreea D. *Yesterday's Self: Nostalgia and the Immigrant Identity.* Oxford: Rowman and Littlefield, 2002.

Roudané, Mathew C. Ed. *The Cambridge Companion to Tennessee Williams.* Cambridge: Cambridge University Press, 1997.

Rubenstein, Roberta. *Home Matters: Longing and Belonging, Nostalgia and Mourning in Women's Fiction.* New York: Palgrave, 2001.

Rubin, Louis D., Jr. Ed. *The American South: Portrait of a Culture.* Voice of America Forum Series, 1980.

Savran, David. *Communist, Cowbys, and Queers: The Politics of Masculinity in the Work of Tennessee Williams and Arthur Miller.* Minneapolis: University of Minnesota Press, 1992.

Schechner, Richard. *Between Theatre and Anthopology.* Philadelphia: University of Philodelphia Press, 1985.

Schechner, Richard. *The Future of Ritual.* London and New York: Routledge, 1993.

Schechner, Richard. *Performance Studies: An Introduction.* London and New York: Routledge, 2002.

Scott, Anne F. *The Southern Lady: From Pedestal to Politics* 1830 – 1930. Charlottesville and London: University Press of Virginia, 1995.

Sharp, Allison G. "Metadrama in Tennessee Williams." Diss. University of Maryland at College Park, 1998.

Smith, John, and Thomas H. Appleton, Jr. Ed. *A Mythic Land apart: Reassessing Southerners and Their History.* Westport, Connecticut and London: Greenwood Press, 1997.

Spoto, Donald. *The Kindness of Strangers: The Life of Tennessee Williams.* Boston: Little, Brown, 1985.

Steinwand, Jonathan. "The Future of Nostalgia in Freidrich Schlegel's Gender Theory: Casting German Aesthetics Beyond Ancient Greece and Modern Europe." *Narratives of Nostalgia, Gender, and Nationalism.* Eds. Jean Pickening and Suzanne Kehde. New York: New York Unviersity Press, 1997. 6 – 12.

Styan, J. L. *Modern Drama in Theory and Practice.* Cambridge: Cambridge University Press, 1981.

Taylor, William R. *Cavalier and Yankee: The Old South and American National Character.* New York: George Braziller, 1961.

Tester, Keith. *The Life and Times of Post – Modernity.* London and New York: Routledge, 1993.

Thompson, Judith J. *Tennessee Williams's Plays: Memory, Myth, and Symbol.* New York: Lang, 1987.

Tindall, George B. *The Emergence of the New South.* Louisiana University Press, 1967.

Tischler, Nancy M. *Tennessee Williams: Rebellious Puritan.* New York: Citadel, 1961.

Turner, Bryan S. "A Note on Nostalgia." *Theory, Culture and Society* 4. 1 (1987): 147 – 156.

Turner, Bryan S. Ed. *Theories of Modernity and Postmodernity.* London, Newbury Park and New Delhi: Sage Publications, 1990.

Turner, V. *The Ritual Process: Structure and Anti – Structure.* London: Routledge and Kegan

Paul, 1969.

Turner, V. *Drama, Fields and Metaphors: Symbolic Action in Human Society.* Ithaca: Cornell University Press, 1974.

Turner, V. *From Ritual to Theatre: The Human Seriousness of Play.* New York: PAJ Publications, 1982.

Turner, V. *The Anthropology of Performance.* New York: PAJ Publications, 1987.

Tuveson, Ernest L. *The Imagination as a Means of Grace.* Berkeley and Los Angeles: University of California Press, 1960.

Voss, Ralph F. Ed. *Magical Muse: Millennial Essays on Tennessee Williams.* Tuscalloosa and London: The University of Alabama Press, 2002.

Wagner, Richard. "The Work of Art of the Future." *Modern Theories of Drama.* Ed. George W. Brandt. Oxford: Clarendon Press, 1998. 3 – 11.

Williams, Patrick, and Laura Chrisman. Eds. *Colonial Discourse and Post – Colonist Theory: A Reader.* New York: Columbia Unviersity Press, 1994.

Williams, Raymond. *Modern Tragedy.* Stanford, California: Stanford University Press, 1966.

Williams, Tennessee. *In the Winter of Cities.* Norfolk, Connecticut: New Directions Books, 1964.

Williams, Tennessee. *A Streetcar Named Desire.* A Signet Book, 1975a.

Williams, Tennessee. *Memoirs.* Garden City, New York: Doubleday and Company, Inc. , 1975b.

Williams, Tennessee. *Where I Live.* Eds. Christine R. Day and Bob Woods. New York: A New Directions Book, 1978.

Williams, Tennessee. *Collected Stories.* London: Secker and Warburg, 1985.

Williams, Tennessee. *Conversations with Tennessee Williams.* Ed. Albert J. Devlin. Jackson: University Press of Mississippi, 1986.

Williams, Tennessee. Plays 1937 – 1955. New York: The Library of America, 2000a.

Williams, Tennessee. Plays 1957 – 1980. New York: The Library of America, 2000b.

Wilshire, Bruce. *Role Playing and Identity: The Limits of Theatre as Metaphor.* Bloomington: Indiana UP, 1991.

Wilson, Garff B. *Three Hundred Years of American Drama and Theatre.* New Jersey: Prentice – Hall, Inc. , 1973.

Wilson, Janelle L. *Nostalgia: Sanctuary of Meaning.* Lewisburg: Bucknell University Press, 2005.

Yakowar, Maurice. *Tennessee Williams and Film.* New York: Frederick Ungar, 1977.

Zhang Min, "Plasticity to Lyricism: A Study of Tennessee Williams' s Dramatic Theory and

Practice. "Diss. Nanjing University, 2006.

阿兰·谢里登：《求真意志——米歇尔·福柯的心路历程》，尚志英、许林译，上海：上海人民出版社，1997年。

艾里克·埃里克森：《同一性与同一性扩散》，载于莫雷主编《二十世纪心理学名家名著》，广州：广东高等教育出版社，2002年。

奥尔特加·加塞特：《大众的反叛》，刘训练、佟德志译，长春：吉林人民出版社，2004年。

奥尼尔：《长夜的安魂曲》，徐钺译，东方出版社，2005年。

巴特莱特：《记忆：一个实验的与社会的心理学研究》，黎炜译，杭州：浙江教育出版社，2000年。

巴特勒：《身体至关重要》，载汪民安、陈永国编：《后身体、文化、权力和生命政治学》，长春：吉林人民出版社，2003年。

拜泽尔：《早期浪漫主义和启蒙运动》，载于詹姆斯·施密特编：《启蒙运动与现代性：18世纪与20世纪的对话》，徐向荣、卢华萍译，上海：上海人民出版社，2005年。

鲍曼：《全球化——人类的后果》，郭国良、徐建华译，北京：商务印书馆，2001年。

北岛：《北岛诗歌集》，海口：南海出版公司，2002年。

宾德：《荷尔德林诗中"故乡"的含义与形态》，载于刘小枫、陈少明主编：《荷尔德林的新神话》，北京：华夏出版社，2004年。

柏拉图：《理想国》，郭斌和、张竹明译，北京：商务印书馆，1996年。

波德莱尔：《恶之花》，郭宏安译，桂林：漓江出版社，1995年。

波德莱尔：《1846年的沙龙：波德莱尔美学论文选》，郭宏安译，桂林：广西师范大学出版社，2002年。

布莱恩·特纳：《身体与社会》，马海良、赵国新译，沈阳：春风文艺出版社，2000年。

布莱克：《布莱克诗集》，张炽恒译，上海：上海三联书店，1999年。

查尔斯·泰勒：《黑格尔与现代社会》，徐文瑞译，台北：台北联经出版事业公司，1989年。

迪迪埃·埃里蓬：《权力与反抗——福柯传》，谢强、马月译，北京大学出版社，1997年。

狄兰·托马斯：《狄兰·托马斯诗集》，王义华译，北京：北京国际文化出版公司，1989年。

杜夫海纳：《美学与哲学》，孙非译，北京：中国社会科学出版社，1985年。

杜夫海纳：《审美经验现象学》（上），韩树站译，北京：文化艺术出版社，1996a年。

杜夫海纳：《审美经验现象学》（下），韩树站译，北京：文化艺术出版社，1996b年。

福柯：《权力的眼睛——福柯访谈录》，严锋译，上海：上海人民出版，1997年。

福柯:《性经验史》,上海:上海世纪出版公司,余碧平译,2005 年。

福克纳:《喧嚣与骚动》,李文俊译,桂林:漓江出版社,1984 年。

郭继德:《当代美国戏剧发展趋势》,济南:山东大学出版社,2009 年。

海德格尔:《赫尔德林诗的阐释》,孙周兴译,北京:商务印书馆,2000 年。

何成洲:"'自我的教化':田纳西·威廉斯和福柯",《南京社会科学》,2005 年第 8 期,第 72 - 77 页。

何成洲:"巴特勒与表演性理论",《外国文学评论》,2010 年第 3 期,第 132 - 143 页。

荷尔德林:《荷尔德林后期诗歌》,刘皓明译,上海:华东师范大学出版社,2009 年。

黑格尔:《历史哲学》,王造时译,上海:上海书店出版社,1999 年。

胡塞尔:《现象学的方法》,倪梁康译,上海:上海译文出版社,1994 年。

胡塞尔:《欧洲科学危机和超验现象学》,北京:北京大学出版社,1996 年。

黄华:《权力、身体与自我:福柯与女性主义文学批评》,北京:北京大学出版社,2005 年。

霍布斯鲍姆:《史学家——历史神话的终结者》,马俊亚、郭英剑译,上海:上海人民出版社,2002 年。

济慈:《夜莺与古瓮》,屠岸译,北京:人民文学出版社,2008 年。

加斯东·巴什拉:《梦想的诗学》,刘自强译,北京:三联书店,1996 年。

卡尔·洛维特:《从黑格尔到尼采》,李秋零译,北京:三联书店,2006 年。

凯特·米利特:《性的政治》,钟良明译,北京:社会科学文献出版社,1999 年。

雷霖:"论鲁迅《野草》的身体言说",《怀化学院学报》2010 年第 7 期,第 73 - 75 页。

雷蒙·威廉斯:《现代悲剧》,丁尔苏译,南京:译林出版社,2007 年。

李尚宏:"田纳西·威廉斯作品中隐晦的同性恋内容研究",上海外国语大学博士论文,2005 年。

李银河:《福柯与性——解读福柯〈性史〉》,济南:山东人民出版社,2001 年。

李英:"田纳西·威廉斯戏剧中欲望的心理透视",山东大学博士论文,2008 年。

梁超群:"田纳西·威廉斯戏剧中父亲形象的在场与缺席",华东师范大学博士论文,2008 年。

刘北城编译:《福柯思想肖像》,北京:北京师范大学出版社,1995 年。

刘海平、赵宇编:《英美戏剧》,南京:南京大学出版社,1992 年。

刘晓枫:《诗化哲学》,济南:山东文艺出版社,1986 年。

卢梭:《社会契约论》,何兆武译,北京:商务印书馆,1980 年。

陆梅林、程代熙编选:《异化问题》(上),北京:文化艺术出版社,1986 年。

陆梅林、程代熙编选:《异化问题》(下),北京:文化艺术出版社,1986 年。

马丁·艾思林:《戏剧剖析》,罗婉华译,北京:中国戏剧出版社,1981 年。

曼弗雷德·弗兰克：《德国早期浪漫主义美学导论》，聂军等译，长春：吉林人民出版社，2006 年。

梅洛－庞蒂：《知觉现象学》，姜志辉译，北京：商务印书馆，2001 年。

莫里斯·哈布瓦赫：《论集体记忆》，毕然、郭金华译，上海：上海人民出版社，2002 年。

尼采：《悲剧的诞生》，赵登荣译，桂林：漓江出版社，2000 年。

尼采：《权力意志》，张念东、林素心译，北京：中央编译出版社，2000 年。

欧文·戈夫曼：《日常生活中的自我呈现》，黄爱华译，杭州：浙江人民出版社，1989 年。

彭万荣：《表演诗学》，北京：中国社会科学出版社，2003 年。

普里莫兹克：《梅洛－庞蒂》，关群德译，北京：中华书局，2003 年。

普鲁斯特：《追忆似水年华》，南京：译林出版社，2001 年。

萨克文·波科维奇编：《剑桥美国文学史：散文作品》，孙宏主译，北京：中央编译出版社，2005 年。

莎士比亚：《莎士比亚四大悲剧》，孙大雨译，上海：上海译文出版社，2002 年。

施莱格尔：《雅典娜神殿断片集》，李伯杰译，北京：三联书店，1996 年。

王晓鹰：《戏剧演出中的假定性》，北京：中国戏剧出版社，1995 年。

汪民安：《身体、空间与后现代性》，南京：江苏人民出版社，2006 年。

汪民安：《尼采与身体》，北京：北京大学出版社，2008 年。

汪民安等编：《后现代性的哲学话语》，杭州：浙江人民出版社，2000 年。

汪民安等编：《后身体、文化、权力和生命政治学》，长春：吉林人民出版社，2003 年。

威廉·巴雷特：《非理性的人——存在主义哲学研究》杨照明、艾平译，北京：商务印书馆，1999 年。

沃尔夫冈·韦尔施：《重构美学》，陆扬、张岩冰译，上海：上海译文出版社，2002 年。

乌尔里希·贝克、安东尼·吉登斯、斯科特·拉什：《自反性现代化——现代社会秩序中的政治、传统与美学》，赵文书译，北京：商务印书馆，2001 年。

席勒：《论素朴的诗与感伤的诗·秀美与尊严》，张玉能译，北京：文化艺术出版社，1996 年。

西美尔：《货币哲学》，陈戎女、耿开君等译，北京：华夏出版社，2003 年。

西苏："美杜莎的笑声"，载张京媛主编：《当代女性主义文学批评》，北京：北京大学出版社，1992 年。

小仲马：《茶花女》，董强译，上海：上海三联书店，2009 年。

谢有顺：《身体修辞》，广州：花城出版社，2003 年。

薛华：《黑格尔对历史终点的理解》，北京：中国社会科学出版社，1983 年。

亚里士多德：《诗学》，陈中梅译，北京：商务印书馆，1999 年。

雅斯贝斯：《历史的起源与目标》，魏楚雄、余新天译，北京：华夏出版社，1989 年。

杨大春："身体经验与自我关怀：米歇尔·福柯的生存哲学研究"，《浙江大学学报》，2000 年第 4 期，第 116 – 123 页。

杨大春：《杨大春讲梅洛－庞蒂》，北京：北京大学出版社，2005 年。

杨大春：《感性的诗学》，北京：人民出版社，2005 年。

叶芝：《叶芝诗集》，傅浩译，石家庄：河北教育出版社，2003 年。

伊格尔顿：《审美意识形态》，王杰等译，桂林：广西师范大学出版社，2001 年。

伊丽莎白·勃朗宁：《勃朗宁夫人十四行爱情诗集》，文爱艺译，兰州：甘肃人民美术出版社，2008 年。

伊丽莎白·赖特：《拉康与后女性主义》，北京：北京大学出版社，王文华译，2005 年。

余虹：《艺术与归家》，北京：中国人民大学出版社，2005 年。

余一虹：《女性叙事与记忆》，北京：九州出版社，2007 年。

詹姆斯·米勒：《福柯的生死爱欲》，高毅译，上海：上海人民出版社，2005 年。

詹姆斯·施密特编：《启蒙运动与现代性：18 世纪与 20 世纪的对话》，徐向荣、卢华萍译，上海：上海人民出版社，2005 年。

张敏："论田纳西·威廉斯的'柔性'戏剧观"，南京大学博士论文，2006 年。

张新颖："边缘上的变奏——田纳西·威廉斯剧作中同性恋纬度的精神分析"，华东师范大学博士论文，2009 年。

张岩冰：《女性主义文论》，济南：山东教育出版社，1998 年。

赵静蓉：《怀旧——永恒的文化乡愁》，北京：商务印书馆，2009 年。

赵一凡等编：《西方文论关键词》，北京：外语教学与研究出版社，2006 年。

朱刚：《二十世纪西方文艺批评理论》，上海：上海外语教育出版社，2001 年。

朱立元：《当代西方文艺理论》，上海：华东师范大学出版社，1997 年。

后 记

　　在南京大学读书期间，我在何成洲教授的悉心指导下，对田纳西·威廉斯及其创作进行研究，顺利完成博士学位论文。这部著作就是在我博士论文的基础上进一步修改完善而成的。

　　回首在南京大学的那些日子，心中有许多感慨。我依然清晰地记得初到南园时的那份欣喜，仿佛就在昨天。转眼间，这一切都已变成美好的回忆，永远留在心间，却有太多的依恋与不舍。可以说那段岁月是我生命中最快乐的时光。美丽的校园、和蔼的老师、友爱的同学，一切的一切都是那样亲切、自然。在求学过程中，我曾经有过茫然，有过失落，但老师和同学们的帮助与鼓励使我有了坚持下去的勇气，也让我不断成长。每一次小小的进步，都让我感受到学习的愉悦和发现的快乐。

　　何成洲教授既是我尊敬的导师，又像是朋友和兄长。当我在研究中遇到困难与挫折时，他总是耐心地进行教导，并不断鼓励我，使我重新获得信心与动力。何老师渊博的学识、敏锐的思维和开阔的视野让我受益匪浅，他严谨的治学态度和饱满的学术热情也深深感染着我。因此，这部著作得以问世，首先要感谢何老师一直以来对我的谆谆教诲。

　　此外，不论是在我学习期间还是工作期间，西北师范大学外国语学院各位领导及同事都给予我很大的支持与鼓励，在此也向他们表示衷心的感谢。最后要感谢我的爱人丁书荣先生，谢谢他一直以来对我的呵护与关爱，分担我的忧愁，分享我的快乐。

蒋贤萍

2012 年 6 月于兰州